U0090871

古典文獻研究輯刊

二 編

曾永義 主編

第 **18** 冊

元雜劇排場研究

游宗蓉 著

國家圖書館出版品預行編目資料

元雜劇排場研究／游宗蓉 著 — 初版 — 新北市：花木蘭文化
出版社，2011〔民100〕
目 2+350 面；19×26 公分
（古典文學研究輯刊 二編；第 18 冊）
ISBN：978-986-254-505-8（精裝）
1. 元雜劇 2. 戲曲評論
820.8   100001058

ISBN-978-986-254-505-8

9 789862 545058

古典文學研究輯刊
二 編 第十八冊   ISBN：978-986-254-505-8

元雜劇排場研究

作　　者　游宗蓉
主　　編　曾永義
總 編 輯　杜潔祥
出　　版　花木蘭文化出版社
發 行 所　花木蘭文化出版社
發 行 人　高小娟
聯絡地址　新北市永和區中正路五九五號七樓之三
　　　　　電話：02-2923-1455／傳眞：02-2923-1452
網　　址　http://www.huamulan.tw 信箱 sut81518@ms59.hinet.net
印　　刷　普羅文化出版廣告事業
初　　版　2011 年 3 月
定　　價　二編 30 冊（精裝）新台幣 48,000 元
　　　　　　　　　　　　　　　　　版權所有・請勿翻印

元雜劇排場研究

游宗蓉　著

作者簡介

游宗蓉，民國五十六年生。國立台灣大學中國文學研究所博士。現任國立東華大學華文文學系助理教授。主要研究領域為古典戲曲與俗文學。著有《元明雜劇之比較研究——以題材為核心之探討》一書，並與曾永義先生、林明德先生合著《台灣傳統戲曲之美》。

提　要

「排場」是戲曲結構的基本單位，亦是影響戲曲舞臺藝術表現的關鍵要素。過去學界對於戲曲排場的研究大多以南戲傳奇為對象，事實上，排場亦是元雜劇研究中至為緊要的問題。本文以元雜劇排場為論題，以二百三十五本元代和元明間雜劇為材料，就其排場詳加剖析。首先依據排場之界義，提出元雜劇排場的基本畫分標準及變化原則。以此分場結果為基礎，從排場的轉移、排場的類型、排場的結構三方面進行討論。就排場的轉移而言，歸納出基本模式、時空轉換、人物更替三種模式，並論析其所表現的情節特點，以及與套式變化之間的相應關係。就排場的類型而言，區分為引場、主場、過場、短場、收場五類，分析各類排場對全劇的作用，及其與腳色人物、套式、賓白、科汎、穿關等之間的互動關聯。就排場的結構而言，歸納出元雜劇單一排場的三段式結構基型，再進一步分為單式結構與複式結構。最後就元雜劇全本排場的承轉配搭規律加以討論，說明各種結構型態對搬演效果的影響。本文之研究為元雜劇排場理論的建立提供了具體可信的基礎，也為元雜劇的評賞提供了新的角度，從而對元雜劇的藝術成就能有較為周備完整的論斷。

目次

緒 論

第一節 研究動機

　　戲劇的意義與價值唯有透過舞臺演出才能完全呈現，戲劇的創作與評論也必須著眼於舞臺演出才能考量周備。中國古典戲劇以詩歌為本質，具有濃厚的文學性，但以「舞臺」為最終依歸的原則，與其他戲劇並無二致。曾師永義於〈評騭中國古典戲劇的態度與方法〉一文〔註1〕提出評論古典戲劇的八項標準——本事動人、主題嚴肅、結構謹嚴、曲文高妙、音律諧美、賓白醒豁、人物鮮明、科諢自然，並且說明：

> 倘劇作止於本事動人、主題嚴肅、曲文高妙三者具備，或甚至於僅
> 曲文高妙一項，則不失為案頭之曲；倘結構謹嚴、音律諧美、科諢
> 自然、賓白醒豁四者兼備，則堪為場上佳劇。倘曲文高妙，又加以
> 場上四項，則不失為案頭、場上兩兼之佳作。

「案頭之曲」是就文學的角度而論，「場上佳劇」則是從搬演的觀點出發，可知對古典戲劇的評論應該兼顧文學藝術與舞臺藝術兩個層面，二者兼美，固為佳作，但若就戲劇本身的獨特意義與價值而論，舞臺效果的考量實比文學性的高低更為重要。

　　古典戲劇的舞臺藝術表現與「排場」密切相關，王季烈《螾廬曲談》卷二〈論作曲〉第四章〈論劇情與排場〉論及「排場」對於戲劇搬演的重要：

> 作傳奇者，情節奇矣，詞藻麗矣，不合宮調則不能付之歌喉；宮調

_____

〔註 1〕此文收錄於永義師所著《說戲曲》一書。

合矣，音節諧矣，不講排場則不能演之氍毹。

「情節奇矣，詞藻麗矣」，只具備案頭閱讀的樂趣；「宮調合矣，音節諧矣」，充其量也只增添了聆賞音樂之美的興味；唯有「演之氍毹」，才是真正的戲劇，而劇作欲施於場上搬演則須講求「排場」。

張師清徽於《明清傳奇導論》第四編第一章〈傳奇分場的研究〉中也提到：

> 一部傳奇的編撰，重心是寄託在舞臺上的演出，由演出上表現編劇的手法。……所以傳奇中一場一場的佈置，原是發展整個故事形式的基本骨架，場面一亂，或是不夠完全，那麼這部劇本，便要解體，因此分場是很重要的，……一部傳奇表現的手法，全都依據在這些場面的組成上。

分場以及各種場面的組織安排是影響傳奇在舞臺上演出成功與否的關鍵。

王季烈與清徽師皆強調劇本的創作是以實際演出為最終目的，而「排場」則為影響戲劇搬演成敗的重要因素。兩人所論均針對傳奇而言，實則一切戲劇都必須在舞臺上演出才具有意義，傳奇如此，元雜劇何獨不然？「排場」既對古典戲劇的舞臺表現具有重要的影響，又豈是傳奇所獨有？但長久以來對於元雜劇的評論角度往往侷限於文學價值的分析，鮮有從排場觀點探討其舞臺藝術優劣者。自明代以來，對元雜劇文詞的稱賞即普遍出現於筆記式的曲評曲話中，即使是近代對元雜劇進行整體研究的專著亦然。如王國維《宋元戲曲考》〈元劇的文章〉即將元雜劇視為元代文學的代表作：

> 若元之文學，則固未有尚於其曲者也。元曲之佳處何在？一言以蔽之，曰自然而已矣。古今之大文學無不以自然勝，而莫著於元曲。

再如吉川幸次郎於《元雜劇研究》下篇〈元雜劇的文學〉以三、四兩章的篇幅專門討論元雜劇的文章，他將元雜劇的文學表現視為元雜劇研究的核心：

> 雜劇作者的關心重點，與其說在事件的構成，毋寧說在如何用恰當美麗的歌辭，來敘述這種已被構成的事件。因此，以語言表現為中心來研究元曲，在研究整個元曲的過程上，可說是最重要的一環。

吉川對元雜劇文學價值的論述，主要在探討其語言運用。他認為元雜劇成功的運用口語，形成活潑的文學特質，此一特質使元雜劇具有高度的寫實力，超越傳統文學的侷限，可以描寫傳統文學所無法描寫的情景，而對於傳統文

學所慣寫的題材，不但可以並駕齊驅，甚且可以凌駕其上，對元雜劇的語言可謂讚賞備至。

　　元雜劇的文學價值早有歷史定評，但元雜劇畢竟不是專爲案頭吟賞而寫的文學作品，它活躍在舞臺上一百多年，元代勾欄的盛況足爲明證。元雜劇的本質是爲舞臺搬演而創作的戲劇作品，對元雜劇的研究自應將舞臺藝術的表現納入方可臻於完備。古典戲劇搬演的成敗優劣既與「排場」密切相關，對元雜劇排場做一全面探討實爲一重要課題。

第二節　排場的涵義

　　「排場」一詞通常用來表示藉以顯現身分地位的鋪張場面，此一詞彙之運用自古已然，如《宋史・禮志》〈嘉禮〉四「宴饗」記載：

　　　凡大宴，有司預於殿庭設山禮排場，爲群僊隊仗，六番進貢，九龍
　　　五鳳之狀。

於大宴時設「排場」以顯示天子威儀。又如《紅樓夢》第二十四回：

　　　賈芸深知鳳姐是喜奉承、愛排場的。

時至今日，仍有「擺排場」、「排場盛大」等用語，表示人們爲炫耀身分而做的種種布置。「排場」一詞在日常生活中每多用以形容鋪張紛華的場面措施，實則此一詞彙原與戲劇歌舞等表演密切相關，如南呂一枝花套「嘆秀英」中〔梁州第七〕一曲云：

　　　忍恥包羞排場上坐，念詩執板，打和開呵。

所言「排場」意指戲場、舞臺。又如《紅樓夢》第二十二回，寶釵點了「山門」這齣戲，對寶玉言道：

　　　你白聽了這幾年的戲，那裡知道這齣戲的好處，排場又好，辭藻更
　　　妙。

「排場」一詞當表示戲劇演出的場面。

　　「排場」本與表演有關，之後成爲戲劇的專門術語，更進而爲日常生活所引用。本文以元雜劇排場爲研究主題，自應從戲劇的角度對「排場」一詞的涵義加以界定。「排場」與古典戲劇產生緊密連繫始自清代，民國以後更成爲評論研究古典戲劇的重要觀點〔註2〕，排場的涵義也隨著排場理論的演進而

―――――――――――――――――――

〔註2〕關於排場與古典戲劇之間的關係，以及排場理論的發展詳見下節。

逐漸完備明確。有關「排場」涵義之說明始見於王季烈《螾廬曲談》卷二第四章〈論劇情與排場〉：

> 演劇者之上下動作謂之排場。

意爲「排場」是演員由上場到下場的一段表演，此一定義無法顯示排場的實質內涵，亦無從得見排場與全劇的關係，失之粗略。王沛綸《戲曲辭典》中對「排場」的定義是：

> 謂腳色分配，如何可以勻稱，排場冷熱，如何可以調劑也。

解說籠統，大約表示排場與腳色運用有關，且必須留意搬演場面的調劑。作者又以「排場」解釋「排場」，無法釐清排場的意義。

張清徽師提出「傳奇分場」之說，認爲「傳奇中一場一場的佈置，原是發展整個故事形式的基本骨架」（見《明清傳奇導論》第四編〈傳奇分場的研究〉），此說已觸及戲劇結構，實謂全本傳奇係由「場」結構組織而成，換言之，「場」爲傳奇結構的基本單位。清徽師的看法證諸中國戲劇發展的歷史是可以確實成立的。

中國劇場的舞臺裝置一向非常簡單，不設布景，在演出之前，舞臺只是不具任何意義的實體空間，待劇中人物上場後，舞臺才成爲表示特定時空的戲劇情境，劇中人物下場，結束一段演出，舞臺又恢復爲空蕩蕩的實體空間。隨著一場場戲的連接轉移，戲劇情節向前推進，各種表演技藝也在場上一一呈現，一場戲就是一個完整的表演段落。中國戲劇從小戲開始，即已具備以「場」做爲基本單位的結構雛型，如崔令欽《教坊記》所載「踏謠娘」的演出情形：

> 丈夫著婦人衣，徐步入場行歌。每一疊，旁人齊聲和之，云：「踏謠，和來！踏謠娘苦，和來！」

這齣小戲的演出是以演員入「場」進入戲劇情境，演出一段受虐妻子的心聲。再如宋雜劇的演出情形：

> 先做尋常熟事一段，名曰「豔段」；次做正雜劇，通名兩段。……又有雜扮，或曰「雜班」，又名「紐元子」，又謂之「拔和」，即雜劇之後散段也。（見吳自牧《夢梁錄》卷二十「妓樂條」）

宋雜劇的結構共計四段，豔段和散段是各自獨立的，一爲引子，一作結尾，而以正雜劇兩段爲主體，正雜劇的兩段是演出同一名目、性質相類，但各自獨立的兩個故事。因此，宋雜劇其實是由四個獨立的小戲所組成的「小戲群」

〔註3〕，包含四個段落，也就是四場小戲。及至大戲成立，雖然演出一氣貫串之事，但情節的發展仍爲段落式進行，每一段落即是「一場」，清徽師的「傳奇分場說」以「場」的聯綴布置做爲傳奇結構的骨架，與中國戲劇的結構原理是相符的。推廣而論，誠如永義師所言：

> 中國戲劇組織結構的基本單位就是「排場」，儘管唐宋金元四代從廣場演出發展到舞基、舞亭，乃至於固定的勾欄或舞樓演出，而其戲劇之進行爲連續性之「排場」則一，「排場」必自成段落，也是中國戲劇的基本原理。（見《詩歌與戲曲》〈說排場〉）

元雜劇體製例分四折，然每折或分爲若干場次〔註4〕，實際仍是以「場」爲結構單位，因此元雜劇的排場即是元雜劇結構的基本單位。排場做爲元雜劇結構的基本單位，其實質內涵爲何，永義師曾加以說明：

> 所謂「排場」是指中國戲劇的腳色在「場」上所表演的一個段落，它是以情節關目的輕重爲基礎，再調配適當的腳色、安排相稱的套式、穿戴合適的穿關，通過演員唱作念打而展現出來。（見《詩歌與戲曲》〈說排場〉）

永義師具體說明排場所包含的各項構成要素，實已明確界定排場的完整涵義。

　　總結而論，元雜劇的排場是全劇結構的基本單位，表示舞臺上演出的一個段落，此一段落由情節、腳色、套式、賓白、科汎、穿關砌末六項要素構成，整本元雜劇即由各排場連貫結構而成。

第三節　歷來排場理論綜述

　　永義師於《詩歌與戲曲》一書所收錄〈說排場〉一文中，曾將自元代以來有關排場的理論做一歸納整理，加以評述，本節即以此文爲依據，而於資料上擇要補充，綜述歷來排場理論發展概況。

一、民國之前排場概念的演進

（一）元代「排場」一詞的運用

　　「排場」一詞最早見於元曲，如關漢卿雜劇〈謝天香〉第二折中錢大尹

〔註3〕見永義師《詩歌與戲曲》〈中國古典戲劇的形成〉一文。
〔註4〕詳見下節「元雜劇排場理論的發端」。

欲納謝天香為妾，謝天香以兩人地位懸殊為理由婉拒，唱〔牧羊關〕一曲：

　　　相公名譽傳天下，妾身樂籍在教坊，量妾身則是箇妓女排場，相公
　　　是當代名儒，妾身則好去待賓客供些優唱。

曲文中以「妓女排場」表示自己的身分，用「排場」一詞實與其「待賓客、供優唱」的生活方式有關。元代樂籍中人有「應官身」的義務，也就是在官府的宴會上表演歌舞戲劇，而對於一般客人亦以清歌妙舞侍筵佐歡，才藝出眾的歌妓甚至受到文人雅士的青睞，賦歌酬贈，如《雍熙樂府》卷九收錄南呂〔一枝花〕套〈贈歌妓〉中的〔梁州第七〕一曲：

　　　畫堂深別是風光，叢林中獨占排場。歌一聲嬌滴滴皓齒歌，歌金縷
　　　似流鶯窗外玎璫；彈一曲嫩纖纖尖指彈，彈銀箏勝鐵馬簷間驟響；
　　　舞一遍俏盈盈細腰舞，舞霓裳若蝴蝶花底飛揚。少年，正當，三千
　　　隊裡知名望。那風流那歌唱，高髻雲鬟宮樣粧，端的是國色無雙。

作者因為這位歌妓出色的才藝而稱讚他「獨占排場」，「排場」一詞顯然具有指涉各種表演的意味。又如湯式〔沈醉東風〕「悼女伶」：

　　　檀板歇聲沈鷗鴣，翠盤空香冷氍毹，嬌鶯喚不醒，杜宇催將去，錦
　　　排場等閒分付，多管是無常緊趁逐，都不由東君做主。

「檀板歇，翠盤空」是悼念女伶的歌聲舞影，「氍毹」則是當日喝采聲喧的表演舞臺。此處的「排場」已意謂著舞臺上歌舞演出的情況。

　　　元代的歌妓除了「待賓客、供優唱」之外，同時也參加勾欄裡雜劇及其他才藝的表演，勾欄裡的演出亦常用「排場」一詞。如睢玄明般涉〔要孩兒〕套〈詠鼓〉中〔二煞〕一曲有云：

　　　排場上表子偷晴望，恨不得街上行人將手拖。

又如《青樓集》「趙梅哥」條云：

　　　張繼娶和當當，雖貌不揚，而藝甚絕，在京師曾接司燕奴排場，由
　　　是江湖馳名。

所言「排場」皆表示演出的場所。勾欄裡正式演出之前女伶要先坐在「樂床」上吸引觀眾，稱為「坐排場」。高安道般涉〔哨遍〕套〈嗓淡行院〉描寫元代勾欄中演出的情形，其中〔七煞〕一曲即描述了「坐排場」的情況：

　　　坐排場眾女流，樂床上似猢頭，樂唆報是十分丑。一個個青布裙緊
　　　緊的兜著奄老，皂紗片深深的裹著額樓。棚上下把郎君溜，喝破子
　　　把腔兒莽誕，打訛的將納老胡颩。

勾勒出女伶坐排場時的妝扮、神情和表演清唱的情況。此外，在勾欄中表演則稱為「做排場」，如無名氏仙呂〔點絳唇〕套〈贈妓〉中〔後庭花〕一曲云：

喚官身無了期，做排場抵暮歸。

又雜劇《藍采和》第一折演出漢鍾離前往勾欄度脫藍采和，一進勾欄就往樂床上一坐，王把色對他說：

這個先生，你去那神樓上或腰棚上看去，這裡是婦人做排場的，不是你坐處。

「做排場」是進行表演，「做排場」之處即為舞臺，漢鍾離坐在舞臺上，自然不宜，因此王把色請他往觀眾席──神樓、腰棚上去。同劇第一折〔梁州〕一曲云：

若逢對棚，怎生妝點的排場盛。

「對棚」指的自然是和別的劇團打對臺，這時臺上的演出就要格外熱鬧講究。此處的「排場」意指舞臺上的演出情形。

由於元代「排場」一詞與歌舞戲劇等各種表演相關，而青樓妓女又皆身兼女伶之事，因此「排場」便每每與風月生活相連繫。如關漢卿南呂〔一枝花〕套〈不伏老〉中〔梁州第七〕一曲自稱：

占排場風月功名首，更玲瓏又剔透。我是個錦陣花營都帥頭，曾翫府遊州。

表白自己風流浪蕩的生活。又如無名氏商調〔集賢賓〕套〈佳遇〉〔醋葫蘆么篇〕一曲云：

你看他綠雲擾擾玉釵橫，誰似占斷排場風月景，若寫入丹青圖，縱尋得畫昭君妙筆難畫成。

讚誦風月場中的一位佳人。

元人所謂「排場」主要和各種表演有關，或指演出的場所，或指舞臺上演出的情形，此時「排場」一詞並不專為戲劇所有。

（二）明代與「排場」相關的曲論

明初賈仲名續《錄鬼簿》，以〔凌波仙〕曲弔趙子祥云：

一時人物出元貞，擊壤謳歌賀太平，傳奇樂府時新令。錦排場，起玉京。害夫人，崔和擔生。白仁甫，關漢卿。麗情集，天下流行。

《害夫人》、《崔和擔生》為趙子祥雜劇作品，此處所言「錦排場」，已具有搬演雜劇的意味。至萬曆年間，臧懋循以「排場」專指戲劇演出，其於《元曲

選·序二》云：

> 而關漢卿輩爭挾長技自見，至躬踐排場，面傅粉墨以爲我家生活，
> 偶倡優而不辭者，或西晉竹林諸賢託杯酒自放之意，予不敢知。

謂關漢卿等人「躬踐排場」，意指這些劇作家實際參與戲劇演出。除臧懋循與賈仲名外，明代其他戲曲著述未見「排場」一詞，不過仍有不少曲論是以實際搬演的觀點對劇作加以評析，雖然沒有揭櫫「排場」二字，但這些看法實與排場有關，並爲後世排場理論初立基礎。如徐復祚《曲論》評《琴心記》云：

> 第頭腦太亂，腳色太多，大傷體裁，不便於登場。

認爲戲曲搬演應留意關目布置與腳色運用，情節主線必須清晰，避免「頭腦太亂」，場上腳色也不宜紛繁。

凌濛初《譚曲雜箚》云：

> 戲曲搭架，亦是要事，不妥則全傳可憎矣。舊戲無扭捏巧造之弊，
> 故都大雅可觀。今世愈造愈幻，假托寓言，明明看破無論，即眞實
> 一事，翻弄作烏有子虛，總之，人情所不近，人理所必無，世法既
> 自不通，鬼謀亦所不料，兼以照管不來，動犯駁議，演者手忙腳亂，
> 觀者眼暗頭昏，大可笑也。

強調劇作的內容必須合情合理，如果硬要扭捏造作，全劇結構必然自相牴牾，實際演出時亦必笑話百出。

祁彪佳《遠山堂曲品》、《遠山堂劇品》評論四百六十六種傳奇，二百四十二種雜劇，對劇作的評析亦頗重視演出的效果，如評《鸚鵡洲》：

> 世之評者云「局段甚雜，演之覺懈」，是才人語，非詞人手。

此劇演出效果不佳的原因在於「局段甚雜」，亦即結構失當，頭緒過繁。祁彪佳論劇首重「構局」，如評《四豪記》：

> 首以周天王之分封，合之以邯鄲解圍，中分記其事，各五六齣，如
> 四節例，構局頗佳。

又如評《中流柱》云：

> 傳耿樸公強項立節，而點綴崔、魏諸事，俱歸之耿公，方得傳奇連
> 貫之法，覺他人傳時事者，不無散漫矣。

由其評語看來，所謂「構局」是就情節關目的布置而言。

徐、凌、祁三家論曲雖能著眼於舞臺演出，但只偏重情節關目的布置，

呂天成《曲品》卷下引述舅祖孫鑛所提出的評曲十要，則對影響戲曲搬演成敗的因素有較周全的考量：

> 凡南劇，第一要事佳，第二要關目好，第三要搬出來好，第四要按宮調、協音律，第五要使人易曉，第六要詞采，第七要善敷衍，淡處做得濃、閒處做得熱鬧，第八要各腳色派得均妥，第九要脫套，第十要合世情、關風化。持此十要以衡傳奇，靡不當矣。

他明確表示戲曲要「搬出來好」，而二、四、五、七、八、九各項其實都是使得戲曲搬演成功的因素。孫鑛的評曲標準雖然涵括了與舞臺藝術有關的多項因素，但只是提綱挈領式的條列出來，並未對各項因素加以詳論。

王驥德承續孫鑛的評曲觀點，並進一步加以闡述。他認為劇作應該兼具文學性與舞臺性：

> 其詞格俱妙，大雅與當行參間，可演可傳，上之上也；詞藻工，句意妙，如不諧里耳，為案頭之書，已落第二義；既非雅調，又非本色，掇拾陳言，湊插俚語，為學究、為張打油，勿作可也。（《曲律》卷三〈論劇戲第三十〉）

「詞」指劇作的文學性，「格」指劇作的舞臺性〔註 5〕，兩者並重兼美方為上乘佳作，若徒具華詞美句，無法實際演出，已失去戲劇的真正意義，因此戲曲創作應觀照舞臺演出的效果：

> 以全帙為大間架，每折為段落，以曲白為粉堊、為丹臒；勿落套，勿不經；勿太蔓，蔓則局懈，而優人多刪削；勿太促，促則氣迫，而節奏不暢達；毋令一人無著落，毋令一折不照應。傳中緊要處，須著重精神，極力發揮使透。如《浣紗》遺了越王嘗膽及夫人採葛事，紅拂私奔，如姬竊符，皆本傳大頭腦，如何草草放過。若無緊要處，只管敷演，又多惹人厭憎，皆不審輕重之故也。又用宮調，須稱事之悲歡苦樂，如遊賞則用仙呂、雙調等類，哀怨則用商調、越調等類，以調合情，容易感動得人。（《曲律》卷三〈論劇戲第三十〉）

王驥德所論包含曲白、腳色、情節、套式四項，在曲白方面，或採麗詞、或用本色語，應適當運用，勿落俗套，亦忌荒誕不經；在腳色方面，須使每一

〔註 5〕參見李惠綿《王驥德曲律研究》第三章〈曲之體製結構論〉，《臺灣大學文史叢刊》第九十集。

腳色有所發揮；在情節方面，應詳審輕重，對緊要之處須極力敷演，至於非緊要處，帶過即可；在套式方面，須與情節悲歡苦樂之情調相稱，使聲情與劇情融合無間。他雖然只提出了扼要的說明，但已相當準確的掌握住舞臺演出的關鍵因素。

（三）清代與「排場」相關的曲論

逮及清初，李漁作《閒情偶寄》，其中〈詞曲部〉和〈演習部〉專論戲劇，建立了謹嚴周備的戲劇理論體系，涵括了戲劇藝術各方面的相關問題，而以戲劇的舞臺性為理論核心，他說：「填詞之設，專為登場。」（《閒情偶寄》卷四〈選劇第一〉），因此對於戲劇創作的種種看法皆從舞臺搬演的角度出發。笠翁論曲，以結構為第一要義，《閒情偶寄》卷一〈結構第一〉云：

> 至於結構二字，則在引商刻羽之先，拈韻抽毫之始。……作傳奇者不宜卒急拈毫，袖手於前，始能疾書於後。有奇事方有奇文，未有命題不佳而能出其錦心、揚為繡口者也。嘗讀時髦所撰，惜其慘澹經營，用心良苦，而不得被管弦、副優孟者，非審音協律之難，而結構全部規模之未善也。

劇作須具備良好的結構方能「被管弦、副優孟」，於舞臺實際演出。笠翁又別立七款對戲劇結構詳加說明——戒諷刺、立主腦、脫窠臼、密針線、減頭緒、戒荒唐、審虛實。其中「戒諷刺」實關乎戲劇的主題思想，「戒荒唐」、「審虛實」則為戲劇題材的選擇與運用，其餘四款才真正與戲劇結構有關。「立主腦」、「脫窠臼」、「密針線」、「減頭緒」論及情節的主從輕重、埋伏照映等問題，可見笠翁的結構論係針對情節關目的布置而設。

除結構外，笠翁尚論及腳色的表演特質各不相同，用曲填詞務須與其特質配合。《閒情偶寄》卷一〈詞采第二〉「戒浮泛」條云：

> 極粗極俗之語，未嘗不入填詞，但宜從腳色起見。如在花面口中，則惟恐不粗不俗；一旦涉生、旦之曲，便宜斟酌其詞。無論生為衣冠、仕宦，旦為小姐、夫人，出言吐詞，當有雋雅從容之度。即使生為從僕，旦做梅香，亦須擇言而發，不與淨丑同聲。以生、旦有生、旦之體，淨、丑有淨、丑之腔故也。

根據腳色特質填寫曲詞為基本原則，但仍須就腳色所扮演的人物類型靈活變化，《閒情偶寄》卷一〈結構第一〉云：

> 填生旦之詞，貴于莊雅，製淨丑之曲，務帶詼諧，此理之常也。乃

> 忽遇風流放佚之生旦，反覺莊雅爲非；作迂腐不情之淨丑，轉以詼
> 諧爲忌。諸如此類者，悉難膠柱。

笠翁論腳色包含腳色所具備的表演特質和所扮飾的人物類型兩方面，腳色所使用的語言必須與這兩方面相合，才能獲得良好的演出效果。笠翁論曲未運用「排場」一詞，所述關目布置、腳色聲口皆與場上搬演密切相關，已爲排場理論開啓端緒。

　　標舉「排場」一詞運用於戲曲創作與戲曲評論始自清康熙年間南洪北孔，兩人皆明白表示個人創作戲曲時對排場的重視，洪昇《長生殿》例言云：

> 憶與嚴十定偶坐皋園，談及開元、天寶間事，偶感李白之遇，因作
> 《沈香亭》傳奇，尋客燕臺，亡友毛玉斯謂排場近熟。因去李白，
> 入李泌輔肅宗中興，更名《舞霓裳》，優伶皆久習之。後又念情之所
> 鍾，在帝王家罕有，馬嵬之變，已違夙誓，而唐人有玉妃歸蓬萊仙
> 院，明皇遊月宮之説，因合用之，專寫釵盒情緣，以《長生殿》題
> 名。

洪昇所說的「排場」從文意來看應是著眼於情節關目而論。孔尚任《桃花扇》凡例云：

> 排場有起伏轉折，俱獨闢境界，突如其來，倏然而去，令觀者不能
> 預擬其局面。凡局面可擬者，即厭套也。

孔尚任以「局面」、「境界」論排場，當指舞臺上所呈現的戲劇場面而言，但具體內容爲何則未進一步說明。

　　降至咸同年間，曲論家開始以「排場」來評論劇作，如楊恩壽《詞餘叢話》：

> 笠翁《十種曲》……位置、腳色之工，開合、排場之妙，科白、打
> 諢之婉轉入神，不獨時賢罕與頡頏，即元明人亦所不及，宜其享重
> 名也。（卷二）
>
> 《琵琶記》……無論其詞之工拙也，即排場關目，亦多疏漏荒唐。
> （《續話》卷二）

其對排場的看法偏重於情節關目而言。

　　又如梁廷枏《曲話》：

> 吳昌齡《風花雪月》一劇……布局排場，更能濃淡疏密相間而出。

（卷二）

《桃花扇》以餘韻作結，脫盡團圓俗套。乃顧天石改作《南桃花
扇》，使生旦當場團圓，雖其排場可快一時之耳目，然較之原作，孰
優孰劣，識者自能辨之。（卷三）

以「布局」、「濃淡疏密」論排場，顯然指舞臺上戲劇場面的承接轉折而言，
與孔尚任的說法相近。

「排場」在元代泛指各種表演藝術的演出場合以及舞臺上表演的情況，
並不專就戲劇而言。至明代，唯臧懋循與賈仲名以「排場」表示戲劇搬演，
一般戲曲著述並未揭櫫「排場」一詞，直到清代洪昇、孔尚任以後才將「排
場」運用於戲曲創作與評論。由明至清初，雖然各家曲論未就「排場」一詞
明確論述，但卻提出許多關於戲劇搬演的觀點，諸如關目布置、腳色運用、
套式配搭等，儘管論說未盡詳明，實已為排場理論的建立奠下基礎。

二、傳奇排場理論的建立

（一）許之衡的排場理論

清代曲家雖然將「排場」運用於戲曲創作與評論，但只是籠統提出此一
概念，並未具體說明「排場」的涵義，對於「排場」與戲劇間的關係亦缺少
清楚詳盡的論述。民國以後，學者對「排場」更加重視，初期以傳奇排場為
探討對象，逐步建立起傳奇排場的理論體系。許之衡首先對「排場」提出了
較為具體的說明，他於《曲律易知》一書中專立〈論排場〉一章，開宗明義
即強調排場的重要性：

作傳奇第一須知排場，若不知排場，鮮不笑柄百出者。唯排場千變
萬化，似不易以筆墨罄，且向來論曲之書，未論及此，然此為最要
關鍵，不宜以其繁難而秘之也。

許之衡以為「知排場」是作傳奇的第一要務，但對於究竟何謂「排場」並沒
有加以界定說明，而直接從劇情和套數的關係來討論排場。他把劇情分為歡
樂、悲哀、遊覽、行動、訴情、過場短劇、急遽短劇、武裝短劇八類，每類
各舉若干傳奇套數為例，足見許氏認為排場的構成是以劇情為基礎，配搭適
合的套數，以使劇情、聲情相融無間。進一步言，套數是由曲牌聯綴而成，
每支曲牌悲喜文武粗細等性質各有不同，與劇情之間亦各有適當的相應關
係，必須「依劇情之變動而定所用之曲牌」，若不明曲牌性質，用曲與劇情產

生扞格，排場必隨之紊亂，因此辨明曲牌性質便成爲組織排場的首要工作。

　　劇情類型與套數聲情必須配搭，當劇情轉變時，套數自然亦隨之改換，許之衡以此觀點論述排場的變動：

> 以曲律言，排場變動，則換宮換韻自無妨，……如《長生殿》〈埋玉〉
> 折，粉孩兒至紅繡鞋一套爲縊妃埋玉，乃中呂用家麻韻；後接朝元
> 令爲扈從繞行，乃雙調用廉纖韻。……亦有換宮而不換韻者，如〈尸
> 解〉折，正宮雁魚錦一套用尤侯韻，下換南呂香柳娘數支亦用尤侯
> 韻；前者妃魂自嘆，後者尸解正文。

此外，許之衡並論及不同排場應相間配置：

> 作傳奇最不可少者惟短劇，蓋短劇者，於搬演所以均勞逸，於章法
> 所以聯線索，繁簡相間，乃爲當行也。

若全劇連場長曲大套，將使演者不勝負荷，觀者亦不免耳目疲憊。間用短劇，可收調劑之效。

　　許之衡的排場觀是以劇情和套數爲構成排場的兩大要素，根據劇情類型擇用套數，兩者配搭合宜與否是評斷排場優劣的依據。並主張適當配置短劇，以使繁簡相間，調和戲劇節奏。

（二）王季烈的排場理論

　　繼許之衡後，王季烈亦於《螾廬曲談》卷二〈論作曲〉專立〈論劇情與排場〉一章對傳奇排場加以論述。他首先爲排場下了簡單的定義：

> 悲歡離合，謂之劇情，演劇者上下之動作，謂之排場，欲作傳奇，
> 此二事最須留意。

他認爲排場是演員由上場到下場的一段演出。王季烈同樣強調劇情和套數之間的配搭，他將南曲曲情分爲歡樂、遊覽、悲哀、幽怨、行動、訴情六門加上普通、武劇、過場短劇、文靜短劇四類，每類各舉若干傳奇套數爲例，與許之衡所言大致相同。不過，王季烈更提出套數曲情和演唱腳色的配合：

> 訴情一類皆屬細膩熨貼、情致纏綿之曲，且多係大套長曲，一部傳
> 奇中主要之折宜用此種套數，宜於生、旦所唱。歡樂一類，宜於同
> 唱，游覽及行動二類，亦多宜於同唱。悲哀幽怨二類，則多宜於旦
> 唱，小生唱亦可用之。至生、淨遇哀劇以北曲爲宜，如北南呂各套，
> 最適於闊口悲劇之用。總之闊口所唱，北詞居多，南詞僅十之二三，
> 蓋南曲柔靡，少雄壯之音，故不適生淨之口吻也。……此外尚有粗

曲如普賢歌、光光乍之類，則限於丑淨所唱。

各門腳色聲口不同，適合演唱的套數亦各有分際，二者須配合得宜。關於腳色方面，王季烈並論及全本傳奇腳色的派用須以「各門具備，不宜重複」為原則：

> 一部傳奇所派之腳色，必須各門俱備，而又不宜重複者，一以均演者之勞逸，一以新觀者之耳目。

對於不同排場的調劑配搭也有所說明：

> 若第一折生唱，第二折旦唱，則第三折必須用鬧口或同場熱鬧之劇。若慢曲長套二三折之後，必須間以過場短劇，或丑淨所演之諧劇。

調劑之法在於冷熱兼濟，繁簡相間。王季烈進一步說明傳奇全本排場的架構原則，他的觀點表現在對《長生殿》的評論中：

> 長生殿全部傳奇共五十折，除第一折傳概，為上場照例文章外，共計四十九折，不特曲牌通體不重複，而前一折之宮調與後一折之宮調，前一折之主要角色與後一折之主要角色決不重複。……其選擇宮調，分配角色，布置劇情，務使離合悲歡，錯綜參伍，搬演者無勞逸不均之慮，觀聽者覺層出不窮之妙，自來傳奇排場之勝，無過於此。

王季烈的排場理論是以劇情、套數、腳色為構成排場的三項要素，以劇情類型為基礎，配搭聲情合宜的套數，分派適當的腳色。就全本傳奇排場的架構而言，不論選擇宮調、分配腳色、布置劇情均須避免重複，以「均演者之勞逸，新觀者之耳目」，並須顧及冷熱繁簡的調劑。劇情、套數、腳色三要素間的搭配是否合宜，以及整體排場是否合於錯綜參伍、避免重複的原則是排場優劣的評判標準。

（三）吳梅的排場說

民國初年另一位重要的曲論家吳梅雖然沒有專門為排場立論，但在其戲曲論著中對排場的重要性亦一再強調。《顧曲塵談》第二章〈制曲〉第一節〈論作劇法〉云：

> 故填詞者，在引商刻羽之先，拈韻抽毫之始，須將全部綱領，布置妥貼，何處可加饒折，何處可設節目，角色分配，如何可以勻稱，排場冷熱，如何可以調劑，通盤籌算，總以脈絡分明，事實離奇為要。

又云：

> 填詞一道，文人下筆，欲詞采富麗，恢恢乎游刃有餘，而欲排場嶄
> 新，則難之又難，蓋此皆優伶之事，不甚措意，而所失即在於此，
> 不可不審慎出之也。

論及關目布置，腳色分配，並提出「劑冷熱」、「新排場」的看法。

（四）張清徽的傳奇分場說

在許之衡、王季烈之後，對傳奇排場更加深入探討的是張師清徽。清徽師在《明清傳奇導論》第四編專立〈傳奇分場的研究〉一章，又在〈南曲聯套述例〉一文中〔註6〕立「傳奇組場與聯套的關係」一節，對傳奇排場有周備詳盡的說明。

清徽師認為傳奇中一場一場的佈置是發展整個故事形式的基本骨架，分場適當，才能在實際演出中獲得成功。傳奇的分場如果以關目分量為依據，可以分成大場、正場、短場、過場；若以表現形式區分，則可分為文場、武場、文武全場、鬧場、同場、群戲，後者是依存於前者之中。清徽師對各類排場的構成條件以及在全劇中的作用都加以具體說明（詳見〈傳奇分場的研究〉），並且依據關目分量和表現形式分別排場的類型，如「文細正場」、「群戲大場」、「武過場」等，由於分類基準一致，可以清楚顯示各排場類型的特點，並將各類排場作一明確區別。

分場的重點除了情節關目之外，還須顧及音樂的配搭和腳色的唱做分量。關於這兩方面，清徽師在許之衡和王季烈的基礎上有更進一步的論述。就音樂配搭而言，清徽師除了舉例說明劇情類型與套數間的相應關係，並且認為不同的排場類型亦各有其相應的套數。對於劇情變動、排場轉移時套數的相應變化，清徽師不止提出移宮換羽的總原則，更引證說明具體的作法（詳見〈南曲聯套述例〉）。

至於腳色的唱做分量方面，除了承續王季烈「均勞逸、新耳目」腳色運用原則，清徽師更注重腳色特性的發揮。一部劇作固然有全劇的主腳，但某一場戲的主腳、副腳卻是依據該場戲中腳色的唱做分量來區分，不受腳色在全劇中的分量限制。由於各門腳色所扮飾的人物類型以及所具備的表演技藝有所不同，組織排場須留意讓各門腳色皆有主場的機會，才能充分展現腳色

〔註6〕此文見臺灣大學〈文史哲學報〉第十期，又收錄於《清徽學術論文集》。

的表演特質。再就全劇的腳色分派而言，清徽師於《明清傳奇導論》第四編第二章〈傳奇的分場與分腳〉談到：

> 腳色的分配，有關場面的組合，在原則上，是必須使用勻稱，尤其要注意的是主角和第一副主角，並不限於生、旦，總是看故事的主旨和分科〔註7〕的特質而定。

清徽師突破了傳統認為傳奇必以生、旦為主腳的觀念，強調依據情節需要決定腳色分量。其次，腳色的選擇必須扣緊人物類型與性質，清徽師舉例說：

> 由於唱詞的粗細，是跟腳色的身分走的，所以腳色的身分一錯，選調選詞，粗細便失去了標準，山亭（虎囊彈）裡的魯智深，是以頭陀身分出現，所以唱寄生草很配合，假使是強盜腳色，便屬不類。
>
> 又如水滸記中，歌場俗傳的借茶活捉，旦丑兩角誤照風花雪月演出，以致文謅謅的大唱梁州新郎、漁燈兒、錦漁燈一些文靜細膩的曲子，以俊雅的詞情聲韻，來配合傖俗的動作，自然是不倫不類。

每門腳色各有一定的聲口和表演方式，如果分派不當，不能與人物的類型、性質相合，搬演的效果必然大打折扣，甚至笑柄百出。關於全本傳奇排場的布置，王季烈曾經提出「避免重複」的原則，清徽師則具體說明不同類型的排場如何配搭連貫：

> 第一：各場面目，不可重複。正場與大場必須相間配用，但正場次數必多於大場。
>
> 第二：全部傳奇，祇規定幾個大場，插用的位置或隔幾個正場插一個大場，或在最後結束全戲階段中連用兩三個大場，以抓緊觀眾的注意力。凡此都看故事發展的關鍵而定，未可拘於一格。
>
> 第三：無論大場和正場，或文或武，或鬧或靜，或唱或做的特色，都不可以連場不變。
>
> 第四：各場的場面，必須與故事關目的分量扣得緊湊，扣得妥貼。假使不是重大情節，或不強調熱鬧的場面，決不可以配組大場；沒有佳勝的詞章和名曲，亦不可濫組大場。

〔註 7〕所謂「分科」是借自《太和正音譜》將元雜劇分為十二科的觀念。這十二科是：一神仙道化，二林泉丘壑，三披袍秉笏，四忠臣烈士，五孝義廉節，六叱奸罵讒，七逐臣孤子，八鏺刀趕棒，九風花雪月，十悲歡離合，十一煙花粉黛，十二神頭鬼面。可知分科即是對情節的概括分類。

總結清徽師的排場理論，以關目情節的輕重、腳色人物的主從和套數聲情的配搭爲傳奇分場的三大基礎，並觸及科汎、穿關等襯托排場氣氛情調的相關因素，同時對於全本傳奇排場的連貫配搭加以具體說明，所關涉的層面可稱周備。

傳奇排場理論的建立始自許之衡和王季烈，兩人論排場皆首重劇情與套數的配搭，他們將千變萬化的劇情概分爲若干類型，再從歷來傳奇作品中擇取一些套數爲例證說明兩者間的相應關係，用力頗深，但在分類上卻有含混不清的缺失。如悲哀、歡樂是就劇情的情調區分，行動、訴情是就劇情的內容區分，過場、短劇又是就劇情在全劇中的分量區分，分類標準不一，套數與劇情的關係便不夠明確，也無法清楚分別排場的類型。除了劇情與套數的配搭外，兩人對於腳色的運用以及排場的連貫配置也有初步概括性的的論說。吳梅雖然強調排場的重要，但是並未就排場的相關問題，諸如排場的涵義、構成、連貫等，提出任何論述，對於傳奇排場理論的建立並無助益。直到清徽師提出「傳奇分場」說，建立具體的分場基準，排場的類型區別與構成要素才得以明確，對傳奇全本排場的連貫原則也有了更具體的說明，而清徽師所論述的層面涵括關目、腳色、套數、科汎、穿關，觀照至廣，傳奇排場理論的主體架構至此建立。

三、元雜劇排場理論的發端

從許之衡、王季烈到清徽師，逐漸建立起傳奇排場的理論體系，然而關於元雜劇的排場歷來學者論述極少。首先論及元雜劇排場的是王季烈，他在《螾廬曲談》卷二第四章說：

> 元劇排場皆呆板且拙率，蓋元時演劇情形，與今不同，唱者司唱，演者司演，司唱者與司琵琶、司笙笛之人並列於坐，而以末泥、旦兒并雜色人等入勾欄搬演，隨唱演詞作舉止，如唱參了菩薩，則末泥衹揖；只將花笑捻，則旦兒捻花之類。

在談到傳奇排場時，王季烈論述了劇情、套數和腳色的配搭關係，但對元雜劇的排場只以「呆板拙率」四字概括，沒有任何分析說明。他所提出元雜劇的搬演形式其實是「連廂詞」的演出情形〔註8〕，以錯誤的認知論斷元雜劇排

〔註8〕 王季烈此語出自毛奇齡《西河詞話》：「金作清樂，仿遼時大樂之製，有所謂『連廂詞』者，則帶唱帶演，以司唱一人，琵琶一人，笙一人，笛一人，列坐唱詞，而復以男名末泥，女名旦兒者，並雜色人等，入勾欄扮演，隨唱詞

場一皆呆板拙率，難以讓人信服。

　　周貽白《中國戲劇發展史》第四章〈元代雜劇〉專立「排場及其演出」一節，論及主唱腳色、賓白運用、搬演形式、劇場形製以及穿關、化妝等問題，雖然與排場或多或少有所關聯，但是論說零碎，而且偏重體製規律的說明，未能針對元雜劇排場做一系統性的完整論述，雖以專章討論元雜劇的排場，卻不明其所謂「排場」究竟何指。

　　王季烈與周貽白雖然觸及元雜劇的排場，但究其所言，實對元雜劇排場的探討毫無助益，為元雜劇排場理論開啟先路者當屬永義師與徐扶明。

（一）曾永義論元雜劇排場

　　真正重視元雜劇排場的，當始於曾師永義。永義師於〈評騭中國古典戲劇的態度與方法〉一文[註9]說：

> 傳奇分場較為明晰可尋，而元雜劇每折由一套北曲加上賓白和科汎組成，則向來無人注意其排場。其實元雜劇每折皆包含若干場次，仔細按考，條理脈絡還是很清楚。譬如關漢卿的救風塵雜劇，首折分七場，次折分五場，三折分三場，四折分四場；每折皆有主場，主場用曲最多，大抵必須連用之諸曲和借宮諸曲自成一場，不司唱之腳色則以賓白組場。明白元雜劇分場之情形，也可以幫助我們了解其結構之嚴謹與否。

永義師提出元雜劇「分場」的觀點，一折中可以包含若干場次，並概要說明曲白運用和元雜劇排場間的關係。其後，永義師於《中國古典戲劇選注》一書中選錄了十本元雜劇（《西廂記》只選兩折），於每本各折皆說明排場承接轉折的情形。如《竇娥冤》第四折云：

> 就古名家本而言，竇天章處理公文的一段賓白為引場，竇娥鬼魂上場訴冤所唱的雙調新水令套協皆來韻為主場，末後一段賓白，竇天章平反冤獄為收場。

又如《漢宮秋》第二折云：

> 昭君、元帝上場後，用隔尾以前三曲，寫元帝在情海中如醉似痴的

　　作舉止，如『參了菩薩』，則末泥祇揖；『祇將花笑撚』，則旦兒撚花類。」可知王季烈誤將連廂詞的演出情形當做元雜劇的搬演形式。

〔註9〕此文收錄於曾師所著《說戲曲》一書，出版於民國65年，是第一篇具體說明元雜劇排場的文章。

> 情懷；隔尾有轉換排場，結上啓下之作用，故上以結歡樂，下以啓
> 悲情。牧羊關以下乃忽報單于強兵壓境，指名索取昭君，於是朝臣
> 口口聲聲要「割恩」，要「以社稷爲念」，而漢元帝則抵死不從，對
> 朝臣由申斥、嘲諷，至於懇求。

由各折排場情形的說明，可見出永義師是以情節的轉移作爲元雜劇分場依
據。同一折中依情節關目的輕重有引場、主場、收場之分，而劇情與套數聲
情配搭的要求與傳奇並無二致。

（二）徐扶明論元雜劇場子

　　稍俊於永義師，徐扶明亦於《元代雜劇藝術》一書第六章〈場子〉專門
討論元雜劇的排場問題。首先他指出「場」是元雜劇的基本組織單位：

> 元雜劇劇本，一般由四折組成，每折以一個套曲爲核心，相當於
> 「幕」。但這種折，大都又由幾場戲組成。如《竇娥冤》第一折，包
> 括有賽盧醫藥店、郊外、蔡婆婆家三場，在第三場裡，正旦竇娥唱
> 套曲。所以「場」是基本組織單位，一場戲連一場戲，時間與地點
> 迅速轉換，戲劇情節連續變化，直到劇終。

其次他提出分場的方法：

> 當一場戲開始，場上只是個空場子，等到劇中人物陸續登場，展開
> 活動，才出現了劇中所規定的戲劇情景，直到他們之間的衝突，告
> 一段落，都先後下場了，場上沒有留一個劇中人物，暫時又是個空
> 場子。到這時，這場戲，才算收場。……每次劇中人物都下場了，
> 場上暫時又是個空場子，因此，使得場與場之間有一個很短的間斷
> 空隙，顯示出戲劇情節發展的階段性，也就可以把前後兩場，清楚
> 地劃分開來。

以人物上下場變換排場爲元雜劇中普遍的方式，此外也有其他靈活處理的手
法：

> 在元雜劇劇本中，有時場子的變換，不一定是隨著腳色上下場而變
> 換，也可采用其他藝術處理。如《竇娥冤》第一折，從第一場賽盧
> 醫藥店，轉爲第二場郊外，劇中人物賽盧醫和蔡婆婆，都沒下場再
> 上場，而是通過這兩個人在場上「做行科」，從賽盧醫藥店行至郊外，
> 也就變換了場子。……又如《竇娥冤》第四折，從第一場楚州州廳
> 的客廳，轉爲第二場楚州州廳的大堂，劇中人物竇天章和張千，也

都沒有下場再上場，而是由竇天章在客廳內吩咐張千，「升廳坐衙」，「喝攛廂者」，〔張千做么喝科，云〕在衙人馬平安，抬書案。〔桌云〕州官見。〔外扮州官入參科〕。張千喝攛廂，正是預示場面即將轉爲大堂。

徐氏對元雜劇排場的論述偏重於分析說明排場的劃分方式，其他諸如排場的構成、排場的類型、排場的承接轉折等問題皆未觸及。

永義師和徐扶明皆以「排場」爲元雜劇結構的基本單位，永義師提出情節關目的主從輕重、套式聲情的配搭轉移與元雜劇排場間的關係，徐扶明則舉例詳細說明元雜劇排場的分場方式，爲元雜劇排場理論開啓端緒。

歷來排場理論的建立是由傳奇逐漸推及元雜劇和其他劇種。對戲曲排場的重視始於清代，但是清代曲家只提出了排場的觀念，卻沒有任何理論上的分析說明。民國以後，從許之衡、王季烈到張師清徽，建立起周備的傳奇排場理論架構，對於排場的構成要素、排場的類型區別和全本排場的連貫配搭皆逐步深入探討。其後曾師永義將排場的觀念廣泛運用於各種戲曲，並首先建立元雜劇排場的具體概念，同時提出關於元雜劇排場構成與承轉的概括理論，稍後徐扶明則對元雜劇分場方式詳加論說，元雜劇排場理論自此初步建立。然而在此之後，元雜劇排場的相關問題並未持續受到重視，欲建立元雜劇排場完整的理論體系，猶待進一步努力。

第四節　本文之研究

永義師和徐扶明雖已爲元雜劇排場理論開啓端緒，但元雜劇排場的相關問題一直未受重視，迄今其理論體系仍未建立，本文即嘗試對此一課題加以探討。本文除緒論和結論外，計分五章。

緒論部分除說明本文的研究動機、研究材料、研究範圍及本文架構之外，主要對歷來排場理論做一簡要說明，檢討排場理論的發展概況。分爲民國之前排場概念的演進、傳奇排場理論的建立、元雜劇排場理論的發端三階段論述。此外，並對元雜劇排場的涵義明確加以界定。

第一章〈元雜劇排場的劃分〉，討論排場的劃分標準，分爲基本標準與變化原則兩方面論述。

第二章〈元雜劇排場的轉移〉，討論元雜劇排場轉移的模式，分爲基本轉移模式、時空轉換型排場轉移、人物更替型排場轉移三類論述，並歸納排場

轉移與套式變化的相應關係。

第三章〈元雜劇排場的分類〉，提出排場分類的標準，討論各類排場的構成條件與在全劇中的作用，並探討各類排場與排場構成要素之間的相應關係。

第四章〈元雜劇單一排場結構〉，說明元雜劇單一排場的結構模式，分為基本模式、單式結構、複式結構三部分加以探討。

第五章〈元雜劇全本排場結構〉，歸納元雜劇全本排場承接配搭的原則，並區分不同的結構型態，討論各種結構型態對戲劇搬演效果的影響。

結論總結本文研究成果，並說明元雜劇排場研究的意義所在。

由於前人對元雜劇排場的論述極少，而關於元雜劇實際演出情況的資料又極其有限〔註10〕，欲明元雜劇排場，唯有就劇本實際分析歸納，才能掌握其各種律則，本文即以《元曲選》、《元曲選外編》以及二書未收而見於《全元雜劇》之劇計二百三十五本為範圍，對元雜劇排場進行分析研究。現存元雜劇版本除《元刊雜劇三十種》為元代刊本，較接近元雜劇原貌外，其餘皆為明代的選本，其中《元曲選》雖對元雜劇舊文頗有增刪改訂，但若就各劇情節來看，各版本的差異並不大〔註11〕，本文研究元雜劇排場，以情節為構成排場的首要基礎（詳見下文），而《元曲選》經臧懋循校勘整理，可謂為較其他版本更加完善的元雜劇讀本，故以《元曲選》所收之劇為研究材料，《元曲選外編》收錄《元曲選》以外的元雜劇及一部分明初雜劇，對《元曲選》有補缺拾遺之用，兩書不收而見於《全元雜劇初、二、三、外編》者為無名氏之作，應為元明之際作品。現今學者對於元雜劇範圍的認定基本上是以《元曲選》與《元曲選外編》所收一百七十一本雜劇為準（其中《西廂記》有五本，《西遊記》有六本），但由於劇作家或有由元入明者，其生卒年無法確知，各劇的完成年代亦難以考查，元明之際的作品究竟屬元屬明，實難論斷，無名氏的作品更加無從核定，同時明初之作體製不失元人矩矱，必以時代做為限定元雜劇範圍的依據，亦不盡合理，故鄭因百先生於〈元雜劇的紀錄〉一文（收錄於《景午叢編》上編）提出「與其過於謹嚴而失收了真正元人的作

─────────────

〔註10〕永義師於《說俗文學》一書中〈元人雜劇的搬演〉一文考述元雜劇的搬演情況，雖論及劇場形製、劇團腳色、穿關妝扮、樂曲科白、搬演過程、搬演形式等問題，但由於文獻資料的缺乏，關於元雜劇實際演出的全貌仍無由得知。

〔註11〕參見鄭因百先生《景午叢編》上編〈臧懋循改訂元雜劇平議〉一文。

品，倒不如放寬些，把只占全部作家極少數的明初人一併計入」的看法。本文爲求周備，採取較爲寬廣的研究範圍，凡屬元明之際或明初之作而遵循元雜劇體製者亦取爲研究材料。其次，由於元雜劇的賓白對情節的完整表現具有相當重要性，且除主唱的正末、正旦外，其他腳色主要皆以賓白組場，《元刊雜劇三十種》雖爲近古之本，但賓白不全，故不列爲研究材料，而僅存元刊本的十四本雜劇〔註12〕亦不加以討論。

〔註12〕 這十四本雜劇爲《雙赴夢》、《拜月亭》、《調風月》、《東窗事犯》、《貶夜郎》、《介子推》、《紫雲庭》、《三奪槊》、《周公攝政》、《七里灘》、《追韓信》、《霍光鬼諫》、《替殺妻》、《小張屠》。

第一章　元雜劇排場的劃分

　　排場是元雜劇結構的基本單位，欲對元雜劇的結構有更確切的了解，須掌握排場連貫組織的律則；而欲明全本排場的連貫組織，首先必須將各排場清楚的劃分開來，才能就各排場間承轉的關係分析其結構規律，因此，提出元雜劇具體的分場標準即爲研究元雜劇排場的第一課題。本章將元雜劇排場的劃分標準分爲基本標準與變化原則兩方面論述，並於附錄二列出各本元雜劇的分場情況。

第一節　基本標準

　　古典戲劇的結構包含情節結構和排場處理兩方面，對於全劇情節的布置屬於文字工作，情節必須透過腳色搬演才能在舞臺上表現出來，換言之，情節是由排場具體呈現。前文已經說明，每一個排場的構成是以一段情節爲基礎，因此排場的劃分實與情節段落的劃分相應，欲明元雜劇排場的劃分標準，即應從情節著眼。

一、情節的涵義

　　戲劇是在舞臺演出一個故事，此一故事是由一序列的事件組織而成，亞里斯多德《詩學》第六章曾對情節下一定義：

> 吾人於此間所指之情節，簡而言之，即事件之安排或故事中所發生之事件。〔註1〕

〔註 1〕 亞里斯多德，《詩學》第六章。

弗萊塔克《論戲劇情節》也談到：

> 戲劇的情節就是根據主題思想安排的事件。〔註2〕

可知「情節」是作者依據其所欲表現的思想旨趣而選擇、組織、安排的一序列事件，這些事件連接而成完整的結構形式。

二、情節單位

戲劇的情節是一序列相承連接的事件，事件之間原本具有可以分隔的基礎，以此將情節劃分爲一些段落，西方戲劇中分幕分場即是情節段落的區分。中國古典戲劇雖然沒有幕起幕落的形式，但情節仍然具有清楚可分的段落性，一齣戲是由許多情節段落組織而成，這種情節結構方式在戲劇發展初期的小戲中即已形成。如張衡〈西京賦〉中曾描寫漢武帝駕幸平樂觀時百戲呈演的景象，其中記載：

> 東海黃公，赤刀粵祝，冀厭白虎，卒不能救，挾邪作蠱，於是不售。

關於東海黃公的故事，《西京雜記》有更詳細的說明：

> 余所知有鞠道龍，善爲幻術，向余說古時事：有東海人黃公，少時爲術能制蛇禦虎，佩赤金刀，以絳繒束髮，立興雲霧，坐成山河。及衰老，氣力羸憊，飲酒過度，不能復行其術。秦末有白虎見于東海，黃公乃以赤刀往厭之。術既不行，遂爲虎所殺。三輔人俗用以爲戲，漢帝亦取以爲角觝之戲焉。

「東海黃公」的演出具備故事、演員、裝扮、歌舞、代言等戲劇要素，已具備小戲的構成條件。這齣小戲的情節只採取東海黃公與白虎搏鬥的部分，全劇僅由單一情節段落構成。又如崔令欽《教坊記》所載小戲「踏謠娘」：

> 北齊有人姓蘇，皰鼻，實不仕，而自號爲「郎中」。嗜飲，酗酒，每醉，輒毆其妻。妻銜怨，訴於鄰里。時人弄之：丈夫著婦人衣，徐步入場行歌。每一疊，旁人齊聲和之，云：「踏謠，和來！踏謠娘苦，和來！」以其且步且歌，故謂之「踏謠」；以其稱冤，故言「苦」。及其夫至，則作毆鬥之狀，以爲笑樂。今則婦人爲之，遂不呼「郎中」，但云「阿叔子」；調弄又加典庫，全失舊旨。

「踏謠娘」的原型包含兩個情節段落，第一段落由妻子訴怨，第二段落始於「及其夫至」，新人物上場後，情節轉變爲兩人毆鬥。

〔註2〕轉引自余上沅《余上沅戲劇論集》〈戲劇情節的安排〉。

　　小戲是以簡單的方式演出簡單的故事，其情節段落自然較少，最簡單的只有一個段落。以平劇中的小戲爲例，如《小放牛》一劇，敷演牧童巧遇村家少女，故意擋住去路，硬要少女唱支小曲才肯相讓，兩人因而展開一段對唱，互相調笑，全部情節只有一個段落。又如《小上墳》一劇，其情節由兩個段落組成，第一段落演出劉祿金應試得官，奉聖旨回鄉祭祖；第二段落敘述劉妻蕭素貞上墳時與劉祿金相遇，夫妻對面不相識，蕭素貞向劉祿金哭告公婆、娘舅虐待逼迫，又告夫婿棄家不回，劉祿金聞言吐露身分，最後夫妻相認團圓。又《大鋸缸》一劇則有四段情節，第一段是觀世音菩薩命土地前往王家莊收伏女妖王大娘；第二段爲土地假扮補缸人來至王家莊引出王大娘，兩人爭鬥，土地不敵敗走；第三段土地回天界向觀世音求助，菩薩命眾神同往捉妖；第四段眾神合力擒妖。由上述諸例，小戲情節雖然簡單，仍然可以分成清楚的段落。〔註3〕

　　由小戲發展到大戲，情節結構依然具備段落分明的特性，元雜劇分折、明清傳奇分齣，就是把情節分爲若干大段落。仔細分析，這些大段落中依照情節的轉移還可以再區分成更小的段落，如《牡丹亭》〈驚夢〉一齣，實具備兩段情節，由〔遶地遊〕一曲至〔隔尾〕，敷演杜麗娘和春香私遊花園，麗娘觸景傷感；次段情節爲麗娘夢中與柳夢梅相遇，溫存歡會，夢醒後，徒留悵惘。正因此齣情節可分爲二，如今在舞臺上便分作〈遊園〉和〈驚夢〉來演出。又如《長生殿》〈定情〉一齣，可分爲三段情節，首段以引曲〔東風第一枝〕、〔玉樓春〕和過曲〔念奴嬌序〕四支演出冊妃宴飲；次段以中呂〔古輪臺〕二曲和〔餘文〕敘寫賞月回宮；末段以越調〔綿搭絮〕二曲點染釵盒定情。劇場中常抽取末段情節單獨演出，謂之〈賜盒〉。

　　以上所分析的各情節段落，就其內容而言，每一段落皆有一個中心事件，此一事件自成首尾，而承接相續的各個事件之間雖然有所連繫，但也同時具有彼此分立的特性。其次就搬演的角度而言，每一情節段落具體呈現在舞臺上時各有不同的表演方式和氣氛情調。如「踏謠娘」的第一段落「訴怨」，以歌舞（踏謠）表演爲主，情調哀怨；第二段落「毆鬥」，其表演應以近於角觝之動作爲主，由「以爲笑樂」之語看來，情調轉爲滑稽一類。又如《長生殿》〈定情〉首段由眾人分唱、合唱，氣氛堂皇紛華，〈賜盒〉一段則以生、旦唱、做爲主，表現柔婉的抒情調子。排場既是一段情節的具體表現，而每一情節

〔註3〕這三齣小戲的情節段落係依據《戲考》所錄劇本分析而得。

段落的表演重心不同，所呈現的情調氣氛亦有分別，實際演出時的「排場」自有所區隔。不論就其內容或實際搬演來看，這些情節段落皆可劃分開來，排場亦隨之而劃分。

　　排場的劃分以情節段落為依據，然而所謂「段落」實為一相對概念，大至元雜劇的一折、明清傳奇的一齣，小至一個腳色上場自報家門或是唱支引曲，皆可視為全劇的一個段落，據以劃分排場的情節段落自應明確界定，方可使各排場的區隔有具體一致的標準。上文所舉劇例中，「踏謠娘」分為「訴怨」、「毆鬥」兩場；《小上墳》分為〈榮歸〉、〈團圓〉兩場；《牡丹亭》〈驚夢〉分為〈遊園〉、〈驚夢〉兩場；《長生殿》〈定情〉分為〈冊妃〉、〈賞月〉、〈賜盒〉三場，各場皆只有一個中心事件，足證劃分排場應該採取只具備一個中心事件的情節段落為標準，此一情節段落可稱為「情節單位」，劃分排場即以「情節單位」為基本標準。

　　「情節單位」係以一個中心事件為內容，以元雜劇《趙氏孤兒》（a85）〔註4〕楔子為例，首場屠岸賈自敘與趙盾間的宿怨，並表露詐傳晉靈公之命誅殺趙家滿門的惡計；次場演出使命前往駙馬趙朔府中傳令，趙朔含冤自盡，公主囚禁在府，斷絕親疏。這兩個排場的情節都只有一個中心事件，各有主題。又如《范張雞黍》（a55）第二折，由南呂〔一枝花〕至第二支〔隔尾〕為第五倫過訪范巨卿，勸其進取功名；其後〔罵玉郎〕至〔烏夜啼〕為張元伯鬼魂託夢，請范巨卿為自己主喪下葬；末以〔三煞〕至〔黃鍾尾〕演出范巨卿向第五倫表示夢中所見，即刻起程奔喪。這三個排場的情節連繫較為緊密，但在情節進程中有所轉變，轉變之後，即劃分為另一排場，以另一事件為中心，各排場的中心事件本身在推進過程中沒有「轉變」的階段，事件轉變處即為排場劃分處。

三、情節單位的特質

　　每一情節單位都包含一個中心事件，此一中心事件具備完整性和獨立性兩項特質，以下分別說明。

（一）完整性

　　所謂「完整性」是指每一情節單位的中心事件自具首尾，自成完整的結構。如《豫讓吞炭》（b41）第二折第二場：

〔註4〕a85為劇本編號，見附錄一之說明。

（趙襄子上云）某乃趙襄子是也，昨日智伯會酒蘭臺，倚他威勢，平空索地，韓魏二子，恐嬰禍首，各與萬家之邑，某一時不合當面拒他，他就有怪恨之意。某逃席而出，他說我羞阻他，今率韓魏甲士攻我，我力寡兵微，怎生抵敵，如何是好？我待出奔長子，奈民力罷敝，無人死守；待走邯鄲，奈民膏竭盡，誰與守之？我想那晉陽城池完厚，倉廩充實，尹鐸之所寬也，先君之所屬也，民必和矣。我須索走晉陽去也。（下）

此一情節單位以趙襄子意欲走避刀兵之禍為中心事件，以趙襄子心悔當日魯莽，致生禍患開端，幾經考慮，終於決定走避晉陽。事件雖然簡單，仍具備由開始到結束的完整過程。又如《殺狗勸夫》（a07）第二折第一場：

（孫大同柳胡上云）昨日上墳處多吃了幾鍾酒，不自在，兩個兄弟，咱今日往謝家樓上再置酒席，與我酘一酘去來。

（做上樓科）

（柳胡云）哥哥，咱三人結義做兄弟，似劉關張一般，只願同日死，不願同日生，兄弟有難哥哥救，哥哥有難兄弟救，做一個死生文書。

（孫大云）兩個兄弟說的是。

（做飲醉下樓，柳胡扶孫大睡倒科）

（柳胡云）這是街上，不是你的床鋪，怎麼就睡倒了？哥哥，你聽得禁鐘響哩，你還家去來。

（孫大做不醒科）

（柳胡云）這等好睡，再叫也叫不醒，可又遇著個不知趣的天，下起大雪來，我每身上寒冷，陪他到幾時回去？如今起更一會了，巡軍這早晚敢出來也，他是個富漢，便拏住他，只使得些錢罷了，怕甚的？咱兩個是個窮漢，若拏住呵，可不乾打死了，不如撇下他還家去。

（做摸科，云）呀！哥哥靴勾裡有五錠鈔哩，常言道見物不取，失之千里，這明明是大賜我兩個橫財，不取了他的，倒把別人取去了。

（做取科，云）便凍殺了你，也不干我事。（下）

這場戲的中心事件始於孫大與柳隆卿、胡子轉往酒樓共飲，以柳、胡棄酒醉的孫大不顧，竊其錢財離去作結，亦自成一完整事件。上舉二例，前者在事件開端之後，並沒有對事件的發展作進一步詳細的鋪陳，而很快的進入結束階段；後者則將柳、胡由先前信誓旦旦表明結義情分，到末了不顧孫大死活，甚至趁火打劫的過程仔細寫出，把市井混混的嘴臉勾勒得活靈活現。就事件結構分析，兩者皆具備起、承、合三個階段，不過前者的第二階段並不明顯，後者則於第二階段作了一番鋪陳。元雜劇各情節單位中心事件的發展方式不外以上兩類，而不論是簡略或詳盡，其為首尾俱全的完整事件則一。

（二）獨立性

情節單位做為全劇情節結構的一個環節，自然不可能具有絕對的獨立性而從全劇情節中抽離出來。即使有些情節單位，疏離性較強，甚至將它抽離出來也不會對前後情節單位的連貫造成任何影響，但其中心事件仍是前有所承，並非絕對獨立，別出一段完全不相關的演出。情節單位所具備的獨立性是相對的獨立性，由於情節單位各是一個完整的事件，僅管事件之間有所連繫，其分隔卻十分清楚，對劃分開來的各情節單位而言，彼此即具有相對獨立的意義。

情節單位的相對獨立性依其表演的方式與分量而有強弱之別。倘若是一般交待性的情節或並不展現某種特殊技藝的情節單位，其相對獨立性較低；若是表現強烈的衝突、具有高度的抒情性質或是特別著重展現某種表演技藝，則其相對獨立性較高，甚至可說具備如後世折子戲般單獨搬演的條件。如《漢宮秋》（a01）末折，緊扣住「思戀」的主題，以大套曲子把漢元帝內心情感的波瀾迴蕩層層揭露，從思憶昭君往日的音容笑貌、彼此的深情蜜意，進而表現神思恍惚，夜不能寐的愁鬱哀傷，「聞鴈」更襯出無法自抑的絕望心境。整場戲以深濃的悲情緊扣人心，而十三支曲子組成的長套，亦足可使正末的唱工淋漓盡致的發揮。不論就情節本身的動人力量或是腳色表演技藝的展現而論，這場戲都具備了單獨欣賞的價值。又如《陳州糶米》（a03）第一折張憋古與小衙內、楊金吾、大小斗子衝突的一場戲，張憋古不肯忍氣吞聲，挺身而出對抗權豪惡吏，最後被小衙內以紫金錘打死，在正反雙方的激烈衝突中，張憋古剛強不屈的性格、貪官們倚仗強權欺壓平民的嘴臉，表現得極為突出。這場戲深刻揭露「柔軟莫過溪澗水，到了不平地上也高聲」的主題，即令獨立演出亦足可使世世代代的觀眾產生共鳴。再如《獨角牛》（b57）第

三折「打擂」一場，正末劉千與獨角牛擂臺對搏，是以武術雜技表演為主的一場戲，安排社火奪魁的事件做為背景，加上一些逗趣的對白，主體仍在展現搏擊技藝。這類表演本為民間雜耍娛樂中獨立的一項，套入戲劇之中，仍具備單獨觀賞之趣。

　　元雜劇各情節單位的相對獨立性是以其完整性為基礎，由於自身完整，所以具有可以分隔的條件，但這並不意謂著截然兩斷，其承接相續的線索依然明晰可尋。對劃分開來的各情節單位而言，彼此分立；對全劇情節整體而言，彼此連繫，此即為情節單位的「獨立性」。

四、戲劇性情節單位與非戲劇性情節單位

　　元雜劇排場的劃分以具備一個中心事件的情節單位為基本標準，從對劇本的分析中，發現就各情節單位的中心事件與全劇情節的連繫關係來看，有的確實為構成全劇情節的有機成分，可稱為「戲劇性情節單位」；有的卻和全劇情節無甚關聯，可稱為「非戲劇性情節單位」，以下即就這兩類情節單位分別說明。

（一）戲劇性情節單位

　　每個排場的中心事件是全劇情節的基本單位，所謂「情節」是一序列相關聯並且經過組織安排的事件，這些事件必然形成一個發展的歷程，由起始逐步推進到結尾，「情節單位」所具備的中心事件若成為全劇情節發展的一環，與其他情節單位產生連繫，此即所謂「戲劇性情節單位」。具體而言，中心事件的戲劇性表現在三方面：

1. 表現情節的進程

　　元雜劇的情節皆從起因演起，事件隨著時間延展依次接續，情節因事件的轉移而推進。每一情節單位按時間順序排列，其中心事件承接先前的中心事件而有所演變，揭開新的情境，後一場的情節必然較前一場更為推進。以《揚州夢》（a46）一劇為例，全劇計分七場，茲簡述各場中心事件加以分析。

　　（楔　子）第一場：張紡宴請杜牧之，十三歲歌妓張好好侍筵，杜牧之
　　　　　　　　　　　　賞其歌舞，賦詩相贈。
　　（第一折）第二場：杜牧之赴牛僧儒之約，席中與張好好再度相逢，事
　　　　　　　　　　　　隔三年，杜已不識，但愛好好美豔嬌柔，心生情意。

（第二折）第三場：杜牧之再訪牛僧儒，牛故不接見，但命張千管待杜
　　　　　　　　牧之往翠雲樓遊玩。杜夢中與好好歡飲，醒來不覺
　　　　　　　　悵然若失。

（第三折）第四場：杜牧之過訪白文禮，白得知其心意，欲替杜成此姻
　　　　　　　　緣。

（第四折）第五場：牛僧儒前往白府赴宴。
　　　　　第六場：白文禮爲杜牧之求親，牛僧儒應允。
　　　　　第七場：張紡至白府傳旨赦免杜牧之貪花戀酒之罪。

　　其中第七場爲元雜劇中所習見的團圓結局，與其他情節單位的連繫性較
爲薄弱，不過全劇以張紡宴客開始，以張紡傳旨結束，亦有首尾呼應的作用。
其餘六場，各場的中心事件皆承前而推進，每一情節單位都以前一情節單位
爲基礎繼續發展而進入新的階段，清楚表現出情節的進程。

2. 推動情節的發展

　　各情節單位的中心事件除承前發展，進入新的情節階段外，對後續情節
往往也有推動的作用。如《遇上皇》（b10）第一折第一場，劉二公和女兒月
仙嫌棄女婿趙元好酒貪杯，難成大器，一心想索討休書，使月仙能改嫁臧府
尹。兩人計議往酒店打鬧一場，拖趙元至府尹衙門，強索休書。這場戲中劉
二公和月仙表明將往酒店尋釁，由此引發次一情節單位的中心事件，此折第
二場即演出兩人在酒店中對趙元打鬧不休的情形。又如《金鳳釵》（b13）第
三折第七場楊衙內誤以趙鶚爲殺害六兒的凶手，趙鶚屈打成招，被楊衙內押
往面聖。趙鶚的困境如何突破，在後續的情節單位中必然有所交待，情節由
此繼續推進發展。再如《抱粧盒》（a84）第一折第二場，李美人拾得金彈，獲
皇上恩幸，而在這場戲結束時，陳琳〔賺煞〕一曲唱道：「本是一對好姻緣，
（帶云）若劉娘娘知道呵（唱）他可生扭做了惡姻緣。」預留伏筆，暗示情
節未來的可能變化。情節單位的中心事件可透過明白表示人物未來的行動，
或顯示情節推移的必然性，或留下線索，預示情節進行的可能變化等方式，
爲後續的情節單位預做鋪墊，推動情節向前發展。

3. 表達人物的內心

　　元雜劇中人物的種種行動或多或少都具有情感的成分，上文論及各情節
單位的中心事件能表現情節的進程，推動情節的發展，在這兩種作用中，事

件的進行亦往往與內在的情感有關，但是情感只做為人物行為的動機，中心事件的主體在於呈現外在行動的推進過程。而部分排場卻完全著重於表現人物的內在情感，中心事件的主體在於表達內心活動，如《鐵拐李》（a29）第三折第二場，岳壽還魂後欲回家與妻兒團聚：

（正末云）我想當初做吏人時，扭曲作直，瞞心昧己，害眾成家，往日罪過，今日折罰，都是那一管筆。（詩云）可正是七寸逍遙管，三分玉兔毫，落在文人手，勝似殺人刀。（唱）

〔鴈兒落〕則我那一管筆扭曲直，一片心瞞天地，一家兒享富貴，一輩兒無差役。

（云）我當初做吏人時，掙將來的東西，妻兒老小都受用了。（唱）

〔得勝令〕俺只道一世裡喫不盡那東西，誰承望半路裡腳殘疾。為甚麼屍首兒登途慢，則為我靈魂兒探爪遲。則為當日，罵韓魏公一場怕一場氣，至如今日，（帶云）若有人說腦背後韓魏公來也。（唱）哎喲諕的我一腳高一腳低。

〔慶東原〕為甚我今日身不正，則為我往常心不直，和那鬼魂靈不能勾兩腳踏實地。至如省裡部裡，臺裡院裡，咱只說府裡州裡，他官人每一箇箇要為國不為家，怎知道也似我說的行不的。

（做回看科云）休來，休來，我到城隍廟取魂靈去也。想我死不多時，岳大嫂便把我屍骸焚化了，這嫁人事，知他又是怎的，我索行動些。（唱）

〔川撥棹〕俺自從做夫妻，二十年幾曾離了半日，早起去衙裡，便是分離，晚夕來到家裡，那場歡喜。滿口賢惠，一剗精細，要一供十，舉案齊眉。那些夫妻道理聽的，當遠差教休出去，早教我推病疾，今日受煩惱有甚盡期。

〔七弟兄〕那一七，二七，哭啼啼，盡七少似頭七淚，親人約束外人欺，獨自坐地獨睡。

〔梅花酒〕看看的過百日，官事又縈羈，衣食又催逼，兒女又央及，那婆娘人材迭七八分，年紀勾四十歲，不爭我去的遲，被那家使心力，使心力廝搬遞，廝搬遞賣東西，賣東西到家裡，到家裡看珠翠，看珠翠寄釵箆，寄釵箆定成計，定成計使良媒，使良媒怎支持，怎

支持謊人賊。

〔收江南〕我只怕謊人賊營勾了我那腳頭妻,腳頭妻害怕便依隨,依隨了一遍怎相離,我如今在這裡,(云)適纏李屠的渾家也有些顏色,著我就這裡不中,(唱)我這裡得便宜,俺渾家敢那裡落便宜。

(帶云)我想這做屠戶的雖是殺生害命,還強似俺做吏人的瞞心昧己,欺天害人也。(唱)

〔太清歌〕他退豬湯不熱如俺濃研的墨,他殺狗刀不快如俺完成筆,他雖是殺生害命為家計,這惡業休提。俺請受了人幾文錢,改是成非。似這般所為磣可可的活取民心髓,抵多少豬肝豬蹄。也則是稱大小為生過日,不強似俺著人膿血換人衣。

〔川撥棹〕想當初去衙裡,馬兒上穩坐地,挺著腰肋,撚著髭鬚,引著親隨,傲著相知,似那省官氣勢,到如今折罰來直恁的。

(云)你每休跟的我來,驚了我魂靈,我又是死的也。呀!左右無人,這影兒可是誰的?可原來是我的,(做摸頭髮髭鬚科,云)天也!怎生變得我這等模樣了。(唱)

〔鴛鴦煞〕卻怎生髯鬆著頭髮鬍著箇嘴,劃地拄著條粗拐瘸著條腿。往常我請俸祿修養的紅白,飲羊羔將息的豐肥,暢道我殘病身軀,醜詫面皮,穿著這襤褸衣服,咦!可怎生聞不的這腥膻氣。到家裡見了俺那幼子嬌妻,將我這借屍首的魂靈兒敢不認得。

這場戲上承前場岳壽借李屠之屍還魂,謊稱尚有一魂留在城隍廟必須取回而離開李家,情節發展上推進的程度很小,事件的重心也不在鋪敘回家的過程,而用了長篇唱段淋漓抒發岳壽回家途中所思所感,強烈表達了人物內心的活動。表面上看,此一情節單位對情節發展的推動作用不大,實際上,岳壽心中對過去行為的反省,對夫妻情愛的懷疑,對自己形貌變化的感嘆,都與後續情節的發展有關,岳壽超脫塵世糾葛,得登大道的結局於此已露端倪。

　　各情節單位的中心事件若以表達人物內心活動為主體,往往能突顯人物的性格、思想和情感,而人物的性格、思想和情感正是推動情節前進的內在動力,亦是決定情節發展方向的重要因素。

（二）非戲劇性情節單位

上文述及各情節單位因為中心事件能夠表現情節的進程、推動情節的發展、表達人物的內心活動，因而與其他情節單位產生連繫，共同架構起全劇的情節，成為全劇情節發展過程的有機環節。但是在元雜劇中少數排場的中心事件卻和其他情節單位的關係極為薄弱，不具備推動情節發展的作用，甚至可謂疏離於全劇情節之外，而為一種外加性質的演出，此即「非戲劇性情節單位」。如《石榴園》（d16）第一折第二場，夏侯惇受曹操之命安排筵宴，召來廚子吩咐一番，演出一段插科打諢：

（廚子云）大人呼喚小人，有何事也？

（夏侯惇云）我今要安排筵會，叫你先來打箇帳料。

（廚子云）不打緊，這兩日且是羊賤。

（夏侯惇云）好肥羊要多少錢一隻？

（廚子云）好大尾子肥羊，則要一貫鈔一隻。

（夏侯惇云）小校與他一貫鈔，則要一隻肥羊。

（廚子云）大人著誰買？

（夏侯惇云）著你買。

（廚子云）老子也，成不的，成不的，這兩日羊貴了。

（外呈答云）得也麼，就貴了。

（廚子云）大人口說安排筵會，我比不得別人，弄虛頭先定二十七樣好菜蔬。

（夏侯惇云）可是那二十七樣，你數我聽。

（廚子云）頭一樣將那韭菜切的斷了，灑上一把鹽，又爽口，又鑽腮，叫做生醃韭。

（夏侯惇云）第二樣呢？

（廚子云）第二樣是薑醋韭。

（夏侯惇云）第三樣呢？

（廚子云）是白煠韭。

（夏侯惇云）別的呢？

（廚子云）沒了。

（夏侯惇云）纔三樣了，還少多哩。

（廚子云）你不曉的，一了說三九二十七。

（外呈答云）這廝潑說。

（廚子云）菜蔬也不打緊，小人還有三道好湯水。

（夏侯惇云）是那三道？

（廚子云）頭一道是三圓五辣湯。

（夏侯惇云）怎麼是三圓五辣湯？

（廚子云）每一箇碗裡，安上三箇肉圓子，加上料物，是胡椒花椒生薑華撥辣蒜，這箇便是三圓五辣湯。

（夏侯惇云）第二道呢？

（廚子云）第二道判官打輪湯。

（夏侯惇云）何爲判官打輪湯？

（廚子云）每一碗裡，安上一箇雞蛋，旁邊插一根羊肋支，這箇便是判官打輪湯。

（夏侯惇云）第三道呢？

（廚子云）第三道我不說名堂，每一箇碗裡，滿滿的盛上一碗湯，上面灑上一把芝麻。

（夏侯惇云）可是甚麼名堂？

（廚子云）這箇是虱子浮水湯。

（外呈答云）得也麼，去了罷。

（夏侯惇云）兀那廚子，則要你安排的仔細美口著。

（廚子云）大人放心，我去廚房中執料去。（下）

（夏侯惇云）一壁廂安排筵會，我回丞相的話去也。今日丞相排筵會，擒拏劉備耍一場。（下）

此一情節單位承接前場曹操與眾將商議設宴擒拿劉、關、張三人而來，在情節上雖仍有所連繫，但對全劇情節的推進完全沒有任何作用，若抽離出來，對全劇情節的銜接連貫亦無絲毫影響，純粹只是一種外加式的滑稽表演，藉以調劑場上效果。《西廂記》第三本（b19）第四折第四場法本請太醫爲張君瑞開藥一場在劇本上只簡單表示：

（潔引太醫上，雙鬥醫科範了，下）

（潔云）下了藥了，我回夫人話去，少刻再來相望。

由於這類非戲劇性的情節單位只是一種外加的成分，劇作家可以只表示安排加入這段演出，無須多費筆墨，由演員在舞臺上即興發揮即可。這種性質的表演甚至已經形成劇場常套，演員因襲固定模式，套用在不同的雜劇中。如「雙鬥醫」的表演，在《張天師》（a11）楔子、《碧桃花》（a97）第二折、〈降桑椹〉（b30）第二折都有太醫診病的場面，或由一位淨腳演出，或由兩位搭檔，演出內容有繁有簡，但大體類似，可以見出是在一個基本模式上加以變化運用。

元雜劇中科諢運用雖頗為常見，但絕大部分是穿插在各情節單位的事件發展之中，獨立成一排場者在全部元雜劇中只有十八場〔註5〕。這十八場中用於一折開端者五場，用於一折末尾弔場〔註6〕者七場，於折末另出腳色演出者兩場，穿插於一折之中者三場，唯《張天師》楔子全部是一個排場。可見由「非戲劇性情節單位」構成的排場以運用於一折的開端或末尾居多，這

〔註5〕以「非戲劇性情節」構成排場的有：
 （1）《金錢記》第三折第一場：淨王正、丑馬求打諢。
 （2）《鴛鴦被》第二折第五場：小道姑思凡。
 （3）《爭報恩》第一折第二場：搽旦王臘梅、淨丁都管偷情。
 （4）《張天師》楔子（全一場）：淨太醫診病。
 （5）《蝴蝶夢》第三折第二場：王三、張千弔場。
 （6）《望江亭》第三折第一場：淨楊衙內、張千、李稍打諢。
 （7）《張生煮海》第三折第一場：行者打諢。
 （8）《單刀會》第二折第二場：沖末魯肅、道童弔場。
 （9）《陳母教子》第一折第三場：大末、二末弔場。
 （10）《陳母教子》第二折第三場：大末、二末、三末、王拱辰、祗候弔場。
 （11）《西廂記》第三本第四折第四場：太醫診病。
 （12）《降桑椹》第二折第一場：太醫診病。
 （13）《石榴園》第一折第二場：淨夏侯惇吩咐淨廚子備宴。
 （14）《東籬賞菊》第一折第五場：淨沙三、伴哥弔場。
 （15）《十樣錦》第二折第四場：淨夏侯惇、張士貴赴武廟爭功。
 （16）《大破蚩尤》第二折第三場：道童、使命弔場。
 （17）《雙林坐化》第一折第四場：淨毗婆達多、雜當弔場。
 （18）《鞭伏柳盜跖》第四折第一場：廚官、梁公了打諢。
〔註6〕在一場戲裡，多數人物陸續下場，只留下少數人物在舞臺上尚且有所交待，謂之「弔場」，意為把這場戲弔住，暫不收場，直到弔場人物下場，這場戲才完全結束。弔場是一個排場的收束部分，本不另分一場，但這些科諢弔場的表演分量加重，已足可成為獨立排場，詳見下節。

種現象當與元雜劇的搬演形式有關。元雜劇的搬演是在每折中間穿插吹打百戲〔註7〕，一折開端時觀眾的注意力不容易集中，此時安排一個滑稽的科諢場面，可以吸引觀眾。而在每折末尾，戲劇情節暫告中止，逗趣的排場可以使觀眾從適才凝神觀賞的情緒中緩和下來，做為戲劇演出和以下吹打百戲表演兩者之間的調節。以插科打諢這類非戲劇性情節單位所構成的排場，表面雖然仍和全劇情節有關，實則是加入一場滑稽小戲，除了場上調劑的功效外，自成排場的演出分量，也提供了具備滑稽特質的腳色（以淨為主）更能顯示其表演技藝的機會。

　　元雜劇排場的劃分以「情節單位」為基本標準，情節單位以一個中心事件為內容，此一中心事件自成首尾，具有「完整性」；由於每一情節單位自身完整，彼此乃可以清楚的劃分區隔，具有相對的「獨立性」。

　　依據中心事件和全劇情節的連繫關係可區分為戲劇性情節單位與非戲劇性情節單位兩類，戲劇性情節單位是構成全劇情節的有機部分，環環相扣，推動情節向前發展，因此自然是全劇的主體。非戲劇性情節單位雖然亦在情節進行過程中衍生，但與其他情節單位的連繫性極小，更談不上顯示情節的新進程，或者推動後續情節的發展，其作用在於調劑搬演氣氛，藉滑稽調笑提振觀眾看戲的情緒，甚至可以藉此嘻笑怒罵，嘲諷世情，所佔比重不大，但在適當時機，的確可成為場上的潤滑劑。

第二節　變化原則

　　元雜劇排場的劃分原則上以情節單位為標準，每一情節單位以一個完整、相對獨立的中心事件為內容，排場因事件的轉換而區隔。但在一個情節單位中，其中心事件本身或亦由一些小段落連貫組織而成，這些小段落之間也存在著較不明顯的分界，這種分界是否足以構成劃分排場的依據，必須根據其他標準來判斷，此即為元雜劇排場劃分的變化原則。因此在「情節單位」這一基本標準之外，尚須變化原則的配合，才能將各排場明確的加以劃分。劃分元雜劇排場的變化原則有二，一為表演分量，二為空場區隔，以下分別說明。

────────────

〔註 7〕關於元雜劇的搬演形式永義師於《說俗文學》〈元人雜劇的搬演〉一文曾詳加引證說明，可以參見。

一、表演分量

「情節單位」是一個情節段落，「段落」的區分本來沒有絕對標準，然而足以構成情節單位的段落必須包含一個中心事件，這個中心事件必須具有明確的表演主題——顯示事件發展、表達人物情感或是展現表演技藝，而表演分量的輕重對事件發展過程是否充分鋪陳、人物情感是否充分抒發、表演技藝是否充分展現必然有所影響。一個中心事件可以再分成更小的段落，這些小段落為中心事件的一環，原本沒有明確的表演主題，但有時因為表演分量加重，形成突顯的表演主題，而具備自成排場的條件。因此，性質相似的段落，由於表演分量輕重不同，將影響其是否劃分為獨立排場。如《碧桃花》（a97）楔子（首）〔註 8〕第三場、《東牆記》（b14）第一折第二場、《牆頭馬上》（a20）第一折第四場，皆由女主角花園散心寫起：

> （正旦扮碧桃領梅香上云）妾身是徐知縣的女兒，小名碧桃，年長一十八歲，俺爹爹將我配與張縣丞的孩兒張道南為妻。今日爹娘到俺公婆家賞牡丹去了，妹子玉蘭在繡房中做女工生活，梅香，咱後花園中散心去來。
>
> （梅香云）姐姐要耍去，怕相公知道，可不打梅香也。
>
> （正旦云）我與你看看便回，相公那裡知道。
>
> （梅香云）這等，俺就去來。（做行科）姐姐，你看這花園中白的是梨花，紅的是桃花，紫的是牡丹，黃的是薔薇，好賞心也。
>
> （副末張道南領淨興兒上）……（《碧桃花》）
>
> （正旦上云）妾身董秀英是也，父親拜松江府尹，不幸早亡，止有老母在堂，治家嚴肅。今乃三春天氣，好生困人，終日在繡房中描鸞刺繡，針黹女工，十分悶倦。恰纔母親教同梅香去後花園散悶，梅香，掩上房門，咱兩個去來。（做行科）
>
> （旦云）梅香，你看是好春景也呵。（唱）
>
> 〔仙呂點絳唇〕萬物乘春，落花成陣鶯聲嫩，垂柳黃勻，越引起心間悶。
>
> 〔混江龍〕三春時分，南園草木一時新，清和天氣，淑景良辰，紫

〔註 8〕楔子後面的括號用以標註楔子的位置，見附錄三之說明。

陌游人嫌日短，青閨素女怕黃昏。尋芳俊士，拾翠佳人，千紅萬紫，花柳分春。對韶光半晌不開言，一天愁都結做心間恨。憔悴了玉肌金粉，瘦損了窈窕精神。

（生上云）……（《東牆記》）

（正旦扮李千金領梅香上云）妾身李千金是也，今日是三月上巳良辰佳節，是好春景也呵。

（梅香云）小姐，觀此春天，真好景致也。

（正旦云）梅香，你覷著圍屏上佳人才子、士女王孫，是好華麗也。

（梅香云）小姐，佳人才子為甚都上屏障，非同容易也呵。

（正旦唱）

〔仙呂點絳唇〕往日夫妻，夙緣仙契多才藝，倩丹青寫入屏圍，真乃是畫出個蓬萊意。

（梅香云）小姐，看這屏圍有個主意，梅香猜著了也，少一個女婿哩。（正旦唱）

〔混江龍〕我若還招個風流女婿，怎肯教費工夫學畫遠山眉。寧可教銀缸高照，錦帳低垂。菡萏花深鴛並宿，梧桐枝隱鳳雙棲。這千金良夜，一刻春宵，誰管我衾單枕獨數更長，則這半床錦褥枉呼做鴛鴦被。（梅香云）等老相公回來呵，尋一門親事可不好也。（正旦唱）落的男遊別郡，耽擱的女怨深閨。

（梅香云）小姐這幾日越消瘦了。（正旦唱）

〔油葫蘆〕我為甚消瘦春風玉一圍。又不曾染病疾，迎新來寬褪了舊時衣。（梅香云）夫人道，小姐不快時少做女工，勝服湯藥。（正旦唱）害的來不疼不痛難醫治。吃了些好茶好飯無滋味。似舟中載倩女魂，天邊盼織女期。這些時困騰騰每日家貪春睡。看時節針線強收拾。

〔天下樂〕我可便提起東來忘了西。（梅香云）昨日幾家來問親，小姐不語怎麼？（正旦唱）咱萱堂又覷著面皮。至如個窮人家女孩兒，到十六七，或是誰家來問親，那家來做媒。你教女孩兒羞答答說甚的。

（梅香云）今日上巳，王孫士女，寶馬香車都去郊外玩賞去了，咱兩個去後花園內看一看來。（正旦云）梅香，將著紙墨筆硯，咱去來。

（做行科）（正旦唱）

〔那吒令〕本待要送春，向池塘草萋，我且來散心，到荼蘼架底，我待教寄身，在蓬萊洞裡。蹙金蓮紅繡鞋，蕩湘裙鳴環珮，轉過那曲檻之西。

〔鵲踏枝〕怎肯道負花期。惜芳菲。粉悴胭憔，他綠暗紅稀。九十日春光如過隙，怕春歸又早春歸。

〔寄生草〕柳暗青煙密，花殘紅雨飛。這人人渾和柳相類。花心吹得人心碎。柳眉不轉蛾眉繫。為甚西園陡恁景狼籍，正是東君不管人憔悴。

〔么篇〕榆散青錢亂，梅攢翠豆肥。輕輕風趁蝴蝶隊，霏霏雨過蜻蜓戲，融融沙暖鴛鴦睡。落紅踏踐馬蹄塵，殘花醞釀蜂兒蜜。

（裴舍騎馬引張千上）……（《牆頭馬上》）

《碧桃花》「遊園」一段僅由梅香以賓白帶過，演出分量極輕，不足以構成一個情節單位，副末上場後與正旦相遇，才是這場戲的中心事件。遊園一段的作用只在將人物帶入才子佳人定情的典型地點——後花園，作為中心事件的開端，不應劃分為獨立排場。《東牆記》的「遊園」以賓白和〔點絳唇〕、〔混江龍〕兩支曲子組成，曲文中對園中景色和人物情感均有所描繪，但以兩支曲子的分量，可知作者並不著意於布置正旦遊園傷春的場面，而是以此做為中心事件——與馬生初遇鍾情——的心理背景，引導進入事件核心，亦不宜另分排場。《牆頭馬上》則從正旦和梅香上場即流露出李千金的女兒情懷，隨後遊園時對花園景色的種種刻畫，其實仍是李千金個人心理的投射。這一段演出共用了七支曲子，充分呈現李千金嚮往愛情，傷春感歎的內心活動，具有明確的表演主題，已足可自成排場，其後裴舍上場則以另一事件為中心，別為一場。以上三個劇例皆以男女主角一見定情為該折主要情節，女主角遊賞花園本為此主要情節的展開預做鋪設，一方面進入特定時空環境，一方面表現女主角的內在情緒，以使隨後一見定情的情節具有合理自然的心理基礎。《碧桃花》的遊園部分具備了第一項作用，《東牆記》和《牆頭馬上》則兼有二者。這三個段落本來都只是做為該折主要情節的開端，但由於《牆頭

馬上》遊園一段表演分量加重，其重心已在渲染女主角的情懷，具有獨立的表演主題，而不僅僅是做爲鋪設之用而已，所以另成排場。至於《碧桃花》和《東牆記》的遊園部分則仍然只有引導發端的作用，不足以自成排場。

再以《度黃龍》（d54）第三折和《蝴蝶夢》（a37）第三折的兩段演出爲例：

（行者云）道童，你師父飛昇去了，料著我們做不的神仙了，唱箇曲兒去了吧。（行者同道童唱）

〔清江引〕道童行者多受苦，師父每騰雲去，我也不得做神仙，那裡安身處。（道童云）我們兩箇那裡去好？（行者唱）俺還去街市上學搗鬼。（同下）（《度黃龍》）

（王三云）張千哥哥，我大哥二哥都那裡去了？

（張千云）老爺的言語，你大哥二哥都饒了，著養活你母親去，只著你替葛彪償命。

（王三云）饒了我兩個哥哥，著我償命去，把這兩面枷我都帶上。只是我明日怎麼樣死？

（張千云）把你盆弔死，三十板高牆丟過去。

（王三云）哥哥，你丟我時放仔細些，我肚子上有個癤子哩。

（張千云）你性命也不保，還管你甚麼癤子。

（王三唱）

〔端正好〕腹攬五車書，（張千云）你怎麼唱起來？（王三云）是曲尾。（唱）都是些禮記和周易。眼睜睜死限相隨，指望待爲官爲相身榮貴，今日個畢罷了名和利。

〔滾繡毬〕包待制比問牛的省氣力，俺父親比那教子的少見識，俺秀才每比那題橋人無那五陵豪氣，打的個遍身家鮮血淋漓。包待制又葫蘆提，令史每樁樁不知，兩邊廂列著祗候人役，貌堂堂都是一火尺娘的。隔牢攛徹牆頭去，抵多少平空尋覓上天梯。（帶云）張千，（唱）等我尺你妳妳歪屄。（張千隨下）（《蝴蝶夢》）

《度黃龍》之例是第三折第二場的弔場部分，這場戲的中心事件是呂洞賓度脫黃龍禪師得成大道，眾人陸續下場後，行者與道童留在場上演出一小段逗趣的表演。唱〔清江引〕小曲，作用如同下場詩，只是變換不同形式，增添

排場新鮮活潑之趣。這段演出分量極輕，明顯做爲收束場面之用，自然不成獨立排場。《蝴蝶夢》之例是在正旦王母探監，獄卒奉包待制之命釋放王大、王二，王母領著兩個兒子出獄之後，由王三和獄卒張千演出一段對手戲，本亦屬弔場性質，但是這段演出的分量加重，賓白部分雖係插科打諢，卻也表現出王三這個人物憨直率眞的一貫性格。至於兩支曲文則流露出些許對命運的無奈與自嘲，並對嚴刑拷打的官府惡習加以諷刺抨擊。作者安排這段演出，顯然不僅是做爲弔場收束之用而已，而有藉王三這麼一個「二楞子」式的人物之口發言，以使批評與嘲諷格外直接尖刻的用意。這段演出以賓白和兩支曲子的分量表現諷世主題，已可自成排場。

　　以上所舉兩組劇例，第一組本皆爲中心事件的發端，但因表演分量的加重，可使發端部分自成排場；第二組本皆爲中心事件的收束部分，亦可因表演分量的加重而獨立成場。段落性質相類，卻因表演分量的不同而或分場或不分場，這是由於表演分量加重可使原本包含於一個情節單位中的小段落擴大，進一步發展出自身的表演主題，具備自成排場的條件。

二、空場區隔

　　就一般情況而言，一場戲由人物上場而揭開序幕，逮人物完全下場，這場戲即告結束〔註9〕，排場的開始和結束基本上是通過人物上下場來表現，而人物完全下場通常意謂事件終了，亦即爲排場劃分之處。這種以人物完全下場來劃分排場的方式，人物是因事件結束而下場，所以實際上還是以一個完整的情節單位爲分場依據。但在少數情形下，人物並不在一個中心事件結束之時完全下場，而在事件當中的一個段落處完全下場，前後兩個情節段落之間舞臺暫空，而產生明顯的區隔，因空場區隔而使單一排場劃分爲二〔註10〕。如《薛仁貴》（a19）第一折第四場演出薛仁貴醉後入夢：

　　　　（薛仁貴打夢科云）薛仁貴也，我離家十年光景，一雙父母年高，
　　　　無人侍養。我則今日私離了邊庭，帶領數十騎輕弓短箭，善馬熟人，

〔註9〕排場以人物上場開始，以人物下場結束，這只是一種基本情況，並非定則。在元雜劇中不乏人物雖未下場，但因情節轉變而轉換排場的例子。

〔註10〕並非所有人物完全下場的情況皆必然劃分爲不同排場，在元雜劇中有以同一事件貫串而人物急遽上下場的一類情節，如在戰爭場面中，雙方交戰，一方敗下，另一方追趕而下；其後敗方復上，勝方追上，又展開戰鬥。這中間雖然也有空場區隔的情形，但卻是同一事件的延伸，舞臺暫空是爲了表示空間的轉換，並非中心事件的區隔，因此整體仍視爲一個排場。

回家探望父母走一遭去。（詩云）則爲我三箭成功定太平，官加元帥
鎮邊庭。十年不做還鄉夢，愁聽慈烏天外聲。（下）

薛仁貴下場後，以下夢中回鄉之事即劃分爲另一排場演出。至於《盆兒鬼》
（a80）第一折第一場亦演出入夢之事，楊國用投宿旅店入睡之後演出：

（做打夢起云）不知今夜怎生再睡不著，待我起來前後閒步咱。呀！
這是一個小角門兒，不免推開這門，看是甚麼去處。（做覷科云）原
來一所花園，是好花也呵。……

楊國用入夢之後即在舞臺上以行動表示去至花園之中，以下繼續演出夢中險
爲惡賊所殺之事。《薛仁貴》與《盆兒鬼》之例皆演出人物入夢後前往他處，
前者入夢之後人物完全下場，與次場之間產生空場區隔，因而劃分爲不同排
場；後者則爲人物入夢後並不下場，未造成空場區隔，情節持續進行，故仍
視爲同一排場。入夢的動作原本只是整場戲的開端，但因人物完全下場，強
化了前後情節段落的區隔性，而使原本的單一排場劃分開來。

每個情節單位的中心事件本身還是由一些小段落組成，這些小段落之間
可能具有隱約的分界，一般情況下這種分界並不影響其整體成爲一個排場，
但如果作者在分界處以人物完全下場的方式造成明顯的區隔，將使隱約的分
界強化、確定，而原本的單一排場也因此劃分爲二。

以表演分量和空場區隔爲變化原則來劃分元雜劇的排場，是針對情節單
位本身的段落性而設。情節單位的中心事件或亦由一些小段落共同架構而
成，這些段落之間雖可找出界線，但若切割開來，將只是零散的碎片，換言
之，這些段落並不具備自成排場的條件。不過在這些段落具有一定表演分量，
足可突出其表演主題，或是藉由人物完全下場，與以下段落之間產生空場區
隔的情況下，原本爲情節單位中一個環節的小段落將因而自成排場。

元雜劇排場的劃分標準包含基本標準和變化原則，基本標準爲情節單
位，情節單位以一個具備完整性、獨立性的中心事件爲內容，因中心事件轉
換而劃分爲不同排場。變化原則有二，一爲表演分量，二爲空場區隔。變化
原則的作用在於界定情節單位中的段落是否應該自成排場，若該段落具有足
以突顯明確主題的表演分量，或是人物完全下場造成空場區隔，則劃分爲獨
立排場。透過基本標準和變化原則的配合判斷，即可將元雜劇各排場清楚的
劃分開來。

第二章　元雜劇排場的轉移

　　元雜劇的每一個排場是以具備單一中心事件的情節單位爲構成基礎,中心事件變化,排場亦隨之轉移,全劇情節即在排場的轉移之中逐步發展。任何事件必是由特定人物在特定時空環境下表現某一行爲而形成,事件的變化與人物、時空密切相關,本章即就人物和時空兩方面分析元雜劇排場的轉移模式,分爲基本轉移模式、時空轉換型排場轉移、人物更替型排場轉移三節論述。此外,元雜劇運用曲牌系的音樂,排場轉移時套式的相應變化亦爲重要課題,本章將詳加討論。

第一節　基本轉移模式

　　元雜劇排場的轉移取決於事件的變化,時空與人物是構成事件的兩大要素,事件的變化往往透過時空轉變與人物改換來表現,元雜劇排場的轉移模式即建立在前後排場組場人物與時空環境的變化之上。依據元雜劇各排場組場人物與時空環境的比對結果歸納分析,絕大多數情況下,相連的排場組場人物前後更易,中心事件亦發生於不同時空環境之中,換言之,前後排場時空轉換、人物更替即爲元雜劇排場轉移的基本模式。〔註1〕

一、轉移形式

　　元雜劇排場轉移的基本模式是相鄰排場時空環境轉換,組場人物更替,

〔註1〕在基本模式之外,尚有前後排場組場人物相同,唯時空環境轉換一類,是爲「時空轉換型排場轉移」;以及前後排場時間相連,空間相同,唯組場人物更替一類,是爲「人物更替型排場轉移」,此二類屬特殊轉移模式,將在以下兩節詳細說明。

進一步分析，時空轉換與人物更替又可各自再細分為不同形式，以下分別說明。

（一）時空轉換的形式

1. 斷隔式轉換

在真實生活中時空轉換是一種相續不斷的變化過程，但在元雜劇的排場轉移中，絕大多數的相鄰排場在時間上有一定間隔，在空間上有一定距離，時空轉換的形式是斷隔的，而非一線連貫。如《貨郎旦》（a94）第二折第二場，張三姑將春郎賣與拈各千戶；次場（第三折第一場）拈各千戶病危，臨終前向春郎說明其身世。前後場時間相隔十三年，空間由洛河邊轉為千戶私宅。又如《金鳳釵》（b13）第一折第三場，趙鶚被革去功名後回到旅店，生活困窘，只得答應妻子賣詩維生；次場（第二折第一場）演出趙鶚至周橋賣詩。兩場戲前後相隔一日，空間由旅店轉為周橋。這種時空斷隔跳接是元雜劇排場轉移中最為普遍的形式。此外，部分排場轉移是時間斷隔而空間不變，如《蕭淑蘭》（a88）第一折第三場，蕭淑蘭向張世英表明情意卻遭拒絕；次場（第二折第一場）嬤嬤代淑蘭傳簡，又為張世英嚴詞責備。兩場空間同為書房，時間相隔兩個月，亦屬斷隔式的時空轉換。

斷隔式的時空轉換時間或相隔數個時辰，或數十年之久；空間距離或為一門之隔，或為萬里之遙，其表現方式皆為前場人物完全下場，逮次場人物上場即轉換為另一時空環境，在相連排場之間必有空場區隔，這種區隔使得前後事件雖然有因果關係而彼此連繫，但並非緊密相連，情節呈現分段躍進的發展形式。

2. 連接式轉換

所謂「連接式轉換」是指前後排場在時間上相連接續，空間則在行進中變化。如《救風塵》（a12）第一折第三場，安秀實請趙盼兒勸說宋引章回心轉意；次場（第一折第四場），趙盼兒前往宋家，勸宋引章勿嫁與周舍。兩場戲時間相接，空間由趙家轉為宋家。又如《梧桐葉》（a70）第三折第二場，牛尚書命雲英領金哥往綵樓招親；次場（第三折第三場）雲英與金哥登上綵樓，正遇夫婿任繼圖新中狀元經過，遲疑不敢相認。前後時間緊連，空間則由牛府轉為綵樓。在連接式的時空轉換中尚有一類為夢境與現實時空交互轉換，如《竹葉舟》（a60）第一折第二場，呂洞賓施法使陳季卿入睡，呂洞賓、惠安

和尚與行者相繼下場後，排場轉移，演出夢境之事，前後排場時間亦緊密連接。

連接式的時空轉換主要透過人物在舞臺上的行動和語言來表示空間的變化，人物「做行科」、「做上樓科」，再說明自己現在所處環境，即可完成空間的轉換。至於夢境與現實的轉換亦藉由「打夢科」、「醒科」加以表示。排場轉移時，前場人物並不完全下場，亦即在相鄰排場之間沒有空場區隔，事件的承接是在舞臺上連續表現，因此情節的進行也就顯得較爲緊密，與時空斷隔轉換下分段躍進的情節進行方式有別。

（二）人物更替的形式

1.完全更替

「人物完全更替」是指前後排場組場人物完全不同。如《燕青博魚》（a14）楔子（首）第一場，燕青因誤了重陽假限而受杖責，竟爾瞎了雙眼，宋江著其下山尋醫治療；次場（第一折第一場）燕二因與嫂子王臘梅不和，憤而離家。前場以宋江、燕青、吳學究組場，次場則以燕大、燕二、王臘梅組場，人物完全更替。又如《破風詩》（d26）第一折第一場，韓愈奉旨將往各地尋訪賢士；次場（第一折第二場）賈島不愼衝撞大尹陳皓古馬頭，陳皓古探問之間知其懷才不遇，允諾代爲薦舉。前以韓愈組場，後以賈島、陳皓古組場，兩場人物完全不同。

排場轉移時若組場人物完全更替，其相應的時空轉換皆爲斷隔式的轉換，前後排場之間同樣具有空場區隔，而使前後事件產生明顯分界。此外，組場人物完全更替也往往使情節另起端緒，分線發展，前後事件之間跳接性強烈，以上所舉二例即反映出此一現象。組場人物完全更替時，由於兩排場之間舞臺全空，同時前後事件呈現高度的跳接性質，使得情節發展過程中段落之間產生較大的間隙，而分段躍進的推進形式也更爲顯著。

2.部分更替

「人物部分更替」意指前後排場中部分人物連續組場，其餘人物則有所更動，組場人物不完全相同。如《鴛鴦被》（a04）第一折第一場，劉員外向劉道姑催討李府尹所欠債務，藉此逼迫道姑代向玉英說合親事；次場（第一折第二場）劉道姑赴李府巧言哄騙，玉英終於應允成親。前場以劉員外與劉道姑組場，次場以劉道姑與玉英、梅香組場，人物部分更替。又如《老君堂》

（b36）第一折第二場，唐元帥李世民欲潛觀金鄘城，袁天罡勸阻無效；次場唐元帥前往北邙山觀城，爲程咬金發現，追往老君堂廟，危急之際，秦叔寶救其免於一死。兩場中唐元帥連續上場，其餘組場人物則前後不同。

組場人物部分更替時，前後排場的時空關係或爲斷隔式轉換，或爲連接式轉換，若時空斷隔轉換，由於前場人物必然完全下場，造成舞臺全空的明顯區隔，事件並非緊密銜接，不過前後排場中連續組場的人物卻可擔任穿針引線的工作，使前後事件的連接線索清晰可見，前舉《鴛鴦被》之例即是。在這種情形下，情節的進行雖然基本上仍爲分段躍進的形式，但不若人物完全更替時的高度跳接性。若時空連接轉換，如上文所述，其前後事件是在舞臺上連續進行，情節發展較爲緊密。

元雜劇排場的轉移以連場時空轉換、組場人物更替爲基本模式，在此基本模式之中由於時空轉換、人物更替的形式不同，使前後排場中心事件的承接有疏密之別，情節推進的方式也有所變化。

二、表現手法

相連排場組場人物不同，時空環境不同，使元雜劇的排場轉移呈現時間不停推移，空間接連轉換，人物不斷更迭的基本樣態，這種變動頻仍的演出形式，唯有以虛擬象徵的手法表現，才能使排場轉移如行雲流水般自然。

元雜劇是在狹小而不設布景的舞臺上演出，劇中時空環境的確立完全由人物表演決定，當人物在舞臺上活動，空洞的舞臺隨之轉化爲特定的時空環境，若抽離了人物的活動，舞臺只是一個不具意義的實體空間。正因爲時空環境由人物表演所決定，所以能夠境隨人移，突破寫實布景的限制，表現時空的自由流轉。如《黃梁夢》（a45）各排場的空間轉換爲東華仙府→邯鄲道黃化店→呂洞賓夢境→高太尉府→呂洞賓府（接連三場）→深山→獵戶家→邯鄲道黃化店，前後八轉。人物一上一下，即由仙界化爲人世；一個打夢的動作，即由現實進入夢境，卻不覺有絲毫扞格。在事件推移中，空間隨人物活動而自然轉換，不受任何限制，這是因爲劇中空間環境並不依靠布景道具顯現，而是透過人物的身分、語言、行動，訴諸觀眾的想像建構完成，虛擬的空間反而具有絕大的包容性，足以呈現無窮的變化。

空間的自由轉換不僅表現於排場轉移之際，即使同一排場中，空間亦可不斷變動，元雜劇中尋常可見的「轉過隅頭，抹過屋角」即爲一例，而唱

一、兩支曲子即到達另一地點，或「說話中間，可早來到也」的情況亦司空
見慣。至於行動、遊覽一類的情節，空間隨人物在舞臺上移動而迅速轉換，
如《西廂記》第一本（b17）第一折第二場張生遊覽普救寺唱〔村裡迓鼓〕一
曲：

> 隨喜了上方佛殿，早來到下方僧院，行過廚房近西，法堂北鐘樓前
> 面。遊了洞房，登了寶塔，將迴廊繞遍。數了羅漢，參了菩薩，拜
> 了聖賢。……

短短一支曲子遊遍了佛殿、僧院、鐘樓、寶塔、羅漢堂，場景迅速轉移，若
在舞臺上運用布景，勢將窮於應付。由此可見以虛擬手法，藉由曲白描繪以
及人物的歌舞身段，融入觀眾的想像，則狹小空洞的舞臺得以化爲大千世界
而轉換自如。

　　至於時間的轉換方面，元雜劇的情節是依時間順序推進，整體而言，各
排場的時間不斷向前推移，而在推移過程中排場之間時間的轉換也是極爲自
由的，可以是數年之隔，也可以是緊密相續，完全取決於情節發展上的需
要。如《羅李郎》（a90）楔子（首）第二場，蘇文順與孟倉士將兒女質當予羅
李郎，換取盤纏進京應舉；排場轉移至次場（第一折第一場），時間已過二十
年，當年一對小兒女湯哥、定奴皆已長大成人，並婚配生子。又如《女姑
姑》（d44）楔子（2、3）第一場，張端甫與瓊梅私奔來至善喜寺，瓊梅留在
寺中，與張約定取得功名後重聚；排場轉移後（第三折第一場），鄭府尹思念
當年出走的女兒瓊梅，欲往報國寺做齋超度，兩場之間相隔十年。舞臺演出
時間只是人物上下場短暫之隔，劇中時間已是數十年經過。又如《三化邯
鄲》（d53）各場時間轉換爲相隔數日→連續→連續（入夢境）→夢中五十餘
年後→連續→連續（回到現實）→連續。從呂洞賓初次度脫盧生到盧生悟道
超脫僅是數日之隔，夢中五十年的時間回到現實不過是黃梁飯熟的短暫片
刻。不論是大幅度跳接或是錯綜變換，均毫無突兀之感，此乃因爲劇中時間
是虛擬象徵性的時間，只要合於情節發展的邏輯，透過人物的表演，即可流
轉自如。

　　一如空間轉換一般，同一排場中時間亦可自由轉換。如《醉寫赤壁賦》
（b55）第三折第二場，蘇東坡、黃魯直、佛印禪帥夜遊赤壁，整場戲始於夜
晚，終於天明。又如《硃砂擔》（a23）第二折第一場，王文用趕路中唱〔梁州
第七〕一曲：

我從早辰間直走到申時候，過了些青山隱隱，綠水悠悠，荒祠古廟，沙岸汀洲。七林林低隴高丘，急旋旋淺澗深溝。剛抹過另巍巍這座層巒，還隔著碧遙遙幾重遠岫，又接上白茫茫一帶平疇。巴的到綠楊渡口，早則是雲迷霧鎖黃昏後，我去那野店上覓一宿。

一支曲子時間由早晨轉為下午，再到黃昏，以人物在舞臺上活動，加以曲文描述，即可表示時間的變動。透過語言行動象徵性的表演，人物一上一下，可為數十年之隔，幾支曲子表示經過數日，劇中時間完全應情節的需要而自由轉換。

元雜劇排場轉移的基本模式為連場時空轉換、組場人物更替，時空轉換與人物更替又各具不同形式，對事件的承轉接續，以及情節的推進發展造成不同影響。時空斷隔式轉換、組場人物完全更替所造成的段落間隙最大，情節的跳接性也最高；時空斷隔式轉換、組場人物部分更替使情節在段落間隙之中以人物穿引，脈絡清晰；至於連接式時空轉換、組場人物部分更替則在情節連繫上有一氣呵成之勢。前二者使情節分段躍進，後者則使情節以密切連貫的方式向前推進。時空環境與組場人物各種不同轉移形式的交錯組合，使全劇情節的發展形式富於變化，達成凝聚觀眾聆賞興趣的舞臺效果。

其次，由於相鄰排場組場人物更替、時空環境轉換，元雜劇排場可謂具有相當大的變動性，但透過虛擬象徵的表現手法，在變動頻繁之中仍顯得流轉自如。元雜劇的舞臺在沒有人物上場以前只是一個不具意義的空間，人物上場後，以語言、行動將舞臺轉化為特定的時空環境，而人物更替則是時空環境轉換的樞紐。舞臺上所呈現的時空環境是虛擬的，正因其虛擬性，故能代表任何時空，當中心事件變化，排場轉移，即隨人物活動而轉換，即使變動頻仍，亦絕無滯礙，時空環境轉換的唯一原則是合乎情節發展的需要，除此之外別無限制。元雜劇變動性強烈的排場轉移模式與虛擬象徵的表現手法是相生相成的，人物藉由歌舞身段、賓白科汎的表演技藝，以虛擬象徵的方式使狹小而無布景的舞臺成為轉換自由的無限時空，而此一自由轉換的無限時空恰可因應排場的轉移，與事件的承續、情節的推進密合無間。

第二節　時空轉換型排場轉移

所謂「時空轉換型排場轉移」係指由同一（或同組）人物連續組場，表現出在不同的時空環境下事件的變化發展，這類排場轉移模式前後排場之間

只具備時空轉換的關係，人物並未更替〔註2〕。在全部元雜劇中，「時空轉換型排場轉移」計有四十一例（見下編資料三‧I），進一步區別，可再細分為三類。一是前後兩場由相同人物組場，事件在相同空間進行，而時間上則延展相隔，為「時間轉換型排場轉移」；二是前後兩場組場人物相同，時間相連，空間不同，為「空間轉換型排場轉移」；三是組場人物不變，而時間空間一並轉換。為「時空轉換型排場轉移」。

　　「時空轉換型排場轉移」在全部元雜劇中所佔比例雖然很小，但採取這類排場轉移模式者在情節的安排上自有其特殊之處，分析而論，其特色有二：〔註3〕

一、突顯人物關係的演進變化

　　運用時空轉換型排場轉移模式者，其情節往往側重於表現人物關係的演變過程，或為和諧情感的深化、或為矛盾衝突的加劇、或由敵對轉為親愛等等。在四十一個劇例中，具備此一情節特色的計有二十七例，約佔 65.85%，以《小尉遲》（a30）第三折為例，此折包含兩個排場，第一場始於劉無敵上場，至劉無敵詐敗而逃，尉遲恭追趕下場結束，演出劉無敵與尉遲恭兩軍對壘，陣前交鋒的情形，其表演以武打科汎為主；第二場由劉無敵二度上場發端，至劉無敵準備回營結束，中心事件為劉無敵說明身世，與尉遲恭父子相認，轉為文靜的抒情場面。前後兩場皆由劉無敵和尉遲恭組場（卒子不計），時間延續，空間轉變，為「空間轉換型」的排場轉移模式。在前場中雖然劉無敵已知曉身世，有意認父，但不敢冒然行事，仍不得不與尉遲恭刀兵相向；而尉遲恭一方則完全將對方視為敵寇，意欲為國除患，此時兩人關係處於敵對狀態。排場轉移後，尉遲恭聞知劉無敵竟是自己二十年前分離的親生子，悲喜交集。父子相認，骨肉至情自然流露，兩人關係轉為親愛和洽。這兩段情節的連繫以「空間轉換型」的排場轉移模式表現，人物關係的變化因而突顯。

〔註2〕此處所言在「時空轉換型排場轉移」模式中，前後排場人物並未更替包含兩種情況，一是完全由相同的人物組場，二是該場主要人物不變，但龍套或是點綴式的人物（亦即對事件的進行不具備推進作用的一類人物）則或有所變動。

〔註3〕本文於下編資料三‧I中將各「時空轉換型排場轉移」劇例以標註方式註明其情節特色，可參見。

　　又如《麗春堂》（a52）第一折第一場，四丞相與李圭在射柳會上比試射箭，四丞相技高一籌，贏得錦袍玉帶，李圭因而心生不忿。次場（第二折第一場）演出在香山盛宴上李圭邀四丞相打雙陸，本欲一雪前恥，不料第一盤失利，輸了八寶珠衣。第二盤李圭獲勝，得意之餘，執意要依賭注抹黑四丞相的臉以報前仇，四丞相怒打李圭，大鬧宴席。這兩場戲組場人物相同，空間由御花園轉爲香山，時間相隔一日，爲「時空轉換型」的排場轉移模式。在前場中，李圭因比射失敗而暗生怨怒，四丞相渾然不覺，此時兩人間的對立並未表面化，但李圭的心理反應已埋下正面衝突的伏筆。到了次場，李圭再一次的失敗，使其不滿的情緒更加強烈，當四丞相落敗，李圭心中積壓的忿懣便爆發出來，而導致兩人之間尖銳的衝突。這兩段情節顯然著重於鋪陳四丞相與李圭之間衝突激化的過程。

　　再以《女貞觀》（d40）爲例，第二折第三場敷演潘必正夜訪陳妙常，兩人賦詞相和，潘復彈琴寄意，引動妙常思凡之心；次場（第二折第四場）演出潘隔天再訪妙常，兩人互訴衷情，終成歡會。這兩場戲皆由潘必正與陳妙常組場，事件均在妙常房中進行，時間相隔一天，爲「時間轉換型」的排場轉移模式。在前場中，兩人對彼此的心意多方試探，雖各有情意，但關係並不確定。轉移排場後，兩人坦率表露內心的情感，不再有絲毫猶豫隱晦。由前場的婉轉示意到次場的激揚熱烈，強調兩人之間情感的迅速進展。

　　以上所舉諸例是在一本元雜劇中某兩個排場採取時空轉換的排場轉移模式，而在部分劇本中則連續運用此一轉移模式，側重表現人物關係變化的情節特色也更爲突顯。如《圯橋進履》（b15）第二折第四場，張良與黃石公初次見面，黃石公故意撇下鞋，命張良替他取回穿上，並與張良定下五日之約；第五場，張良赴約遲到，黃石公大怒，再定五日之期，拂袖而去；第六場，張良臨期先至，黃石公心悅而授以天書三卷，飄然遠離。接連三場戲皆由張良與黃石公組場，空間皆爲圯橋，時間相隔，是爲「時間轉換型」排場轉移。在第四場中，黃石有意試探張良，張良對黃石則心存猜疑，進履之舉不過出於敬老扶困的一點仁心。到了第五場，張良原本認定黃石不過是個風魔先生，但爲不失信於人而赴約，及至黃石大怒離去，張良察覺黃石係有所爲而爲，或許眞爲隱士高人，不過仍未完全信服。至第六場，張良赴約時心中已然有所期待，逮黃石傳授天書，講明治國大法，張良終於心悅誠服，拜黃石爲師。這三場戲中張良對黃石由起初的猜忌隔閡，而至將信將疑，最後

衷心拜服，人物關係由疏離而親近的變化過程透過時空轉換的排場轉移模式集中展現。

又如《硃砂擔》（a23），全劇有近乎一半的情節（第一折和第二折）採取時空轉換型排場轉移。第一折第一場，王文用投宿旅店，夜半夢見自己被強賊所殺；第一折第二場，王文用行至酒店，果遇強賊白正糾纏，僥倖脫逃；第二折第一場，王文用投宿黑石頭店，白正尾隨而至，王文用意外發現，連夜奔逃；第二折第二場王文用至太尉廟中避雨，竟又與白正不期而遇，終為白正所害。連續四場都是王文用和白正的對手戲，兩人在時空轉換中不斷遭遇，其衝突源於夢境的預兆，這時兩人的關係雖是非實存性的，但卻藉著命定的暗示，指出未來正面衝突的必然性。其後夢中經歷成為真實，在不斷躲避、追逐的過程中，王文用屢次逃脫魔掌，但喘息未定，又一再狹路相逢，其承受的驚懼日益強烈。白正最初圖謀橫財，其後謀財害命的意圖也愈加明顯。在排場的連接轉移中，兩人迫害者與受害者的關係逐步強化，最後終於回歸夢中預示，以死亡結束。

其實每一排場的中心事件或多或少都表現出人物之間的各種關係，但若前後排場的組場人物不同，所呈現者為不同人物間的情況，而非集中表現同組人物彼此關係的進展。由於時空轉換型排場轉移的前後排場是連續以相同人物組場，使得人物關係的進展變化可以緊密集中的表現出來，因此在整齣戲中若有需要突顯人物關係演進過程的情節段落，自然適於採取時空轉換型排場轉移模式。

二、表現重複式的情節

情節推進若採用時空轉換的排場轉移模式，常常是重複式的情節段落，亦即前後排場的中心事件類似，甚且雷同。在四十一個時空轉換型排場轉移的劇例中有十七例屬於重複式情節，約佔百分之 41.46%。以《殺狗勸夫》（a07）為例，楔子第一場敷演孫二為兄長孫大祝壽，反遭責打；次場（第一折第一場）孫二清明上墳，又被孫大打罵不休。這兩場戲中，孫大都是先和兩個光棍——柳隆卿、胡子轉把酒甚歡，孫二上場後，孫大臉色一變，不問青紅皂白將之痛打一頓。妻子楊氏苦勸不理，柳胡又在旁挑撥，火上加油，孫大打罵愈甚。接連兩場皆以孫大、孫二為主腳，以柳、胡與楊氏為副腳，中心事件主要表現兄弟二人間的衝突，在衝突開展過程中，楊氏與柳胡分別

擔負正面勸阻和反面推動的作用，勸阻作用居於弱勢，無法消平衝突；推動作用則促使衝突不斷強化。其次，這兩場戲皆採取對比的表現手法，柳胡拜壽，孫大心中歡喜，毫不計較壽禮，自取好酒相待；孫二上壽，孫大以其未帶壽禮爲由，加以責打。清明上墳，孫大將柳胡視爲親兄弟，同拜祖墳；孫二上墳，反被孫大譏爲非親非故。這種態度上的強烈對比，更強調了孫大對親弟弟的無理欺壓，突顯孫家兄弟之間的不和。前後場次雖各以祝壽、上墳爲背景，但中心事件進行的過程極爲類似，人物在事件中的地位與作用相沿不變，表現手法亦如出一轍，前後情節有如重複進行。

再以《女學士》（d41）爲例，第二折第二場孟氏與范夫人講論琴棋書畫之道；次場（第三折第一場）孟氏與范夫人談論歷代典制源流以及春秋史話。前後兩場皆以孟氏論說爲中心事件，雖然兩次論談主題不同，但事件皆以范夫人提出問題，而後孟氏引經據典加以議論的方式進行，爲重複式情節。

重複式情節是類似的事件反覆發生，「重複」可以是一種強調，劇作家或有意運用重複式情節藉以突出某種戲劇效果，但「重複」往往難免產生單調的弊病，缺少足以引發觀賞興味的變化之趣，如果處理不當，其「重複」成爲「雷同」，則必然板滯乏味，《漁樵閒話》（d46）即爲一例。此劇有近四分之三的情節採取時間轉換型的排場轉移模式——第一折第四場、第二折第一場和第三折第一場，連續三場全由漁樵耕牧四隱組場，空間皆爲漁人草菴，中心事件同爲四人清談閒話。這三場戲中前場用〔仙呂賞花時〕套十八曲，次場用〔中呂粉蝶兒〕套二十曲，末場用〔正宮端正好〕套十六曲，分量極重，而所談主題皆不外山間林下閒適之樂，說古今，論興亡，勘破功名利祿不過虛妄，笑觀世人難逃塵網，間夾以吟詩誦詞，傳述市井新聞，可謂連場雷同。事件本身原已缺乏「戲」味，與抒發個人情志感慨的散曲無別，竟又接連以三套長曲連篇累牘的反覆陳述，著實索然無味。

重複式的情節雖然容易趨於單調，但若劇作家有心經營，仍可以在重複中求變化，達到吸引觀眾的效果。如上文所舉《殺狗勸夫》之例，兩場戲的演出分量前爲楔子，後爲全折，事件的鋪敘輕重繁簡有別，因此在前場中人物間的衝突主要表現外在行爲的對立，而次場則有足夠的演出分量進一步呈現人物在衝突中的內心反應，雖然事件類似，但表現深度有所不同，由前後兩場戲的對照連接，可以清楚看出衝突的激化過程，情節仍是發展性的，並非一成不變的停滯，而情節的發展性正是戲劇凝聚觀賞興趣不可或缺的條件。

又如《金安壽》（a63）第一折第二場和第二折第一場皆由鐵拐李、金安壽、童氏、家僮、梅香組場，空間前爲金府，後爲郊外，時間相隔，爲時空轉換型排場轉移。其中心事件皆爲鐵拐李勸說金安壽凡世安樂不足憑，欲度其超凡登仙，屬於重複式的情節。作者在前場中夾入了歌兒舞女舞唱〔滿堂紅〕、〔大德歌〕、〔魚游春水〕、〔芭蕉延壽〕諸曲，粧點排場，次場則全由鐵拐與金安壽辯論人世之樂與仙界之樂。前場由歌舞的穿插表演引發金安壽大論塵世種種歡愉，事件的進行以金安壽對凡間的肯定爲主；次場中心事件的進行則以金安壽對仙界的反駁爲主，兩者在重複中仍有所區別。

時空轉換型排場轉移模式普遍運用於突顯人物關係演進過程以及重複式的情節段落，進一步論，這兩項情節特色之間具有一定關聯。重複式情節是在相同人物之間類似的事件反覆發生，這種情況對於人物關係的演進變化自然有所影響。如《救孝子》（a44）第二折第二場王氏控告楊興祖謀殺親嫂，楊母以屍首腐壞，難以斷定爲媳婦屍首，拒絕認屍，堅持興祖無罪，因而與昏官貪吏產生衝突；次場（第三折第一場）空間轉至公堂，再審此案，楊母仍堅不認屍，楊興祖卻終因受不住嚴刑拷打而屈招認罪。這兩場戲皆以審理殺嫂疑案爲中心事件，情節重複式進行，但在排場轉移後，楊母與昏官貪吏之間的衝突愈益激化，對官府黑暗的控訴也更加強烈。情節的重複意謂著相同人物一再遭遇，提供了人物關係變化發展的機會，而類似事件一再重演，則使得人物關係必然朝一定方向強化——衝突加劇或更趨和諧，因此重複式的情節在根本上即具備適於突顯人物關係演變的條件。但欲以重複式情節表現人物關係的發展，首要之務在於其「重複」之中必須具有「變化」的成分，才能維持發展的動力。如果「重複」只是「雷同」，人物關係也只能停留原點。在表現重複式情節的十七個劇例中，有十三例具有強調人物關係發展過程的作用，顯然重複式情節的安排自有其獨特用意。

總結而論，時空轉換型排場轉移適用於突顯人物關係演變的情節段落以及重複式的情節段落，而重複式情節亦往往具有集中強調人物關係發展過程的作用。

第三節　人物更替型排場轉移

所謂「人物更替型排場轉移」係指由不同人物相繼組場，而相鄰排場時間相連，空間環境相同。這類排場轉移模式中前後排場之間只具備人物更替

的關係，空間不變，時間則緊密連接而無明顯分隔。在元雜劇中，「人物更替型排場轉移」計有三百零一例（見下編資料三·Ⅱ）。進一步依據人物更替的時機區別，可再細分為四類：

第一類型：前一排場組場人物全部下場，次場完全由不同人物組場，計有八例。

第二類型：前一排場組場人物部分下場，其餘未下場人物另組次場，計有三十九例。

第三類型：前一排場組場人物皆未下場，新人物加入共組次場，計有一百三十例。

第四類型：前一排場組場人物部分下場，新人物加入，與未下場人物共組次場，計有一百二十四例。

採取人物更替型排場轉移的情節段落由於前後排場的中心事件是在相同空間進行，發生的時間又相連接續，事件的承接變化往往十分緊湊。以《千里獨行》（b54）為例，楔子（首）第五場劉備兵敗逃至河邊，設金蟬脫殼之計，丟棄衣甲頭盔而走；次場（楔子第六場）張遼追至河邊，以為劉備墜河，取其衣甲頭盔回營覆命。兩場戲時間連續，空間不變，組場人物更替，屬於第一類型轉移模式，前後事件緊密連接，一氣貫串。又如《楚昭公》（a17）第一折第二場吳國使臣至楚國下戰書，欲奪回湛盧寶劍；次場（第一折第三場）楚昭公召申包胥商議應敵之策。這兩場戲為第四類型轉移模式，中心事件亦緊密連接。以「人物更替型排場轉移」演出的情節段落皆具備「緊密」的基本性質，除此之外，尚有四項特點。〔註4〕

一、情節發展具有強烈的轉折性

此處所謂情節的「轉折性」包含兩種情況，一為人物命運面臨重大轉變，一為前後排場的中心事件反向發展。運用人物更替型排場轉移模式而在情節發展上呈現強烈轉折性者計有一百一十七例。如《西廂記》第二本（b18）第三折第一場，崔夫人悔婚，命鶯鶯與張生兄妹相稱；次場（第三折第二場）紅娘見張生痴心，允諾代為設法。這兩場戲前由崔夫人、鶯鶯、張生、紅娘組場，崔夫人自毀承諾，張生滿腔歡喜期盼驟然成空。及至次場，轉由紅娘、

〔註4〕 本文於下編資料三·Ⅱ以標註方式註明「人物更替型排場轉移」劇例之情節特色，可參見。

張生組場，張生以姻緣絕望，萬念俱灰，竟欲自盡以求解脫。紅娘憐其一片真心，定下約期，囑其於鶯鶯燒香之際，撫琴以表心意，爲張生帶來一線希望。組場人物更替，張生由絕境中獲得轉機。

　　再以《凍蘇秦》（a26）爲例，第二折第一場敷演蘇秦落魄返家，家人冷眼相待，語語譏諷，終被父親兄長趕出家門；次場（第二折第二場）蘇父心中懊悔，轉命眾人尋找蘇秦，卻已不見去向。這兩場戲呈反向發展，前後事件的轉折關鍵繫於蘇父的心理反應。在前場中，蘇家人雖對蘇秦冷漠排斥，但當蘇父欲逐蘇秦出門時，母親、大嫂、妻子猶代爲求情，而蘇父不爲所動，導致蘇秦憤而離家的結局。及至蘇秦離去，蘇父又急又悔，欲找回蘇秦已然太遲，轉而遷怒家人，痛加責備。前場中心事件朝向「製造決裂」推動，次場的中心事件則轉向「求取團圓」進行。

　　每一排場中心事件的進行必以人物爲核心，當新人物加入，往往爲情節發展帶來較大的變數，因此在第三類型與第四類型排場轉移中情節的轉折大多爲急遽性的轉變，甚至前後排場呈現強烈的對比——人物境遇順逆的對比、情緒基調悲喜的對比，表現出高度衝擊性的戲劇張力。如《梧桐雨》（a21）第二折第二場，演出唐明皇與楊貴妃於沈香亭畔小宴，樂音繚繞，貴妃登翠盤舞霓裳之曲，極寫歡情；次場（第二折第三場）李林甫上奏安祿山起兵漁陽，直逼長安，朝中將老兵衰，難以抵擋，請駕幸蜀以避其鋒。這兩段情節屬於第三類型排場轉移，前後情節急轉，對比強烈。前場以〔中呂粉蝶兒〕至〔紅芍藥〕九支曲子的分量極力鋪陳歡娛氣氛，當樂聲舞影紛華交織，宴樂之情達於頂點時，李林甫突入，兵變的巨大陰影猛然罩下，情緒基調一變，轉爲哀愁無奈。由歡娛而驚變，情節的急遽變化，造成強烈震撼的戲劇效果。

　　再以《馬陵道》（a43）爲例，第三折第三場，孫臏爲躲避龐涓的迫害，喬裝風魔，龐涓派人前往試探，孫臏忍辱吃下穢物以取信於龐涓；次場（第三折第四場）卜商識破孫臏僞裝，冒險搭救，孫臏終於逃出魏國。此一情節段落爲第四類型排場轉移，在前場中，孫臏處於困境，甚至忍受常人所不能受之屈辱，但求性命得以保全。次場則由於卜商的搭救，得以從困境中解脫，獲得報復前仇的機會，〔離亭宴帶鴛鴦煞〕一曲充分流露其由困境脫出的鬱勃之氣：

　　　我仗天書扶立你東齊國，統精兵剋日西攻魏，一聲喊將征塵蕩起。

急颼颼搠旌旗，撲鼕鼕操畫鼓，磕擦擦驅征騎。劍摧翻嵩岳山，馬飲竭黃河水，看龐涓躲到那裡。我將他活剝了血瀝瀝的皮，生敲了支剌剌的腦，細剔了疙蹼蹼的髓。便那鄭安平鍘掉了頭，魏公子也屈折了腿，直殺的一個個都爲肉泥，恁時節纔報了我刖足的讎，雪了你貢茶的恥。

新人物（卜商）的加入，使孫臏由前場的困頓屈辱，轉爲次場的意氣昂揚，其遭遇與心境急遽轉變。

二、由弔場性質擴大爲獨立排場

第二類型人物更替的排場轉移模式，是部分人物下場後，其餘人物繼續在舞臺上演出，這種情形與弔場有相似之處，實際上在第二類型排場轉移中即有二十一例是由弔場性質擴大爲獨立排場。弔場本是一個排場的收束部分，由弔場擴大爲獨立排場有兩種情形，一是科諢的表演，其中心事件雖屬於非戲劇性的事件，並不具備推動情節發展的作用，但表演分量加重，具有明確的表演主題，足可自成排場；一是形式近於弔場，表演分量不重，但情節另起端緒，因中心事件轉變而另成排場。以《大破蚩尤》（d37）爲例，第二折第二場演出張真人與呂夷簡商議請神將關羽攻打蚩尤之事，此一事件結束後，道童與使命留在場上表演一段科諢，是爲第二折第三場：

（使命云）道童，你師父去了，你有什麼手段？

（道童云）使命，你休小覷我，我師父的法籙，都傳授了我，我如今喝聲「疾」，我就去也。

（使命云）你那裡去？

（道童云）我那裡去？我管上天去也。

（使命云）你上天去也，沒奈何，你有靈丹，與我一九。

（道童云）我說罷也欲待空飛，不想他扯住我法衣。你心中要傳些道法，你問我要討些東西，我與你這辦信香，用時節口中嚼碎。我與你這口寶劍，端的是吹毛劃水。你得了劍心中歡喜。

（使命云）可知歡喜哩。

（道童云）你休歡喜，左右是木頭做的。（下）

（使命云）則今日將著賞賜之物，送真人回龍虎山，走一遭去。不

辭憚水遠山重，驟驊駵此日登程。張眞人除邪歸正，親送到龍虎山中。（下）

這場科諢表演以道童戲耍使命爲主題，以咒語、信香、寶劍等手段做爲趣點，道童的表演想必配合了靈活逗笑的動作。而下場前的韻白則表現了特殊的語言韻律，末尾「左右是木頭做的」道破手中所持原是砌末，揭穿不過是戲，相對於之前的煞有介事，造成突兀可笑的滑稽效果。

再如《風光好》（a31），第一折第三場韓熙載命上廳行首秦弱蘭歌舞侍筵，欲以美人計誘引陶穀，不料陶穀不爲所動，秦弱蘭無功而退。秦弱蘭下場後，其餘人物演出第四場戲：

　　（韓熙載云）學士睡了也，驛吏看著，醒來時伏侍的臥房中去。（做看壁上字科，問驛吏云）這一堵素光白壁，誰寫字在上頭？浣了這壁字。

　　（驛吏云）是陶學士寫下的。

　　（韓熙載云）既是陶學士寫的，將紙筆來，我抄了去。（抄科云）將馬來，我回丞相話去也。（下）

　　（陶醒科云）太守去了？

　　（驛吏云）去了。

　　（陶穀云）既然太守去了，收拾鋪蓋，我回後堂中歇息去。（同下）

這場戲以簡單科白表演，其分量與一般弔場相近，但韓熙載抄寫壁上題字，別起另一事件，此事件自具首尾，且與其後情節發展密切相關，有別於弔場只做收束之用，因而自成排場。

三、表現外在行動結束後的情感抒發

這類情節是在前後兩排場中，前場的中心事件以外在行動呈現人物之間衝突或和諧的關係，當部分人物下場，外在行動隨之而止，次場的中心事件轉爲表現場上人物因受前場事件影響而引發的內在情感。具備此一情節特色者計有五例，皆屬第二類型排場轉移。如《鎖白猿》（d56）第一折第一場，煙霞大聖逼迫沈璧三日之內交出嬌妻幼子、田產物業，否則將之碎屍萬段。煙霞大聖下場後，排場轉移，沈璧從昏迷中醒來，表達前場事件所造成的心理衝擊：

　　（興兒旦兒救正末科）（正末做醒科）（唱）

〔後庭花〕我指望待受榮華享富貴，誰承望禍臨頭死限催，撞著你箇殢酒色天魔祟，更狠如吃人心的柳盜跖。我這裡自思惟，莫不是前緣前世，我做經商圖些利息。我臨行時不甚喜，齋僧道那一日，有一箇先生來化口食，他端詳了我面皮，六爻內分箇是非，八卦內剖箇凶吉。卦內他便說就裡，他道我遠行呵財祿喜，您家中不甚吉，您妻兒遭著困危，有邪魔有鬼魅，我其實信不及。

〔青歌兒〕誰信他玄通玄通周易，到今日死無那葬身葬身之地。（帶云）不聽好人言，果有恓惶事。（唱）我正是船到江心補漏遲。他占了我花朵兒嬌妻，山海也似田地，銅斗兒活計，送的我無主無依，財散人離，瓦解星飛，好著我感嘆傷悲，雨淚雙垂。想起這業畜情理，亂作胡為，改變了他容儀，他和我一般身己，一般衣袂，一般的名諱，來到咱家裡，圖謀了俺嬌妻，將俺這父子夫妻，生砢扎的兩分離，天那怎下的撲剌剌打散俺這鴛鴦會。

（旦兒興兒扶起科）（旦兒云）員外不須憂心，這城裡有好法官，請將一箇來，斷除了可不好。

（正末云）大嫂，你也說的是。興兒，你便與我請去。（唱）

〔尾聲〕你將那有道德的法官來尋，將這箇忒愚濫的邪魔退。則要他仗法力書符咒水，灑掃的宅舍安居無是非。他若是要酬勞，輕重你休推。（帶云）想咱從來，飄蓬泛海，使心作倖，做買做賣，損人利己，到今日有如此報應也。（唱）咱人心切莫相虧。（帶云）休愁不報。（唱）則爭箇來早波來遲。善惡如同燭影隨，則為我瞞心昧己，博得些金銀珠翠，我正是得便宜翻做落便宜。（下）

（旦兒云）興兒，員外分付你去請法官，你疾去早來者。（旦兒興兒同下）

前場中沈璧返家，發現煙霞大聖變作自己模樣朦騙妻兒，怒不可遏，興師問罪，不料煙霞反而逞凶，欲殺沈璧，最後放話要脅而去。這場戲以沈璧與煙霞之間的尖銳衝突為中心，當煙霞下場，人物的外在行動隨即結束，排場轉移後，沈璧以〔後庭花〕、〔青歌兒〕、〔尾聲〕長篇唱段抒發對於煙霞威逼的無力與恐懼，追悔過去種下惡業導致今日禍患，並吐露對妻兒家業的不捨，中心事件主要表現內心活動，排場轉為抒情性場面。

四、用以收束全劇的外加性情節

在部分元雜劇的末尾，當一切戲劇衝突均已獲得解決，全劇情節其實已經結束時，又另有一個新人物上場演出一段賞功罰罪的事件，整齣戲才算真正完成。此一賞罰事件對全劇情節的完整性其實沒有任何影響，可視爲外加性的情節。此類情節計有三十五例，其中有三十三例屬於第三類型排場轉移，二例爲第四類型排場轉移。以《舉案齊眉》（a53）爲例，第四折第二場演出梁鴻狀元及第，衣錦榮歸，一門團圓。其後使命上場，加官賜賞，是爲第三場：

> （使命上云）萬里雷霆驅號令，一天星斗煥文章。小官乃大朝使命是也，奉聖人的命，因爲你梁鴻甘貧守志，孟光舉案齊眉，著小官親齎此封丹詔，與他加官賜賞，須索走一遭去。可早來到縣衙門首也。（見科云）聖旨到來，梁縣尹，你夫婦跪聽者。
>
> （梁鴻云）張千，快裝香來。
>
> （同正旦跪科）（使命云）我大漢孝章皇帝，正乾坤萬里無塵。尚惓惓勵精圖治，總則要風俗還淳。喜的是義夫節婦，愛的是孝子順孫。你梁鴻本世家子弟，能守志不厭清貧。妻孟光尤爲賢達，舉案處相敬如賓。若天朝不加褒賞，將何以激勵斯人。可超陞本處府尹，更賜予黃金百斤。其妻父能曲成令德，亦堪稱耆舊之臣。並著令題名史冊，一家的望闕謝恩。（眾拜謝科）（正旦唱）
>
> 〔鴛鴦煞〕荷君恩特降黃麻詔，謝天臣遠踐紅塵道，卻教我一介書生，早做了極品隨朝。暢道頓首誠惶，瞻天拜表。則俺這犬馬微勞，知甚日能圖效。且自快活逍遙，兩口兒夫妻共諧老。

在第四折第二場中梁鴻得中功名，過去欺壓梁鴻的張小員外與馬舍被教訓一番，梁鴻、孟光與孟府尹之間的誤會也已冰釋，全劇情節發展至此已告結束，使命賜賞一節，並非全劇情節的必要成分，作家只是基於元雜劇結尾時賞善罰惡、頌揚聖恩的慣例而加入這場戲，作爲收束全劇的表示。在這個例子中，使命的出現其實是很突兀的，梁鴻既然功名成就，由困境中發跡變泰，其甘貧守志以及孟光的堅貞賢達本已獲得報償，再加賜賞實並無必要，不過畫蛇添足。由此更可見出這段情節的外加性質。

採取人物更替型排場轉移的情節段落基本上都具有相當的緊密性，由於前後事件是在相連不斷的時間內進行，情節的推進也就呈現一線貫串之勢，

而非跳接躍進。在「緊密」的基本性質之外，人物更替型排場轉移模式持別適於表現轉折強烈的情節，尤其在第三類型一百三十例中，急遽轉變的情節即有七十四例，如果扣除作爲收束全劇之用的外加式情節三十三例，所占比例高達 76%，顯然在情節發展過程中急遽性、對比性的情節轉折主要以第三類型轉移模式表現。此外，人物更替型排場轉移尚可運用於由弔場性質擴大爲獨立排場之情節、外在行動結束後所引發的抒情性情節、用以收束全劇的外加性情節，自有其相應的情節特點。

第四節　排場轉移與套式變化的相應關係

古典戲劇與音樂的關係十分密切，對於曲情與劇情的的配搭極爲重視，務求二者相合無間。許之衡《曲律易知》卷上〈概論〉云：

> 然古人合律之曲，我一一遵其牌名，而依次塡之，在彼固無不合，而我仍有不合者，則不知排場之奧竅故也。不明排場，則古人合唱之曲，而我一人獨唱；古人獨唱之曲，而我眾人合唱。及上場下場，暨悲歡離合，種種情節之不同，在彼則合宜，而我因情節之殊，故遵合律之曲，逐字按塡，而反而不合者，正自不少也。

可見音樂的運用須與劇情配合，倘若不顧「情節之殊」，一味「遵合律之曲，逐字按塡」，反而使曲情與劇情扞格難合。《曲律易知》所言，係就傳奇而論，然曲情與劇情合一爲古典戲劇的共同要求，元雜劇亦不例外。王季烈《螾廬曲談》卷二第四章〈論劇情與排場〉論及北曲各宮調與劇情類型的配合：

> 元人塡北詞，殆無不守其規律。悲劇則用南呂商調，喜劇則用黃鐘仙呂，英雄豪傑則歌正宮，滑稽嘲笑則歌越調。

王氏係以芝菴《唱論》中的宮調聲情說爲依據，將元雜劇的劇情類型概括畫分，再配以聲情相宜的宮調。其論失之粗疏，參以實際劇例亦不盡然相合，不無可議之處，但他所提出元雜劇中劇情須與曲情相合的觀念則是正確的。

元雜劇所使用的音樂爲曲牌系音樂，曲牌系音樂乃依據宮調聯合數支曲牌按一定規律組成套式，曲情的變化即表現在套式的變化上。元雜劇既然講求曲情與劇情的配合，當劇情轉變時，曲情自然也應隨之變化。排場轉移取決於劇情的轉變，曲情變化則依存於套式的變化，在劇情與曲情合一的要求下，排場轉移與套式變化之間必有相應關係。欲分析元雜劇排場轉移與套式

變化的相應關係，首須對元雜劇套式的聯套規律做一說明。

　　許子漢《元雜劇聯套規律研究》〔註5〕將元雜劇的聯套規律分為「曲牌聯綴規律」和「套式運用規律」兩部分，前者探討套式中各曲牌聯綴的形式，後者則分析套式與劇情的配合關係。就「曲牌聯綴規律」而言，各套式係由連用與獨用兩類曲牌聯綴而成，連用者係依一定次序結合，稱為「曲段」〔註6〕；獨用者則不與其他曲牌結合為固定曲段，稱為「獨立曲牌」。各宮調套式的聯綴形式是先由連用曲組成各個曲段，再以這些曲段與獨立曲牌做為聯套單位組成套式。就「套式運用規律」而言，由於各套式的聯綴規律不同，形成各自曲情上的特色，因而適用於不同的劇情形態〔註7〕。進一步分析，套式中各聯套單位亦因曲段組成方式以及曲牌性質不同而各有不同的用法，與情節之間有相應的配合關係。〔註8〕

　　由以上關於元雜劇聯套規律的說明，可知情節與套式的關係包含兩個層次——一是不同宮調適用於不同的劇情形態；二是同宮調中各聯套單位（曲段或獨立曲牌）與折中情節段落具有配搭關係。由此，當排場轉移時，情節轉變，套式亦相應變化，而套式的變化則有改易宮調與變換聯套單位兩種方式，以下分別說明。

一、改易宮調

　　元雜劇排場轉移時改易宮調以配合情節轉變的情形有兩類，一是前後排場分屬不同折次而運用不同宮調；一是在一折之中借用其他宮調之曲。元雜劇一本四折〔註9〕，大體而言，全劇情節的推展皆呈起承轉合的形式，首折為

〔註5〕此文為臺灣大學中文研究所八十一年碩士論文，其關於元雜劇聯套規律的結論係就全部二百三十四本元雜劇（《昇仙夢》因採南北合套，不列入其討論之中）以及鄭因百先生《北曲套式彙錄詳解》所收選集中殘劇的所有套式加以歸納比較，配合劇情的分析而得。本節關於元雜劇聯套規律方面的論述皆參考該文。
〔註6〕鄭因百先生於《北曲套式彙錄詳解》中即已提出元雜劇各宮調中部分曲牌的連用情形，許子漢之說以此為基礎再加詳細討論，並將連用之曲以「曲段」稱之。
〔註7〕詳見《元雜劇聯套規律研究》第九章〈結論——元雜劇聯套之規律〉第二節「套式與宮調」。
〔註8〕詳見《元雜劇聯套規律研究》第九章〈結論——元雜劇聯套之規律〉第一節「曲牌與曲段」。
〔註9〕全部元雜劇中有《趙氏孤兒》、《五侯宴》、《東牆記》、《降桑椹》、《鎖魔鏡》、

故事開端，二、三折為故事發展的主體，末折則做一收束，每折為全劇情節的一個大段落，各折之間情節必然有所轉變，因而四折宮調各異〔註10〕，以配合劇情的變化。元雜劇排場轉移時若前後排場分屬不同折次，套式的相應變化自然為改易宮調的方式。

　　元雜劇搬演時是以「折」為單位，每折之間穿插吹打百戲，在這種搬演形式下，每一折戲必然自成完整段落，同時情節也推進到一個重要階段，至下一折戲開演，情節繼續朝另一個重要階段發展。元雜劇每一折雖可包含數個排場，但一折之中至少有一主要事件，以顯示情節發展的重要階段。如《紅梨花》（a62）一劇，第一折分為趙汝州拜訪劉公弼，欲求見謝金蓮而不遇，以及謝金蓮冒名為王同知之女與趙汝州相會兩場；第二折分為趙汝州與謝金蓮以紅梨花定情，後為嬤嬤發現，將金蓮喚回兩場；第三折分為劉太守留下鞍馬銀兩以備趙汝州之用，賣花三婆言道王同知之女實為鬼魂，以及趙汝州告辭應舉三場；第四折一場，演出劉太守說明真相，趙汝州與謝金蓮終成姻緣。全劇分為八場，各折以相會、定情、驚鬼、重逢為主要事件，分別表示情節發展的重要階段。當相鄰排場分屬前後折次，且皆以樂曲組場時，自然改易宮調以變化曲情，而這兩場戲大多為前後折次中的主要事件。

　　以《老生兒》（a22）為例，第三折第三場劉從善老兩口兒清明上墳，劉婆婆感悟沒有同姓子孫的悲哀，終於接納姪兒劉引孫；次場為第四折第一場，女兒劉引張帶回侍妾小梅與劉從善的親生子，前場套式用越調，後場改為雙調。又如《城南柳》（a68）第二折第一場，呂洞賓度脫老柳、小桃，老柳不悟，小桃隨其出家；次場（第三折第一場）呂洞賓改扮漁夫，指引老柳尋找小桃，途中多所點化，老柳始終未解。前場套式用正宮，次場用南呂。以上二例，各場中心事件皆為該折主要事件。這一類的套式變化前後排場大多採完整套式，如《敬德不伏老》（b42）第一折第一場，以〔仙呂點絳唇〕套演出尉遲敬德在功臣宴上與李道宗發生衝突，將之痛打一頓，因而獲罪，罷去官職；

《陳倉路》、《劈四寇》、《打董達》、《大劫牢》、《鬧銅臺》十本為五折，其中元刊本《趙氏孤兒》亦為四折；《五侯宴》、《東牆記》、《降桑椹》三本皆非元人舊作；《鎖魔鏡》的第五折據王季烈云為趙清常校抄內本第四折，與孤本元明雜劇本第四折探報曲白情文全異，故錄於其後而為第五折，可知《鎖魔鏡》實僅四折，不過不同版本的第四折相異；其餘各本皆為明初之作，可見多出一折應出自明人之手。

〔註10〕全部元雜劇中僅《虎頭牌》第二、三折連用雙調，不過這兩折的曲牌絕無重複，在曲情上仍有所分別。

次場爲第二折第一場，以〔中呂粉蝶兒〕套演出徐茂公同眾公卿在十里長亭爲敬德餞行。前後兩場皆用完整套式。即使不用整個套式，用曲也多具有一定分量，如《賺蒯通》（a05）第三折第三場，隨何識破蒯通假裝風魔，強請入朝；次場爲第四折第一場，蒯通與蕭何等人力辯韓信功過，終使群臣承認屈枉韓信。前場用〔越調金蕉葉〕至〔收尾〕計六曲，次場用〔雙調新水令〕至〔太平令〕計八曲。

　　由以上劇例，可知當前後排場分屬不同折次，且皆以套式組場時，由於元雜劇每折宮調互異的體製規律，套式變化必採改易宮調的方式。在這種情形下，前後排場的中心事件通常爲一折中的主要事件，且多以完整套式或相當長度的唱段敷演，可謂接連兩排場皆爲分量極重的場面，若非折與折之間穿插吹打百戲做爲調節，不論是演員的表演或是觀眾的精神，恐皆不勝負荷。同時主要事件之間缺少過脈搭架，在情節進行上也顯得過於拙重。因此元雜劇中排場轉移時，若前後排場分屬不同折次，仍以套式組場與賓白組場兩種形式相間爲用者居多，以達到調和兼劑的搬演效果。

　　其次討論一折之中借宮之曲與排場轉移的相應關係。全部元雜劇各排場中運用借宮之曲者共有一百六十九例，以下依宮調將借宮之曲與情節上的關係加以說明：

　　（一）仙呂宮借宮之例有四，《兩世姻緣》（a56）借雙調得勝樂，《哭存孝》（b04）借黃鍾節節高，《破窯記》（b22）借南呂金字經，《怒斬關平》（d18）借黃鍾節節高。仙呂借宮之例皆爲同一排場中借用其他宮調單支曲牌，借宮之處情節並無任何轉變。全部元雜劇中用仙呂二百二十三套，借宮者僅有四例，可視爲偶然聯入套中。

　　（二）正宮借宮者有三十三例，其中借中呂者二十例，借般涉者五例，兼借中呂及般涉者七例〔註11〕，借雙調者僅《虎頭牌》（a24）一劇。借宮之曲與排場轉移相應者有八例〔註12〕，其中借中呂者六例，借般涉者一例，兼借中呂、般涉者一例。而《張天師》（a11）、《舉案齊眉》（a53）、《東坡夢》（a71）、《貨郎旦》（a94）、《飛刀對箭》（b61）五劇除一開始的引導曲段〔註13〕和最

〔註11〕借中呂者有 a11, a15（兩場）, a26, a37, a50, a53, a67, a68, a74, a80, a86, a94, b14, b48, b61（兩場）, b65, b68, d12；借般涉者有 a03, a07, a40, a86, b18；兼借二者有 a53（兩場）, a71, a89, b14, b20, d22。

〔註12〕此八例爲 a15 4-2, a67 2-5, a86 3-2、3-3, a89 3-4, b14 2-3、2-4, d12 2-4。

〔註13〕所謂「引導曲段」係指套式起首的第一個曲段，其功用類同於南曲中的引子，

後的尾曲之外，中間全用借宮之曲，形成「夾套」的情形，這種情形與借用其他宮調之曲以應情節轉變有所不同，夾套的運用是一折之中主要情節全由他宮之曲敷演，一折之中如有排場轉移，如《飛刀對箭》，前後排場仍同用所借宮調之曲，並無改易宮調的情況。除以上諸例，其餘借宮情形皆為同一排場中聯入他宮之曲，借宮與排場轉移並不相應。

（三）南呂宮借宮之例有五，《蝴蝶夢》（a37）借雙調水仙子，《金安壽》（a63）借雙調側磚兒、竹枝歌，《貨郎旦》（a94）借正宮九轉貨郎兒，《醉寫赤壁賦》（b55）借般涉耍孩兒及煞曲，《西遊記》第五本（b48）連用四支玉交枝後，全用雙調之曲。其中《貨郎旦》為夾套，其餘皆為同一排場中借用他宮之曲，四例借宮之處情節皆無轉變。

（四）中呂借宮者有九十三例〔註 14〕，其中借般涉者六十八例，借正宮者十五例，兼借正宮與般涉者六例。《後庭花》（a54）借南呂、正宮，《紅梨花》（a62）借雙調亂柳葉，《度柳翠》（a77）借南呂乾荷葉，《騙英布》（d05）借南呂、般涉。借宮之曲與排場轉移相應者僅九例〔註 15〕，其中借般涉者七例，借正宮者兩例。其餘八十四例借宮之處情節並無轉變，與排場轉移不相應。

（五）商調借宮之例有二十八，而借仙呂者最為普遍，計有二十四例〔註 16〕，《金安壽》（a63）（兩場）借雙調、正宮、仙呂，《冤家債主》（a65）借正宮窮河西，《樂毅圖齊》（d03）借黃鍾、仙呂。借宮之曲與排場轉移相應者有三例〔註 17〕，其餘借宮之處情節均無轉變。

（六）雙調借宮者有六例，《雙獻功》（a40）借大石調歸塞北兩支，但實

在音樂上引導後面套式中其他的曲子，在劇情上，用於該折主要情節開始之前。見《元雜劇聯套規律研究》第一章第二節。

〔註 14〕借般涉者有 a02, a05, a06, a09, a10, a16, a17, a18, a19, a20, a28, a29, a31, a32, a33, a34, a41, a44, a48, a49, a50, a52, a53, a55, a70, a72, a75, a76, a77, a80, a81, a82, a83, a84, a85, a96, b04, b10, b13, b14, b19, b30, b33, b34, b35, b36, b39, b41, b44, b47, b56, b58, b62, b66, b69, d01, d03, d07, d13, d14, d25, d36, d45, d46, d50, d56, d59, d60。借正宮者有 a01, a02, a14, a40, a59, a79, b11, b14, b19, b47, b58, b64, d56, d59（兩場）。兼借二者有 a08, a65, b17, b18, b21, d47。

〔註 15〕此九例為 a02 3-4, a17 3-2, a29 4-4, a41 3-4, a54 4-2, b14 3-5, d56 3-4、3-6, d59 2-4。

〔註 16〕此二十四例為 a12, a27（兩場），a39, a45, a55, a56, a64, a79, a82, a87, a90, a91, a92, a93, b09, b21, b30, b44, b49, b60, b63, d25, d40。

〔註 17〕此三例為 a27 3-2、3-3, d25 3-4。

與大石歸塞北不合，未明何調。《麗春堂》（a52）、《西遊記》第六本（b49）均借南呂金字經，《羅李郎》（a90）借南呂乾荷葉，《破天陣》（d36）借中呂快活三、鮑老兒、柳青娘、道和四曲，《誤失金環》（d50）借正宮醉太平。其中《破天陣》爲夾套形式，其餘亦皆無情節上的變化。

　　總結以上說明，仙呂、南呂、雙調三調，以及正宮借雙調、中呂借南呂、雙調，除夾套形式外，借宮之例皆過少，以偶然聯入套中的可能性最大，眞正有意借用他宮之曲者當爲正宮借中呂、般涉；中呂借正宮、般涉；以及商調借仙呂三類。但在這三類中以借宮之曲表現情節轉變而與排場轉移相應者所佔比例都很小，商調爲 12.5%，中呂約爲 10%，正宮約爲 25%，商調、中呂借宮之曲出現位置普遍與本宮之曲相互錯雜，甚至與本宮之曲結合爲一曲段（如商調後庭花－柳葉兒－雙雁兒），其借用他宮之曲只是將音樂性質可以相融的曲段或曲牌聯入套中，並不突顯宮調間的差異以配合情節轉變，故改易宮調與排場轉移相應的比例極低。至於正宮，借宮之曲例接於本宮之後，使套式前後由於宮調改易而產生相對差異，這種形式利於表現情節的轉變，因此改易宮調與排場轉移相應的比例稍高，但仍以二者不相應的情形爲多。由此看來，一折之中借用他宮之曲大多與排場轉移並不相應，情節未轉變而改易宮調，殊不合理。但以如此多的劇例，實難以「不合理」強做解釋，對於「借宮」的意義有必要重加討論。

　　由各借宮之例分析，所借之曲普遍與本宮之曲相互錯雜，正宮雖有一定次序，仍不乏於借宮之曲後再用本宮曲之例〔註18〕，顯然所借之曲的音樂性質與兩宮調皆可相合。鄭因百先生《北曲套式彙錄詳解》在仙呂的聯套法則中曾言「村裡迓鼓、元和令、上馬嬌、游四門、勝葫蘆，此五曲常接連使用，自成一組，因俱爲仙呂與商調兩收之曲也。」，《北曲新譜》中某些曲牌亦註明「亦入某調」，所謂「兩收之曲」或「亦入某調」，可知這些曲牌當與不同宮調俱可相融，而「借宮」即是將樂理可以相融的曲牌聯入套中，其在套式中的用法大體與本宮其他聯套單位無異，雖可用於情節轉變之處，其性質當與本宮聯套單位變換（詳見下文）類同，實非改易宮調。

二、變換聯套單位

　　一個完整套式是以曲段和獨立曲牌爲聯套單位聯綴而成，聯套單位的特

〔註18〕此種情形有 a15, a50, a80 三例。

性與情節之間具有相應關係，而其特性則建立在曲牌性質與曲段的組成方式上。就曲牌性質而言，各曲牌在套式中的特性係由四項要素決定——獨用或連用、使用的必要性、使用次數和次序性，就曲段的組成方式而言，可分為異曲連用、同曲連用、迎互循環及兼用連用曲與同用曲四類，各類由於組成曲牌的性質不同，曲段的結構也有所差異。如果組成曲段的曲牌多為單用曲、必要性曲牌居多、次序性高，即結構緊密。反之，若組成曲段的曲牌可以多用、無絕對必要性、次序性低，則結構鬆散。曲牌的性質、曲段的組成方式和曲段的結構鬆緊，皆對各聯套單位的功能與用法有所影響，而適用於不同的情節形態。如重要情節普遍以曲段敷演，獨立曲牌則做為穿插補綴之用；迎互循環及同曲連用之曲段每多用於反覆鋪敘之情節；段落分明之情節適用結構緊密之曲段，段落不分明則以結構鬆散之曲段應之等等〔註 19〕。由此，各聯套單位與情節確實存有相應的關係，因此一折之中排場轉移時，變換同一套式中的不同聯套單位亦可達成變化曲情以應情節轉變的目的。

　　一折之中如因中心事件變化而劃分為不同排場，每一排場可由一個或數個聯套單位構成，聯套單位依連用與獨用性質的不同，分為曲段和獨立曲牌兩類，據此，各排場的套式結構有四種不同情況。〔註20〕

（一）由單一曲段構成

　　如《倩女離魂》（a41）第四折第一場，王文舉與倩女之魂衣錦還鄉，以黃鍾醉花陰－喜遷鶯－出隊子－刮地風－四門子－古水仙子曲段敷演回家途中的情景。又如《龐掠四郡》（d13）第四折第二場，孔明率領眾將拜龐統為軍師，眾人排筵慶喜，用雙調沽美酒－太平令曲段。用單一曲段構成排場者以每折第一個曲段（如《倩女離魂》之例）或最末一個曲段（如《龐掠四郡》之例）居多。

（二）由數個曲段構成

　　如《陳母教子》（d08）第二折第一場，報登科人誤報陳良佐得中狀元，陳母歡喜出迎，攔下馬頭，方知錯報，誤打誤撞而招新科狀元王拱辰為婿，用中呂粉蝶兒－醉春風、紅芍藥－菩薩梁州兩個曲段演出。《五馬破曹》（d12）第二折第二場，馬超搬運糧草而回，正遇張魯索戰，請命迎敵，孔明命眾將

〔註19〕以上所述參見《元雜劇聯套規律研究》第九章第一節。
〔註20〕此處對曲段或獨立曲牌的判定係以《元雜劇聯套規律研究》所論為依據。

接應，用正宮端正好－滾繡毬、倘秀才－滾繡毬、脫布衫－小梁州－么篇三個曲段。《來生債》（a18）第一折第一場，龐居士燒毀文書債卷，驚動玉帝，派增福神化身爲秀士曾信實前往探問，兩人展開一段關於錢財禍福的辯論，這場戲共用了仙呂點絳唇－混江龍、油葫蘆－天下樂、那吒令－鵲踏枝－寄生草、六么序－么篇四個曲段。

（三）全由獨立曲牌構成

如《薦福碑》（a34）第二折第五場，張浩冒張鎬之名接了誥命赴吉陽縣爲縣令，途中恰遇張鎬，慌忙奔逃，此時曳剌趕上，張鎬問知張浩以萬言長策而得官，不勝疑惑。此場單以正宮呆骨朵一支獨立曲牌演出。《謝天香》（a09）第一折第二場，柳耆卿拜訪故友錢大尹，請託照顧天香，大尹責其不顧功名，貪戀女色，不歡而散，用仙呂醉中天、金盞兒、醉扶歸三支獨立曲牌。

（四）由曲段和獨立曲牌混合構成

如《連環計》（a89）第四折第五場，王允同眾人擒拿董卓，楊彪傳旨賜賞。這場戲計用雙調雁兒落－得勝令曲段，以及掛玉鉤、水仙子兩支獨立曲牌。《西游記》第六本（b49）第二折第二場，給孤長者接引唐僧參見佛祖，佛命給孤領其前往取經。用商調集賢賓－逍遙樂、醋葫蘆－么篇兩個曲段和梧葉兒一支獨立曲牌演出。

以上四種結構形式以（二）、（四）兩類最爲普遍，（一）、（三）兩類則少見。一折之中排場轉移時，套式上的相應變化即爲此四種結構形式的交互運用。上文曾謂借宮之曲樂理與兩宮皆可相融，所以實際上借宮的方式並非改易宮調，而是融入本宮曲中，形成本宮的聯套單位之一，排場轉移時套式的變化應屬於聯套單位的變換。

元雜劇排場轉移取決於各排場中心事件的轉變，事件的轉變與時空轉換、人物更替密切相關，依據前後排場時空環境與組場人物的對照，可將排場轉移模式分爲基本模式、時空轉換型與人物更替型三類。基本模式爲相鄰排場時空環境與組場人物一並轉變；時空轉換型爲組場人物不變、時空環境轉換；人物更替型爲時間相連，空間相同，而組場人物更替。排場轉移的基本模式顯示元雜劇富於變化的情節進行方式，以及虛擬象徵的戲劇特質，特殊類型的排場轉移則各有其適於表現的情節類型。至於元雜劇排場轉移時套

式的相應變化則有改易宮調與變換聯套單位兩類，前者用於前後排場分屬不同折次之時，後者用於一折之中的排場轉移。進一步分析排場轉移模式與套式變化的關係，時空轉換型排場轉移多改易宮調，人物更替型排場轉移則全為聯套單位的變換。此乃由於時空轉換型排場轉移前後排場的時空環境為斷隔式轉換，多為折與折之間的排場轉移，而人物更替型排場轉移則為緊密性的連接變化，皆在一折之中轉變所致。

第三章　元雜劇排場的類型

　　元雜劇排場的構成須具備情節、腳色、套式、賓白、科汎、穿關砌末六項要素，在不同的排場類型中各項要素的運用情況自必有所區別，本章即依據元雜劇排場的六項構成要素分析排場類型，首先提出排場分類基準，其次論述不同排場類型與各項排場構成要素之間的相應關係。

第一節　排場分類

一、排場分類基準

　　永義師於〈說排場〉一文（收錄於《詩歌與戲曲》）曾就清徽師的「傳奇分場說」加以分析歸納，提出清徽師分場的五項基礎：

（一）關目情節的輕重。

（二）腳色人物的主從。

（三）套數聲情的配搭。

（四）科介表演的繁簡。

（五）穿關砌末的運用。

　　這五項分場基礎雖就傳奇排場而論，但關目情節、腳色人物、套數聲情、科介表演與穿關砌末同為元雜劇排場的構成要素，因而元雜劇排場的類型區分亦與此五項要素密切相關。不過，由於元雜劇一人獨唱的體製規律，除正末正旦外，其餘腳色主要以賓白演出，僅於少數情況下唱插曲或曲尾，故賓白對於排場的構成有相當重要性，在討論元雜劇排場類型時，自應將賓白的運用納入考慮。

　　在關目情節、腳色人物、套式聲情、賓白運用、科汎表演及穿關砌末六項要素中，以關目情節最爲重要，關目情節是構成元雜劇排場的核心要件，也是元雜劇排場的分類基準。當關目情節布置完成，一來該場組場人物由此決定，進而根據人物類型與性質選擇適當的腳色；其次，聲情的表現須依存於劇情，情節一定，即依此安排相稱的套式；再者，依情節所需，不由正末正旦組場者，必全用賓白（或加入插曲、曲尾）；此外，科汎表演的繁簡和穿關砌末的運用亦與情節的演出形態和情調氣氛密切相關。因此，一旦關目情節確定，腳色、套式、賓白、科汎、穿關砌末皆依此搭配，從而形成不同的排場類型，故元雜劇排場類型的區分即以關目情節爲基準，其他要素則據此配搭運用。

　　一本元雜劇是由許多情節段落連繫而成，各段情節的關目分量及表現形式不一，因此，依據關目情節區分排場類型即包含兩個層面。就關目分量而言，一段情節分量的輕重係就其與該劇主題關涉的程度而決定，凡是直接呈現主題或與主題密切相關的段落，其重要性高，分量較重；至於做爲承接連絡或塡補空隙的段落，其重要性較低，分量也較輕。依據情節關目分量的輕重之別，可將元雜劇排場分爲引場、主場、短場、過場、收場五種類型。其次就表現形式而言，係指場上或文或武、或靜或鬧等不同表演型態，據此可將元雜劇排場分爲文場、武場、文武合場、鬧場四類〔註1〕。文場以唱工、說白的演出爲主，若以科汎乃至打鬥的表現形式爲主，則爲「武場」，同一排場中兼具文武兩類表現形式者，則爲「文武合場」，若情節採取滑稽喧鬧的表現形式即爲「鬧場」，一般純粹插科打諢的排場自然屬於鬧場，若該排場並非純粹的插科打諢，而以戲劇性情節單位構成，雖具備推動情節發展的作用，但主要仍以滑稽喧鬧的形式表現，亦爲「鬧場」性質。

　　元雜劇的排場可分就情節的關目分量以及表現形式兩個層面區分爲不同類型，依關目分量的輕重差別有引場、主場、過場、短場、收場之分，各類排場又因表現形式的不同可區分爲文場、武場、文武合場及鬧場，亦即關目分量和表現形式這兩個層面是以前者爲主，後者則依存於前者之中。以下即分就引場、主場、過場、短場、收場五類排場討論其關目條件。

〔註 1〕 此處依表現形式將排場類型區分爲四類係採用張清徽師對明清傳奇的分類結果。分析元雜劇排場的各種表現形式實與傳奇無別，故借用傳奇排場類型加以說明。

二、各類排場的關目條件

（一）引　場

元雜劇的「引場」是全劇的第一個排場，做爲端緒以引起全劇情節的開展。每一本元雜劇必然有其開端，但不一定以引場爲首。如《劉行首》（a76）的首場是第一折第一場，王重陽來至北邙山下，巧遇鬼仙，鬼仙懇求度脫成道，王重陽命東岳神領其往汴梁劉家托生，約定二十年後將派馬丹陽前往點化。神仙道化劇一般均採三次度脫的情節模式，這場戲爲第一次度脫，與主題直接相關，是度脫成道過程中的第一個重要階段，關目分量很重，雖位於全劇之首，卻不屬於引場。所謂「引場」，其關目分量不重，尚未與全劇主題的展現產生直接密切的關聯，只純粹做爲發端引導之用。如《緋衣夢》（b06）引場（第一折第一場），王員外命嬤嬤拿著十兩銀子和一雙鞋子到窮李老家悔親。這場戲和全劇勘夢斷案的主題關聯度不大，只是做爲遠因前導而已。又如《誶范叔》（a69）引場（楔子第一場），魏齊命須賈出使齊國，請求放回公子申，兩國重修舊好，須賈推薦范雎同行，魏齊應允。此劇主題在於表現須賈與范雎之間的恩怨，須賈對范雎起疑始於齊大夫驤衍禮遇范雎，因而引發以下范雎遭難、逃生、發跡、報復、寬恕一連串情節，引場爲兩人同使齊國開啓端緒，是爲全劇導引，但與恩怨主題並不直接關涉。

引場的情節一般較爲簡單平直，大多採取平板敘述的方式，其中有不少是由單一人物自敘說明某一事件，以《玉壺春》（a28）爲例：

> （老旦扮卜兒上）（詩云）教你當家不當家，及至當家亂如麻。早晨
> 起來七件事，柴米油鹽醬醋茶。老身嘉興府人氏，姓李，有一個女
> 孩兒小字素蘭，幼小間學成歌舞吹彈，做著個上廳行首。這裡也無
> 人，我這個女兒也不是我親養的，他自身姓張，幼小間過房與我做
> 義女，如今十八歲了，詩詞歌賦、針指女工，無不通曉，生的十分
> 大有顏色。時遇清明節令，著女孩兒梳粧打扮了，領著梅香去郊外
> 踏青賞玩去，早些兒來家。老身無甚事，往劉媽媽家吃茶去也。（下）
> （第一折第一場）

引場的中心事件爲李媽媽著女兒素蘭踏青賞春，全由人物自敘說明，這種自敘性的情節最爲簡單，也最缺乏戲味。引場的中心事件或由兩人以上對手演出，但亦多爲直敘交待的演出方式，如《延安府》（b64）引場（第一折第一場）的中心事件是劉榮祖交待妻子王氏和媳婦兒先去上墳，自己隨後前往，

此一中心事件並不以說明方式呈現，而由李老兒與婆婆對話進行。部分引場的中心事件為眾人商議某事，如《四馬投唐》（d23）引場（楔子第一場）演出王世充為李密聚兵金鏞城，屢次侵擾邊境而憂煩，欲興兵交戰，又顧忌其糧多將廣，於是召單雄信商議軍情。單雄信獻借糧之計，待向李密借得糧草再行出兵。這類引場對手戲的成分增加，戲劇性也更為提高，不過其議事過程皆為某一人物提出意見後即受認可，立刻付諸實行，缺少折衝往來的發展，仍為簡單平直的情節。少數引場的中心事件具備衝突性、發展性，但也只簡短鋪陳，表演分量不重。如《灰闌記》（a64）引場（楔子第一場），張海棠為養活老母，不得不賣笑為生，兄長張林責其辱門敗戶，兩人發生衝突，張林怒而離家。海棠為終身打算，決定嫁與馬員外為妾。這場衝突持續時間很短，雙方以數語互相責怪，張林隨即憤而離去，結束衝突。由於僅做為全劇開端之用，並不鋪排成深入刻畫雙方心理反應的場面，只以簡筆點出。

引場的情節形態以平直簡單為主，多以自敘說明或簡單對話表現，即使少部分具有衝突性、發展性，亦以簡筆帶過，並不深入細膩刻畫。這是因為引場關目分量不重，只要達成開啟端緒的作用即可，無須著意鋪陳。

引場的關目分量不重，而其情節表現方式則全屬文場性質，即使以戰爭、武打為主的劇本，引場亦皆無武戲場面。情節若採取武場的表現形式，必有前因所致，斷不可能戲一上演即驟然開打。引場既為全劇開端，前無所承，自然不以武場形式表現。部分引場中夾入調笑的成分，如《冤家債主》（a65）引場（楔子第二場）〔註2〕，淨行扮趙廷玉到張善友家偷竊，先拿夾針的蒸餅餵狗，堵住其口，再鑿洞穿牆，灑上石灰，預做退路，接著把油倒入門扣，防其吱嘎作響，最後偷了五兩銀子而去。手法純熟，顯係慣竊，卻在行竊過程頻呼「天呵，我幾慣做那賊來」，造成逗趣的效果。但整場戲並不以滑稽喧鬧為主，因此不構成鬧場。

（二）主　場

主場的中心事件為全劇重要關目，這些中心事件皆為全劇情節發展的重要階段，與全劇主題的表現密切相關，或直接揭露主題，或與主題之間具有關鍵性的因果關係。如《貶黃州》（b25）演出蘇東坡受讒害而貶謫黃州，其後又奉旨召還的故事，此劇主題為呈現蘇東坡在宦海升沉的歷程中心境的變

〔註2〕部分元雜劇的引場不止一個，而以多重引場開端，此劇即具有兩個引場。關於元雜劇多重引場的運用詳見本文第五章第一節。

化，第一折第四場，蘇東坡上朝見駕，聖旨貶謫黃州，忠直受屈的悲憤噴薄而出；第二折第一場，馬正卿守候迎接，為其不平，蘇東坡則以林泉閒適強自寬慰；第三折第三場，蘇東坡求見太守，竟受杖責之辱，滿腔憤慨中不由興起異日若再蒙天恩，必雪今日之恥的念頭；第四折第一場，蘇東坡受召回朝，上奏所歷人情冷暖，辭去學士之職，唯願柴門悠遊，清閒自在。以上諸場為表現蘇東坡心境變化的重要階段，皆與此劇主題緊密扣合，關目分量最重，是為全劇主場。

再以《王粲登樓》（a47）為例，第一折第二場，蔡邕為挫王粲銳氣，與曹子建議定激將之計，故意對王粲多所屈辱，而由曹子建出面贈以鞍馬金銀，推薦其投托荊王劉表；第二折第一場，王粲投奔荊王，劉表有意重用；第二折第二場，蒯越、蔡瑁回營，不滿王粲傲態而在劉表面前進讒，劉表終於未加任用，王粲憤然離去；第三折第一場，王粲與許達共登溪山風月樓，望遠懷鄉，感嘆不遇；第四折第二場，王粲以萬言長策封為兵馬大元帥，與蔡邕誤會冰釋，把酒言歡。「登樓」一場為全劇主題所在，之前諸場為主題的呈現逐步鋪墊，每一事件都是造成王粲登樓興感的關鍵前因，以層層遞進的方式，堆疊起王粲有志難伸的沈鬱感慨，於「登樓」一場中淋漓抒發，其後晉爵榮顯則為落魄不遇的至高報償，以此畫下否極泰來的理想句點。「登樓」直接呈露全劇主題，前後各場則與主題之間具有緊密的因果關係，這些排場都是全劇情節發展的骨幹，是為主場。

其次就主場的情節表現形式而論，依情節內容所需，具有文場、武場、文武合場三種形態。如《漁樵記》（a50）第一折第一場，朱買臣與好友王安道、楊孝先煮酒閒談，慨嘆窮途。《雲窗夢》第三折第一場，鄭月蓮病中思念張均卿，愁腸百轉。二者主要皆以唱工、說白的形式表現，是為「文場」。又如《東平府》（d60）第三折第二場，王矮虎觀看圓宵社火，與呂彥彪比試打搊，贏得銀碗花紅，留下名號而去。《三戰呂布》（b33）楔子（3、4）第一場，劉、關、張三將與呂布交戰，得勝而回。前者表現拳腳工夫，為武鬥場面，後者刀槍相向，敷演戰爭場面，皆屬「武場」。至於「文武合場」則如《千里獨行》（b54）第四折第二場，關羽護送嫂子同回古城與劉備、張飛相聚，張飛疑其投奔曹操，已生貳心，關羽斬蔡陽表明心跡，兄弟三人和好如初。這場戲中劉、關、張三人間的對手戲為文場性質，關羽斬蔡陽一段則為武戲。主場為全劇重要關目所在，即或穿插嬉鬧逗趣的成分，亦絕不以鬧場形

式表現。

（三）過　場

　　過場是爲承接連絡前後重要事件而設，做爲過脈搭架之用，其中心事件並非全劇重要情節。如《黃花峪》（b65）演出梁山英雄懲戒權豪之義行，在第一折第三場中楊雄痛打蔡衙內，替劉慶甫與其妻李幼奴解圍，爲梁山英雄與權豪之間的首次衝突，是全劇第一個重要關目。次場（第一折第四場）劉慶甫與幼奴倉皇奔逃之際又遭蔡衙內攔下，幼奴終被擄去。排場轉移後（第二折第一場），劉慶甫來到梁山，懇求宋江做主，李逵請命下山打探消息，是爲梁山好漢爲民解困的第二個重要關目。中間幼奴被擄一場，與全劇梁山英雄和權豪之間的衝突主題並不直接關涉，關目分量不重，以此聯繫前後重要事件，是爲過場。

　　過場的中心事件雖非全劇重要情節，但依其關目分量的輕重之別可進一步區分爲普通過場與半過場兩類〔註3〕。普通過場情節簡單，略做敷演，點明事件即可。如《謝金吾》（a35）第三折第三場，小番奉韓延壽之命送信給王樞密，途中爲孟良所擒，搜出密函，解往京師問罪。這場戲連繫以下王樞密通敵之事敗露，楊景與焦贊獲赦之主要關目，爲過場性質，以簡單賓白組場，分量極輕。又如《降桑椹》（b30）第四折第二場，使命宣召蔡順赴京師加官賜賞，中心事件以賓白演出，最後以尾聲作結。普通過場的關目分量輕微，事件本身純粹做爲連絡交待之用，無須任何鋪排，所以幾乎全用簡單賓白演出，少數情況用一、兩支短曲。至於半過場雖也做爲過脈搭架，但事件本身具有深化發展的過程，對以下情節也有較強的推進作用，關目分量較普通過場爲重。如《曲江池》（a16）第二折第二場，虔婆爲讓亞仙對鄭元和死心，領其往街樓看元和爲喪家唱挽歌的落魄模樣，並大加嘲諷，亞仙爲元和辯護，譏刺虔婆狠毒心腸，兩人針鋒相對。這場戲主要表現亞仙與虔婆之間的衝突，亞仙對虔婆的不滿由潛藏於心而隨事件進行逐漸浮現表面，言語也愈益尖銳，衝突激化。另一方面亞仙爲護衛元和而與虔婆對立，也埋伏了其後終與虔婆決裂的線索。半過場對人物關係的發展或人物心理的呈現都有較深入的刻畫，因此表演分量加重，用曲也較多，以曲白共同推進中心事件的發展。

〔註 3〕　「普通過場」與「半過場」之名目乃借用張清徽師傳奇分場之說。

過場的情節表現形式有文場、武場、鬧場三類。或文或武，係依情節內容而決定，至於鬧場則有兩種情形，一由非戲劇性情節單位構成，事件本身並不具備連繫搭架的作用，只是以滑稽的情節調劑氣氛而已。其二為中心事件仍具有連絡承接的作用，但以滑稽的形式表現，如《勘頭巾》（a39）第二折第二場，趙令史至牢房中勘問王小二賊贓的下落，王小二受不過拷打，只得隨口編造。這段情節為以下王知觀栽贓、張鼎發現破綻乃至翻案的前因，具有連繫情節的戲劇性作用。不過這場戲安排了一個賣草苫的莊家到牢裡向獄卒討帳，恰遇令史前來問案，獄卒急忙將他改扮為犯人模樣，因而在令史點查囚犯時產生逗趣的效果，從表現形式上看，屬於「鬧場」。

（四）短　場

所謂「短場」是在情節上不屬於重要關目，但又具有相當表演分量的場面。元雜劇每一折至少有一主要事件做為全劇情節主線發展的重要階段，短場的使用有兩種情況，或用於一折主要事件之前，做為主要事件展開前的背景；或用於一折主要事件之後，做為主要事件結束後的餘波，前者如《青衫淚》（a51）第三折第二場，裴興奴對著江天暮景追憶故人白樂天，念及往日歡情，今朝孤悽，不由悲感傷懷，向明月撥彈琵琶以解愁緒。次場白樂天與元微之上場，聞樂聲而與興奴重逢，進入此折主要事件——興奴發現當日虔婆與劉一郎竟為遂其私心而詐傳白樂天死訊，驚喜悲怨交雜於心，終與白樂天相偕而去。琵琶寫怨一場，一方面抒發興奴不忘故人的深情摯意，為以下毅然私奔離去的行為提供了心理背景，另一方面則以琵琶之音做為兩人重聚的連絡線索，使情節自然銜接。又如《風雲會》（b43）第二折第三場，趙匡胤率領眾將出征，來至陳橋，下令紮營。次場眾將上場以黃袍加於其身，擁立為天子，趙匡胤嚴詞拒絕，隨後太后、幼主亦趕赴陳橋表明禪讓之意，趙匡胤終於應允，是為此折主要事件。出征一場，著意鋪陳趙匡胤的赫赫軍威，以此做為次場屬下將領不滿少主幼弱，發動兵變的背景因素，使主要事件在明確動機下合理展開。

其次，以短場做為主要事件餘波者可以《西廂記》第一本（b17）為例，第三折第二場，鶯鶯與紅娘夜中燒香，張生吟詩示情，鶯鶯依韻相和，張生上前相見，鶯鶯卻為紅娘催促而去，此折主要事件至此結束，其後張生繼續留在場上以越調絡絲娘至尾聲六支曲子的分量構成一抒情性的場面，唱出主要事件結束後內心的悵惘失落。再以《合同文字》（a25）為例，第二折第一場，

張秉彝於清明上墳之時對安住說明其身世，安住大慟，欲背負親生父母骨殖回鄉安葬，張秉彝囑其顧念養育之情，早日歸來，是為此折主要事件。其後安住背起骨殖，啟程回鄉，以正宮倘秀才、滾繡毬、煞尾三曲構成短場，表達回鄉的期盼之情。

短場雖有一定表演分量，但中心事件本身主動推進情節發展的作用較弱，主要呈現人物的心理狀態。其情節內容或多或少皆具有抒情成分，做為主要事件背景者，以人物內心情志的表白為心理基礎，為人物在主要事件中的行動提供有力的動機；做為主要事件餘波者，則表現主要事件結束後對人物所造成的心理衝擊。兩者雖皆為抒情性質，內心情志的表白通常較為和緩，容或有悲傷之調，亦不至於激昂以陳。心理衝擊的抒發則不論悲喜，皆表現出強烈的情緒反應。

再就短場情節的表現形式而論，由於短場的情節以抒情為主，武戲的表現形式並不適宜，故全屬文場性質。至於滑稽的表現形式也十分少見，僅在少數劇例中穿插運用，如《昇仙夢》（b50）第二折第二場，柳春與妻子陶氏於秀野園設宴，邀眾街坊登高賞景，共度重陽佳節。散席後，呂洞賓上場，欲度柳、陶二人出家，進入此折主要事件。在重陽宴樂一場戲中，安排了淨行扮演劉社長前來撞席，做出搶酒抓肉的滑稽醜態，表演分量不重，不足以成為鬧場。

（五）收　場

元雜劇的收場是全劇最末一個排場，用以收束全劇情節﹝註4﹞，所謂「收束」，意指全劇主要情節在此之前已大抵完成，最後以收場簡單作結。如《度

﹝註4﹞《元刊雜劇三十種》中《拜月亭》、《氣英布》、《薛仁貴》、《介子推》、《霍光鬼諫》、《竹葉舟》、《博望燒屯》七本劇尾都注有「散場」字樣，鄭因百先生於《景午叢編》上編〈論元雜劇散場〉一文提出《元刊雜劇三十種》中的《單刀會》、《貶夜郎》、《東窗事犯》及《元曲選》中的《氣英布》、《倩女離魂》五劇，在第四折套曲收尾之後，都有與本折套曲同宮調而換韻，或換宮換韻之曲兩三支，這些曲子即是散場曲。鄭先生認為「散場是附在雜劇劇尾，即第四折之後的東西，也有曲子，也有賓白科介，或用以完成劇情，或是另起餘波。」散場為元雜劇的結尾，與收場作用相同，但收場不一定用散場曲，故散場可視為收場的形式之一。又永義師於《說俗文學》一書中〈元人雜劇的搬演〉一文論及元雜劇中的「打散」，打散例用〔鷓鴣天〕一曲，以劇外人物口吻演唱，藉此遣散觀眾，打散之後，元雜劇的搬演便真正結束。打散可能是劇場慣例，劇本中皆予省略，由於與劇情全無關涉，不歸入收場之中。

柳翠》（a77）一劇敷演淨瓶楊柳因偶汙微塵，罰往人世歷輪迴之劫，三十年後，月明尊者奉觀音菩薩之命下凡點化柳翠，同登佛會。至第四折第一場，月明度脫柳翠歸空而去，主要情節至此已發展完成，其後以月明引領柳翠回歸南海做爲收場，與引場中觀音敘述因果相呼應，全劇方才眞正結束。收場的情節已不具任何發展意義，只是做簡單結尾性質的演出，關目分量很輕。元雜劇不一定以收場作結，如《伍員吹簫》（a38）一劇的主要情節是伍員受費無忌所害，逃出樊城，途中爲浣紗女與閭丘亮所救，及至吳國，結交勇士鱄諸，借得十萬吳兵伐楚，終於生擒奸賊。伍員伐楚之事於楔子（3、4）完成，全劇最後一個排場（第四折第一場）演出主要情節的最後階段——總結恩仇，伍員斬費無忌，報滅門之恨，又奉養浣婆婆、答應閭丘亮之子村廝停止攻打鄭國，以報浣紗女與閭丘亮捨身相救之恩。在全劇最後一個排場主要情節仍繼續進行，故不能視爲「收場」，而是以「主場」作結。

　　收場的關目分量很輕，只做爲收束劇情之用，雖然其情節已無發展意義，但爲使全劇情節完整結束，仍有其存在的必要性，不過部分收場卻缺少這種必要性，而爲外加性質的排場。這類收場是在主要情節已經發展完成，全劇情節其實也已終了之後，再由一個人物上場演出一段加官賜賞、賞善罰惡的事件，如《桃園結義》（d19）以劉備、關羽、張飛三人結義爲主要情節，情節發展至第四折第二場，三人在桃園中祭拜天地，祝禱共扶漢室，唯願同日而亡，主要情節已經完成，全劇也算完整結束，但之後卻安排了皇甫嵩上場，傳旨宣召三人爲將，共滅黃巾賊。這場戲的演出對全劇情節的完整性沒有任何影響，實爲一種外加性的排場。這類非必要性的收場有些十分突兀，其外加性也更爲明顯。如《合汙衫》（a08）第四折第三場，張義一家在金沙院重逢團圓，趙興孫爲報昔日張義之恩拿住惡賊陳虎至金沙院問罪，恩怨了結，眾人排筵慶喜，全劇至此實已終結，但卻又有府尹上場，施以賞罰，做爲收場。這位府尹先前從未上場，在全劇情節進行過程中亦從未顯示與官府之間有任何連繫，使得此一收場的演出至爲突兀。有時爲了減輕這類收場的突兀性而先安排一段此人物自敘前往封賞問罪的情節，如《娶小喬》（d14）第四折第一場，諸葛瑾上場自言前往周瑜府中爲眾加官賜賞，次場演出周瑜與小喬新婚，安排筵席與好友魯肅、岳丈喬公歡飲，末場由諸葛瑾上場傳旨封賞。全劇主要情節爲魯肅代周瑜向喬公求親，終於玉成良緣，而孫權也已派魯肅等人賞賜厚禮，諸葛瑾封賞之事實屬多餘，雖然爲免造成突兀之感而

預先安排諸葛瑾自敘前往封賞的行動，但收場的中心事件畢竟與全劇情節無必要連繫，仍爲外加性質。

外加性收場的產生當與元雜劇結尾時慶賞謝恩的慣例有關。元雜劇的收尾通常不免善惡有報、感謝皇恩，多數情形下賞罰謝恩的段落是順應情節發展而自然表現，但在少數劇例中依情節發展難以安排這類段落，作者又不能超脫此一創作窠臼，因而勉強外加一段收場，以之賞功罰罪，期合於元雜劇的慣例，但卻因此破壞了全劇情節的合理完整性。

再就收場的情節表現形式而論，所有收場皆爲文場性質，絕無武場與鬧場。收場既是全劇最末一個排場，一切武戲在此之前自然已經結束。而鬧場是穿插於情節發展過程中做爲調劑之用，若施於收場則太過輕慢，自然不宜。

總結元雜劇各類排場的關目條件及其對全劇情節發展的作用，引場做爲開啓端緒之用，與全劇主題尚未緊密扣合，關目分量不重，其表現形皆爲文場。主場爲全劇情節發展過程中的重要事件，直接呈現主題，或與主題之間具有關鍵性的因果關係，關目分量最重，其表現形式有文場、武場、文武合場三類。過場爲承接連絡性質的排場，具備過脈搭架的作用，依其關目分量可區分爲普通過場與半過場兩類，普通過場的關目分量輕微，只做爲連絡之用，半過場則具有發展之勢，關目分量較重，過場的表現形式有文場、武場、鬧場三類。短場不屬重要關目，但有一定表演分量，一般爲抒情性場面，呈現人物的心理狀態，或做爲一折主要事件的背景因素，或做爲主要事件的餘波，其表現形式皆爲文場。收場已不具任何情節發展上的意義，關目分量最輕，做爲收束全劇之用，其表現形式皆爲文場。

第二節　各類排場與腳色人物的相應關係

情節有賴腳色扮飾劇中人物而推動呈現，腳色的選擇須考慮關目的分量輕重及表現形式，如關目分量較重的排場，一般須以全劇中地位重要的腳色組場，而鬧場的表現形式則主要以淨行一類腳色組場等，因此，不同的排場類型以何種腳色組場有其基本原則。其次，各排場中的組場人物對於該場情節的推進具有不同的地位與作用，由此可以區分出各排場中的主腳、副腳，不同類型的排場以何種腳色爲主，以何種腳色爲副，亦有基本的相應關係。

再者場上人物的多少對排場氣氛的營造亦有所影響。以下即分就各類排場的組場腳色門類、組場人物地位及組場人數多寡三方面加以討論。

一、組場腳色門類

元雜劇的腳色可概分爲末、旦、淨三門，劇本中腳色名目繁多，或爲專稱，如末、旦、淨等；或爲俗稱，如張千、梅香、家僮、行者等，在末、旦、淨三綱之下又因地位輕重之別或所扮飾人物類型的不同而孳乳繁衍出更多名目，如沖末、外、小旦、老旦等〔註5〕。元雜劇中的正末、正旦爲主唱腳色，地位最爲重要，其餘不司唱者則爲次要腳色。次要腳色可歸併爲末行（包含沖末、外、副末、小末，末等）、旦行（包含旦、外旦、貼旦、小旦、老旦、搽旦等）、淨行（包含淨、丑等）〔註6〕三大門類，以下即依此五類腳色列表統計各類排場腳色運用的情況。

組　場　腳　色	組　　場　　數				
	引　場	主　場	過　場	短　場	收　場
正末	1	2	9	6	0
正旦	0	5	6	0	0
末行	83	0	296	0	0
旦行	11	0	23	0	0
淨行	7	0	94	0	0
正末、末行	14	245	60	6	11
正末、旦行	2	19	8	7	1
正末、淨行	3	21	23	5	1
正末、末行、旦行	6	64	23	0	6
正末、末行、淨行	3	199	30	1	10
正末、旦行、淨行	3	44	9	2	0
正末、末行、旦行、淨行	5	115	16	1	7

〔註5〕　參見永義師《說俗文學》〈中國古典戲劇腳色概說〉一文。
〔註6〕　丑腳名目始見於南戲張協狀元，元刊雜劇三十種全無丑腳。《元曲選》中的丑腳與其他版本相較，或爲《元曲選》增出的人物，或在其他版本中由其他腳色扮飾，由此看來，元雜劇中的丑腳當爲明人羼入。

正末、正旦〔註7〕	0	14	3	0	0
正末、正旦、末行	0	10	2	0	0
正末、正旦、旦行	0	6	2	0	0
正末、正旦、淨行	0	1	0	0	0
正末、正旦、末行、旦行	0	2	0	0	0
正末、正旦、末行、淨行	0	1	0	0	0
正旦、旦行	0	12	6	6	0
正旦、末行	5	63	11	1	2
正旦、淨行	0	10	5	2	0
正旦、旦行、末行	7	61	10	0	3
正旦、旦行、淨行	1	14	2	4	0
正旦、末行、淨行	3	49	10	0	2
正旦、旦行、末行、淨行	2	60	9	0	2
末行、旦行	18	0	47	0	0
末行、淨行	26	2	195	1	1
旦行、淨行	2	0	49	0	0
末行、旦行、淨行	5	0	47	0	0
正末、雜	0	0	1	0	0
正末、末行、淨行、雜	0	2	0	0	0
正末、末行、旦行、淨行、雜	0	1	0	0	0
正末、徠	0	1	2	0	0
正末、末行、徠	0	1	0	0	0
正末、旦行、徠	0	2	1	0	0
正末、淨行、徠	0	2	2	0	0

〔註7〕 元雜劇由正末或正旦主唱，一般沒有正末、正旦共同演出的情形，但在《西廂記》、《東牆記》、《誤失金環》中末、旦皆任主唱，雖然在同一折中還是一人主唱，不過就腳色在全劇的地位來看仍並為主唱腳色，因此當末、旦在同一排場中共同演出時，為與不司唱的腳色區分，將之歸為正末、正旦共任組場腳色。

正末、末行、旦行、徠	0	2	0	0	0
正末、末行、淨行、徠	0	3	0	0	0
正末、旦行、淨行、徠	0	4	1	0	0
正末、末行、旦行、淨行、徠	0	3	0	0	1
正旦、末行、徠	0	1	0	0	0
正旦、旦行、淨行、徠	0	1	0	0	0
正旦、末行、旦行、淨行、徠	0	1	0	0	0
正旦、末行、旦行、雜	0	1	0	0	0
末行、旦行、雜	0	0	1	0	0
淨行、雜	0	0	1	0	0

按：1. 劇本中未標明腳色名目者依其人物類型性質分別歸入末、旦、淨三門之中。

　　2. 統計表中不包括龍套性質的腳色，如袛從、卒子等，其餘如張千、梅香、家僮、行者等腳色，若只做爲襯托之用，對排場的構成沒有實質意義，亦不列入統計。但若這類腳色對構成排場有一定作用則歸入三門腳色中列入統計。

　　3. 雜、徠在少數排場中亦爲構成排場的必要人物，別立於末、旦、淨三門腳色之外列入統計。

由上表統計結果可從兩方面分析各類排場腳色運用的特色。

（一）就主唱腳色與次要腳色的組場情形而論

1. 引場中正末、正旦上場者計五十五場，約佔 26.57%，其中只有一場是單由正末組場（《貧富興衰》），其餘皆由正末或正旦和其他腳色共同組場。有二百零六場運用不司唱的次要腳色，佔 99.52%，完全由次要腳色組場者有一百五十二場，約佔 73.43%。顯示引場的組成以正末正旦以外的次要腳色爲主。

2. 主場中正末、正旦上場者計有一千零四十二場，約佔 99.81%，包含次要腳色者一千零二十三場，約佔 97.99%。全由主唱腳色組場者有二十一例，僅佔 2.01%，全由次要腳色組場者唯有二例，僅佔 0.19%，以主唱腳色與次要腳色共同組場者一千零二十一例，約佔 97.80%，顯示主場一般由主唱腳色與次要腳色共同組場。

3. 過場中正末、正旦上場者計有二百五十一場，約佔 25%，包含次要腳色者九百八十六場，約佔 98.21%。進一步分析，全由主唱腳色組場者有十八例，僅佔 1.79%，全由次要腳色組場者七百五十三例，約佔 75%，以主要腳色

與次要腳色共同組場者二百三十三場，約佔 23.21%，顯示過場的腳色運用以次要腳色為主。

4. 短場中正末、正旦上場者計四十一場，約佔 97.62%，包含次要腳色者三十六場，約佔 85.71%。全以主唱腳色組場者六例，無全以次要腳色組場者。由此看來，短場雖普遍以主唱腳色與次要腳色共同組場，但以主唱腳色為重。

5. 收場中正末、正旦上場者計有四十六場，組場率達 97.87%，而次要腳色更百分之百在收場中參與演出，可見收場普遍以主唱腳色與次要腳色共同組場，其中只有一場是單由次要腳色組場（《智勇定齊》）。

（二）就正末、正旦、末行、旦行、淨行五類腳色的組場情形而論

以下列表統計各門腳色在各類排場中的組場總數。

腳　色	組　場　數					
	組場總數	引　場	主　場	過　場	短　場	收　場
正　末	1058	37	764	192	28	37
正　旦	418	18	312	66	13	9
末　行	1871	177	886	757	10	41
旦　行	767	62	412	254	19	20
淨　行	1126	60	533	493	16	24

由上表分析可得以下結論：

1. 以各門腳色的組場總數與其在各類排場中的組場數相比，正末在各類排場中上場的比例分別為 3.50%、72.21%、18.15%、2.65%、3.50%；正旦為 4.31%、74.64%、15.79%、3.11%、2.15%；末行為 9.46%、47.35%、40.46%、0.53%、2.19%；旦行為 8.08%、53.72%、33.12%、2.48%、2.61%；淨行為 5.33%、47.34%、43.78%、1.42%、2.13%。各門腳色參與主場演出的比例都最高，其中正末、正旦更達 70% 以上，其他三類不司唱的腳色則約為半數左右。此因主場為全劇骨幹，正末、正旦通常為全劇第一主腳，自然多在主場中出現。末行、淨行、旦行組成過場的比例較高，正末、正旦的比例則偏低，顯示過場主要由不司唱的腳色組場。引場、短場、收場在全劇中所佔分量都不重，各門腳色組場的比例也都偏低，其中引場不司唱的末行、旦行、

淨行組場比例均高於正末、正旦，短場以正末、正旦最高，收場則各門腳色均等。

　　2. 各類排場皆以末行（包含正末）的組場數最多，其次爲淨行、旦行（包含正旦）。元雜劇的演出本以末行爲主，旦行在宋金雜劇時還不是正式的腳色，稱之爲「裝旦」，元雜劇承宋金雜劇而發展，旦行地位雖已提升，但相對於末行，仍較不受重視。至於淨行雖是不可或缺的調劑腳色，亦僅從屬地位。各類排場中腳色運用的多寡情形，即反應出這三類腳色在元雜劇中重要性的高低。唯其中短場末行和旦行的組場數約略等同，這是因爲短場雖非全劇中的重要情節，但多數爲劇中主要人物內心情感的抒發，元雜劇中的主要人物一般以末行或旦行擔任，短場的組場腳色自然以末行、旦行爲多。

二、組場人物地位

　　人物地位一項包含人物在該場中的地位與在全劇中的地位兩個層次，排場中的主要人物或僅爲全劇中的副腳，兩個層次並不等同。排場中主腳、副腳的判定係以該人物參與演出的分量爲依據，人物在全劇中的主、副地位則以演出分量及與主題的關涉程度兩方面爲考量標準。以下就此二層次列表分析。

	引　場	主　場	過　場	短　場	收　場
A	34	596	204	23	9
B	173	448	800	19	38
C	22	94	112	16	2
D	100	17	450	0	0
E	85	933	442	26	45

　說明：A 表示組場人物在該場地位有主從之別的場數。
　　　　B 表示組場人物在該場地位等同的場數。
　　　　C 表示全由劇中主要人物組場的場數。
　　　　D 表示全由劇中次要人物組場的場數。
　　　　E 表示由劇中主要人物與次要人物共同組場的場數。

　　由上表分析可得下列結果：

（一）引　場

在全部二百零七場引場中，場上人物的組場地位有主從之別者約佔

16.43%；表演分量等同者約佔 83.57%，可見引場演出的一般形態是場上人物共為主腳。就組場人物在全劇中的地位來看，全以劇中主要人物組場者約佔 10.63%，全以劇中次要人物組場者約佔 48.31%，由劇中主要人物與次要人物共同組場者約佔 41.06%，可看出引場的組場人物以全劇次要人物為主。

（二）主　場

在全部一千零四十四場主場中，場上人物的組場地位有主從之別者約佔 57.09%，表演分量等同者例約佔 42.91%。再就組場人物在全劇中的地位來看，全以劇中主要人物組場約佔 9%，全以劇中次要人物組場者，僅佔 1.63%，由劇中主要人物與次要人物共同組場者九百三十三例，佔 89.37%，可見主場普遍以全劇主要人物與次要人物共同組場。

（三）過　場

在全部一千零四場過場中，場上人物的組場地位有主從之別者約佔 20.32%；表演分量等同者約佔 79.68%，過場的演出是以場上人物共為主腳為一般形態。就組場人物在全劇中的地位來看，全以劇中主要人物組場者約佔 11.16%，全以劇中次要人物組場者約佔 44.82%，由劇中主要人物與次要人物共同組場者約佔 44.02%，可看出過場的組場人物以全劇次要人物為多。

（四）短　場

在全部四十二場短場中，場上人物組場地位有主從之別者約佔 54.76%，表演分量等同者約佔 45.24%，兩種形態約各有其半。就組場人物在全劇中的地位來看，由劇中主要人物與次要人物共同組場者有二十七例，全由劇中主要人物組場者十五例，無全以次要人物組場者。顯示由劇中主要人物組場為構成短場的必要條件。

（五）收　場

在全部四十七場收場中，場上人物組場地位有主從之別者約佔 19.15%；表演分量等同者約佔 80.85%，收場的演出以場上人物共為主腳為一般形態。就組場人物在全劇中的地位來看，絕大多數為劇中主要人物與次要人物共同組場，約佔 95.74%，全以劇中主要人物組場者僅有二例，無全以劇中次要人物組場之例。

其次列表統計並討論各類排場中各門腳色擔任主腳或副腳的情況。

		正　末	正　旦	末　行	旦　行	淨　行
引　場	A	37	17	160	39	49
	B	0	1	4	15	10
	C	0	0	13	8	1
主　場	A	760	303	536	173	206
	B	4	0	88	209	274
	C	0	9	262	30	53
過　場	A	191	64	703	185	376
	B	1	1	9	62	101
	C	0	1	44	7	16
短　場	A	28	13	5	9	5
	B	0	0	5	9	10
	C	0	0	0	1	1
收　場	A	37	9	37	18	22
	B	0	0	0	2	2
	C	0	0	4	0	0

說明：A 表示擔任該場主要人物。
　　　B 表示擔任該場次要人物。
　　　C 表示兼爲該場主要、次要人物。（此因同一排場中或有數個同類腳色上場，而分別
　　　　扮演該場的主要、次要人物）

由上表分析可得下列結果：

（一）引　場

正末、正旦所扮飾的人物往往爲場上的主要人物，例外者僅有一例（《竇娥冤》）。末行扮演該場主要人物者佔 97.74%，扮演次要人物者佔 9.6%；旦行爲該場主要人物者約佔 75.81%，扮演次要人物者約佔 37.10%；淨行任場上主要人物者約佔 83.33%，爲次要人物者約佔 18.33%。顯示在引場中扮演主要人物的主要爲末行，其次爲淨行，旦行比例最低，次要人物則多由旦行、淨行演出。不過各類腳色扮飾該場主要人物者皆有相當比例，反映出引場以場上人物共爲主腳的基本形態。

（二）主　場

正末、正旦爲主唱腳色，所扮飾的人物通常爲場上的主要人物，以正末

擔任場上副腳者僅佔 0.52%，以正旦擔任場上副腳者亦僅佔 2.88%。末行扮演該場主要人物者佔 90.07%，扮演次要人物者佔 16.93%；旦行為該場主要人物者約佔 49.27%，扮演次要人物者約佔 58.01%；淨行任場上主要人物者約佔 48.59%，為場上次要人物者約佔 61.35%。在主場中末行雖大多擔任場上主要人物，但扮演次要人物者亦有一定比例。旦行、淨行多為場上次要人物。

（三）過　場

正末、正旦皆為場上主要人物，例外的絕少。末行扮演該場主要人物者佔 98.81%，扮演次要人物者佔 7.01%；旦行為該場主要人物者約佔 75.59%，扮演次要人物者約佔 27.17%；淨行任場上主要人物者約佔 79.51%，為次要人物者約佔 23.73%。顯示在過場中末行普遍擔任主要人物，次要人物則多由旦行、淨行演出。各類腳色扮飾該場主要人物的比例都很高，與過場以場上人物共為主腳的基本形態相應。

（四）短　場

正末、正旦全為場上主要人物，末行、旦行扮演該場主要人物與次要人物的比例各佔其半，淨腳則以扮飾次要人物為多。進一步分析，短場全由主唱腳色組場者有六例，皆由正末單獨演出；以正末或正旦的表演為主體，其餘次要腳色皆為陪襯副從地位，兩者分量懸殊者有十四例，故短場的演出實以正末、正旦為重心。

（五）收　場

正末、正旦所扮飾的人物皆為場上的主要人物，末行扮演扮演次要人物者佔 9.76%，旦行扮演次要人物者約佔 10%，淨行擔任場上次要人物者約佔 8.33%。各類腳色扮場上次要人物的比例都很低，顯示收場普遍為場上人物共為主腳的演出形態。

三、組場人數多寡

引場由單一人物組場者有六十八例，若加上以單一人物為主，帶領陪襯性腳色上場者則有八十例，比例達 38.65%，此與引場的情節形式有不少自敘性情節相應。以兩人組場者四十五例，三人組場者三十六例，四人組場者二十五例，由五人以上組場者僅二十一例，佔 10.14%。此一結果顯示引場普遍由少數人物組場，排場氣氛較為清冷，以多人組場，熱鬧開端者並不多見。

　　主場由單一人物組場者有四例，兩人組場者一百三十七例，由三人組場者二百二十三例，由四人組場者二百零五例，由五人組場者一百四十一例，由五人以上組場者三百三十四例，其中十人以上者有七十例。主場的組場人數在五人以上者約佔三分之一，這類排場大多為全劇的最後一場戲，或是交戰爭鬥的情節。前者以熱鬧的排場氣氛為全劇畫下句點，另一方面也有全部演員上場謝幕的意味，後者則藉由眾多人物製造壯闊的武戲氣氛。

　　過場由單一人物組場者有一百九十九例，若包含以單一人物為主，其餘人物屬於龍套陪襯性質者二十四例，合計為二百二十三例。由兩人組場者三百五十一例，由三人組場者一百八十例，由四人組場者一百一十三例，由四人以上組場者一百三十七例，其中十人以上者有十五例。由此結果分析，過場的組場人數一般為一到四人，此因過場的情節大多較為簡單，以少數人物組場演出，達到過脈搭架的作用即可。組場人物在四人以上者佔 13.65%，比例很低，這類排場多為調兵遣將、兩軍交戰，以眾多人物製造熱鬧激烈的戲劇效果。

　　短場由單一人物組場者有六例，以兩人組場者十九例，由三人組場者十三例，由三人以上組場者僅有四例，顯示短場普遍由少數人物演出，此乃由於短場普遍具有抒情性質，若以多人組場，排場氣氛熱鬧紛喧，不適於表達人物細膩的情感。

　　收場以兩人組場者僅有一例，三人組場者有六例，四人組場者有五例，五人組場者有四例，一場有五人以上者有三十一例，約佔 65.96%，其中由十人以上組場有四例。顯示收場的演出往往是多人組場的熱鬧場面。

　　總結以上對各類排場組場腳色人物的分析，引場的組成以不司唱的次要腳色為主，而組場人物也多為全劇中的次要人物。此乃由於引場的關目分量不重，故多以次要腳色扮演次要人物展開情節，為劇情主線發展預做鋪設。其次，引場的組成以末行為主，其組場數最多，同時普遍擔任該場主腳，而且行、淨行則地位居次。

　　主場在腳色運用方面兼重主唱腳色與次要腳色，組場人物以主從形態或共為場上主腳形態演出，兩種約為六四之比。就組場人物在全劇中的地位而論，普遍由全劇主要人物與次要人物共同演出，單以全劇主要人物或次要人物組場的情況都極為少見。主場中擔任主腳的以末行居多，且行、淨行則多為場上副腳。至於組場人數方面，雖以一到四人為多，但組場人數眾多的情

形也不少，依情節所需而呈現熱鬧紛華的排場氣氛。

　　過場以不司唱的次要腳色爲主，組場人物在該場中的地位一般分量均等，以共爲場上主腳的形態演出。就組場人物在全劇中的地位而論，過場多由全劇次要人物組場，其次爲主要人物與次要人物搭配，單由主要人物組場者約僅有十分之一。過場中各門腳色擔任主腳的都有相當比例，不過仍以末行爲多。組場人數一般爲一到四人，多人組場的情況較少。

　　短場以主唱腳色與次要腳色共同組場爲基本型態，而在表演上以主唱的正末、正旦爲主體，其餘次要腳色爲輔。組場人物在場上地位有主從之別者與表演分量等同者各有其半。就人物在全劇中的地位而論，短場的演出是以全劇主要人物爲核心。組場人數一般爲一到三人，以簡淨場面著力勾畫人物內心情感。

　　收場普遍以主唱腳色與次要腳色共同組場，全劇主要人物與次要人物齊聚一堂，場上人物眾多，此因收場的作用在於收束全劇，基於元雜劇團圓慶喜的結局模式，各門腳色、主副人物於劇末一皆上場，一來使全劇在熱鬧的排場氣氛下結束，二來則有藉此謝幕的意味。

第三節　各類排場與套式賓白的相應關係

　　聲情與劇情須得相合無間，選擇何種套式，表現何種聲情，是由情節關目所決定，元雜劇排場既以關目爲分類基準，排場類型與套式之間自存有相應關係。其次就賓白方面而論，元雜劇中正末正旦以外的腳色皆以賓白演出爲主，排場若由這些不司唱的腳色組成，自然不用套式，而以賓白組場，「賓白組場」乃成爲元雜劇排場上的特色。以下即分就五類排場討論其套式賓白的運用情形。

（一）引　場

　　分析元雜劇引場套式與賓白運用的情形，有一百五十三場以賓白組場，四十四場用仙呂賞花時（或連用么篇），七場用仙呂端正好（或連用么篇），三場用仙呂點絳唇－混江龍、油葫蘆－天下樂兩個曲段〔註8〕。引場既用於全劇之首，自然位屬劇首楔子或第一折之中，元雜劇用曲，楔子照例用仙呂賞花時或端正好（可連用么篇），第一折則以仙呂宮爲常，故引場用曲亦不外此。

〔註 8〕　此三場爲 b17 1-1, d18 1-1, d29 1-1。

進一步分析，引場以賓白組場者佔 73.91%，此因引場關目分量不重，以簡單平直的情節形式為主，少有人物行動、情感的深化發展，故而以賓白敘述交待即可。引場若用曲，通常情節較具發展性或衝突性，但亦不做深入刻畫，因此用曲分量也不重，多為楔子中不成套之曲。

（二）主　場

主場的演出以唱曲為主，全用賓白組場者僅有二例，一為《緋衣夢》（b06）第三折第一場，一為《三戰呂布》（b33）第一折第三場。前者中心事件為錢大尹審理李慶安謀害梅香疑案，慶安於夢中言道：「非衣兩把火，殺人賊是我，趕的無處藏，走在井底躲。」錢大尹由此夢領悟破案契機，這場戲正表現「智勘緋衣夢」的主題；後者演出十八路諸侯圍攻呂布，亦為重要關目。這兩場戲論關目分量當屬主場無疑，但因皆由非主唱腳色組場，受限於元雜劇的體製規律，只得全以賓白演出。除此二例之外，主場皆曲白並用，賓白分量依情節所需而有不同安排，或僅做為簡單穿插之用，或與用曲兼重，共同推進中心事件的發展。大體而言，若場上以單一人物為主，其餘人物為從屬地位，或情節具有高度抒情言志性質，則以唱曲為重，賓白分量較輕，甚至只是稍加點綴而已。若場上主要人物在兩人以上，以對手戲的方式演出，或情節著重於呈現某一事件的發展過程，則賓白分量加重。

元雜劇各宮調的套式包含引導曲段（曲牌）、中段聯綴單位（含曲段或獨立曲牌）及尾曲三部分，主場在套式運用方面，大多為包含這三部分的完整套式，計有六百一十六例（關於主場套式運用之劇例，因數量眾多，不於附註中一一列舉，可參見附錄一所標註各主場的用曲情形）約佔 60.22%；以引導曲段結合其他聯綴單位構成套式者一百五十七例，其中僅用引導曲段者有一例；以中段聯綴單位加上尾曲構成套式者二百一十七例，其中只用尾曲者有五例；全以中段聯綴單位構成套式者三十三例；以楔子中不成套式的一、兩支曲牌組場者十九例〔註9〕，其中用仙呂賞花時（或連用么篇）者十八例，用仙呂端正好及么篇者有一。主場的情節皆為全劇重要關目，故多以完整套式充分鋪陳，而一折之中或因情節轉變分為不同排場，則完整套式亦隨之分為幾個部分以因應排場的轉移，故有以引導曲段結合中段聯綴單位構成套式、以中段聯綴單位加上尾曲構成套式以及全以中段聯綴單位構成套式三

〔註9〕《西廂記》第二本（b18）楔子（1、2）用正宮端正好至收尾計十一曲，實際等於一折的完整套式，不列入此十九例之中。

種情況。在僅用引導曲段或尾曲的少數劇例中，中心事件的發展其實全由賓白推動，其性質實與賓白組場無異。至於元雜劇的楔子本是補充填空之用，不應做爲主場，但少數楔子的中心事件卻實爲全劇的重要關目，如《爭報恩》（a10）楔子演出李千嬌爲關勝解圍，兩人結義，與日後關勝劫法場以報恩德密切相關，在全劇情節發展上有其關鍵地位。又如《飛刀對箭》（b61）楔子演出薛仁貴與摩利支交戰，正是「飛刀對箭」的主題所在。以上二例論關目條件當爲主場，但因受楔子的規律限制而只能用一、兩支曲子。

其次就套式聯綴單位的性質來看，除引導曲段及尾曲外，主場的套式多由曲段和獨立曲牌混合構成，計有六百八十九例，佔 67.75%，其次爲全由曲段構成者，計二百二十九例，佔 22.52%，全由獨立曲牌構成者最少，計九十九例，佔 9.73%。

主場既爲全劇重要關目，在元雜劇音樂與劇情配合的原則之下，主場用曲亦應有一定分量以充分鋪排情節。以下列表統計主場用曲情況，再據表加以分析。

用曲數	一	二	三	四	五	六	七	八	九	十
場　數	5	25	57	93	78	99	130	137	119	97
合　計	180				660					
百分比	17.60%				64.52%					

用曲數	十一	十二	十三	十四	十五	十六	十七	十八	十九	二十以上
場　數	59	37	29	25	7	9	4	3	4	6
合　計	157				26					
百分比	15.35%				2.54%					

按：1. 由於過場用曲通常爲一到四曲，爲突顯主場用曲數與過場的差別，故以一到四曲爲一階段。關於過場用曲情形，詳見下文。
　　2. 楔子部分不列入統計之中。

主場用曲普遍爲五到十曲，而以七、八、九曲最爲常見，這樣的用曲數已足可鋪陳相當分量的情節內容。用曲分量如果太重，容易使觀眾疲憊，較不利於聆賞，因此用十曲以上者不多，二十曲以上者更少。而用曲數在四曲之內者其分量已有所不足，實與主場的關目條件不相稱，爲求充分鋪陳情

節，這類的主場大多加重賓白的分量，甚至以賓白為重，唱曲為輔。這種以少數曲子演出重要關目的現象是由元雜劇體製規律的侷限性所造成。元雜劇一本四折，每一折的用曲分量受客觀條件的影響（如主唱者的負擔、觀眾的注意力等）而有一定限制，倘若一折之中又因情節變化而區分為不同排場，各排場的用曲自然有限，即使為重要關目，亦不得不以少數曲子演出。此外，一本四折的體製也使得元雜劇全本所能容納的情節有所限制，基本上大多數元雜劇的情節結構是於各折之中安排一重要關目，以此為主幹，配合過場的串連搭架而成，但倘若全劇情節事件繁複，則重要關目亦得壓縮其表演分量，以在四折之內完成全劇，或者逸出四折之外，以楔子演出重要關目，元雜劇由於體製嚴格而致缺乏彈性，因而造成部分主場用曲分量失之過輕的情形。

（三）過　場

過場的演出以賓白為主，全用賓白者有七百八十一例，約佔 77.79%。以賓白為主，間用插曲者十二例，所用曲牌有正宮端正好、滾繡毬、醉太平、仙呂村裡迓鼓、元和令、上馬嬌、勝葫蘆、南呂隔尾、雙調雁兒落、得勝令、清江引、中呂朝天子、上小樓、南曲月兒高、柳搖金、馬鞍兒等。插曲多用一、兩支，主要由淨行或搽旦演唱，屬於打諢性質。另《竹葉舟》（a60）第四折第一場列禦寇唱仙呂村裡迓鼓四曲，為道情勸世之歌，《東坡夢》（a71）第二折第二場花間四友唱南曲月兒高，為歌舞之曲，《莊周夢》（b27）第二折第三場四仙女唱南曲柳搖金四曲，說明修道真訣，僅此三例非打諢之曲。

過場用曲不屬插曲性質者有兩種情形，一為楔子中不成套之曲，一為各折之中完整套式的部分聯綴單位。楔子所用曲牌以仙呂賞花時（或連用么篇）最多，計有六十二例，用仙呂端正好（或連用么篇）者十六例，另有越調金蕉葉二例（a40 二場），仙呂憶王孫一例（a65），雙調新水令一例（b63）。楔子用曲照例只用一、兩支曲子，排場的演出仍以賓白為主。此外，《莊周夢》（b27）楔子（1、2）用仙呂賞花時、正宮端正好、滾繡毬三曲，超出常規，可視為例外之作，不過其用曲分量仍與過場在全劇中的地位相合。

位於一折之中的過場皆不用完整套式（僅 b45、b59 有例外情形，詳見下文），用曲分量也不重，由於過場以場上人物共任主腳為主要演出形態，因此用曲與賓白往往並重，共同推動中心事件的發展。就構成套式的聯綴單位

來看，以引導曲段結合其他聯綴單位者八十一例〔註 10〕，全以引導曲段組場者有十三例〔註 11〕；以中段聯綴單位加上尾曲者二十四例〔註 12〕，只以尾曲組場者十四例〔註 13〕；不含引導曲段或尾曲而全由中段之聯綴單位構成者二十一例〔註 14〕。就套式聯綴單位的性質來看，除引導曲段及尾曲外，套式主體全由曲段構成者有三十二例〔註 15〕，全由獨立曲牌構成者五十五例

〔註10〕 過場用曲以引導曲段起首之八十一例分別爲爲用仙呂點絳唇－混江龍者 a09, a12, a17, a24, a31, a47, a54, a58, a64, a66, b13, b14, b36, d02, d07, d19, d59 十七例；用正宮端正好－滾繡毬者 a13, a34, a67, a86, a86, a91, a00, b03, d10, d41, d42, d53 十二例；用中呂粉蝶兒－醉春風者 a07, a10, a18, a33, a38, a70, a73, a82, b05, b11, b13, d07, d20, d56 十四例；用南呂一枝花－梁州者 a03, a16, a55, a60, a99, b04, b15, b53, b69, d26, d62 十一例；用越調鬥鵪鶉－紫花序兒者 a05, a80, a91, a99, d44, d48, d58 七例；用商調集賢賓－逍遙樂者 a27, a65, a92, b30, d23 五例；用雙調新水令者 a08, a14, a21, a27, a29, a33, a58, a59, a68, a89, b09, b44, b62, d40, d47 十五例。

〔註11〕 全用引導曲段組場者十三例：
正宮端正好－滾繡毬（a67 2-3）
南呂一枝花－梁州（b53 2-2, d26 2-1）
中呂粉蝶兒－醉春風（a07 4-1, a38 3-1）
越調鬥鵪鶉－紫花序兒（a91 4-1, d48 2-1）
商調集賢賓－逍遙樂（a92 2-1, b30 2-1）
雙調新水令（a27 4-2, a33 4-2, b09 5-1, b62 4-1）

〔註12〕 用仙呂尾聲者 a02, a09, a14, a18, a61, d13, d34 七例；用正宮尾聲者 a67, b30 二例；用南呂尾聲者 d62 一例；用中呂尾聲者 a25, a28, a47, b50, d48 五例；用越調尾聲者 a52, a66, b11, b50, d13, d55, d60 七例；用商調尾聲者 a64 一例；用雙調尾聲者 a94 一例。

〔註13〕 只以尾聲組場者爲十四例：
仙呂尾聲（a02 1-5, a09 1-3, a14 2-3, d13 1-2, d34 1-3）
北越調尾聲（b50 3-2）
越調尾聲（b11 2-3, d55 3-3, d60 3-5）
南呂尾聲（d62 2-4）
中呂煞尾（a28 3-3, a47 3-2）
雙調鴛鴦煞尾（a94 2-2）
正宮尾聲（b30 4-2）

〔註14〕 此二十一例爲 a14 3-3, a15 4-2, a18 2-2, a34 2-5、3-4, a61 1-2、2-2, a86 3-2, a87 4-3, b12 4-2, b13 3-6, b15 2-3、3-2, d07 3-3、3-4, d22 1-3, d23 3-4、3-5, d42 3-3, d52 1-2, d56 3-4。

〔註15〕 過場套式主體全以曲段構成者三十二例：
（1）由單一曲段構成
仙呂點絳唇－混江龍、油葫蘆－天下樂（a17 1-2, a24 1-2, a31 1-2, a47 1-1, a54 1-4, a64 1-2, a66 1-2, b36 1-2, b14 1-2, d07 1-2, d19 1-3, d59 1-1）

〔註 16〕，由曲段與獨立曲牌混合構成者十一例〔註 17〕。由上述對過場套式聯

　　　　　仙呂那吒令－鵲踏枝－寄生草（d22 1-3）
　　　　　越調拙魯速－么篇、收尾（a52 3-4）
　　　　　南呂哭皇天－烏夜啼（a61 2-2）
　　　　　中呂粉蝶兒－醉春風、十二月－堯民歌（b05 3-1）
　　　　　中呂十二月－堯民歌、尾聲（a25 3-2, d48 3-3）
　　　　　中呂借正宮白鶴子（d56 3-4）
　　　　　雙調新水令、沽美酒－太平令（a29 3-1）
　　　　　雙調雁兒落－得勝令（b12 4-2）
　　　　　正宮端正好－滾繡毬、倘秀才－滾繡毬（a13 2-1, a91 2-2, a00 2-1, d53 2-1,
　　　　　d10 3-1, d42 4-2）
　　　　　正宮借中呂快活三（a15 4-2）
　　　　　正宮借中呂上小樓－么篇、隨煞尾（a67 2-5）
　　　　　正宮借中呂快活三－鮑老兒（a86 3-2）
　　（2）由二曲段構成
　　　　　仙呂點絳唇－混江龍、油葫蘆－天下樂、那吒令－鵲踏枝－寄生草（a12 1-3,
　　　　　b13 1-2）
〔註 16〕套式主體全由獨立曲牌構成者五十五例：
　　（1）由單一曲牌構成
　　　　　仙呂金盞兒（d52 1-2）
　　　　　仙呂醉扶歸、賺煞（a18 1-2）
　　　　　仙呂金盞兒、賺煞（a61 1-3）
　　　　　越調耍三台、尾聲（d13 3-5）
　　　　　越調鬥鵪鶉－紫花序兒、小桃紅（a05 3-2, a80 3-1, a99 2-1）
　　　　　南呂一枝花－梁州、隔尾（d62 2-2, b15 2-2, b69 2-3）
　　　　　南呂一枝花－梁州、牧羊關（a60 2-2, b04 2-3）
　　　　　南呂鬥蝦蟆（b13 3-6）
　　　　　南呂牧羊關（b15 2-3）
　　　　　中呂粉蝶兒－醉春風、滿庭芳（d56 3-2）
　　　　　中呂粉蝶兒－醉春風、迎仙客（a73 3-3, d20 2-2）
　　　　　中呂粉蝶兒－醉春風、紅繡鞋（b11 3-3）
　　　　　中呂滿庭芳（a14 3-3）
　　　　　中呂紅繡鞋（d42 3-3）
　　　　　商調集賢賓－逍遙樂、梧葉兒（a65 2-3）
　　　　　商調集賢賓、醋葫蘆（d23 3-3、3-4、3-5）
　　　　　雙調慶東原（d07 3-4）
　　　　　雙調撥不斷（d07 3-3）
　　　　　雙調新水令、沈醉東風（a59 4-1）
　　　　　雙調新水令、駐馬聽（d47 4-1）
　　　　　正宮端正好－滾繡毬、呆骨朵（d41 2-1）
　　　　　正宮呆骨朵（a34 2-5）
　　（2）由二支曲牌構成

綴單位性質的分析，可知過場大多以引導曲段或尾聲加上獨立曲牌構成，引
導曲段一般用於中心事件主體部分開始之前，尾曲則爲收束之用，故過場中
心事件的推進多由獨立曲牌敷演，獨立曲牌一般做爲情節的穿插補綴之用，
正與過場的關目條件相合。

其次就過場用曲分量而論（楔子不計），單用一曲者三十例，用二曲者二

　　　仙呂河西後庭花、憶王孫（a61 1-2）
　　　北中呂快活三、南紅繡鞋、北尾（b50 2-4）
　　　越調雪裡梅、青山口、收尾（a66 3-3）
　　　越調鬧鵪鶉－紫花序兒、調笑令、鬼三台（d44 2-2）
　　　越調鬧鵪鶉－紫花序兒、小桃紅、調笑令（d58 4-1）
　　　南呂一枝花－梁州、隔尾、牧羊關（a16 2-2）
　　　南呂一枝花－梁州、牧羊關、隔尾（a03 3-2）
　　　中呂粉蝶兒－醉春風、迎仙客、紅繡鞋（a10 2-1）
　　　中呂粉蝶兒－醉春風、紅繡鞋、迎仙客（a18 2-1, a33 3-1, b13 2-1）
　　　中呂醉高歌、滿庭芳（a18 2-2）
　　　商調集賢賓、金菊香、梧葉兒（a27 3-1）
　　　商調節節高、掛金索、尾聲（a64 3-2）
　　　雙調喬牌兒、殿前歡（a87 4-3）
　　　雙調新水令、駐馬聽、沈醉東風（a21 3-1）
　　　雙調新水令、沈醉東風、攬箏琶（a14 4-3）
　　　雙調新水令、駐馬聽、雁兒落（b44 4-2, d40 4-1）
　（3）由三支曲牌構成
　　　南呂一枝花－梁州、牧羊關、賀親郎、牧羊關（a99 3-2）
　　　南呂一枝花－梁州、隔尾、牧羊關、隔尾（a55 2-3）
　　　中呂粉蝶兒－醉春風、迎仙客、紅繡鞋、普天樂（a70 3-2）
　　　中呂粉蝶兒－醉春風、迎仙客、紅繡鞋、滿庭芳（a82 2-3）
　　　雙調新水令、沈醉東風、落梅風、喬牌兒（a58 4-2）
　　　雙調新水令、駐馬聽、步步嬌、胡十八（a89 4-2）
〔註17〕套式主體由曲段與獨立曲牌混合構成者十一例：
　　　仙呂點絳唇－混江龍、油葫蘆－天下樂、醉中天（a58 1-2）
　　　仙呂點絳唇－混江龍、油葫蘆－天下樂、醉扶歸（d02 1-3）
　　　仙呂點絳唇－混江龍、油葫蘆－天下樂、金盞兒（a09 1-1）
　　　中呂粉蝶兒－醉春風、朱履曲、石榴花－鬥鵪鶉（d07 2-2）
　　　中呂滿庭芳、快活三－鮑老兒（a34 3-4）
　　　雙調新水令、小將軍、清江引－碧玉簫（a08 4-2）
　　　雙調新水令、駐馬聽、喬牌兒、雁兒落－得勝令（a68 4-1）
　　　正宮端正好－滾繡毬、叨叨令、滾繡毬－倘秀才、醉太平（a34 2-3）
　　　正宮端正好－滾繡毬、倘秀才、叨叨令（a86 3-1）
　　　正宮倘秀才、呆骨朵（b15 3-2）
　　　正宮端正好－滾繡毬、醉太平、倘秀才、呆骨朵、倘秀才（b03 3-2）

十二例，用三曲者三十三例，用四曲者二十五例，用曲分量在四曲以上者計十五例，約佔 12.45%，可知過場用曲普遍爲一到四曲，分量很輕。用曲在四曲以上者皆以引導曲段起首，部分引導曲段甚至延長爲四曲〔註18〕扣除引導曲段之後，實際用以敷演中心事件主體部分的曲子並不多。較特殊者有《西遊記》第二本（b45）第二折第一場、第四折第一場以及《黃鶴樓》（b59）第二折第二場，這三場用曲數分別爲十曲、八曲、六曲，皆爲完整套式，就其用曲而論，應屬主場分量，但前者敷演村廝和胖姑對老張描述長安城裡歡送唐僧西遊取經的盛況，次者爲華光簽署公約願負保護唐僧之責，末者演出關平將赴黃鶴樓爲劉備送暖衣而向莊家問路，其關目分量對全劇而言皆未達主場標準，本以數支曲子略做鋪陳即可，作者卻用了完整套曲，與關目分量殊爲不合。

（四）短　場

短場的演出以唱曲爲主，全用賓白者僅有《碧桃花》（a97）第一折第一場，該場由副末與淨組場，故不唱曲。若短場的組場人物在場上地位有主從之別，則完全以唱曲爲重，賓白分量很輕。如《竹塢聽琴》（a83）第一折第一場，鄭彩鸞在竹塢中清修，深感平靜安適，小道姑隨侍在旁，勸說彩鸞擇配良偶，遠勝出家清寂。這場戲以正旦演唱仙呂點絳唇至勝葫蘆么篇計七曲抒發擺脫擾攘紅塵的自在心情爲主體，小道姑則以簡單賓白點綴。若組場人物地位等同，共爲場上主腳，則唱曲與賓白並重。如《裴度還帶》（b03）第二折第二場，裴度前往白馬寺趨齋，先以南呂一枝花－梁州－隔尾構成的引導曲段描寫路中雪景，及至寺中，長老看齋，裴度唱牧羊關一曲表示感謝與日後騰達回報之心，長老爲裴度懷才不遇而嘆息，裴度則以罵玉郎－感皇恩－採茶歌三曲段抒發對世間流俗嫌貧愛富、不問才學的感慨。這場戲的演出以裴度唱曲與長老賓白穿插並進，曲白同等重要。

短場用曲雖無完整套式，但皆有一定分量，短則三曲，最長達十曲，普遍爲五到七曲，此因短場主要表現人物內心情志，故以較長唱段做深入細膩

〔註18〕引導曲段在套式中具有音樂和情節上雙重的引導作用，一般由兩支曲牌構成，雙調則多爲一支引導曲牌。但在少數情況下引導曲段（曲牌）可與其他曲牌合併成爲較長的引導曲段，如仙呂以點絳唇－混江龍爲引導曲段，亦不乏合併油葫蘆－天下樂共同構成引導曲段之例。可參見許子漢《元雜劇聯套規律研究》第一章第二節。

的刻畫。短場所用宮調計仙呂十九例，中呂、正宮、越調各有四例，南呂、雙調各有三例，商調、黃鍾、大石各一例，南北合套一例。由於短場的情節有許多是遊覽宴樂、抒情述志，做為進入主要情節之前人物的心理背景，因此多用於第一折，故所用宮調以仙呂居多。再從短場套式的構成形式來看〔註19〕，由於短場的位置或在一折前段，或在一折後段，在前段者必以引導

〔註19〕以下列出短場套式主體構成的各種形式。
  （1）由單一曲段構成者十一例：
    仙呂點絳唇－混江龍、油葫蘆－天下樂（a16 1-1, d17 1-3, d22 1-2）
    仙呂點絳唇－混江龍、村裡迓鼓－元和令－上馬嬌－勝葫蘆－么篇（a83 1-2）
    仙呂後庭花－青哥兒、尾聲（賺煞）（d40 1-2, d50 1-5, d56 1-2）
    黃鍾醉花陰－喜遷鶯－出隊子－刮地風－四門子－古水仙子（a41 4-1）
    正宮倘秀才－滾繡毬、煞尾（a25 2-2）
    中呂借般涉耍孩兒－二煞、中呂煞尾（a17 3-2）
    正宮端正好－滾繡毬、倘秀才－滾繡毬－倘秀才（d40 2-1）
  （2）由二曲段構成者十例：
    中呂十二月－堯民歌、般涉耍孩兒－三煞－二煞、中呂煞尾（a77 3-2）
    仙呂點絳唇－混江龍、油葫蘆－天下樂、那吒令－鵲踏枝－（寄生草、么篇）（a02 1-3, a20 1-4, a28 1-2, a41 1-1, a70 1-2, a78 1-2, b18 1-4, b20 1-1, b58 1-1）
  （3）由三曲段構成者一例：
    仙呂點絳唇－混江龍、油葫蘆－天下樂、那吒令－鵲踏枝－寄生草－么篇、六么序－么篇（a55 1-1）
  （4）全由獨立曲牌構成者四例：
    越調絡絲娘、么篇、耍三台、青山口、收尾（a08 2-3）
    雙調新水令、駐馬聽、步步嬌、攪箏琶（a51 3-2）
    雙調新水令、駐馬聽、風入松、撥不斷、雁兒落、水仙子（a76 4-1）
    大石調六國朝、喜秋風、歸塞北、雁過南樓（a14 1-3）
  （5）由曲段和獨立曲牌共同構成者十五例：
    仙呂點絳唇－混江龍、油葫蘆－天下樂、醉中天、醉扶歸、一半兒（a79 1-2）
    仙呂點絳唇－混龍江、油葫蘆－天下樂、金盞兒、么篇、醉中天（a68 1-2）
    南呂一枝花－梁州、隔尾（a01 2-2）
    南呂一枝花－梁州、牧羊關、賀新郎、隔尾（b43 2-3）
    南呂一枝花－梁州、隔尾、牧羊關、罵玉郎－感皇恩－採茶歌（b03 2-2）
    越調鬥鵪鶉－紫花兒序、小桃紅、鬼三台（a10 3-2）
    越調鬥鵪鶉－紫花兒序、金蕉葉（d42 2-2）
    越調絡絲娘、東原樂－綿搭絮－拙魯速－么篇、尾聲（b17 3-3）
    正宮端正好－滾繡毬、倘秀才－滾繡毬、呆骨朵、倘秀才－滾繡毬（a07 2-2）

曲段起首，在後段者必以尾曲作結，除引導曲段與尾曲外，套式主體全以曲段構成者有二十二例；全以獨立曲牌構成者四例；以曲段與獨立曲牌共同構成者十五例，其中所用獨立曲牌多爲一、兩支，兩支以上者僅有四例。可見短場套式的構成以曲段爲主，獨立曲牌做爲穿插之用。短場所用曲段多屬結構緊密的曲段〔註20〕，正適於集中表現人物的心理活動。

（五）收　場

收場的演出通常爲一位在全劇中身分最高的人物上場，以其權勢施予其他人物賞罰評斷，情節進行主要以賓白表現，或加以簡單數曲表示謝恩。收場中全以賓白組場者十五例，最後皆以一段詩云或詞云的韻白作結，表垷特殊的語言旋律。收場關目分量既輕，用曲概不用完整套式，僅以數支曲牌組場，元雜劇末折多用雙調，收場既位於全劇之末，所用宮調自以雙調爲主，計二十七例，其餘中呂三例，正宮、越調各一例。收場皆不用完整套式〔註21〕，單用一曲者十五例，以各調尾聲居多，或不用尾聲，而以一支獨立

正宮端正好－滾繡毬、倘秀才　滾繡毬－倘秀才、窮河西、滾繡毬－倘秀才、呆骨朵（a09 3-1）
中呂粉蝶兒－醉春風、迎仙客、借正宮白鶴子－么篇、中呂普天樂、紅繡鞋（a02 3-2）
中呂粉蝶兒、借正宮六么遍、中呂上小樓－么篇、喬捉蛇（b47 2-1）
商調集賢賓－逍遙樂、借雙調春歸怨、雁兒落－得勝令（a63 3-2）
雙調新水令、駐馬聽、雁兒落－得勝令（d50 4-2）
北中呂粉蝶兒－醉春風、南好事近、北上小樓、南千秋歲（b50 2-2）

〔註20〕曲段結構的鬆緊取決於曲牌的性質，一般異曲連用之曲段多結構緊密，短場所用曲段即多屬此類。關於曲段結構與曲牌的相應關係可參見許子漢《元雜劇聯律研究》第九章第一節。
〔註21〕收場套式如下：
（1）單用一曲者十五例
　　雙調尾聲（a05 4-2, a10 4-2, a49 4-3, a50 4-2, a53 4-3, a77 4-2, a87 4-4）
　　中呂尾聲（a92 4-4）
　　雙調水仙子（b55 4-3）
　　雙調殿前歡（d12 4-2, d19 4-3）
　　雙調滴滴金（d14 4-4）
　　雙調折桂令（b58 4-3, b71 4-2）
　　正宮呆骨朵（c01 4-2）
（2）以一支獨立曲牌加尾聲組成者有二例
　　越調青山口、尾聲（d07 4-3）
　　雙調水仙子、鴛鴦煞（a37 4-2）
（3）以曲段爲主，加上一支獨立曲牌或尾聲者十五例

曲牌作結。以一支獨立曲牌加尾聲組成者有二例，以曲段爲主，加上一支獨立曲牌或尾聲者十五例，其中用一個曲段者十三例，用兩個曲段者二例。

由以上用曲情形分析，可見收場一般只用一到三支曲牌。常用的曲段爲雁兒落－得勝令，沽美酒－太平令，這些曲牌普遍體製短小，以此簡單將情節做一收束。較爲特殊的有《揚州夢》（a46）和《東牆記》（b14）二劇，前者在第四折第二場中牛僧儒應允杜牧之與張好好的親事，主要情節至此完成，次場張府尹上場，傳旨赦免杜牧之放情花酒之罪，是爲收場。傳旨之後，杜牧之以雁兒落－得勝令、甜水令－折桂令、鴛鴦煞五曲承認過去行爲疏狂，但對放情花酒的風流生活仍有幾分自得，最後言道幸得良緣，從今了結風花雪月，一心志於功名。後者於第五折第一場馬文輔衣錦榮歸，與秀英團圓成親，完成主要情節。其後使臣上場，賜賞封爵，馬文輔以沽美酒－太平令二曲感謝聖恩。使臣下場後，馬文輔與秀英準備赴任，以川撥棹－七弟兄－梅花酒－收江南、鴛鴦煞五曲唱出心中的喜樂開懷，今日青雲得志，終不負當日花下之盟。以上二劇的收場在收束全劇情節之時，猶著力於人物內心情志的抒發，故以較長唱段演出。

綜合以上所述，在賓白運用方面，引場與過場以賓白組場者皆佔 70% 以上；收場則約有三分之一；主場與短場以賓白組場均極少見，前者僅有二例，後者更只有一例。引場與過場關目分量不重，故多以賓白演出；收場雖然關目分量很輕，但爲使全劇結束之時不致太過草率，仍多唱曲作結；主場

中呂借般涉耍孩兒－二煞、煞尾（a29 4-4）
中呂借正宮伴讀書－笑和尚、煞尾（a54 4-2）
雙調雁兒落－得勝令（a65 4-4, d25 4-6）
雙調雁兒落－得勝令、甜水令－折桂令、鴛鴦煞（a46 4-7）
雙調錦上花－么篇－清江引（a95 4-2）
雙調側磚兒－竹枝歌、水仙子（a41 4-3, a74 4-2）
雙調沽美酒－太平令（d28 4-2, d41 4-7）
雙調喜江南、沽美酒－太平令（a19 4-3）
雙調沽美酒－太平令、收尾（a98 4-2）
雙調沽美酒－太平令、川撥棹－七弟兄－梅花酒－收江南、鴛鴦煞（b14 5-2）
雙調梅花酒－喜江南（d22 4-3）（按：此劇將川撥棹－七弟兄－梅花酒－喜江南曲段一分爲二，以川撥棹－七弟兄演出陶淵明作五柳先生傳與歸去來辭，龐通之、王弘讚賞不已，再以梅花酒－喜江南演出檀道濟加官賜賞的收場段落。同一曲段分用於不同排場，是作者不當之處）
雙調七弟兄－梅花酒－喜江南（d34 4-3）

關目分量最重，短場抒情性質濃厚，皆須以唱曲充分鋪陳，不宜只以賓白交待，故以賓白組場的情形最少。

在用曲方面，引場多為楔子中不成套之曲；過場則有 9.76% 使用插曲或楔子中的曲子，另有 12.45% 為各宮調中的部分聯綴單位；主場僅有 1.82% 使用楔子中不成套之曲，其餘皆採完整套式或由各宮調中的部分聯綴單位構成；短場與收場則全部使用各宮調中的部分聯綴單位。

就套式聯綴單位的性質而言，除引導曲段與尾聲之外，過場多為獨立曲牌；主場多為曲段與獨立曲牌配合運用；短場以曲段為主，且多為結構緊密的曲段；收場則以獨立曲牌或體製短小的曲段為多。曲段一般用於主要情節，獨立曲牌則敷演次要枝節，並可附於曲段前後共同演出重要情節段落，可見各類排場所使用的聯綴單位與其關目條件之間確實具有相應關係。

再就用曲分量來看，引場通常只用一兩支曲牌，多為仙呂賞花時或端正好（或連用么篇）；主場用曲以五到十曲居多；過場用曲多為一到四曲；短場以五到七曲為常例；收場則為一到三曲。各類排場用曲多寡與其關目分量輕重有關。

元雜劇排場類型的區分以情節關目為基準，依據關目分量的輕重分為引場、主場、過場、短場、收場五類，各類之中又別為文場、武場、文武合場、鬧場四種表現形式，各類排場組場腳色人物的安排，套式賓白的運用皆有其相應的基本原則。至於科介與穿關砌末雖然和排場類型之間的相應關係並不明顯，但對於排場氣氛的烘托具有一定作用。科介繁簡主要與情節的表現形式有關，如文場以唱工、說白為主，科介表演自然比較簡單。武場融入雜技的表演方式，如翻觔斗、拳腳、支架子、調陣子、舞刀弄槍等，科介表演較為繁重。鬧場中往往加入逗趣的動作，以增添滑稽突梯的氣氛，因此科介表演的成分也較多。其次，穿關砌末的使用是依情節的需求適當搭配，以之襯托渲染，具有突顯排場氣氛情調的效用。如《智勇定齊》（b34）第二折第一場，齊公子率領眾將士打圍獵射，武將著蟒袍鳳盔 [註22]，卒子架鷹引犬打旗，營造出威武聲勢。又如《雙林坐化》（d51）第四折第一場，佛母同眾神為如來舉行昇天法會，眾神打河西鈸，吹法器，表現莊嚴凝重的氣氛。

總結而論，各個排場的布置須以排場類型為依據，適當配搭各項排場構成要素，方可成功的搬演於舞臺。如《單刀會》（b05）第四折第一場的中心

〔註22〕《孤本元明雜劇》中附有穿關記載。

事件為關羽赴會，乃全劇情節高潮，應以主場演出，這場戲以正末關羽與沖末魯肅為主腳，兩人皆為全劇主要人物，在套式賓白的運用方面，以雙調新水令完整套式組場，計用九曲，首曲新水令氣勢磅礴，表現關羽豪壯的氣魄，次曲弔古興悲，流露英雄的蒼涼感慨，胡十八以下至尾曲以曲白並重的方式演出刀會的主要情節，關羽、魯肅的衝突漸次升高，直到排場結束，劇力始終未懈。場上並以神劍聲響成功營造刀會肅殺的氣氛，同時更襯托出關羽、魯肅之間的強弱對比。這場戲的曲文雄放壯闊，語語勾畫關羽於豪壯之中見其血性的英雄形象，另一方面，其腳色、套式、賓白的安排，乃至穿關砌末的運用，皆足以成功表現「刀會」此一情節主題，故不論就其文學性與舞臺性來看，皆屬上乘。又如《酷寒亭》（a58）第一折第二場演出祗候趙用至行首蕭娥家中喚鄭嵩回家，次場演出蕭娥去至鄭家鬧吵一番，氣死鄭嵩之妻蕭氏，鄭嵩傷痛之餘，又奉命赴京公幹，不得已而將幼子囑托蕭娥。次場的中心事件為鄭嵩家破人亡之始，論關目分量當屬主場，而前一排場僅為過場搭架，但作者卻於前場安排六曲，次場則僅以三支曲子演出，在套式的配搭上顯然輕重錯置，於實際搬演時，主要關目無法充分鋪陳，過脈情節反而大事鋪張，排場失當。不同的排場類型務須配搭相宜的腳色人物、套式賓白，加上科介穿關砌末的適當襯托，才能使排場妥貼穩稱。

第四章　元雜劇單一排場結構

所謂「單一排場結構」係探討元雜劇單一排場由起首到結束的架構組織，根據對元雜劇所有排場的比照分析，可歸納出單一排場的結構模式是以三段式結構爲基本型態，而在三段式結構基型之上又可分爲單式與複式兩類結構，以下分節論述「結構基型」、「單式結構」與「複式結構」。

第一節　結構基型

元雜劇單一排場由開始到結束包含起段、中段、合段三個部分，以此三段式結構爲基本型態，「起段」爲排場開端，「中段」爲排場主體，「合段」則爲排場收束，以下分就這三個部分詳加說明。

一、起　段

單一排場的起段主要由上場詩、人物自我介紹、前情說明、中心事件開端四部分組成，每項成分各具不同作用，其中前三項或可不用，中心事件開端則爲構成排場起段的必要條件。

（一）上場詩

上場詩爲組場人物上場時所念的詩句，劇中人物念詩上場在元雜劇中是一種常見但不必然運用的方式，其主要作用在於安定場面和刻畫人物。由於元代劇場爲開放式劇場，觀眾來去自如，環境較爲嘈雜，加上搬演時各折之中又穿插吹打百戲的表演，因此在每折開端時必須設法安定場面，上場詩的運用即爲方法之一，藉由上場詩詩句獨特的語言旋律以及有別於一般賓白的

吟誦方式抓住觀眾的注意力，使其進入看戲的情緒。其次，上場詩的內容皆與描寫人物有關，或表明人物的身分，如：

> 野管羌笛韻，音雄戰馬嘶，擂的是纏金畫面鼓，打的是雲鵰旗。(《五侯宴》劇首楔子李嗣源上)

以上場詩點明番將身分。或自敘過去事蹟，如：

> 新書著就十三篇，篇篇兵法妙通玄。君王不信親相試，宮中賜出女三千。(《楚昭公》第一折孫武子上)

人物的性情懷抱亦往往於上場詩中表露，如：

> 赳赳威風貌虎軀，六韜三略有誰如，為人不把功名立，枉作乾坤大丈夫。(《衣襖車》第一折狄青上)

> 我做官人實是妙，告狀來的則要鈔。上司若還刷卷來，廳上打的雞兒叫。(《勘金環》第三折淨扮官上)

部分上場詩的內容為某種人生歷練後的體驗，或傳達人生的道理，或抒發對世事的感慨，如：

> 昨日東周今日秦，咸陽燈火洛陽塵。百年一枕滄浪夢，笑殺崑崙頂上人。(《竹葉舟》第四折列禦寇上)

> 富而好禮仁之本，貧而守道德之源，但得此身終禍少，買牛耕種洛陽田。(《渭塘奇遇》第一折王守信上)

上場詩的內容既為人物的相關描寫，在人物形象的刻畫上自有其一定作用，表明身分、自敘事蹟是對人物的初步介紹，性情懷抱、人生感悟的流露則可較為深入的勾勒人物形象。上場詩以詩句畫龍點睛的突顯人物類型特徵，在排場開端先塑造人物在觀眾心中的印象。

(二) 人物自我介紹

在元雜劇中人物上場後往往先對觀眾自我介紹一番，介紹的內容包括姓名、鄉里、身分、年歲、家世、履歷、親族、交遊、性情、志向等，較上場詩更為詳盡的交待人物背景資料。如《黑旋風》(a40) 第一折第一場孫孔目上場言道：

> 小生鄆城縣人氏，姓孫名榮，渾家姓郭，是郭念兒，嫡親的兩口兒家屬，我在這衙門中做著個把筆司吏。

孫孔目簡單介紹了自己的鄉里、姓名、家族及身分。再以《漁樵閑話》(d46)

第一折第一場樵夫上場自我介紹為例：

> 老夫姓王名魯字也直，乃會稽人也。久隱山下，結草為廬，日以採
> 薪為業，因此號伐柯叟。平生至交三友，一人在江上捕魚，一人在
> 山下耕種，一人在田野放牧。俺四人聚會，為漁樵耕牧，但遇天氣
> 晴明，風清月朗之時，止不過活魚新酒，藜羹麥飯，便成一會。所
> 言者世道興衰，人情冷暖；所笑者附勢趨時，阿諛諂佞，嗟漏網之
> 魚，嘆遭烹之犬。似我山間林下的野人，無榮無辱，任樂任喜，端
> 的是信口開河，隨心放蕩，不受拘束。

在這一段自我介紹中，王也直說明了自己的姓名、鄉里、身分、交遊情況，
並充分表露自己的性情懷抱。若遇多人同時上場，一般由其中一人自我介
紹，並介紹同場其他人物。如《襄陽會》（b11）楔子（2、3）第三場卜兒同正
末徐庶上場自言：

> 老身姓陳，夫主姓徐，穎川獨樹人也，止遺下此子徐庶，字元直，
> 學通文武，習就大才，不肯進取功名。脩行辦道，侍養老身。

由徐母口中介紹徐庶的才能性情。人物的自我介紹或詳或簡，以姓名、鄉里、
身分、履歷為主要項目。人物初次上場的自我介紹較為詳細，目的在透過這
些背景資料的敘述，使觀眾對劇中人物更為熟悉，其後人物再次上場時，這
些背景資料已無須反覆贅敘，因此自我介紹通常十分簡單，往往只是自道姓
名，觀眾即可自行與先前所獲得的訊息連繫起來。

（三）前情說明

　　所謂「前情」是指發生在該排場中心事件之前的情節，在每一排場開端
由劇中人物擇要敘述先前情節，做為連繫前後中心事件之用。「前情」可分為
兩類，一是在先前排場中演出的情節，一是未在場上演出的情節，前者如《杏
林莊》（d21）第三折第一場張角領張表、張寶上場自敘：

> 今因張飛來到杏林莊寨中，招安某等歸降，因某不肯歸伏，不想他
> 裡應外合，被官軍大殺了俺一陣，將杏林莊營寨失了。

張飛大破杏林莊一事已在前一排場（第二折第一場）中演出，這場戲起段又
由張角簡單重敘。由於元雜劇開放式的演出環境，觀眾未必從頭開始觀賞，
這一類的前情說明可使觀眾大致了解先前情節的進展情況，同時也做為承上
啟下，連繫前後情節之用。

　　至於未在場上演出的「前情」，或用於全劇開端，做為背景因素，由人物

敘述與本劇有關的事件，引導全劇情節的開展。以《昊天塔》（a48）第一折第一場楊令公與楊七郎上場為例：

> 老夫楊令公是也，因與北番韓延壽交戰，被他圍在虎口交牙峪，裏無糧草，外無救軍。這個是我第七個孩兒楊延嗣，他為搭救我來，被潘仁美攢箭射死。老夫不能得脫，撞李陵碑而亡，被番兵將我屍首焚燒了，把骨殖吊在幽州昊天寺塔尖上，每日輪一百個小軍每人射我三箭，名曰百箭會，老夫疼痛不止。

《昊天塔》一劇以楊景與孟良盜骨為主要情節，楊令公與七郎為潘仁美所害以及死後所受屈辱等事件是展開全劇情節的背景前因，若於場上實際演出，勢將使全劇頭緒紛雜，因此由楊令公概括自敘，與以下令公託夢相連繫，從而展開全劇主要情節，使情節主線明確集中。其次，另有一類不在場上演出的「前情」是用於劇情發展之中而以暗場方式處理，這類「前情」對全劇情節具有補苴罅漏的作用，如《風光好》（a31）第四折第一場錢王上場言道：

> 近日宋主遣曹彬下江南，收了李唐，有一歌者來至我境，把隨軍人擒來見我，乃秦弱蘭也。我與他房屋居住，又與他錢物用度，著本處樂探領去，陶穀尚不知道。

在前一排場（第三折第二場）中陶穀對秦弱蘭表示將往杭州投奔錢俶，待求得功名即前來迎親，秦弱蘭在陶穀離去後遭遇戰禍，李唐淪亡，避難杭州而為錢王收留。此一情節並未演出，只藉錢王之口說明，這段敘述一方面填補了前場陶穀與秦弱蘭在金陵分別後的情節空隙，同時也以此連繫以下兩人重聚的場面，使情節發展自然合理。

「前情」若為暗場處理的情節，由於未在場上演出，為使觀眾充分明瞭事件的經過，通常敘述得較為詳細；若為先前排場演出的情節，則往往只做簡略說明，點出大概即可。

（四）中心事件開端

上述三項成分都只是對組場人物與該場情節的背景加以說明，尚未進入排場的中心事件本身，每一排場既以單一中心事件為構成要件，揭示中心事件的開端才算真正進入排場的核心，因此中心事件的開端實為單一排場起段不可或缺的必要成分。以《劉弘嫁婢》（b58）為例，第四折第一場李春郎自言：

> 今場有一嬰童解元，年一十三歲，名曰奇童，小官問其原故，原來

　　　　是劉弘伯父孩兒，小官想伯父山海恩臨，未曾報答。

這場戲的中心事件是李春郎奉旨前往劉家加官賜賞，這段敘述表明李春郎感念劉弘恩義之心，有意報答，因而引起以下面聖領旨之事。此例中事件的開端是以人物自敘方式表現，這種方式具有濃厚的說明性質，戲劇表演性較低。中心事件的開端或由多人同場對手演出，這種方式的戲劇性較高，如《合同文字》（a25）楔（首）第一場：

　　（劉天祥）如今為這六料不收，上司言語著俺分房減口，兄弟，你
　　　守著祖業，俺兩口兒到他邦外府趕熟去來。

　　（搭旦云）俺兩個年紀高大，去不的了。

　　（正末云）哥哥和嫂嫂守著祖業，我和二嫂引著安住孩兒趁熟走一
　　　遭去。

　　（劉天祥云）這等，你與我請將李社長來者。

　　（正末云）我便請去。（做請科云）李親家在家麼？

　　（社長上云）誰喚門哩？我開開這門，原來是劉親家，有甚麼話說？

　　（正末云）俺哥哥有請。（見科）

這場戲的中心事件是劉天瑞因遇荒年，欲往外地趁熟，兄弟二人立下合同文書，載明房舍田產，請社長見證。中心事件的開端以對話演出，表明六料不收、分房減口的情況，並相請社長過門一見，直到社長與劉氏一門相見後事件發展才進入主要部分。

　　中心事件開端是單一排場起段的構成要件，由此進入中心事件的核心，排場也由起段過搭至中段，展開排場的主體部分。

二、中　段

　　單一排場中段是由中心事件的主要部分構成，人物關係的展開、情節進程的顯現都在排場中段演出，為單一排場結構的主體。排場中段的表演方式可分為自敘性與戲劇性兩類，前者再以上舉《劉弘嫁婢》（b58）同場為例，李春郎自敘感念劉弘恩義之後繼續言道：

　　小官聖人跟前訴說劉弘伯父托妻寄子一事，聖人大喜，著小官加官
　　　賜賞，小官就與母親說知，將小官妹子桂花與奇童為妻。

李春郎自敘領旨報恩，並表白結親之願，為中心事件的核心。排場中段若探

自敘方式表現，必為完全自敘性質的排場，整場戲全由單一人物自敘說明，這種表演方式顯然深受說唱影響，雖然場上人物是以代言形式演出，實際上與說書人無別，缺少戲劇特質，中心事件也只是交待事件始末，無發展性可言。

有些排場中段雖由單一人物演出，但並不採取自敘方式，仍然具有相當濃厚的戲劇性，如《金錢記》（a02）第一折第三場，韓飛卿遊賞九龍池，首先自我介紹，唱仙呂點絳唇、混江龍二曲自負高才，以自敘前往九龍池做為中心事件開端，隨即以油葫蘆、天下樂、那吒令、鵲踏枝四曲描繪九龍池的景致，是為排場中段。人物在場上的演出必是且歌且舞，隨所指畫勾勒出佳人公子相伴嬉遊的紛喧場景，以及柳淡風輕、碧水溶溶的春日風色，並充分流露韓飛卿自在寫意的心情，戲味十足。又如《來生債》（a18）第一折第三場，以磨博士羅和拿了一錠銀子回家為起段，夜來驚夢連連為中段，銀子忽而為強盜所奪，忽而為大火所燒，繼而大水淹至，最後小偷登堂入室，每每惡夢一場即擔驚受怕，察看一番，如此折騰一夜。排場起段為自敘性質，中段則以獨白與科汎的配合運用塑造出變動頻仍的場景，並呈現趣味百出的戲劇效果。這類排場雖由單一人物演出，但中心事件或逐步呈現人物內心活動（如上舉《金錢記》之例）；或清楚顯示事件的開展過程（如上舉《來生債》之例），與自敘性表演的簡單平直絕不相同。

排場若由多人同場共同演出，其戲劇性通常較高。以上舉《合同文字》（a25）同場為例，劉天瑞請來社長之後，排場進入中段：

（社長云）親家，你來喚我，莫不為分房減口之事麼？

（劉天祥云）正是，只因年歲饑歉，難以度日，如今俺兄弟家三口兒待趁熟去也，我昨日做下兩紙合同文書，應有的庄田物件、房廊屋舍，都在這文書上，不曾分另，兄弟三二年來家便罷，若兄弟十年五年來時，這文書便是大見證。特請親家到來，做個見人也，與我畫個字兒。

（社長云）當得，當得。

（劉天祥念科云）東京西關義定坊住人劉天祥，弟劉天瑞，幼侄安住，則為六料不收，奉上司文書，分房減口，各處趁熟。有弟劉天瑞自願將妻帶子他鄉趁熟，一應家私田產不曾分另。今立合同書二紙，各收一紙為照。立書人劉天祥同親弟劉天瑞，見人李社長。

（社長云）寫的是，等我畫個字，你兩個各自收執者。（畫字科）
中心事件的主要部分演出劉天祥與劉天瑞兄弟立下合同文書，李社長爲見
證。再以《雲窗夢》（b56）第二折第二場爲例，虔婆鄭老媽與茶客李官人欲
迫月蓮就範，首先人物分別上場，以茶客置酒請筵爲中心事件開端，月蓮唱
引導曲段後與兩人相見，進入排場中段。虔婆與茶客軟硬兼施，或巧語相
勸，或財利誘引，月蓮始終不爲所動，月蓮的堅貞與虔婆、茶客的貪鄙恰成
鮮明對比，造成人物間的衝突。另一方面，在月蓮堅貞的外表下，心裡卻浮
動著對秀才情義的懷疑、不安，內心的自我衝突也愈趨強烈，不論人物的外
部動作或內心活動在排場中段皆呈現深化發展的過程。

　　多人同場演出的情形亦不乏事件簡單平直、缺少發展意義的例子，如《黃
鶴樓》（b59）第一折第二場，周瑜命魯肅送書過江，請劉備赴黃鶴樓之筵，
排場起段周瑜與魯肅分別上場，以周瑜自敘計謀，喚魯肅進帳爲中心事件開
端，在排場中段周瑜下令，魯肅領命啓程，過程極爲簡單。這類劇例雖然在
事件進行過程中發展性很低，但畢竟爲多人對手演出，場上所呈現的是「戲
劇」而非「說話」，與自敘性的演出方式仍不相同。

三、合　段

　　單一排場的合段是排場的收束部分，由中心事件結尾和下場詩構成。

（一）中心事件結尾

　　每一排場的中心事件由開端逐步向前推進，在排場中段完成中心事件的
主要部分，其後進入結尾階段，中心事件的結尾往往是人物對此事件的反應，
或呈現當下心境，或預示未來行動，至此中心事件才眞正完整結束。同樣以
《合同文字》（a25）爲例，上舉楔子（首）第一場之例，劉家兄弟立下合同文
書之後，中心事件即進入結尾部分：

　　　（正末云）既有了合同文字書，則今日好日辰，辭別了哥哥嫂嫂，
　　引著孩兒，便索長行也。親家，我此一去只等年熟時便回家來，你
　　是必留著這門親事，等我回來時成就此事。

　　　（劉天祥云）兄弟，你出路去，比不的在家，須小心著意者，有便
　　頻頻稍箇書信回來，也免的我憂念。

　　　（正末云）哥哥放心，您兄弟去了也。（唱）

　　〔仙呂賞花時〕兩紙合同各自收，一日分離無限憂，辭故里往他州，

只為這田苗不救，可兀的心去意難留。（正末二旦徕兒同下）

（劉天祥云）親家，俺兄弟去了也，有勞尊重，只是家貧不能款待，惶恐惶恐。

（社長云）這也不消，在下就告回了。

中心事件結尾部分以對手戲方式演出，表現兄弟分離的愁緒，為戲劇性的表演。此外，亦有以自敘方式演出者，以上舉《劉弘嫁婢》（b58）同場為例，李春郎自敘奉旨前往賜賞之後言道：

今日領了聖人的命，不敢久停久住，收拾行裝，同母親直至劉弘伯父宅上，一來加官賜賞，二來報恩答義，走一遭去。

說明自己未來的行動。中心事件結尾若以自敘方式表演，通常十分簡短，以數語略做交待即可，說明性較高。

（二）下場詩

下場詩是人物下場前所念的詩句，為人物在該排場中表演的最後部分。下場詩的運用時機是一段情節完成、另起一段情節之前，因此對前段情節具有收束作用，其內容皆與人物行動或事件發展相關，緊密呼應情節，如：

呂望鴟夷子房功，穰苴孫武計謀同，白起樂毅臨黃閣，夷吾李靖播清風，子儀李勣爭戰策，諸葛韓侯論奇功，十三武廟安邦將，盡在南柯一夢中。（《十樣錦》第三折第一場張齊賢下）

這場戲的中心事件是張齊賢夢見十三功臣論功爭位，下場詩即總結夢中所見，加以概括簡述。部分下場詩不僅總結前段情節的內容，並表明人物未來行動，具有預示情節發展的作用，如《智勇定齊》（b34）第一折第一場演出齊公子請晏嬰解夢，晏嬰稱此夢之兆當遇淑女賢人，排場合段人物陸續下場，其中晏嬰的下場詩為：

一輪皓月正當空，卻被浮雲慘霧濛，深沈林麓知何處，只在來朝採獵中。

下場詩的前兩句總結齊公子夢境，末兩句則預示以下與應夢賢女相遇的情節。下場詩用於排場結尾，或總結該場中心事件，或預示以下中心事件，對情節發展具有承上啟下的連繫作用。

元雜劇單一排場的結構以起段、中段、合段三段式結構為基型，排場起段包括上場詩、人物自我介紹、前情說明、中心事件開端四部分，其中以中心事件開端為構成排場起段的必要條件。上場詩與人物自我介紹的作用在於

塑造人物概括形象，前情說明用以連繫情節，中心事件開端則為進入排場中段的樞紐。排場中段演出中心事件的主要部分，為排場結構的主體。排場合段由中心事件結尾與下場詩兩部分組成，以前者為構成要件，兩者皆具有總結或預示作用。其次，排場各階段由自敘性段落與戲劇性段落組成，其中自敘性段落係指單一人物在場上以自敘方式演出的段落，這種方式與說書人講述故事的形式近似，「說明」的意味濃厚，缺少戲劇的特質。以下以 A 表示自敘性段落，以 B 表示戲劇性段落，將元雜劇基本結構型態標示如下：

　　起段的上場詩、自我介紹、前情說明三部分，以及合段的下場詩皆為自敘性段落，起段的中心事件開端、排場中段與合段的中心事件結尾部分可以自敘性或戲劇性兩種方式演出。排場結構各階段可以同時包含自敘性段落與戲劇性段落，亦可僅用其一。通常排場起段與合段兼採二者，中段則多為戲劇性段落。倘若起段、中段、合段皆以自敘方式演出，則為完全自敘性的排場，這類排場關目分量很輕，只用於引場與過場。

第二節　單式結構

一、單式結構排場的涵義

　　單式結構是結構型態最為簡單分明，同時運用最為普遍的單一排場結構模式，所謂「單式結構」是建立在下列三項基礎之上：

（一）組場人物的單一性

　　「組場人物的單一性」意指人物在排場起段共同或分別上場後，整個排場即由此單一或一組人物貫串首尾演出，最後於排場合段共同或陸續下場，組場人物自始至終沒有任何變動〔註1〕。如《午時牌》（d34）第一折第一場，

〔註1〕在單式結構的排場中，組場人物或有虛下、暫下、下場取砌末再上場等情況，人物下場雖然暫時離開舞臺所代表的時空環境，但這時劇中的時空環境實已延伸至後臺，人物下場的意義是去至另一個隱而未顯的劇中時空環境，並非結束表演，離開排場。

黃巢上場念上場詩，自道姓名、鄉里、容貌身形、平生事蹟，其後言及命孟截海迎戰李克用之事，準備親自領兵接應，最後念下場詩下場，全場只由單一人物演出。又如《九宮八卦陣》（d61）第一折第二場，演出宿太尉傳旨宋江領兵出征北番，這場戲由七人組場，排場起段人物陸續上場，排場中段李逵為奪先鋒印與眾頭領針鋒相對，終由宿太尉定奪得遂所願，最後人物接連下場結束排場，這場戲由七人貫串首尾演出，以李逵與其他人物的衝突為主體，表現一組人物關係。

（二）中心事件的單一性

「中心事件的單一性」意指排場的中心事件具有一氣呵成而不可分割的特質。段落的區分本是一相對概念，任何排場的中心事件嚴格說來都可再細分成更小的段落，如上場詩是一個段落，排場中的某一曲段亦可視為一個段落，但這些小段落只是零件，必須共同結合組成中心事件才具有意義，倘使拆碎下來，不成片段，故而其彼此之間的分界是應該泯滅不論的。除了這些泯滅不計的細小段落分界之外，在中心事件的進行過程中可能具有較大的段落間隙，使中心事件可相對分為數個部分（詳見下節），此處所言單式結構排場的中心事件不可分割，意為其進行過程沒有明顯的段落分隔，甚至可謂緊密相連，沒有任何間隙存在。如《延安府》（b64）第一折第五場，李圭微服訪察民情，正遇劉榮祖痛呼冤屈，上前相詢，劉榮祖陳訴妻子、媳婦為葛彪所害，又仗恃姐夫龐衙內權位，藉故將其子劉彥芳定罪，關在死牢之中，李圭允諾為其申冤。這場戲的中心事件在李圭與劉榮祖的對話中向前推進，一問一答緊密扣合，不可分割。

（三）舞臺空間的單一性

「舞臺空間的單一性」意指在排場中整個舞臺空間只代表單一的場景，不分隔為數個單位而並存不同的場景（詳見下節）。這個單一場景或為固定的時空環境，或為流動的時空環境，前者如《翫江亭》（b62）第二折第一場，牛員外為躲避鐵拐李而往酒店算帳，不料鐵拐仍然緊追不捨，牛員外藉口沽買新鮮案酒，慌忙離去。這場戲是在單一場景——「酒店」中進行，舞臺代表固定的單一時空環境。後者如《貧富興衰》（d47）第一折第二場，徐伯株往城南叔叔徐員外家借取盤纏準備上朝應舉，一路經過了村舍、古廟，這場戲即演出其於大雪中趕路時心中的感慨，舞臺空間隨其行動而成為不斷流

動變化的場景。「舞臺空間的單一性」並非嚴格界定單式結構排場的中心事件只在一個限定範圍、絕無任何變化的時空環境下進行，排場中仍具有如進門、出門，拐彎抹角等簡單的空間變動，或如上舉《貧富興衰》之例空間不斷更移的情形。所謂「單一性」的意義為排場是在一個單一而不分隔的舞臺空間進行，在這個空間裡劇中的時空環境依然保有元雜劇時空自由流轉的戲劇特質。

　　單式結構排場的時空變化中較為特殊的情形是人物急遽接連上場、下場，以空場的方式顯示空間迅速變動。如《後庭花》（a54）第一折第六場演出翠鸞與母親在逃亡途中失散：

　　　　（旦卜走被巡卒沖散科下）

　　　　（卜兒上云）俺子母兩個正行中間，被巡卒驚散，不見了我女兒翠
　　　　鸞，我不問那裡尋將去。（下）

　　　　（旦慌上云）正和俺母親走著，被巡卒驚散，不見了俺母親，（做悲
　　　　科云）我今不揀那裡尋母親去來。（詩云）子母私奔若斷蓬，半途驚
　　　　散各西東，我今拼死尋將去，便是黃泉路上要相逢。（做叫科云）母
　　　　親，母親，兀的不苦殺我也。

這場戲計有兩次短暫空場，第一次空場是兩人為巡卒沖散，母親再度上場，表示來至另一空間環境尋找翠鸞。之後母親下場，由翠鸞上場，這之間的短暫空場是用以顯示在母親尋找翠鸞的同時，翠鸞也在他處尋找母親，以短暫的空場區隔象徵同一時間內人物在不同空間的動作。

　　由「組場人物的單一性」、「中心事件的單一性」和「舞臺空間的單一性」三項構成基礎，可以界定「單式結構排場」是由一位或一組人物貫串首尾，在單一而不分隔的舞臺空間演出一段緊密而不可分割的情節，這類排場的中心事件只是單線發展，絕無側出旁枝，組場人物之間也只具備一組對應關係，「簡單分明」為單式結構排場的最大特色。

二、單式結構排場的類型

　　單式結構排場的結構模式與起段、中段、合段三段式結構基型完全相合，排場起段組場人物全部上場後即進入排場中段，於單一的舞臺空間演出中心事件的主要部分，排場合段所有人物完全下場後結束排場，層次井然。在單一排場的三段式結構基型中各階段係由自敘性段落與戲劇性段落組成（詳見

上節），依組成段落的性質可將單式結構排場分為自敘性排場與戲劇性排場兩類，以下分別說明。

（一）自敘性排場

自敘性排場是自始至終完全以人物自敘方式演出的排場，這類排場大多由單一人物組場，或以單一人物為主體，其餘人物則屬陪襯性質，沒有任何表演動作。如《陰山破虜》（d32）第二折第二場：

> （外扮使命上云）撫虜和番作使臣，誰知我命在逡巡，逃出虎穴生死難，報國應當受苦辛。小官唐儉是也，為使和番撫虜，不期頡利可汗將小官囚繫於後營。頡利父子領大勢侵犯定襄，不想著俺大唐軍馬連夜追擊，喊聲動地，其胡寇不能看守我也，小官私騎馬遁走，漠漠平沙，遠連天際，不知那條路是中原的關口，白日裡不敢前行，恐怕胡人追趕，所以則是晚間馳驟。這的是紫塞沙陀路程遠，夜觀北斗望南行，孤身出塞離危險，匹馬迢迢赴帝京。

排場起段包括上場詩、自我介紹、前情說明，以自敘逃出番營為中心事件開端，其後說明倉惶奔赴京師的景況，末以下場詩下場。這類自敘性排場的中心事件往往極為簡單，在事件開端後略作敘述即結尾收束，甚至全部中心事件僅以幾句話帶過，無法明確區分開端、核心、結尾各部分，排場結構自起段之後即迅速進入合段，缺少明顯的中段主體。

（二）戲劇性排場

戲劇性排場或亦包含自敘性段落，其與自敘性排場的主要區別在於排場中段以戲劇性方式演出，具有一定分量，足為排場主體。若以 A 表示排場結構各階段的自敘性段落，以 B 表示戲劇性段落，A＋B 表示兩者皆用，A、B 表示兩者僅用其一，戲劇性排場的結構模式可分為下列四大類：

1. 起段 A＋B──中段 B──合段 A＋B

如《存孝打虎》（b38）楔子（首）第一場，殿頭官傳旨派遣陳敬思前往沙陀宣召李克用領兵攻打黃巢。排場起段兩人分別上場，運用上場詩、自我介紹，殿頭官並自敘欲派遣陳敬思往沙陀之意，隨後以卒子報陳敬思求見之戲劇性段落為搭架，轉入排場中段。傳旨之事結束後，陳敬思唱仙呂賞花時一曲先行下場，表明不避驅馳之意，殿頭官則自敘前往覆命下場，是為排場合段。這場戲的起段與合段皆包含自敘性與戲劇性兩種段落。

2. 起段 A＋B——中段 B——合段 A、B

如《兒女團圓》（a27）第二折第二場，演出王獸醫領去春梅之子，欲用以交換姐姐所生之女。排場起段先由李春梅與王獸醫分別自我介紹、說明前情，繼以春梅產子呼痛、王獸醫誤以爲鬼做爲中心事件開端，隨即兩人對手演出事件的主要部分，排場合段王獸醫叮囑春梅好生將養身體，也許日後尚有母子團圓之日。這場戲排場起段包含自敘性與戲劇性兩種段落，合段則全以戲劇性段落演出。

又如《臨潼鬥寶》（d01）楔子（1、2）第四場，伍員於來皮豹手中奪回夜明簾，排場起段來皮豹念上場詩、自我介紹，以望見伍員人馬，雙方喝問姓名的戲劇性段落進入排場中段。以仙呂賞花時一曲演出兩人交戰，伍員奪寶下場，結束中心事件的主要部分。最後來皮豹自敘欲解散山寨，念下場詩下場。排場起段由自敘性段落與戲劇性段落組成，合段則僅由自敘性段落演出。

3. 起段 A、B——中段 B——合段 A＋B

如《伐晉興齊》（d02）第三折第五場，使命奉莊公之命，傳令田穰苴赦免莊賈之罪，反遭田穰苴擒拿，責問軍中馳驟之過，以其奉旨前來，姑免其罪，使命見將令森嚴，倉惶離去。排場起段使命念上場詩、自我介紹、自敘奉旨而來，以使命入帥營進入排場中段。田穰苴赦免其罪後，使命先行下場，田穰唱尾聲領兵出征，最後軍正念下場詩下場。排場起段全由自敘性段落演出，合段則由自敘性段落與戲劇性段落共同組成。

又如《四馬投唐》（d23）第三折第六場，唐元帥領兵截殺李密，李密不敵陣亡，王伯當自殺殉主。這場戲排場起段唐元帥率眾軍包圍李密，隨即進入中段交戰場面，至王伯當跳澗身亡，結束中心事件的主要部分。末尾唐元帥命虞世南、盛彥師分別招安魏徵與徐茂公，唐元帥念下場詩領眾軍同下結束排場。排場起段以戲劇性段落演出，合段則包含戲劇性與自敘性兩種段落。

4. 起段 A、B——中段 B——合段 A、B

如《黑旋風》（a40）第一折第一場演出孫孔目欲尋護臂前往泰安神州還願，排場起段孫孔目念上場詩、自我介紹、自敘尋護臂前往還願之意，隨即進入排場中段。孔目對妻子郭念兒說明己意，囑其於家中安排茶飯，孔目下場，結束排場中段。最後郭念兒自敘與白衙內之姦情，念詩下場結束排場。

排場起段與合段皆為自敘性段落。

又如《薛苞認母》（d48）第二折第二場演出薛家三兄弟分家之事，排場起段為薛二、薛三有意分家，並找來薛苞商議。排場中段繼母做主分家，薛二、薛三瓜分家產，薛苞僅得朽屋老奴。排場合段薛苞唱尾聲與眾人同下，起段與合段皆以戲劇性段落演出。

再以《忍字記》（a61）為例，第一折第三場演出劉均佐為免遭殺人之罪而情願隨布袋和尚出家，排場起段布袋和尚衝上，喝問劉均佐殺人之罪，劉向布袋求救，排場迅速進入中段。布袋救活劉九兒，劉均佐依約隨其出家修行，唱賺煞下場，結束排場中段。最後布袋念下場詩、劉均佑自敘往城外索錢分別下場。排場起段為戲劇性段落，合段則為自敘性段落。

又如《東平府》（d60）第三折第三場演出關勝與呼延綽率領儸儸接應王矮虎、徐寧，排場起段關勝自我介紹，以自敘接應王、徐二人為中心事件開端。其後王矮虎與徐寧上場與關勝等人會合，進入排場中段，略述官軍追趕之事，最後眾人上馬前行。排場起段為自敘性段落，合段則為戲劇性段落。

戲劇性排場的結構型態舉例說明如上，其共同之處為排場中段必為戲劇性段落，至於起段、合段則或由自敘性段落與戲劇性段落共同組成，或僅用其一。起段、合段若兼用 AB 兩者，有依序連用與交互循環兩種情況，所謂「依序連用」為排場起段自敘段落完全結束後，戲劇性段落接續，而排場合段則以戲劇性段落為先，繼以自敘性段落；所謂「交互循環」為一自敘性段落與一戲劇性段落循環反覆，這種情形必用於多人分別上場、下場之時。

戲劇性排場大多由兩人以上組場演出，由單一人物演出的情形較少。單一人物演出的戲劇性排場其中心事件多為抒情述志、行動遊覽，並具有濃厚的抒情性質，如《魔合羅》（a79）第一折第二場，演出李德昌途中遇雨，趕至五將軍廟躲避，不慎感染風寒。這場戲以仙呂點絳唇、混江龍、油葫蘆、天下樂四曲描繪大雨淋漓的景象，並表現人物在大雨中行路的慌亂，繼以醉中天、醉扶歸、一半兒三曲敷演避雨時的種種情態。又如《西廂記》第四本（b20）第一折第一場，張生等待鶯鶯前來赴約，以仙呂點絳唇、混江龍、油葫蘆、天下樂、那吒令、鵲踏枝、寄生草七曲唱出思緒百轉，起伏難安的渴盼心情。這類由單一人物主演而具有高度抒情性質的戲劇性排場唱曲分量都很重，以歌舞身段渲染排場氣氛情調。少數由單一人物演出的戲劇性排場以科白表演為主，這類排場皆由非主唱腳色主演，如《來生債》（a18）第四折第

二場，靈兆賣笊籬不順，忽見道旁有人遺下一百文長錢，經過一番沈吟而將長錢取去，留下笊籬，以示並非昧心貪利。又如《留鞋記》（a73）第二折第二場，郭華醉中醒來，發現懷中月英留下的繡鞋，知道自己因酒醉錯失良緣，竟爾吞下羅帕自盡，以表對月英的癡情。這類排場關目分量一般很輕，雖不唱曲，但中心事件的鋪陳並不以純粹敘述性的方式表現，而是透過科白動作，融入劇中人物的情感思想，成為一段簡短的獨腳戲。

　　單式結構排場的組場人物普遍於排場起段全部上場，貫串首尾演出，不過在戲劇性排場中少數劇例於排場中段另有新人物上場，組場人物有所變化，如《鴛鴦被》（a04）第三折第二場，張瑞卿於酒店中與玉英重逢，玉英不識故人，張瑞卿佯稱為其遊學在外之兄長，代還債務，領其同回。這場戲由張瑞卿與玉英貫串首尾演出，其間劉員外上場，演出還債情節，戲分極輕。在單式結構排場中於排場中段上場的新人物皆為穿插點綴性質，中心事件仍由原有組場人物繼續推進，整體而言，排場的中心事件自始至終皆由原組場人物貫串演出，故仍合於「組場人物單一性」的要求。

　　單式結構排場以單一或同組人物貫串首尾演出，中心事件緊密相續，舞臺空間代表單一而不分隔的場景，以「單一性」為構成基礎，為元雜劇單一排場中最為普遍的形式。其結構模式完全合乎三段式排場結構基型，依據排場結構各階段組成段落的性質可區分為自敘性排場與戲劇性排場兩類，自敘性排場純以自敘性段落組成，其三段結構首尾分明而缺少明顯的排場中段。戲劇性排場起段、合段或由自敘性段落與戲劇性段落共同組成，或僅用其一，排場中段則必為戲劇性段落，三段結構層次井然。

第三節　複式結構

一、複式結構排場的涵義

　　所謂「複式結構」是由多重場面組成一個完整排場，亦即一個排場中包含了數個「小排場」，這些小排場可稱為「次排場」。每個次排場既自成首尾，具備成為「排場」的基本條件，而同時又是一個完整排場的結構單位，共同表現一中心事件。「次排場」具有可分立性，但若把一完整排場中各個次排場一一劃分開來，排場的區隔與轉移將失之零碎繁瑣，並影響中心事件的完整表現，因此將之視為隸屬於完整排場中的結構單位，共同構成一複合式排場。

進一步分析，「複式結構」是建立在下列基礎之上：

（一）組場人物的複合性

所謂「組場人物的複合性」意爲一個排場由多組人物組場，各組人物自成一組對應的人物關係，而各組之間又形成交互的人物關係，經由分立而又交錯的人物組合，共同推動中心事件的進行。如《東堂老》（a13）楔子（首）第一場，趙國器憂心兒子揚州奴不肖，恐死後家業爲其敗盡，於是命揚州奴請來故鄰好友東堂老，託付管教之責。排場首先演出趙國器與揚州奴的對手戲，繼之揚州奴相請東堂老，轉爲兩人對手演出，東堂老來至趙家後，由趙國器、揚州奴與東堂老共同繼續推進中心事件的發展。這場戲共有三組人物關係，各組人物又互有交集，連繫成一整體。又如《九世同居》（b70）第二折第二場，張公藝將家業交付長子掌管，正表明平生三項心願時，王伯清上場，向張公藝商借銀兩葬父並赴京應舉，王伯清下場後，張公藝繼續交待心願後，眾人下場。這場戲組場人物對應關係的轉變過程爲張公藝、長子－→張公藝、王伯清－→張公藝、長子，以張公藝爲中心，形成兩組人物關係，這兩組人物關係又因張公藝而連繫爲一整體。在複式結構排場中，組場人物並不在排場起段完全上場，部分人物於排場中段上場，形成與原組場人物互動的交錯關係。

（二）中心事件的複合性

「中心事件的複合性」意指在中心事件進行過程中具有明顯的間隙，可分爲數個自成首尾的相對分立段落，各個分立段落又共同結合爲完整的單一中心事件。如《雲臺門》（d09）第二折第四場演出劉秀受神明所助脫困而出，排場由兩個段落組成。首段由山神傳令土地指引劉秀逃脫路徑，隨即山神下場，劉秀上場，演出次段土地領烏鴉、老虎爲劉秀開路的情節。又如《破窯記》（b22）第三折第二場演出呂蒙正戲妻，這場戲包含三個段落。首段媒婆向劉月娥提親，爲劉月娥斥逐而出；次段媒婆被趕出門外，正遇呂蒙正，敘述劉月娥拒親的經過；末段呂蒙正返家，謊稱落第試探妻子反應，其後說明真相，夫妻歡慶。複式結構排場的中心事件各個段落分由不同組的人物演出，如《雲臺門》之例包含山神－土地、土地－劉秀兩組人物，《破窯記》之例則包含劉月娥－媒婆、媒婆－呂蒙正、劉月娥－呂蒙正三組人物，中心事件段落的轉移正與人物關係的更替相應。

複式結構排場是數個次排場組合而成，每個次排場由一組人物演出中心事件的一個段落，形成人物關係多組對應以及中心事件段落明顯的排場特色，故「組場人物的複合性」與「中心事件的複合性」可謂爲複式結構排場的構成要件。其次，複式結構排場對舞臺空間的運用有兩種方式，其一如「單式結構排場」以整個舞臺空間代表單一而不分隔的場景，其二則是將舞臺空間分隔爲數個並存的不同場景，中心事件在分立的場景中交互進行，是爲「複合性舞臺空間」。如《馮玉蘭》（a00）第四折第一場，演出金御史爲馮玉蘭一家申冤，中心事件分爲三個段落，首段金御史於驛站審問屠世雄有關馮家滅門慘案一事，屠世雄與馮玉蘭對質，堅決否認涉案；次段馮玉蘭至江岸屠世雄船邊呼叫母親，馮母聞聲而出，母女重逢，恍如隔世；末段馮玉蘭領母親回到驛站，屠世雄終於伏法。排場分隔爲驛站與江岸兩個場景，中心事件即在兩個場景交互進行。複合性舞臺空間爲複式結構排場舞臺空間運用的特色，與單式結構排場有所不同，但並非構成排場的必然條件。

二、複式結構排場的類型

複式結構排場皆由多人組場，以戲劇性方式演出，無自敘性排場之例。依照排場中各次排場的結合方式可區分爲聯綴場、環扣場、夾場、交互場、主附場、分隔場六類，並有兼用多種複式結構者（各類排場劇例見下編資料四），以下分別說明。

（一）聯綴場

所謂「聯綴場」是在同一場景中原有組場人物演出一段情節之後，於排場中段新人物加入共同推動次段中心事件的進行，每一次新人物上場，中心事件即進入另一段落，以此聯綴數個次排場成爲一完整排場。聯綴場計有一百七十例，如《爭報恩》（a10）第四折第一場演出關勝、徐寧、花榮設宴說合李千嬌一家和好，中心事件分爲三個段落：

第一段－關勝爲千嬌設宴，慶賀重生，千嬌思念兒女，無心飲宴。

第二段－徐寧領千嬌兒女上山，千嬌言道不見仇人之面，難消心中怨恨。

第三段－花榮擒拏趙通判、土臘梅、丁都管回山，三人爭相賠罪，關勝三人欲說合千嬌與丈夫和好，千嬌深恨趙通判無義，拒不相認，花榮以一雙兒女性命要脅，千嬌終於應允。

　　中心事件第一段由關勝與李千嬌組場，第二段加入徐寧和千嬌兒女，第三段加入花榮與趙通判、王臘梅，每一段落是以前一段落的組場人物為基礎，加入新的人物共同演出，形成一組新的人物關係，推動中心事件繼續進行。

　　再以《智勇定齊》（b34）為例，第二折第二場的中心事件包含兩個段落：

　　第一段－無鹽與嫂子至桑園採桑，適齊公子追趕野兔前來，喝問野兔蹤跡，無鹽斥其無禮，齊公子怒極而出。

　　第二段－晏嬰追趕齊公子來至桑園之外，問知原委，謂此女必為應夢賢女，公子大喜，向無鹽求親，兩人以木梳與玉帶為定禮，約定提親之事。

　　這場戲首先以無鹽與齊公子之間的衝突構成第一個次排場，晏嬰上場後形成一組新的人物關係，演出第二個次排場，化解先前衝突。

　　由以上劇例可知聯綴場是以組場人物的累增帶動中心事件的進行，每加入新的人物，即形成一組新的人物關係，開啟另一次排場，隨著新人物的陸續加入，構成多重依序聯綴的次排場，而中心事件也隨著次排場的一一開啟呈現階段性遞進的發展方式。

（二）環扣場

　　所謂「環扣場」是在同一場景中一組人物演出一段情節後，部分人物下場，其後另有新人物上場與留在場上的其他人物繼續演出次段情節，故各次排場的組場人物有所交集。依此模式，一完整排場可包含數個相接續的次排場，各次排場的情節段落自成首尾，而以交集人物銜接前後次排場成為一完整排場，形成環環相扣的結構型態。環扣場計七十七例，如《隔江鬥智》（a75）楔子（3、4）第一場，中心事件分為兩個段落，第一段落演出劉備與孫安小姐逃出江東，適遇張飛前來接應，張著其二人先行。劉備與孫安下場後，周瑜領甘寧、凌統上場，中心事件進入第二段落。周瑜誤以轎中之人為孫安小姐，下跪請求回轉江東，轎中暴喝一聲，張飛揭簾而出，周瑜羞怒交迸，率軍離去。這場戲以張飛為中心，將前後次排場扣接相繫。

　　上舉《隔江鬥智》之例前後情節段落是同一事件的延續發展，前者為因，後者為果，部分環扣場則前後段落不以因果關係相連繫，而是連接數個類似

的事件重複進行〔註2〕。如《曲江池》（a16）第四折第二場，演出鄭元和與李亞仙苦盡甘來，總結往日恩怨。中心事件包含三個段落，首段趙牛觔行乞至元和府外，元和、亞仙顧念故人之情，慷慨贈金。趙牛觔下場後，虔婆上場，落魄乞討，進入第二段落，元和、亞仙不念舊惡，解金相贈。虔婆下場後，鄭父上場，進入第三段落，鄭父進府，元和深怨父親當日不念父子之情，幾將自己毒打至死，不肯認親，亞仙以死相脅，終使元和回心轉意，一家團圓。這場戲以鄭元和與李亞仙為中心人物，分別與趙牛觔、虔婆、鄭父共組次排場，三個段落雖然各演一事，彼此間亦無因果關係，但皆為元和、亞仙報恩解怨，事件的根本精神相同，元和、亞仙重情重義的性格也貫串其中，以此將三個類似的事件統合為一。

環扣場是以人物部分更替的方式銜接數個次排場而完成整個排場的演出，排場中必有核心人物貫串首尾，在各個次排場中與不同人物共同組場，以這些核心人物做為接點，將次排場串連為一。

（三）夾　場

「夾場」是先由單一或一組人物演出一段情節之後，新人物上場與原組場人物共演次段情節，隨後新人物下場，由原組場人物繼續完成末段情節，結束排場。排場前後由相同人物組場，中間夾入一段與新人物共同演出的情節，形成包夾式的結構型態。夾場計有五十八例，這種結構型態最常運用於「夢境」一類情節〔註3〕，如《神奴兒》（a33）第二折第二場，老院公在街市上不見神奴兒蹤影，連忙趕回家中，陳氏聞訊，心急如焚，與院公四下尋找，仍無所獲。夜裡神奴兒向院公託夢，哭訴被嬸嬸謀害的經過，要院公務必為自己申冤。神奴兒下場後，院公驚醒，告知陳氏夢中所見，兩人欲趕往李德義家中質問真相。這場戲前後由院公與陳氏組場，神奴兒上場，時空環境由現實轉入夢境，神奴兒下場，又由夢境轉入現實，排場所夾部分（夢境）

〔註2〕這類劇例有 a07 3-3、a16 4-2、a22 2-1、a24 3-3、a53 4-2、a58 楔（首）-1、a65 4-3、a71 4-1、a75 3-2、a77 4-1、a90 1-1、a92 楔（首）-2、a96 4-1、a99 4-1、b16 1-1、b38 3-2、b61 楔（2、3）-2、b71 3-2、c02 4-1、d01 2-1、d07 4-2、d11 4-1、d12 楔（首）-2、d13 3-6、d15 3-1、d17 4-1、d25 4-2、d28 楔（1、2）-1、3-7、d32 1-4、d58 3-1、d59 3-4 計三十二例。

〔註3〕這類劇例有 a01 4-1、a02 3-2、a03 1-1、a21 4-1、a23 1-1、a30 2-1、a33 2-2、a41 3-3、a46 2-1、a48 1-1、a63 3-3、a76 3-1、a77 2-1、a80 1-1、a86 4-1、a88 3-1、a91 1-1、b20 4-1、b27 1-3、b30 2-2、b56 3-1、b58 3-2、b61 4-1、c01 3-1、d35 楔（2、3）-3、d49 3-1 計二十六例。

由院公與神奴兒對手演出。部分以夾場型態演出夢境的劇例是以夢境為主體，排場前後只簡單演出入夢、出夢的動作，如《十樣錦》（c01）第三折第一場，張齊賢上場唱雙調新水令、沈醉東風做為引曲之用，隨即入睡，姜太公同歷代功名將上場，揭開夢境。夢境中眾人論功爭位，張齊賢只居於旁觀地位，並不與場上其他人物一起推動事件的發展，眾人下場後，張齊賢醒來，唱尾聲結束排場。整個排場以所夾部分占了絕大比例，前後只略做起、合的表示。

以夾場演出夢境者，舞臺空間代表交替變換的雙重場景，排場的第一個場景是現實時空環境，隨後進入夢境，夢境結束再回到現實時空環境，人物在同一舞臺上藉由「睡科」、「醒科」出入於雙重場景之中。這種雙重場景交替變換的舞臺空間運用方式在場景變換之時（夢境），原有場景（現實）其實仍然存在，只是隱而未顯，故一個舞臺空間實包含兩個分立的場景，亦屬複合式的舞臺空間運用。

夾場除運用於夢境之外，亦見於一般單一性舞臺空間的排場〔註4〕。如《虎頭牌》（a24）第一折第三場，山壽馬正與叔叔老千戶、嬸嬸閒敘家常，適使命來到，傳旨封山壽馬為大元帥，原有職位自行安排接掌之人。使命下場後，老千戶請命接掌山壽馬之職位，山壽馬應允，囑其多加小心。這場戲前後由山壽馬、老千戶、嬸嬸、茶茶組場，中間夾入使命傳旨一段情節。部分劇例夾入多個次排場，這些次排場情節類似，依序替換，如《延安府》（b64）第三折第四場，李圭審理葛彪打死民婦一案，於審案過程中夾入葛監軍所派十探子大鬧公堂的情節，這段情節分為五個次排場演出，次排場始於兩個探子上場，傳達葛監軍威逼李圭釋放葛彪的命令，反被李圭杖責逐出，結束次排場。其後另兩個探子上場，開啟下一個次排場，如此重複五次。其後繼續先前審案情節，將葛彪定罪。所夾入的次排場以重複手法達到強化李圭剛正不阿形象的戲劇效果。

少數夾場之例是夾入非戲劇性的段落，這類段落沒有推進中心事件的作用，純粹用以調劑排場氣氛〔註5〕。如《金安壽》（a63）第一折第二場鐵拐李

〔註4〕 這類劇例有 a01 2-3, a24 1-3, a32 4-1, a51 3-3, a53 3-1, a57 1-1, a61 3-1, a63 1-2、4-1, a65 1-1, a75 1-2、3-3, a82 3-1, a89 1-2、2-5、3-2, a99 3-3, b13 3-5, b14 4-2, b30 1-2, b38 2-2, b39 3-1, b50 2-2, b54 4-2, b64 3-4, b69 1-1, b70 2-2, b71 4-1, d07 2-3, d11 3-1, d12 3-1, d49 1-2 計三十二例。

〔註5〕 這類劇例僅 a63 1-2、4-1, b71 4-1 三例。

欲度金安壽與童氏出家，金安壽喚家樂表演歌舞，以示人間愉悅，無意出家。所夾部分由歌兒細樂演出滿堂紅、大德歌、魚游春水、芭蕉延壽四曲，載歌載舞表現紛華堂皇的排場氣氛。又如《射柳捶丸》（b71）第四折第一場，范仲淹領眾官為延壽馬慶功，其中夾入部署領武士表演打拳打棍，增添慶功賀喜的熱鬧氣息。

夾場是以單一或一組人物貫串首尾，排場中段夾入由新人物與原組場人物共同演出的次排場，新人物完成次排場即先行下場，繼續由原組場人物演出中心事件的後續發展。夾場所夾部分或為中心事件的一小段落，或為中心事件的主體，亦可夾入非戲劇性的段落以突出某種情調氣氛。

（四）交互場

「交互場」是將舞臺分隔為數個不同場景，在各個場景中演出次排場，中心事件於不同場景交互進行，逐漸發展。交互場計有四十七例，可進一步區分為四種類型。第一類型是一組人物上場演出一段情節，繼之另一組人物上場，於另一場景中演出次段情節，其後兩組人物進入同一場景（前一場景或後一場景）共同推進中心事件〔註6〕。如《羅李郎》（a90）第三折第二場，舞臺分隔為相國寺（A）與旅店（B）兩個場景，中心事件分為三個段落在兩個場景中交互進行：

A－ 由湯哥、甲頭與眾工人組場，演出湯哥於相國寺服勞役。

B－ 由羅李郎與店小二組場，演出羅李郎趕赴京城尋找湯哥，店小二盛讚相國寺風光，羅李郎準備前往一遊，順道探聽湯哥消息。

A－ 由羅李郎、湯哥、甲頭、眾工人組場，演出羅李郎來至相國寺，與湯哥意外重逢。

排場先分由兩組人物組場，在不同場景中演出分立的事件，其後兩次排場中的主要人物會合，進入中心事件的重要段落。再以《合汗衫》（a08）為例，第一折第一場演出張義施財濟困之事，舞臺分隔為酒樓（A）與街上（B）兩個場景，中心事件分五段落進行：

A－ 由張義一家人組場，演出飲酒賞雪之樂。

〔註6〕 這類劇例有 a08 1-1、3-2、4-3，a11 1-2，a12 3-1，a41 2-2，a64 3-1，a75 2-2，a78 2-1、3-1，a90 3-2，a98 1-3，a99 3-2，b14 2-2、3-1，b25 2-1、3-3，b41 2-5，b49 3-1，b55 2-2，d21 2-1，d53 4-1，d54 1-1，d58 2-1 計二十四例。

B－由陳虎與店小二組場，陳虎積欠房錢被店小二逐出，流落街上乞
討。

A－由張義一家與陳虎組場，張義見陳虎凍倒街頭，命其子張孝友相
救，陳虎與張孝友結義。

B－由趙興孫與解子組場，趙興孫因路見不平出手傷人，解送沙門島，
途中饑寒交迫，沿門乞討。

A－由張義一家與趙興孫、陳虎組場，張義解金相贈，卻爲陳虎所奪，
張義怒斥陳虎，趙興孫誓言不忘今日恩仇而去。

中心事件的五個段落在雙重場景中交互進行，每一場景由一組人物組
場，各組人物在 A 場景交會，以 A 場景做爲中心事件的主要時空背景。

第二類型是一組人物演出一段情節後，其中部分人物以行動表示離開原
先場景，進入另一場景演出次段情節（此時或有新人物加入），最後人物回到
原先場景完成中心事件的末段發展〔註7〕。以《符金錠》（b69）爲例，第二折
第一場演出符金錠綵毬招親之事，中心事件分爲三個段落於符家大廳（A）與
綵樓（B）兩個場景中進行：

A－趙匡義與韓松分別請王朴、媒婆赴符家求親，符彥卿與夫人取決不
下，商議由女兒金錠拋繡毬招親。

B－符金錠前往綵樓拋毬，趙匡義與韓松上場，來至綵樓之下，金錠繡
毬擲中趙匡義，卻爲韓松搶奪而去。

A－金錠與趙匡義回到大廳，說明經過，符彥卿將金錠許配趙匡義。

第三類型是將舞臺分隔爲雙重場景，每一場景各有固定的組場人物，而
以某一人物在各場景中多次往返出入做爲連接〔註8〕。以《陳州糶米》（a03）
爲例，第二折第一場分爲范仲淹府中（A）與門外（B）兩個場景，中心事件
的進行過程爲：

A－范仲淹與呂夷簡、韓魏公商議處置小衙內與楊金吾於陳州貪汙之
事。

B－小憨古來至范府門外，誤以劉衙內爲包待制，申訴小衙內打死其父

〔註 7〕 這類劇例有 a06 2-1, a92 3-2, b06 3-1, b12 楔（3、4）-1, b22 3-2, b42 3-3, b69 3-1, d01 2-2, d25 3-3, d26 2-2, d62 3-3 計十一例。
〔註 8〕 這類劇例有 a09 1-2, a03 2-1, a64 1-2, b63 3-1, b64 1-4, d20 3-1, d36 2-2, d50 2-3 計八例。

之冤情，劉衙內虛與委蛇。

Ａ－劉衙內進范府，為小衙內與楊金吾辯護。

Ｂ－小懘古得知劉衙內身分，驚恐之時適遇包拯過訪范仲淹，上前申冤。

Ａ－包拯進范府與眾人寒喧，言談之中流露對官場生涯的倦怠。

Ｂ－包拯出府，見小懘古等候在旁，記起先前之事，允諾必為其父申冤，小懘古謝恩離去。

Ａ－包拯再入范府，請命往陳州查賑。

　　這場戲中 A 場景固定由范仲淹、呂夷簡、韓魏公組場，B 場景固定由小懘古組場，包拯往返出入二場景中，分別與各組人物對手演出，做為連接各次排場的樞紐。

　　第四類型是中心事件的主要段落在雙重場景中同時並進，最後再回到同一場景結束排場〔註9〕。以《桃花女》（a59）為例，楔子（首）第四場演出石婆婆按照桃花女指示施法為兒子石留住解厄，排場首段石留住上場，進入古廟休息，次段石婆婆上場，開啟另一場景——石家，此時石婆婆於石家施法，石留住於古廟若有所感而走出廟外，古廟隨即崩塌，石留住逃過板障身死之劫；末段石留住回到家中，石婆婆說明事情經過。這場戲中心事件的主要段落在第二段，這段情節於古廟與石家兩個場景同時進行，形成組場人物分隔而又彼此互動的特殊演出型態。

　　交互場可細分為上述四種型態，歸納而言，其共同結構特徵為將舞臺分隔為兩個不同場景，中心事件分為數個段落在不同場景中交互進行，每一場景由一組人物演出，各組人物有所交集，以交集人物為樞紐，將各次排場連接成一整體。

（五）主附場

　　「主附場」是先由一組人物演出一段情節後，其中部分人物奉命前往他處，隨即以行動表示去至另一場景演出一段簡短情節，新人物多於此時上場加入，其後一同回到原先場景覆命。這類排場分為主、附兩類場景，中心事件主要在原有場景進行，是為「主場景」，人物奉命前往之處則只做簡單演出，是為「附場景」，排場僅有一主場景，附場景則可多次替換，形成以在主場景

〔註9〕這類劇例有 a53 1-1, a59 楔（首）-4, a00 3-2, d40 2-3 計四例。

中演出的情節段落爲軸心、以附場景中演出的情節段落爲旁枝的結構型態。主附場計有十五例，大多用於排場中僕人衙役奉命召喚某人一類情節。元雜劇中召喚新人物上場的方式一般極爲簡單，從人呼喝一聲，新人物即上場加入演出，但在主附場中從人須以行動表示前往新人物的住所，彼此對話，略作敷演，再回到主場景中與原有組場人物共同演出。如《後庭花》（a54）第四折第一場，中心事件進行過程如下：

主－包拯審理翠鸞失蹤一案，王慶謂翠鸞爲李順領去，不知去向，包拯命張千前往李家搜尋。

附－張千至李家井中尋得一個口袋，正欲回衙，爲一小兒扯住，張千未予理會。

主－張千覆命，解開口袋，內有一具屍首，翠鸞母親認屍，並非翠鸞屍首，張千稟告於李家見到一個孩童，包拯命其將小廝帶回。

附－張千再至李家，找到小兒，帶回府衙。

主－小兒見屍痛哭，經過一番周折，確認爲其父李順之屍，包拯命張千傳喚屍親張氏。

附－張千至李家傳喚張氏。

主－包拯再審劉天義，劉呈上翠鸞鬼魂鬢邊桃符，包拯命張千持桃符至街市比對。

附－張千行至街市，發現獅子店門首桃符缺少一張。

主－張千覆命，包拯命其前往查看。

附－張千至店中於井裡打撈出一具屍首。

主－張千回府覆命，翠鸞母親確認爲翠鸞屍首，包拯命張千勾拿店小二。

附－張千至酒店勾拿店小二。

主－張千覆命，小二認罪，小兒認出王慶爲殺父仇人，王慶招認與張氏合謀害命，全案真相大白。

這場戲以開封府衙爲主場景，附場景有六，包括李家與酒店兩處，包拯審案於主場景中進行，訪查證據、勾拿人犯則於附場景中演出，以張千的行動串合主附場景，使查案、審案在同一排場中流暢完成，避免人物多次上下場的繁瑣之弊。

（六）分隔場

「分隔場」是將舞臺畫分爲兩個場景，每一場景各由一組人物組場，其中一組人物在一場景中進行某項活動，另一組人物則於另一場景旁觀，兩者皆爲中心事件的一部分，不過是以平行方式結合，而非前後連接。分隔場在元雜劇中極爲少見，僅有四例。以《楚昭公》（a17）爲例，第二折第二場演出伍子胥領兵攻楚，楚昭公派費無忌迎戰，這場戲包含戰場與城樓兩個分隔場景，戰場一景由伍子胥、孫武、伯嚭與費無忌組場，城樓一景由楚昭公與芊旋組場。戰場上伍子胥與費無忌以賓白、科汎演出交戰場面；城樓上楚昭公與芊旋則以曲文、賓白表現觀戰的焦灼心理。最後費無忌戰敗，爲伍子胥所擒下場，楚昭公見大勢已去，亦準備逃離楚國，唱收尾一曲與芊旋下場。再以《來生債》（a18）第三折第一場爲例，這場戲的中心事件爲龐居士將所有家財置於船中，盡沈大海，舞臺分隔爲海岸與海上兩個場景，海岸由龐居士一家人組場，海上由龍神領水卒組場。船入大海，龍王掀起風浪，下令水卒將寶物收入龍宮收藏；龐居士一家於岸上觀看船隻漸沈，以曲文、賓白描繪沈船經過，並流露眷戀不捨或了無牽絆的不同心境。由以上劇例可看出在分隔場中兩場景中的組場人物雖關涉同一事件，但不在同一場景共同演出，始終處於分隔狀態，並未產生交集。

（七）兼用兩種複式結構之排場

單一排場兼用兩種複式結構者計有十八例，如《蝴蝶夢》（a37）第二折第一場演出包拯審案，首先審理趙頑驢偷馬一案，定罪之後趙頑驢下場，繼之審理王大、王二、王三爲報父仇打死葛彪一事，兩案以環扣場型態連接，以包拯爲核心，分別與趙頑驢、王大一家組成次排場。這兩個次排場以後者爲中心事件主要段落，包拯於審案過程中憶起適才夢中所見——花園中一隻小蝶受困蛛網，爲一隻大蝶解救而去，其後另一隻小蝶亦墜網中，大蝶見而不救，飛騰離去，包拯出手相救——忽覺似乎預兆當救王三之命。包拯夢蝶之事在兩個次排場間以夾場型態演出，故這場戲以環扣場爲主要結構，而又兼用夾場。

再以《張天師》（a11）第三折第一場爲例，排場首尾由陳太守與張天師組場，中間演出天師勾拿眾仙審問惑亂陳世英之事，是爲夾場型態，其間天師審問眾仙則以聯綴場型態演出，每一位仙子上場即演出一段審問情節，聯綴數個次排場完成中心事件的主要段落——天師勾問，其中又夾入一簡短的次

排場，簡略敷演一段陳世英痴纏桂花仙子的情節。這場戲以夾場爲大間架，以所夾部分爲主體，主體部分由聯綴場構成而夾入一簡短夾場。

　　複式結構排場是以數個次排場結合而成一完整排場，其整體結構仍合乎單一排場起、中、合三段式結構基型，而每個次排場自身亦爲三段式結構，因此形成多重層疊的複合結構。依照各次排場結合的方式，複式結構排場可分爲聯綴場、環扣場、夾場、交互場、主附場、分隔場六類，這六類排場可歸爲兩組，一組是在單一場景中進行，包括聯綴場、環扣場與部分夾場；一組是在雙重場景中進行，包括交互場、主附場、分隔場與部分夾場。第一組中聯綴場以組場人物逐次累增的方式連接次排場；環扣場以組場人物部分更替的方式連接次排場；夾場則以部分人物貫串首尾，新人物於排場中段上場，完成所夾次排場後即下場。第二組各類排場皆把舞臺分隔爲雙重場景，中心事件分爲數個段落，於不同場景交錯進行，不同的是交互場中各場景的演出分量大致均等，各次排場的組場人物有所交集，且最後留在場上的人物必進入同一場景結束排場；主附場中各次排場的組場人物亦有所交集，最後人物也會合於主場景結束排場，但主附場景的演出分量有別，主場景演出主要情節，附場景只簡單演出次要枝節；分隔場中各場景的組場人物始終處於分隔狀態，並無交互組場情況；夾場的場景分隔皆爲夢境與現實交替，在夢境中，現實時空隱而未顯，在同一時間內舞臺並未分隔爲兩個並存場景，只藉人物科介變換場景，與其他類型排場有所不同。

第五章　元雜劇全本排場結構

　　全本元雜劇是由數個單一排場結構而成，自首場至末場，各單一排場如何連接承轉有其基本規律，依此基本規律架構組織成一整體，而通過對此基本規律的探討即可掌握元雜劇全本排場的結構原則。本章根據二百一十二本元雜劇〔註1〕分析元雜劇的全本排場結構，首先歸納其結構原則，再進一步分析其結構類型，最後論述全本排場的配搭。

第一節　基本結構原則

　　全本元雜劇是由引場、主場、過場、短場、收場五類排場結構而成，欲探討元雜劇全本排場的結構原則須從全本元雜劇中各類排場的運用情況著眼，以下分就各類排場使用的必要性、場數多寡及配置情形三方面加以討論。

一、各類排場使用的必要性

　　引場位於全劇之首，做為開端導引之用，全部二百一十二本元雜劇中以引場開端者計有一百七十三本〔註2〕，約佔 81.60%，可見元雜劇在搬演時通

〔註 1〕 這二百一十二本元雜劇以收錄於《元曲選》、《元曲選外編》及兩書未收而收錄於《全元雜劇初、二、三、外編》者為範圍，共有二百三十五本，扣除因賓白不全而無法明確分場者十四本（見本文緒論第四節註一），計二百二十一本，其中《西廂記》五本、《西游記》六本實為一整體，今欲探討其全本排場結構故合為一本，總計為二百一十二本。

〔註 2〕 此一百七十三本為 a01, a02, a03, a04, a09, a10, a11, a12, a13, a14, a15, a16, a17, a18, a19, a20, a21, a22, a23, a24, a25, a26, a27, a28, a30, a31, a33, a34, a35, a37, a38, a40, a42, a43, a44, a45, a46, a47, a49, a51, a54, a55, a56, a58, a59, a60, a61, a62, a63, a64, a65, a66, a67, a68, a69, a70, a71, a72, a73, a74, a75, a77, a78, a79,

常並不立即進入主要情節，而先以關目分量不重的引場簡單鋪陳再逐步開展。

收場位於全劇之末，元雜劇以收場作結者僅有四十七本〔註3〕，約佔22.17%。元雜劇一本四折的體製規律使情節發展大體爲起承轉合的形式，到了末折，情節本已進入最後階段，大多數劇本是將主要情節的完成與全劇的結束合而爲一，在同一排場中演出，如《三戰呂布》（b33）一劇的主要情節是劉關張三兄弟與呂布交戰，得勝回朝，戰爭場面在楔子（3、4）中結束，全劇最後一個排場（第四折第一場）演出袁紹迎接三人凱旋而歸，完成主要情節的最後階段，末以袁紹傳旨封賞結束全劇，一氣呵成，並不區隔爲凱旋、封賞兩個排場，全劇以主場作結。以主場結束全劇是元雜劇全本排場結構的一般形式，運用收場結尾者並不多見。

全部元雜劇中運用短場者僅有三十六本〔註4〕，約佔16.98%。短場的性質特殊，主要用以刻畫人物的心理活動（如抒情、述志），或營造某種氣氛情調（如宴樂、遊覽），當視情節所需而配置，並非每本元雜劇都必得以短場敷演某一情節段落，因此在五類排場中短場的運用比例最低。

全本元雜劇運用收場與短場的比例不高，雖有百分之八十以上以引場開端，但運用引場畢竟仍非全本排場結構的必然規律。元雜劇情節的發展係由主場與過場負責推動，主場係重要關目所在，爲全劇骨幹，在全本排場中地位最爲重要，而過場做爲過脈搭架，承接連絡前後的重要關目，全部元雜劇中僅三本沒有過場〔註5〕，足見過場在全本排場中亦不可或缺，故主場與過場

---

a80, a81, a82, a83, a84, a85, a86, a87, a88, a89, a90, a91, a92, a93, a94, a96, a97, a98, a99, a00, b04, b06, b08, b09, b10, b11, b12, b13, b14, b17, b22, b25, b27, b30, b33, b34, b35, b36, b38, b39, b41, b43, b44, b50, b53, b54, b56, b57, b58, b59, b60, b61, b62, b64, b65, b67, b68, b69, b71, c02, d01, d02, d04, d06, d07, d08, d09, d11, d12, d14, d16, d17, d18, d19, d20, d22, d23, d25, d26, d29, d30, d32, d33, d34, d35, d36, d37, d38, d39, d40, d41, d42, d43, d44, d45, d46, d47, d48, d49, d50, d51, d52, d54, d55, d56, d57, d59, d61, d62。

〔註3〕 此四十七本爲 a01, a05, a08, a10, a19, a29, a37, a41, a46, a48, a49, a50, a53, a54, a65, a66, a74, a77, a87, a91, a92, a95, a98, b03, b14, b15, b34, b36, b55, b58, b63, b71, c01, d07, d12, d14, d15, d18, d19, d22, d25, d28, d34, d37, d38, d41, d61。

〔註4〕 a01, a07, a08, a09, a10, a14, a16, a17, a20, a25, a28, a51, a55, a63, a68, a70, a76, a77, a78, a79, a83, a97, b03, b43, b50, b58, d17, d22, d42, d56 及《西游記》（b47）三十一本具有一個短場，a02, a41, d40, d50 四本具有兩個短場，《西廂記》（b17, b18, b20）則具有三個短場，合計運用短場者三十六本。

〔註5〕 全本無過場者爲 a48, d21, d27 三例。

實爲元雜劇全本排場結構的主要成分，皆爲必要性排場。

二、各類排場場數多寡

一本元雜劇大多只用一個引場，各排場的情節即承此線索依序推進，不過少數元雜劇則具有多重引場〔註6〕，這種多重引場的形式是全劇起首的兩、三個排場彼此之間沒有明確承接的關係，但都與以下排場的中心事件有所連繫，形成推動情節進行的不同根源。如《吳起敵秦》（d04）前兩場（楔子第一、二場）的中心事件分別爲秦昭公準備領兵攻打魏國；吳起聞知魯懿公招賢納士，辭別母親，欲前往魯國進取功名。這兩場戲的情節沒有任何連繫關係，而在下一排場中魏文侯憂心秦兵壓境，與眾將商議應敵之策，李克推薦吳起，魏文侯命其前往徵聘。魏文侯聚將議事，承接秦昭公領兵攻魏而來，李克舉薦，則與吳起投魯不遇相連繫，前兩個排場皆具有引起端緒的作用，是爲雙重引場。這種運用多重引場的方式使情節發展呈現分源合流的進行形式。

收場用以收束全劇，自然只用一場。短場的運用亦以一本一場爲通例，在運用短場的三十六本之中只有四本包含兩個短場，《西廂記》則有三個短場。〔註7〕

在主場場數方面（《西廂記》與《西游記》另外討論），一本元雜劇以包含四或五個主場最爲普遍，共有一百七十例〔註8〕，約佔 80.95%，一本元雜劇有六個主場以上者有三十九例〔註9〕，約佔 18.57%，其中一本有七個主場

〔註6〕 具有雙重引場者爲 a01, a02, a10, a14, a19, a20, a34, a61, a65, a77, a83, a87, a88, a93, a98, a99, b08, b09, b14, b17, b35, b44, b58, b59, b62, b65, c02, d04, d0, d17, d25, d52 計三十二本。又《符金錠》（b69）爲三引場。

〔註7〕 見註4。

〔註8〕 此一百七十本爲 a01, a03, a04, a05, a06, a07, a08, a09, a10, a11, a12, a13, a14, a15, a16, a17, a18, a19, a20, a21, a22, a24, a25, a26, a27, a30, a31, a32, a33, a35, a36, a37, a38, a39, a40, a42, a43, a44, a46, a47, a48, a49, a50, a51, a52, a53, a54, a55, a56, a57, a58, a59, a61, a62, a63, a64, a65, a67, a68, a70, a71, a72, a73, a74, a75, a76, a77, a78, a79, a80, a81, a82, a83, a84, a87, a88, a90, a91, a93, a94, a95, a96, a97, a98, a00, b03, b04, b05, b06, b10, b11, b16, b25, b27, b34, b35, b36, b38, b39, b42, b43, b50, b53, b54, b55, b56, b57, b58, b60, b62, b63, b64, b65, b67, b68, b69, b70, b71, c01, c02, d01, d03, d04, d05, d06, d08, d09, d10, d14, d15, d16, d17, d18, d19, d20, d21, d22, d23, d24, d25, d26, d27, d28, d29, d30, d31, d32, d33, d34, d35, d36, d37, d38, d39, d41, d43, d45, d46, d47, d48, d49, d51, d52, d53, d54, d55, d57, d60, d61, d62。

〔註9〕 此三十九例爲 a02, a23, a28, a34, a45, a60, a69, a85, a86, a89, a92, a99, b09, b12,

以上者十例，僅佔 4.76%，可見元雜劇全本排場結構的基本原則是以四或五個主場做為主體。至於《西廂記》與《西游記》因採用連本形式而使全劇具有較多主場，但細究其各本排場結構，一本之中仍只包含四或五個主場，亦合乎元雜劇配置主場場數的基本原則。

至於過場的場數，全部元雜劇中（《西廂記》與《西游記》另外討論）僅有三本全無過場（見註 5），全本只有一個過場者十八例〔註 10〕，有兩個過場者二十八例〔註 11〕，有三個過場者二十六例〔註 12〕，有四個過場者三十四例〔註 13〕，有五個過場者四十二例〔註 14〕，有六個過場者二十一例〔註 15〕，過場數在六個以上者三十八例〔註 16〕。全本皆無過場與僅有一個過場者佔10%，過場數在六場以上者約佔 18.10%，顯示過場數太多或太少皆較為少見，一本元雜劇的過場場數以二至六場居多，其中又以四或五場比例較高。至於《西廂記》與《西游記》，前者主場二十二，過場二十一，後者主場二十七，過場三十七，主場與過場的比例大致相等，《西游記》的過場分量略重，不過只有其中兩本（b44, b46）過場數在十場以上，過於繁碎，其餘四本的過場數則合於一般元雜劇的情況。

b13, b15, b22, b30, b41, b61, b66, d02, d07, d12, d13, d40, d42, d58, d56 二十九例包含六個主場，a29, a41, b08, b33, d11, d44, d50 七例包含七個主場，a66 包含八個主場，d59 包含九個主場，b14 包含十個主場。

〔註 10〕 此十八例為 a06, a30, a46, a63, a69, a74, a76, a77, a78, a80, a96, a98, b10, b57, b61, d24, d30, d38。

〔註 11〕 此二十八例為 a03, a05, a11, a23, a25, a26, a36, a37, a53, a56, a57, a62, a71, a72, a00, b05, b08, b38, b42, b65, b66, b68, d16, d26, d39, d47, d54, d61。

〔註 12〕 此二十六例為 a01, a02, a21, a29, a41, a42, a45, a47, a50, a52, a82, a83, a87, a94, b58, b70, b71, c01, d08, d15, d29, d33, d46, d48, d49, d53。

〔註 13〕 此三十四例為 a08, a09, a16, a17, a19, a22, a24, a28, a31, a32, a61, a64, a75, a84, a88, a93, a95, a99, b39, b55, b60, b62, d03, d04, d05, d09, d11, d20, d34, d36, d40, d43, d51, d52。

〔註 14〕 此四十二例為 a10, a15, a20, a33, a40, a44, a49, a55, a58, a60, a66, a70, a79, a81, a86, a91, a97, b04, b16, b27, b30, b35, b50, b56, b59, b67, b69, d01, d02, d06, d10, d14, d19, d22, d31, d32, d42, d45, d57, d59, d60, d62。

〔註 15〕 此二十一例為 a07, a12, a13, a14, a18, a51, a68, a73, a90, b06, b14, b22, b25, b36, b63, d07, d37, d41, d44, d50, d58。

〔註 16〕 有七個過場者 a38, a54, a67, a85, b03, b12, b18, d55, d56 九例，八個過場者 a27, a35, a65, a92, b09, b33, b34, b41, b53, c02, d13, d25, d35 十三例，九個過場者 a34, a43, d12, d17, d28 五例，十個過場者 a04, a59, a89, b13, b64 五例，十一個過場者 a39, b11, b43, b54 四例，十二個過場者 b15 一例，十六個過場者 d23 一例，合計一本元雜劇過場總數在六個以上者共三十八例。

三、各類排場的配置

　　引場用以開啓全劇端緒，自用於全劇之首。收場用以收束全劇，自置於全劇之末。配置短場者該折必僅有一主場演出重要關目，短場做爲一折之中主要事件的背景或餘波，必用於該折主場之前或之後。

　　在主場的配置方面，由於元雜劇一本四折的體製，全劇情節大體爲起、承、轉、合四段式結構，每一折必完成情節發展上的一個重要階段，故各折至少有一主場演出重要關目〔註 17〕，以顯示情節的重要進程。一本元雜劇每折各包含一個主場，以此構成全本排場主體者計有一百二十四例〔註 18〕，約佔 58.49%。其餘八十七本元雜劇絕大多數一本之中僅有一折包含多個主場，其他折次仍只演出一個主場，這類劇例計有五十八例〔註 19〕，一本之中有兩折演出多個主場者二十四例〔註 20〕，一本之中有三折皆包含多個主場者僅有三例〔註 21〕，至於《西廂記》全本二十折之中僅有一折包含兩個主場，《西游記》全本二十四折也只有四折包含兩個主場。總計一本元雜劇每折各有一個主場或僅有一折包含兩個主場者約佔 86.32%，一本之中有兩折以上包含多個主場者僅佔 13.12%，由此顯示一本元雜劇主場的配置是以每折各一個主場或

〔註 17〕 b45 6-1、8-1，b59 2-2 三例皆以完整套式演出，以用曲分量而言本爲主場，但其中心事件皆非重要關目，排場類型的區分以關目分量爲首要標準，此三例就其關目分量而論，僅爲過場，故一折之中全無主場，爲元雜劇之特例。

〔註 18〕 此一百二十四例爲 a01, a03, a05, a06, a07, a08, a09, a10, a11, a16, a18, a19, a22, a24, a25, a26, a31, a33, a37, a39, a42, a44, a46, a49, a52, a54, a55, a58, a59, a63, a64, a67, a68, a70, a71, a72, a75, a77, a79, a81, a82, a83, a87, a88, a90, a91, a93, a94, a95, a96, a97, a98, a00, b03, b04, b05, b06, b11, b16, b25, b27, b34, b35, b36, b38, b39, b50, b53, b54, b56, b57, b62, b63, b64, b65, b67, b69, b70, b71, c01, c02, d01, d04, d06, d08, d09, d10, d14, d15, d16, d17, d19, d20, d21, d22, d24, d25, d26, d27, d28, d29, d30, d31, d32, d33, d36, d37, d38, d39, d41, d43, d45, d46, d47, d48, d49, d51, d53, d54, d55, d57, d60, d61, d62。

〔註 19〕 a04, a12, a13, a14, a15, a17, a20, a21, a27, a30, a32, a35, a36, a38, a40, a43, a47, a48, a50, a51, a53, a56, a57, a61, a62, a65, a73, a74, a76, a78, a80, a84, a85, b09, b10, b30, b42, b43, b55, b58, b60, b61, b68, d02, d03, d05, d11, d12, d18, d23, d34, d35, d42, d44, d52, d58 五十六例爲僅有一折包含兩個主場，a60, d56 爲僅有一折包含三個主場，合計五十八例。

〔註 20〕 a02, a23, a28, a29, a34, a41, a45, a69, a86, a89, a92, a99, b12, b13, b15, b22, b33, b41, b66, d07, d13, d40 二十二例爲每本有兩折包含兩個主場，a66 有一折包含兩個主場，一折包含三個主場，b14 有一折包含三個主場，一折包含四個主場，合計一本元雜劇中有兩折包含多個主場者共二十四例。

〔註 21〕 b08, d50 二例一本之中有三折包含兩個主場，d59 有一折包含四個主場，兩折包含兩個主場，合計一本元雜劇中有三折包含多個主場者共三例。

可有一折包含兩個主場為基本原則。

　　主場與過場皆為元雜劇全本排場結構的主要成分，一本元雜劇每折至少有一個主場，但不一定配搭過場，在全部元雜劇中全本各折（楔子不計）皆配搭過場者僅十六例〔註22〕，顯然過場雖為全本排場結構中不可或缺的部分，但卻並非每折必得配置，當視全劇情節所需彈性運用。一折之中或可使用多個過場，這些過場可全部集中於該折主場之前或主場之後演出，亦可分置於主場前後，倘若該折具有多個主場，過場亦多一並配置於所有主場前、後，並不介入主場與主場之間。在一折包含多個主場的折次中有二十五折在兩個主場間以過場搭架〔註23〕，約佔 20.83%，由此看來，元雜劇一折之中主場與過場的配搭是以過場——主場——過場的結構形式為基本原則。

　　一折之中的主場大多接連演出，至於分屬前後折次的主場則大多以過場銜接，過場或用於前一折末尾，或用於後一折開端，或兩者皆有。在元雜劇中亦有前一折以主場結束，次折以主場開演，前後折主場連用的情形，這類劇例計有二百零六例，約佔 30.61%，其中全本只有一例者八十五本〔註24〕，全本有二例者五十二本〔註25〕，全本有三例者四本〔註26〕，《西廂記》有八例，《西游記》有三例。

　　主場與過場配搭運用可使全劇情節起伏有致，排場輕重相間，達成靈活變化的引人效果，但並不意謂必得一主場、一過場交互運用，如此反而形成

〔註22〕此十六例為 a04, a14, a15, a17, a27, a38, a59, a66, a85, b13, b15, b22, b50, b64, d14, d50。

〔註23〕此二十五折為 a04 第四折，a15 第四折，a29 第四折，a34 第二、三折，a61 第二折，a89 第二、三折，b12 第四折，b13 第三折，b14 第三折，b15 第二、三折，b33 第一折，b46 第三折，b68 第二折，d07 第三折，d12 第二折，d35 第四折，d40 第二、三折，d42 第三折，d50 第二折，d52 第二折，d56 第三折。

〔註24〕此八十五例為 a01, a04, a11, a12, a14, a15, a16, a17, a18, a20, a21, a26, a29, a31, a32, a34, a35, a40, a44, a47, a49, a50, a52, a53, a56, a57, a61, a62, a64, a65, a66, a68, a67, a70, a71, a72, a76, a79, a81, a83, a84, a88, a86, a93, a94, a00, b06, b08, b12, b25, b27, b36, b38, b65, b66, b69, c01, d02, d03, d04, d06, d07, d09, d10, d12, d15, d17, d19, d20, d26, d25, d32, d33, d40, d41, d42, d45, d53, d54, d56, d57, d58, d59, d61, d62。

〔註25〕此五十例為 a03, a05, a06, a22, a23, a24, a30, a36, a37, a39, a45, a46, a58, a63, a69, a74, a73, a77, a78, a80, a82, a87, a90, a96, a97, a98, b05, b10, b14, b39, b42, b57, b61, b67, b68, b71, d01, d05, d08, d11, d24, d30, d31, d35, d36, d39, d46, d47, d38, d49。

〔註26〕此四例為 a48, d16, d21, d27。

另一種僵化。配置過場當以情節發展與場面調節所需爲依據，靈活運用。但若全本有一半以上的折次皆爲兩折主場相連，即可能影響全劇情節發展與排場調配的變化性，這類劇本計有五十四本（見註 25、26），約佔全部元雜劇的25.47%，顯示一本元雜劇是以各折主場之間配置過場或可有某兩折主場連用爲基本原則。

　　總結以上所論，可歸納出元雜劇全本排場結構的幾項基本原則：

　　　（一）就各類排場使用的必要性而言，主場與過場爲必然運用的排場，引場的必要性居次，不過也在 80% 以上，收場與短場的必要性最低，僅佔22%、16%。

　　　（二）就各類排場的場數多寡而言，引場、短場、收場皆以只用一場爲通例；主場以一本四或五場爲基本原則；過場的場數變化較大，以二至六場居多，其中又以四或五場比例較高。

　　　（三）就各類排場的配置而言，引場用於全劇之首；收場用於全劇之末；短場配置於一折主場前後；主場的配置以每折一個主場或可有一折包含兩個主場爲基本原則；過場不一定每折使用，其配搭位置通常在於一折所有主場前後。引場與收場分置首尾，一做開端，一做收束，其間則由主場、過場、短場配搭構成，以主場爲主體，間用過場或短場。同一折之中的主場一般接連演出，不以過場或短場間隔，分屬前後折次的主場則以夾入過場或短場爲基本原則。

第二節　全本排場結構型態

　　全本元雜劇係由引場、主場、過場、短場、收場五類排場按一定規律結構而成，依據上節所歸納之結構原則，可知一本元雜劇的排場結構基本上是以引場開端，其後由主場與過場交互配搭，以主場爲主體，過場爲搭架，逐步展開情節，直到全劇終了。在情發展過程中如有意安排一段關目分量不重，但可細膩表現人物情志的情節，則以短場應之；而爲使全劇完整結束，可於最後一個主場完成全劇主要情節之後，再安排　個收場總結全劇。在此基本結構原則之下，一一考察每本元雜劇的全本排場結構，分析其結構型態，可歸納出多數劇本共同的結構模式，是爲元雜劇全本排場基本結構型態，在基本型態之外，另有兩類特殊型態。五類排場中引場與過場固定分置全劇首尾，對全本排場結構型態的變化沒有影響，基本型態與特殊型態的區別在於主場

與過場、短場的配搭情形，以下詳細說明。

一、基本結構型態

元雜劇全本排場的基本結構型態是每隔一兩個主場即運用一或數個過場、短場，主場與過場、短場大體呈現均勻交錯的情況，這類劇例計有一百四十六例〔註27〕，約佔 69.52%。以《陳摶高臥》（a42）為例，全本排場如下：

第一折第一場：	趙匡胤與鄭恩欲尋卜買卦，求問功名。	引場
第一折第二場：	陳摶為趙匡胤相命，言其他日必為天子，趙匡胤約定日後倘或應驗必至西華山請陳摶共享富貴。	主場
第二折第一場：	使臣將往西華山召請陳摶。	過場
第二折第二場：	使臣傳旨宣召陳摶進京。	主場
第三折第一場：	趙匡胤命使臣往寅賓館請陳摶入朝。	過場
第三折第二場：	陳摶見駕，表明唯願清修學仙，不計人間富貴之志。	主場
第四折第一場：	鄭恩領美人往寅賓館管待陳摶。	過場
第四折第二場：	美人歌舞勸酒，陳摶竟夜不為所動，鄭恩欲奏請於宮中興建道觀，供陳摶住持，陳摶心繫山林，絕意塵網。	主場

此劇全本排場結構為引場－主場－過場－主場－過場－主場－過場－主場，以一主場、一過場交錯相間的方式完成全劇，排場輕重的配搭與情節的起伏變化均至為規律，可謂為元雜劇全本排場基本結構型態的標準劇例。但此一過於規律勻稱的結構型態不免缺少靈動的趣味，在採取基本結構型態的

〔註27〕此一百四十六例為 a01, a02, a04, a07, a08, a09, a10, a11, a12, a13, a15, a16, a17, a18, a19, a20, a21, a22, a24, a25, a26, a27, a28, a29, a31, a32, a33, a34, a38, a41, a42, a43, a44, a49, a50, a51, a52, a54, a55, a57, a59, a60, a61, a64, a67, a68, a70, a71, a72, a79, a81, a83, a84, a85, a86, a88, a89, a90, a91, a92, a94, a95, a99, a00, b03, b04, b06, b08, b09, b11, b12, b13, b15, b16, b22, b25, b27, b30, b33, b34, b35, b36, b38, b41, b43, b50, b53, b54, b55, b56, b58, b59, b60, b62, b63, b64, b65, b68, b69, b70, b71, c01, c02, d03, d04, d06, d07, d09, d10, d12, d13, d14, d15, d17, d18, d19, d20, d22, d23, d25, d26, d28, d29, d34, d32, d33, d35, d37, d40, d41, d42, d43, d44, d45, d48, d50, d51, d52, d53, d54, d55, d56, d57, d58, d60, d62。

一百四十六本劇本中並不多見。

再以《望江亭》（a95）爲例，全本排場如下：

第一折第一場：白道姑設計成就姪兒白士中與譚記兒的親事。　　　　主場

第二折第一場：楊衙內爲報復白士中搶走譚記兒，羅織罪名，　　　　過場
　　　　　　　請得勢劍金牌往潭州取其性命。

第二折第二場：老院公奉白老夫人之命送來家書，通知白士中　　　　過場
　　　　　　　楊衙內尋仇之事。

第二折第三場：譚記兒知悉此事，定下計策爲丈夫解圍。　　　　　　主場

第三折第一場：楊衙內與張千李稍飲酒賞月，醜態百出。　　　　　　過場

第三折第二場：譚記兒扮做漁婦至衙內船上巧施媚態，賺得勢　　　　主場
　　　　　　　劍金牌。

第三折第三場：楊衙內與張千李稍酒醒，發覺勢劍金牌失竊，　　　　過場
　　　　　　　大驚失色。

第四折第一場：楊衙內至潭州府欲拿白士中問罪，反爲譚記兒　　　　主場
　　　　　　　告上一狀，百般求饒，最後方始察覺中計。

第四折第二場：御史李秉忠奉旨至潭州府訪查眞相，得知此事　　　　收場
　　　　　　　始末，將楊衙內定罪。

全本排場結構爲主場－過場－過場－主場－過場－主場－過場－主場－收場，此劇的各個主場之間雖也必以過場相隔，但不似上舉《陳摶高臥》之例呈現一主場間以一過場的高度規律性。

上舉《陳摶高臥》、《望江亭》二劇，全劇各個主場必以過場間隔而不接連搬演，主場、過場交錯而出，形成均勻起伏的結構。元雜劇全本排場的基本結構型態不一定皆採取如此勻稱的模式，部分劇本其主場或接連演出，並無過場或短場間隔，如《破風詩》（d26）全本排場結構爲引場－主場－過場－主場－過場－主場－主場，劇末連用兩個主場（第三折第二場、第四折第一場），又如《破窰記》（b22）全本排場結構爲引場－過場－主場－主場－過場－過場－過場－主場－主場－過場－主場－過場－主場，劇中有兩處主場連用（第一折三、四場；第二折三、四場）。不過在這些連用主場的劇例中，主場相連演出只佔少數，多數情況下仍是主場與過場或短場間用配搭，故大體仍合於輕重排場均勻交錯的基本結構型態。

至於《西廂記》與《西游記》二劇，整體來看，其排場結構亦屬於均勻

交錯的基本型態，若分就各本而論，《西廂記》第一、二本，《西游記》第一、三、四、五本亦合於基本結構型態，其餘各本則為特殊結構型態。《西游記》第二本屬第一類型特殊結構，《西廂記》第三、四、五本與《西游記》第六本屬第二類型特殊結構。

二、特殊結構型態

部分元雜劇的全本排場結構不採大體均勻交錯的基本型態而自成一格，這些屬於特殊型態的劇例可進一步區分為兩類。

（一）第一類型

這一類排場結構是全劇所有的過場或短場皆置於某兩個主場之間，形成以主場包夾過場、短場的結構型態。此一結構型態依過場或短場所在位置不同可細分為三類。[註28]

1. 以過場置於全劇中段，前後主場形成大致均等的兩大段落。以《敬德不伏老》（b42）為例：

第一折第一場：尉遲敬德與李道宗於功臣宴上比論功勞而發生衝突，尉遲將李道宗痛打一頓，房玄齡判其鬧宴之罪，罷其官職。	主場
第二折第二場：徐茂公與眾官於十里長亭為尉遲餞行。	主場
第三折第一場：高麗國王命大將鐵肋金牙領兵攻唐，指名挑戰尉遲敬德。	過場
第三折第二場：房玄派遣徐茂公宣召尉遲敬德領兵迎敵。	過場
第三折第三場：尉遲詐病為徐茂公設計識破，領旨出兵。	主場
第四折第一場：尉遲大敗高麗，擒鐵肋金牙回朝覆命。	主場
第四折第二場：尉遲凱旋歸朝，徐茂公傳旨賜賞。	主場

全本排場結構為主場－主場－過場－過場－主場－主場－主場，此劇前後皆以連續主場演出，只在第二與第三個主場間夾入過場。這種以過場為界、前後主場大致分量均等的結構型態，在情節上多具有以過場為轉折點的特

[註28] 過場置於全劇中段者十七例 a03, a05, a06, a23, a36, a63, a73, a74, a80, a96, a98, b05, b42, b61, d24, d38, d39，置於前兩個主場之間者九例 a39, a45, a69, a82, a93, b57, d01, d05, d30，置於末兩個主場之間者五例 a30, a46, b10, d31, d49，合計三十一例。

色。過場之前的主場將情節推進至暫時平衡的狀態，過場的中心事件爲打破平衡的外因，過場之後的主場則朝向完成另一新的平衡發展。如《敬德不伏老》之例，前兩個主場演出敬德因鬧宴獲罪，貶謫歸田，劇情前段的衝突止於將軍白頭的消沈感慨。至過場高麗王起兵攻唐，並指名挑戰敬德，房玄齡命徐茂公宣召敬德退敵，棲老田園的平衡狀態因而打破。後三個主場演出敬德應允重披戰袍，領兵大敗鐵肋金牙，表現將軍雖老，不減當年之勇的豪壯氣魄，完成全劇「不伏老」的主題。

又如《盆兒鬼》（a80）的排場結構爲引場－主場－主場－主場－過場－主場－主場，亦爲第一類特殊結構型態。引場演出楊國用爲避血光之災，欲往外地做些買賣，其後即進入全劇主要情節。前三個主場楊國用先是夢見險爲惡賊所殺，似乎預示未來噩運，繼而投宿盆罐趙家中，爲盆罐趙夫妻謀財害命，屍首燒爲瓦盆，窯神發怒，顯靈命盆罐趙夫妻爲楊國用超度昇天。前半段排場中楊國用遇難，窯神顯威，劇情在強烈衝突中進行，最後止於盆罐趙夫妻自言「有何神號鬼哭，怕甚上命官差」，楊國用的冤情暫時如石沈大海，盆罐趙夫妻亦暫得安逸。及至過場，盆罐趙將屍首燒成的瓦盆送給張懘古，鬼魂附於瓦盆離開趙家，爲情節發展注入變因，原有平衡狀態隨之破壞。後兩個主場演出楊國用鬼魂申冤，包待制明斷兇案，盆罐趙夫妻定罪授首，一切衝突至此完全結束。

2. 過場置於第一、二個主場之間，形成前輕後重的結構模式。以《勘頭巾》（a39）爲例：

第一折第一場：王小二爲借錢之事與劉員外夫妻結怨。　　　　　　主場
楔　子第一場：劉大嫂與王知觀合謀殺害劉員外，嫁禍王小二　　過場
楔　子第二場：王知觀行兇。　　　　　　　　　　　　　　　　過場
楔　子第三場：劉大嫂誣陷王小二爲兇手，強拉見官。　　　　　過場
第二折第一場：王小二屈打成招。　　　　　　　　　　　　　　過場
第二折第二場：莊家往牢房索討草苫錢，適值趙令史查問贓物　　過場
　　　　　　　，王小二信口胡言。
第二折第三場：莊家途中偶遇王知觀，洩漏王小二之言。　　　　過場
第二折第四場：王知觀前往栽贓，張千恰好前來查贓，王知觀　　過場
　　　　　　　倉惶奔逃。
第二折第五場：府尹覆審王小二一案，張鼎陳情，府尹命其限　　主場

期破案。

第三折第一場：張鼎審案，明斷真相。　　　　　　　　　　　　　主場

第四折第一場：張鼎覆命，府尹下斷論功定罪。　　　　　　　　　　主場

　　此劇以後段連續主場演出張鼎斷案申冤，構成全劇情節的主體，過場之前的主場則分量較輕，用以預伏王小二蒙冤的危機，前後主場之間以連續六個過場銜接，繼承預伏的線索，逐步確立王小二的冤情，然後進入張鼎為王小二申冤的主要情節。全劇情節可以分為小二蒙冤與張鼎申冤兩大段落，前段以一個分量較輕的主場與六個過場構成，後段則連續以三個主場演出，排場結構前輕後重，形成一種不平衡的型態。

　　3.過場置於末兩個主場之間，形成前重後輕的結構模式。以《渭塘奇遇》（d49）為例：

第一折第一場：王文秀奉父親之命往松江催討秋租。　　　　　　　　引場

第一折第二場：盧玉香與父母談論擇偶之道。　　　　　　　　　　　主場

第二折第一場：王文秀來至盧家酒店，見景色清雅，吟詩稱誦　　　　主場
　　　　　　　，玉香聽聞，隔簾相望，為王文秀所見，兩人
　　　　　　　互生情意。

第三折第一場：玉香夢中與王文秀詩酒歡聚，互以金戒扇墜為　　　　主場
　　　　　　　表記。

第三折第二場：王文秀夢醒，竟果有金戒在手，作詩以紀此事　　　　過場
　　　　　　　。適酒保代盧父相請過府一敘。

第三折第三場：盧父將玉香許配王文秀。　　　　　　　　　　　　　過場

第四折第一場：王父赴盧府送親。　　　　　　　　　　　　　　　　過場

第四折第二場：玉香與王文秀拜堂完婚。　　　　　　　　　　　　　主場

　　此劇以過場為界，分為前後兩大段落，前段敷演盧玉香與王文秀由相遇而鍾情的過程，後段則為兩人情感發展的圓滿結局。前段以引場開端後即接連演出三個主場，後段則僅由一個主場構成，排場結構前重後輕，亦為不平衡的結構型態。而盧父許親一場在之前的情節發展中全無線索，作者為使全劇順利導向結局而安排這個過場，但卻忽略了埋伏照應的必要工作，若於先前情節中加入一過場使盧父得知玉香心意，情節的銜接將更為順暢，前段的主場也可因而有所調節。

（二）第二類型

這一類排場結構型態是全劇有一半以上的主場接連演出，形成全劇某一段落高峰突起的結構型態，這類劇例計有二十九例〔註29〕。以《李逵負荊》（a87）爲例：

第一折第一場：宋江下令清明假限三日。	引場
第一折第二場：宋剛與魯智恩冒宋江、魯智深之名，強搶老王	引場
林之女滿堂嬌。	
第一折第三場：李逵至老王林酒店，聞知此事，勃然大怒，欲	主場
回梁山爲老王林主持公道。	
第二折第一場：李逵大鬧聚義堂，宋江與魯智深矢口否認，李	主場
逵立下軍狀，以性命爲賭注，與宋、魯二人下	
山對質。	
第三折第一場：李逵與宋、魯來至老王林店中對質，發現竟是	主場
賊人冒名作惡。	
第三折第二場：宋剛與魯智恩送回滿堂嬌，王林欲往梁山報信	過場
第四折第一場：李逵負荊請罪，宋江執意不饒。	主場
第四折第二場：王林適時趕到，宋江命李逵下山捉拿惡賊，將	過場
功贖罪。	
第四折第三場：李逵與魯智深拿住二賊，回山覆命。	過場
第四折第四場：宋江下斷。	收場

此劇以雙重引場開端後即連續演出三個主場，繼之則以過場、主場相間配用，形成在全劇前段高峰突起的結構型態。這三個連續主場在情節發展上具有相連演出的必要性，在第一個主場中李逵向老王林保證還其公道，以其粗豪莽撞的個性回到梁山後將惹起何等軒然大波，必爲觀眾所期待，次場展開大鬧聚義堂的主戲，正是極爲合宜的安排。而在第二個主場中李逵以性命爲賭注，與宋江、魯智深約定下山對質，在他深信自己站在正義的一方時，發現竟因一場誤會魯莽賠上了性命，又會有何種反應，次場繼以主場演出對質一事，亦扣合了觀眾的預期心理。這三場主戲在情節上環環緊扣，其間若插過場，勢必破壞情節的密度，減弱劇情的緊張性，反成敗筆。再者，透過

〔註29〕此二十九例爲 a14、a35、a37、a40、a47、a53、a56、a58、a62、a65、a66、a75、a76、a77、a78、a87、a97、b14、b39、b66、b67、d08、d02、d11、d36、d46、d47、d59、d61。

三個主場的連續演出，強烈鮮明的突顯出李逵莽撞直率，忠肝義膽的形象。李逵素以梁山「水甜人義」而自豪，聞說宋江、魯智深的惡行，不由大怒，無暇仔細推敲，斷然認定兩人敗壞梁山義名，必要兩人認罪，甚至以項上人頭相博，一心維護公理正義與梁山名譽，在一連串的衝突中，將李逵的莽撞與義氣塑造得神韻鮮活。三個分量極重的主場接連演出，在排場結構上本有可議，但就情節張力與人物塑造兩方面來看，主場運用反而是《李逵負荊》成功之處。

半數以上的主場接連演出必使全劇某一部分特別突出，但並非所有這類排場結構的劇本都能如《李逵負荊》運用特殊的排場結構表現成功的戲劇效果。如《剪髮待賓》（b39）的排場結構為引場－過場－過場－主場－主場－主場－過場－過場－主場，亦連用三個主場（第一折第四場、第二折第一場、第三折第一場），其一演出陶母責備陶侃人以信為本，不應典當信字，命其將信字贖回；其二演出陶母為籌錢款待學士范逵，長街賣髮，適遇解典庫主人韓夫人，韓夫人為女兒求親，陶母答以待陶侃功名成就再議親事；第三個主場演出陶母款待范逵，范逵領陶侃上京應舉。這三個主場在情節上並不具有一氣呵成的必要性，接連演出亦無任何推進高潮或突顯人物的戲劇效果，而連續以三套完整套式的分量組成主場，其排場配搭無疑並不理想。

元雜劇全本排場結構一般以引場開端，其後以主場與過場配搭完成全劇（或間用短場），依主場與過場的配搭情形可區分為基本結構型態與特殊結構型態兩類。基本結構型態為主場與過場大致均勻交錯，排場輕重相間，情節起伏有致。特殊型態有兩類，第一類是所有過場均置於某兩個排場之間，形成以主場包夾過場的結構型態。這類排場結構是以過場為界，將全劇分為前後兩大段落，若過場置於全劇中段，則前後段落分量大致均等，同時通常呈現以過場為情節轉折點的特色；若過場置於前兩個主場或末兩個主場之間，則形成前後兩段排場分量懸殊的不平衡結構。第二類特殊型態是全劇有半數以上主場接連演出，形成某一段落高峰突起的結構型態。全本排場為特殊結構型態者大半是全劇中有半數以上的主場接連演出，這種重要關目緊密出現，連場表演分量偏重的結構型態，原本有違均衡穩稱的基本原則，但透過作者的匠心，同樣可以表現排場配搭的豐富變化。至於元雜劇全本排場如何配搭以達成靈活變化、引人入勝的戲劇效果，將於下節詳細說明。

第三節　全本排場的配搭

元雜劇全本排場的配搭須「起伏有致，錯綜參伍」，方可獲得良好的搬演效果，而全劇排場如何達成起伏有致、錯綜參伍的要求，雖無定律，但可歸納出一些通則。舉其大者而言，關目情節、腳色人物、套式賓白、情調氣氛、複式結構等皆對排場配搭有所影響，以下詳加說明。

一、關目情節

一本元雜劇主要由主場與過場組織架構而成，主場、過場的區分以情節關目為首要基準，換言之，情節高低起伏的安排即關係著排場輕重的相間配置。以數個重要關目為骨幹，以分量較輕的情節為搭架，一方面使排場眉目分明，一方面可收調劑之效。

元雜劇一本四折，受此體製的限制，不宜表現太過繁複的情節，重要關目自也不宜過多，若欲演出繁複的情節，又無法改變一本四折的體製，可採取連本形式，如《西廂記》全劇五本與《西游記》全劇六本即是。這種連本形式擴大了全劇所能容納的情節範圍，故可以安排多個主場而猶有餘裕，不致形成重要關目接連而出，令人無暇喘息的情況，同時各個主場亦有足夠的表演分量可以充分呈現事件的發展，或細膩刻畫人物的性格心理。倘若要在四或五折之內演出繁複的事件，受體製所限，反而影響演出的效果。如《㑳梅香》（a66）與《東牆記》（b14）二劇，前者一本四折，後者一本五折，體製雖較《西廂記》大為縮小，但相遇、聽琴、傳簡、約期、私會、責問、團圓等重要關目俱全，尤其《㑳梅香》更「如一本小西廂，前後關目、插科、打諢，皆一一照本模擬」〔註30〕，以一本四、五折的體製卻要納入五本二十折的重要關目，致使主場過多，重要關目頻頻上演，其間缺少過場的承轉調節，反而破壞了全劇情節輕重搭配的騰挪變化，同時主場加多而全本的體製有限，也使得每個主場的表演分量縮減，無法充分鋪陳。

重要關目不宜過多，過脈情節的繁簡亦須斟酌。過場太少，則全劇勢必幾乎完全以主場連接貫串而成，重要關目接連而出，缺少緩衝調節，情節進行難免有拙重板滯之失。如《杏林莊》（d21）全劇四折，以四個主場構成，分別演出劉關張與眾將領命征伐黃巾賊；張飛領兵攻佔杏林莊；張飛領兵收

〔註30〕此語見清・梁廷枏《曲話》卷二，梁氏並列舉《㑳梅香》與《西廂記》二十雷同之處，以證明兩者並非無心偶合。

復兗州城；眾將凱旋，慶功封賞四事，全劇情節整齊分割為四段，起承轉合依序排列，四個主場各以完整套式演出，每一中心事件皆為扣緊主題的重要關目，全本排場分量等同，四個主場有如四個等高的波峰，平平推進，過於呆板而缺少高低起伏的靈動變化。反之，若一劇之中過場太多則將使全劇情節顯得瑣碎紛雜。如《四馬投唐》（d23）全劇四折兩個楔子，從王世充與單雄信定計攻打李密演到唐元帥大敗李密，排筵慶賞。全劇主題在於「四馬投唐」，包含了李密兵敗投唐、受辱反唐、李密敗亡、唐元帥慶賞等重要關目，除以五個主場演出各重要關目之外，此劇共安排了十六個過場，五個過場用以鋪陳李密為王世充所敗而不得不投靠宿敵唐元帥的背景；兩個過場用以敘述李密奉命迎接唐元帥班師，做為受辱反唐的前因；李密反唐之後，又以八個過場一一演出李密出奔、唐元帥追捕的細節；李密陣亡後，再以一個過場交待虞世南與盛彥師招降李密舊部徐茂公、程咬金的經過。十六個過場使全劇情節紛繁，人物頻頻上下場，排場的轉移顯得匆促紛雜，令人眼花撩亂，反而無法突出重要關目所在，全劇的結構主體亦因而模糊不明。由上舉劇例可知全本元雜劇過場配置過多或過少皆對戲劇搬演的效果有負面影響。

欲使全本排場配搭妥貼，在情節方面首先必須就劇本體製所能容納的範圍安排事件，區別關目分量，務求主體架構突顯，連絡線索分明。其次，排場輕重的相間配置基本上以均衡穩稱為原則，這並不表示全本排場必得採取一主場、一過場交錯而出的結構方式，或是各個主場之間必得以過場相隔，所謂「均衡穩稱」只是就其大體而觀。元雜劇每一折的情節為全劇情節發展的一個重要階段，每一重要階段的完成通常必須經過醞釀前導、而後漸次開展、最終達於頂點的過程，而在前一重要階段完成之後，亦宜有一段分量較輕的情節承上啟下，做為銜接的樞紐，導入次折的主要關目，完成全劇情節的另一重要階段，故多數情況下前後折次的主場之間有過場相隔，因此使全劇排場呈現輕重交錯勻稱的基本樣態。不過情節的安排不應以高低起伏、均勻交錯為定律，而仍須考慮情節發展的合理性，倘若部分重要關目有一氣貫串演出的必要，強在其間穿插過場，反為敗筆。

二、腳色人物

根據本文第二章〈元雜劇排場的轉移〉第二節「時空轉換型排場轉移」的統計，全部元雜劇中僅有四十一例是相鄰排場完全由相同人物組場，換言

之，全本排場在腳色人物的運用方面以避免重複爲原則。相鄰排場組場腳色人物改換，可藉此表現不同腳色的表演特質與技藝，以新觀眾耳目。如《燕青博魚》（a14）第二折第一場演出燕青與燕大博魚之事，正末唱曲，沖末燕大、搽旦王臘梅以賓白表演；次場（第二折第二場）演出燕青正待離開，適遇楊衙內前來尋找王臘梅，爲報前日之仇，痛打楊衙內。排場改由正末燕青與淨楊衙內主演，表現武打技藝，如「正末做扳楊衙內科」、「做打楊衙內科」、「楊衙內打斛斗科」等，其間更突顯淨腳滑稽調笑的特色，如「楊衙內做嘴臉調旦科」、「楊衙內做怕打哨子下」。前後排場改換組場腳色人物，呈現不同的技藝與表演方式，富有變化之趣。

　　上文曾言基於情節發展的合理性，重要關目或有接連演出的必要，此時可由不同的腳色人物組場，使排場配搭仍有所變化。如《竇娥冤》（a86）第二折是形成竇娥冤情的重要階段，分爲兩個主場接連演出，前場張驢兒誤殺張孛老，誣陷竇娥欲迫其就範；次場張驢兒告官，昏官桃杌以拷打蔡婆要脅，竇娥終於屈服認罪。在前場中，竇娥雖遭張驢兒誣陷，但相信官府不屈良民，願往見官，一辨清白。這時竇娥之冤猶有平反可能；至次場，狠毒昏庸的州官卻成爲迫害者之一，以其主宰平民命運的權勢將竇娥推入絕望的深淵，竇娥之冤於焉確然形成。在此過程中竇娥的冤情由或然而確立，竇娥的信念由堅定而幻滅，竇娥對張驢兒的衝突尚能以一己烈性與之頡頏，對州官的衝突則勢必陷入聽憑宰割的無奈命運。就情節發展觀點，兩個主場必須接連演出，以蓄勢激化的方式升高情節的張力，而於次場達到一折情節的頂點。倘若於其間夾入過場，恐將破壞此一蓄勢激化的過程，而減弱了推進至一折高潮的力量。這兩場戲雖然分量都很重，但由竇娥分別與張驢兒、桃杌對手演出，兩組人物關係的衝突焦點不同；再者兩個淨腳所呈現的人物特質有別，張驢兒心機險惡，爲一純粹的反面人物，桃杌則爲昏庸之官，在不辨是非、嚴刑逼供的反面形象外，尚具有滑稽調笑的特質（如向竇娥下跪，稱犯人爲其衣食父母）。凡此皆使觀眾看戲時所產生的心理反應有所差別，即使主場接連演出，亦無拙重單調之感。

三、套式賓白

　　以曲文賓白的運用爲依據可將元雜劇排場概分爲套式組場（其中仍包含賓白）與賓白組場（或配合插曲、楔子中不成套之曲）兩類，套式組場多以

正末、正旦為核心，賓白組場則以不司唱的次要腳色為主體，不同的組場形式可使各類腳色皆有發揮特長的機會。一般而言，主場以套式組場，過場以賓白組場，一本元雜劇以主場、過場為結構主體，故套式組場與賓白組場相間乃成為排場配搭的常見方式。不過並非全本排場中所有主場皆須以完整套式組場，而所有過場必得以賓白組場，如此一來，反而板滯僵化。如上節所舉《陳摶高臥》（a42）一劇，每折各分為兩個排場，先演出關目分量很輕的引場或過場，繼之以單一主場演出該折主要情節。引場、過場皆純粹以賓白組場，簡單略做交待；每個主場皆以完整套式組場，用曲分量亦幾乎完全相等，全本排場雖不可不謂「均衡」，其實至為呆板單調。

　　欲使套式組場與賓白組場配搭得當，可採取「同中有異」之法。全本雜劇的所有過場可純粹以賓白組場、配合插曲或楔子之曲以及運用套式中的幾支曲子等方式靈活調配，避免一成不變；同為主場，可採完整套式，亦可僅擇用部分聯綴單位，並依據關目的重要程度而調整用曲分量的多寡。以《曲江池》（a16）為例，全劇包含「鍾情」、「問傷」、「決裂」、「團圓」四個主場，用曲數分別為七曲、四曲、九曲、九曲，表演分量有所不同，其中「鍾情」與「問傷」僅用部分聯綴單位，「決裂」與「團圓」則採完整套式。另有一個引場、一個短場、四個過場，引場用仙呂賞時一曲，短場用仙呂點絳唇至天下樂兩個曲段，四個過場中以賓白組場者有三，另一場用南呂一枝花至牧羊關四曲及一支插曲組場，而以獨立曲牌為主。不論是主場或關目分量較輕的排場，套式賓白的組場形式均呈現多樣化的面貌，作者可稱用心經營。

四、情調氣氛

　　喜怒哀樂、文武靜鬧、鬆緊張弛等均對排場情調氣氛的營造有所影響，全本排場雖無須完全對比配搭，但應避免雷同，即使基本情調類似，亦須適度變化調劑，以維持觀眾聆賞之趣。

　　以《賺蒯通》（a05）為例，第一折第一場演出蕭何與樊噲、張良商議誅除韓信之事，次場（第二折第一場）演出蒯通勸諫韓信切勿入朝，以免遭受殺身之禍。兩場戲皆為主場，以完整套式的分量演出人物間的強烈衝突，雖然組場腳色人物改換，但都以組場人物激烈辯論的形式呈現，排場氣氛太過相近，且激烈的情緒持久延續，皆有損於戲劇搬演的效果。

　　又如《漢宮秋》（a01）第二折第二場演出昭君對鏡梳粧，漢元帝心醉神

迷；次場（第二折第三場）尚書與常侍入宮奉報單于索親，漢元帝與兩人為昭君和番之事而衝突，終於無奈應允；次場（第三折第一場）演出灞橋送別。這三場戲中，前兩場由旖旎溫存劇變為強烈衝突，情調由喜樂轉為悲怒，氣氛由柔和轉為激切，成鮮明對比。後兩場組場人物相同，情緒亦同以悲感為基調，但前者以表現外在衝突為主，後者則渲染內在情感，氣氛由激切轉為淒婉。這三個排場在情調氣氛的營造上不論是採取強烈對比轉折的方式，或是在同一基調上變化重心，均表現的極為成功。

五、複式結構

　　複式結構排場是由數個次排場組成一完整排場（參見本文第四章〈元雜劇單一排場結構〉第三節「複式結構」），這種結構形式整體上雖是一分量較重的排場，但所包含的次排場分量較輕，因此當基於情節發展所須而前後折主場連續演出時，若運用複結構排場，即可藉由其以數個分量較輕之次排場組成的特點，使得原先的主場連用實際上為一主場與一次排場連用，其表演分量如同卡場與過場配搭，如此即可使排場輕重有所變化。如《救風塵》（a12）第二折第三場演出宋婆婆因宋引章受周舍欺凌而向趙盼兒求救，趙盼兒心下思量，定下風月之計，是為主場。次折演出盼兒來至鄭州，巧施誘引，騙得周舍願立下休書另娶盼兒，亦為主場，兩折主場相連。但其中第三折的主場為交互場，先由周舍與店小二在鄭州演出一段表現周舍醜惡嘴臉的科諢，次由趙盼兒與小閒於汴梁演出收拾行裝準備前往鄭州，最後盼兒至鄭州引誘周舍休妻另娶，因此當第二折主場結束後，與之連接者為第二折主場的第一個次排場，輕重變化有所調節。

　　全本排場配搭妥適與否並非由單一因素決定，關目情節、腳色人物、套式賓白、情調氣氛、複式結構等皆可對排場的調劑變化有所響，作者運用之妙，存乎一心，而評析元雜劇全本排場的優劣，亦須由多重角度加以考量方可有正確的論斷。

結　論

　　本文以永義師與徐扶明所提出的元雜劇排場理論爲基礎，參酌傳奇排場的相關理述，就現存元雜劇一一分析其排場，歸納各項律則。全文就元雜劇排場的相關問題分爲五個方面加以討論，結論中將各章研究成果做一總結整理，並說明元雜劇排場研究的意義。

一、本文研究成果

　　本文對元雜劇排場的研究包含排場劃分、排場轉移、排場類型、單一排場結構，全本排場結構五方面，其中排場劃分是一切研究的基礎，建立明確具體的分場標準之後，才能將各排場清楚的劃分開來，就單一排場進行分析，而後再就各單一排場的連接承轉關係進行全本排場的探討，排場類型與單一排場結構屬於單一排場的研究，排場轉移與全本排場結構則爲全本排場的研究，以下即就排場的劃分、單一排場研究與全本排場研究三方面將本文研究所得做一總結。

（一）排場的劃分

　　元雜劇排場的劃分是以「情節單位」爲基本標準，每個情節單位包含一個中心事件，此一中心事件須具備兩項特質，一爲完整性，一爲獨立性。所謂「完整性」意指此中心事件自具首尾，爲一完整事件；所謂「獨立性」意指每一中心事件具有清楚的界限，可以明確的分隔開來。中心事件的獨立性是以完整性爲基礎，因其自足完整，故可分立，不過此獨立性爲相對獨立性，此中心事件與其他排場之中心事件仍彼此連繫，共爲全劇結構的一環。此外，依據各中心事件與全劇情節連繫關係的強弱不同，可將情節單位區分爲「戲

劇性」與「非戲劇性」兩類。戲劇性情節單位爲構成全劇情節的有機成分，具有推動情節發展的作用；非戲劇性情節單位則爲科諢表演，與全劇情節發展的關連性極小。

排場的劃分除以情節單位爲基本標準外，尙有兩項變化原則，一爲表演分量，一爲空場區隔，這兩項變化原則是爲界定各情節單位本身的某一段落是否應劃分爲獨立排場而設。各情節單位的中心事件可再細分爲若干小段落，一般情況下這些小段落並不具備自成排場的條件，但如果這些段落具有一定表演分量，足可突出其表演主題，或是此一段落結束時組場人物完全下場，造成空場區隔，與以下段落之間具有明顯分界，即應劃分爲獨立排場。經由基本標準與變化原則的配合判斷，元雜劇的排場可明確具體的加以劃分。

（二）單一排場研究

根據排場劃分基本標準與變化原則將各排場清楚分隔之後，即可就所有單一排場加以比對分析，關於單一排場的研究包含兩方面，一爲排場類型，二爲排場結構。

1. 排場類型

在排場類型方面就排場類型的區分、各類排場的作用、各類排場與排場構成要素之間的配合三項問題加以討論。排場類型的區分以關目條件爲基準，關目條件包含分量輕重與表現形式兩方面，依據關目分量的輕重之別可將元雜劇排場分爲引場、主場、過場、短場、收場五類，各類排場又依表現形式的不同可區分爲文場、武場、鬧場、文武合場四種型態。各類排場在腳色、套式、賓白、科汎、穿關等的安排搭配上需求不同，尤其腳色人物、套式賓白更與排場類型之間具有密切的相應關係。

（1）引　場

引場是全劇第一個排場，關目分量不重，尙未與全劇主題產生直接密切關係，純粹用以引發端緒，其表現形式全爲文場。在組場腳色人物方面，以不司唱的次要腳色爲主，組場人物也多爲劇中的次要人物，組場人數普遍爲一至四人，其中以一、二人居多。在套式賓白的運用方面，以賓白組場的情形最多，約佔 73.91%，其次爲使用楔子中不成套之曲，約佔 24.64%，運用仙呂點絳唇－混江龍、油葫蘆－天下樂曲段者僅三例。

（2）主　場

主場演出全劇重要關目，與全劇主題密切相關，為全劇主體，其表現形式有文場、武場、文武合場三類。在組場腳色人物方面，兼重主唱腳色與次要腳色，且普遍由全劇主要人物與次要人物共同組場，單以全劇主要人物或次要人物組場的情況都極為少見，組場人數雖以一到四人為多，但五人以上者亦約佔三分之一。在套式賓白的運用方面，多以完整套式組場，約佔60.22%，即或不用完整套式，用曲亦有相當分量，一般為五到十曲，以充分鋪陳情節。主場套式結構多以曲段為主，配用獨立曲牌構成。

（3）過　場

過場的中心事件並非重要情節，關目分量不重，用以承接連絡前後主場，其表現形式有文場、武場、鬧場三類。在組場腳色人物方面，以不司唱的次要腳色為主，多由全劇次要人物組場，其次為主要人物與次要人物搭配，單由主要人物組場者約僅有十分之一，組場人數一般為一到四人，由五人以上組場的情況較少。在套式賓白的運用方面，全以賓白組場者佔絕大多數，約五分之一曲白兼用，而賓白分量與用曲等量齊觀。過場用曲多包含引導曲段或尾聲，套式主體則以獨立曲牌為多，用曲數普遍為一到四曲，分量不重。

（4）短　場

短場並非重要關目，但具有一定表演分量，事件本身缺少主動推進情節的作用，主要表現人物的心理活動，以抒情性為情節特色，其表現形式皆為文場。在組場腳色人物方面，以主唱腳色與次要腳色共同組場為基本型態，但在表演上以主唱腳色為主體，次要腳色為輔，以全劇主要人物為排場核心，組場人數一般為一到三人。在套式賓白運用方面，若組場人物在場上地位為主從形式，以唱曲為主；若為共任主腳形式，則唱曲與賓白並重。不論是以曲為主或曲白並重，用曲皆有一定分量，普遍為五到七曲。在套式結構上，以曲段為主體，且大多運用多個曲段，間以一、兩支獨立曲牌穿插補綴。

（5）收　場

收場是全劇最後一個排場，用以收束全劇，做一總結。其關目分量很輕，情節不具發展意義，只是簡單收尾，表現形式皆為文場。在組場腳色人物方面，普遍以主唱腳色與次要腳色共同組場，全劇主要人物與次要人物齊聚一

堂，場上人物眾多。在套式賓白運用方面，賓白組場者約佔 31.91%，大多是以賓白爲主，配合一到三支曲牌，用曲分量很輕。

2. 排場結構

單一排場的結構基型爲起段、中段、合段三段式結構，起段主要包含上場詩、人物自我介紹、前情說明、中心事件開端四部分，而以中心事件開端爲構成要件。中段由中心事件主要部分構成，爲單一排場結構主體。合段由中心事件結尾與下場詩構成，以中心事件結尾爲必要成分。排場各段由自敘性段落與戲劇性段落組成，所謂「自敘性」段落係指組場人物以類似「說話」的方式演出，具有濃厚的說明性質，與戲劇性的表演方式有所區別。這兩類段落可以兼用，亦可僅用其一。單一排場以此三段式結構爲結構基礎，可進一步區分爲單式結構與複式結構兩類。

（1）單式結構

單式結構排場是建立在組場人物的單一性、中心事件的單一性與舞臺空間的單一性三項基礎之上，其結構模式完全合於三段式結構基型，排場起段組場人物全部上場後即進入排場中段，於單一的舞臺空間演出中心事件的主要部分，排場合段所有人物完全下場後結束排場，層次分明。單式結構排場依各階段組成段落的性質分爲自敘性排場與戲劇性排場兩類，自敘性排場完全由自敘性段落組成，戲劇性排場則排場中段必由戲劇性段落組成，起段、合段則可兩類段落兼用或僅用其一。

（2）複式結構

複式結構排場是由數個次排場共同構成一複合式完整排場，次排場具備成爲排場的基本條件，但又爲完整排場的結構單位。複式結構是建立在組場人物的複合性與中心事件的複合性兩項基礎之上，而在舞臺空間的運用方面則具有複合性空間的特色。複式結構整體上仍合乎單一排場起、中、合三段式結構基型，但每個次排場自身亦爲三段式結構，因此形成多重層疊的複合結構。複式結構依各次排場結合方式的不同可分爲聯綴場、環扣場、夾場、交互場、主附場、分隔場六類。

（三）全本排場研究

全本元雜劇是由各單一排場連貫組織而成，在研究單一排場之後，須就各單一排場之間的連接關係加以分析，歸納全本排場連貫組織的律則。關於

全本排場的研究包含兩方面，一爲排場轉移，二爲排場結構。

1. 排場轉移

在排場轉移方面就轉移的模式以及排場轉移與套式變化的相應關係兩項問題加以討論。排場轉移取決於中心事件的變化，事件的變化則透過時空轉換與人物更替來表現，經由相連排場時空環境與組場人物的比對，建立三種排場轉移模式。

（1）基本轉移模式

元雜劇排場轉移的基本模式爲前後排場時空轉換，人物更替，其中時空轉換可區分爲斷隔式轉換與連接式轉換兩類，人物更替則可區分爲完全更替與部分更替兩類。

（2）時空轉換型排場轉移

此一排場轉移模式爲前後排場之間時空環境轉換，而組場人物並未更替。此一轉移模式多用於以重複式情節突顯人物關係演變過程的情節段落。

（3）人物更替型排場轉移

此一場排場轉移模式爲前後排場之間只具備人物更替的關係，空間不變，時間則緊密連接而無明顯分隔。此一轉移模式適用於緊密連接的情節段落，依人物更替型態的不同可分別用於強烈轉折的情節、由弄場性質擴大爲獨立排場的情節、外在行動結束後的抒情性情節、用以收束全劇的外加性情節。

各類排場轉移模式對全劇情節的推進造成不同影響，或形成明顯的間隙，以分段躍進跳接的方式發展；或緊密連接，呈現一氣連貫的形式，使劇情的進行節奏富於變化。全本元雜劇各排場的轉移以基本轉移模式爲主，特殊性的情節段落則可運用「時空轉換型」或「人物更替型」的轉移模式。

元雜劇的演出與音樂具有密切關係，當排場轉移，音樂套式亦隨之相應變化，而套式的變化則有改易宮調與變換聯套單位兩種方式。改易宮調用於跨折性的排場轉移，變換聯套單位則用於一折之內的排場轉移。至於一折之內借宮之曲，大多與情節變化並不相應，排場並未轉移卻又改換宮調，由此借宮之曲應爲與兩宮調皆可相融之曲，其於套式中的用法與本宮其他聯套單位相同，若以借宮之曲施於排場轉移，其性質如同變換本宮之聯套單位。就三類排場轉移模式與套式變化的關係而論，基本轉移模式或改易宮調，或變

換聯套單位，兩種方式都很普遍，時空轉換型排場轉移多改易宮調，人物更替型排場轉移則全為聯套單位的變換。

2. 排場結構

在全本排場結構方面就基本結構原則與結構型態兩項問題加以討論。全本元雜劇是由引場、主場、過場、短場、收場五類排場連貫組織而成，分析每本元雜劇中各類排場的運用情況可歸納出全本排場的基本結構原則，並確立全本排場結構型態，並分析全本排場的配搭情況。

（1）基本結構原則

元雜劇全本排場的結構原則有三項：

就各類排場使用的必要性而言，主場與過場為必要性排場，引場的必要性居次，收場與短場的必要性最低。

就各類排場的場數多寡而言，引場、短場、收場皆以只用一場為通例；主場以一本四或五場為基本原則；過場的場數變化較大，以二至六場居多，其中又以四或五場比例較高。

就各類場的配置而言，引場與收場分置首尾，一做開端，一做收束，其間則由主場、過場、短場配搭構成，以主場為主體，間用過場或短場。主場的配置以每折一個主場或可有一折包含兩個主場為基本原則；過場不一定每折使用，其配搭位置通常在於一折所有主場前後；短場亦置於一折所有主場前後。同一折之中的主場一般接連演出，不以過場或短場間隔，分屬前後折次的主場則以夾入過場或短場為基本原則。

（2）結構型態

依據主場與過場、短場的配搭情形可將元雜劇全本排場結構型分為基本結構型態與特殊結構型態。

基本結構型態是每隔一兩個主場即運用一或數個過場、短場，主場與過場、短場的配搭大體呈現均勻交錯的情況。

特殊結構型態有兩類，第一類是全劇所有的過場或短場皆置於某兩個主場之間，形成以主場包夾過場、短場的結構型態；第二類是全劇有一半以上的主場接連演出，形成全劇某一段落高峰突起的結構型態。

基本結構型態為一均衡穩稱的結構，符合戲劇起伏有致的普遍原理。特殊結構型態多數是全劇中有半數以上的主場接連演出，重要關目集中，連場表演分量偏重，為不平衡的結構。

（3）全本排場的配搭

影響元雜劇全本排場配搭的重要因素包括關目情節、腳色人物、套式賓白、情調氣氛、複式結構等。關目情節須事件繁簡得宜，主體突顯，連絡線索分明，雖以起伏變化均衡交錯爲基本原則，但並非定律，最終仍以情節發展的合理性與必要性爲依歸。腳色人物的安排避免連場重複，使各類腳色均有展現特長的機會，並一新觀眾耳目。套式組場與賓白組場的運用須靈活多樣而不呆板。情調氣氛須適當調劑變化，避免雷同。複式結構排場可施於前後折主場連用之時，以次排場的特性達成排場輕重相配的效果。

二、元雜劇排場研究的意義

本文研究成果概要說明如上，以下就其對於元雜劇乃至古典戲劇之研究的意義以及可能促發的研究方向試加探討，

（一）提供評賞元雜劇的新角度

「排場」爲元雜劇結構的基本單位，每個排場是透過演員的各項技藝演出一段情節，經由各個排場的連接轉移，全劇情節即在舞臺上具體呈現出來，因此排場與元雜劇的舞臺性密切相關。對古典戲劇的評賞應兼顧文學性與舞臺性兩方面，文學性的角度一直是評賞元雜劇的主要觀點，但對於元雜劇舞臺性的分析卻有所不足，本文以元雜劇的排場爲研究主題，即試圖就舞臺性的觀點，提供評賞元雜劇的新角度。

欲以排場評賞元雜劇的舞臺性，須從單一排場與全本排場兩方面考量。在單一排場方面，排場類型與各項排場構成要素之間是否相應得宜，決定了該場戲演出的成敗，換言之，腳色、套式、賓白務須依據關目分量以及情節表現方式配搭運用，而科介與穿關砌末亦須適度粧點排場氣氛，才能達到成功的戲劇效果。單一排場布置妥貼之後，尚須考究全本排場的配搭運用，才能使全劇成功的在舞臺上演出。在全本排場的運用方面，首須就全本排場結構加以分析，其各類排場的組織架構是否合於穩稱的基本原則，表現輕重相間、起伏有致的變化，倘採取特殊結構型態，是否足以達成突出的戲劇效果；其次，全本排場的配搭是否能靈活變化，合於錯綜參伍的要求；再者，全本各單一排場的結構以單式結構爲主要型態，排場轉移則以連場時空轉換、人物更替的基本模式爲主，通本皆爲單式結構排場，皆採基本轉移模式固無不可，但於性質較爲特殊的情節段落是否能運用複式結構排場、排場轉移特殊

模式（時空轉換型或人物更替型）以強化此情節段落的特性，並使全劇各排場的結構型態或轉移模式有所變化，凡此皆影響元雜劇的舞臺表現。從這些觀點出發，相信有助於以舞臺性的新角度對元雜劇加以評賞，對元雜劇的藝術成就能有較爲周備正確的論斷。

（二）建立元雜劇排場理論

關於元雜劇排場的討論由永義師與徐扶明開啓端緒，永義師概括說明排場與情節、套式、賓白之間的關係，徐扶明則著重排場劃分的方式。在永義師與徐扶明之後，元雜劇排場的研究一直未受重視，本文以此爲研究主題，首先提出劃分排場的具體標準，繼之探討單一排場的類型與結構，進而研究全本排場的轉移、結構與配搭，補充此一研究領域之不足。對於前人的看法有進一步的發展，至於前人未及討論之處則由實際分析歸納劇本所得的各項規律加以論述，力求對元雜劇排場的相關問題做一深入全面的探討。本文所獲得的各項結論相信有助於日後元雜劇排場完整理論體系的建立。

（三）奠立研究古典戲劇結構之基礎

中國戲劇自小戲開始即具備以「排場」爲結構單位的雛型，及至大戲成立，元雜劇分折、明清傳奇分齣，而一折、一齣之中或包含多個情節單位，到了京劇，情節段落的區分即稱爲「場」。以「排場」爲基本單位，組織架構爲一本完整的戲劇，原是中國戲劇發展過程中一貫相承的結構型態。而雜劇與傳奇爲古典戲劇中最重要的兩個劇種，對此二者排場的研究，實爲對古典戲劇結構做一全面觀照的必要基礎。但過去有關排場的研究多限於傳奇，本文研究元雜劇排場，提出各項律則，以此可與傳奇排場做一比較，明其異同，並進而探討二者對於京劇結構乃至地方戲曲結構之傳承影響，或許對於古典戲劇結構的全面研究有所助益。

資料編

資料一：元雜劇劇名編號及各劇分場索引

以下用編號方式列出本文所討論之所有劇本名稱，本論與以下資料中所用劇本編號以此為依據，並列出各劇分場索引，以便查閱。

說明：1. a 表示《元曲選》所收之劇。

2. b 表示《元曲選外編》所收之劇。

3. c 表示 a、b 不收，而見於《全元雜劇初、二、三編》之劇。

4. d 表示《全元雜劇外編》所收之劇。

5. 英文字母之後的數字表示該劇於各書中之次第。（a00 表示《元曲選》中的第一百本）

以上爲《元曲選外編》所收之劇。

此劇見於《全元雜劇初編》。

此劇見於《全元雜劇三編》。

以上爲《全元雜劇外編》所收之劇。

資料二：元雜劇分場一覽表

　　以下列出全部元雜劇各本排場，本論與以下資料所舉排場之例皆以本資料爲準。各排場係以本文第一章〈元雜劇排場的劃分〉所提出的分場標準而劃分。

說明：1. 各折排場以□－□表示，如1－1即爲第一折第一場。

　　　2. 各排場皆簡述其中心事件，並註明其開端和結束處。

　　　3. 全用賓白演出的排場註明「賓白組場」，運用樂曲者則註明首曲和末曲，並統計該場之用曲數。（插曲不計）

　　　4. 各排場皆註明其排場類型。

a01　破幽夢孤雁漢宮秋

　　　楔－1：單于欲和親　　沖末扮番王引部落上－沖末下　　　　　引場
　　　　　　　　　　　　　　賓白組場

　　　楔－2：下詔選女　　　淨扮毛延壽上－〔仙呂賞花時〕下　　　引場
　　　　　　　　　　　　　　〔仙呂賞花時〕一曲

－163－

1－1：毛延壽惡計	毛延壽上－毛延壽下 賓白組場	過場
1－2：初遇昭君	正旦扮王嬙引二宮女上－旦下 〔仙呂點絳唇〕至〔賺煞〕計九曲	主場
2－1：毛延壽獻圖	番王引部落上－番王同毛延壽下 賓白組場	過場
2－2：佳人臨鏡	旦引宮女上－旦做見接駕科 〔南呂一枝花〕至〔隔尾〕計三曲	短場
2－3：索親驚變	外扮尚書丑扮常侍上－〔黃鍾尾〕下 〔南呂牧羊關〕至〔黃鍾尾〕計八曲	主場
3－1：灞橋送別	番使擁旦上－〔鴛鴦煞〕下 〔雙調新水令〕至〔鴛鴦煞〕計十二曲	主場
3－2：昭君投江	番王引部落擁昭君上－番王下 賓白組場	過場
4－1：長夜聞雁	駕引內官上－〔隨煞〕 〔中呂粉蝶兒〕至〔隨煞〕計十三曲	主場
4－2：毛延壽伏法	尚書上－駕詩云 賓白組場	收場

a02 李太白匹配金錢記

1－1：囑女赴會	沖末扮王府尹領張千上－王府尹同張千下 賓白組場	引場
1－2：賀知章尋友	外扮賀知章引從人上－賀下 賓白組場	引場
1－3：遊賞九龍池	正末扮韓飛卿上－〔鵲踏枝〕 〔仙呂點絳唇〕至〔鵲踏枝〕計六曲	短場
1－4：金錢定情	旦同梅香上－正末欲追下 〔仙呂寄生草〕至〔賺煞尾〕計六曲	主場
1－5：賀知章勸阻	賀知章上－賀下 〔仙呂賺煞尾〕一曲	過場
2－1：闖府受困	張千上－弔起正末 〔正宮端正好〕至〔滾繡毬〕第三支計七曲	主場

2－2：解圍留館	賀知章上－賀知章同王府尹下	主場
	〔正宮倘秀才〕第二支至〔煞尾〕計三曲	
3－1：譏嘲飛卿	淨扮王正丑扮馬求上－淨丑同下	過場
	賓白組場	
3－2：卜卦祝禱	正末上－〔紅繡鞋〕	短場
	〔中呂粉蝶兒〕至〔紅繡鞋〕計七曲	
3－3：金錢事敗露	王府尹上－弔起正末	主場
	〔中呂石榴花〕至〔滿庭芳〕計五曲	
3－4：賀知章保親	賀知章上－賀知章同王府尹下	主場
	〔般涉耍孩兒〕至〔中呂煞尾〕計二曲	
4－1：前往傳旨	沖末李太白上－李下	過場
	賓白組場	
4－2：奉旨成親	王府尹同旦兒梅香上－〔太平令〕	主場
	〔雙調新水令〕至〔太平令〕計八曲	

a03 **包待制陳州糶米**

楔－1：奉旨糶米	沖末范學士領祗候上－韓魏公呂夷簡下	引場
	〔仙呂賞花時〕一曲	
1－1：權豪欺民	小衙內同楊金吾引左右上－小衙內同眾下	主場
	〔仙呂點絳唇〕至〔賺煞尾〕計十二曲	
2－1：包拯受命	范學士領祗候上－劉衙內同范學士下	主場
	〔正宮端正好〕至〔煞尾〕計十曲	
3－1：聞訊心驚	小衙內同楊金吾上－同下	過場
	賓白組場	
3－2：巧遇王粉蓮	張千背劍上－〔隔尾〕同旦兒下	過場
	〔南呂一枝花〕至〔隔尾〕計四曲	
3－3：微服受欺	小衙內楊金吾領斗子上－〔黃鍾煞尾〕同下	主場
	〔南呂哭皇天〕至〔黃鍾煞尾〕計四曲	
4－1：權豪正法	淨扮州官同外郎上－正末詞云	主場
	〔雙調新水令〕全〔殿前歡〕計七曲	

a04 **玉清庵錯送鴛鴦被**

| 楔－1：府尹困窘 | 沖末扮李府尹引從人上－李同道姑下 | 引場 |

	賓白組場		
楔－2：道姑借貸	淨扮劉員外上－劉下 賓白組場	過場	
楔－3：父女相別	李府尹上－李下 〔仙呂端正好〕一曲	過場	
1－1：索債逼親	劉員外上－道姑下 賓白組場	過場	
1－2：巧言騙婚	正旦引梅香上－道姑下 〔仙呂點絳唇〕至〔賺煞〕計九曲	主場	
1－3：道姑報喜	劉員外上－道姑下 賓白組場	過場	
2－1：吩咐徒兒	道姑引小姑上－小姑下 賓白組場	過場	
2－2：赴約被捕	劉員外上－劉同巡更卒下 賓白組場	過場	
2－3：誤結姻緣	外扮張瑞卿上－張瑞卿下 〔正宮端正好〕至〔黃鍾尾〕計十曲	主場	
2－4：小姑思凡	小姑上－小姑下 賓白組場	過場	
2－5：聞訊狂怒	劉員外上－劉同道姑下 賓白組場	過場	
3－1：守貞受虐	劉員外同正旦上－劉下 賓白組場	過場	
3－2：酒店重逢	正旦悲嘆－劉員外下 〔越調鬥鵪鶉〕至〔收尾〕計九曲	主場	
4－1：鋪被相認	張瑞卿同正旦上－兩人共飲 〔雙調新水令〕至〔太平令〕計六曲	主場	
4－2：強拉見官	劉員外上－劉同正旦、外下 賓白組場	過場	
4－3：斷案成親	李府尹引張千上－李府尹詩云 〔雙調錦上花〕至〔清江引〕計三曲	主場	

a05 隨何賺風魔蒯通

1－1：議誅韓信	沖末扮蕭丞相領祗候上－蕭相同樊噲嚀下	主場
	〔仙呂點絳唇〕至〔賺煞尾〕計九曲	
2－1：蒯通勸諫	外扮韓信領卒子上－韓信下	主場
	〔中呂粉蝶兒〕至〔煞尾〕計八曲	
3－1：隨何受命	蕭相領祗候上－蕭相同隨何下	過場
	賓白組場	
3－2：喬裝風魔	徠兒上－〔小桃紅〕趕徠兒下	過場
	〔越調鬥鵪鶉〕至〔小桃紅〕計三曲	
3－3：識破眞相	正末至羊圈歇息－隨何下	主場
	〔越調金蕉葉〕至〔收尾〕計六曲	
4－1：舌戰群臣	蕭相同樊噲領祗候上－〔太平令〕	主場
	〔雙調新水令〕至〔太平令〕計八曲	
4－2：赦罪加官	外扮黃門引侍尉上－蕭相詞云	收場
	〔雙調鴛鴦煞〕一曲	

a06 溫太眞玉鏡臺

1－1：溫嶠探姑	老旦扮夫人引梅香上－夫人梅香下	主場
	〔仙呂點絳唇〕至〔賺煞尾〕計十四曲	
2－1：授課議婚	老夫人上－〔煞尾〕下	主場
	〔南呂一枝花〕至〔煞尾〕計十一曲	
2－2：官媒說親	官媒上－老夫人同梅香下	過場
	賓白組場	
3－1：新婚勃谿	正末引贊禮鼓樂上－〔煞尾〕同下	主場
	〔中呂粉蝶兒〕至〔煞尾〕計十五曲	
4－1：設宴和會	外扮王府尹引祗從上－〔鴛鴦煞〕	主場
	〔雙調新水令〕至〔鴛鴦煞〕計十四曲	

a07 楊氏女殺狗勸夫

楔－1：祝壽遭斥	沖末扮孫大同旦楊氏上－旦同孫大下	主場
	〔仙呂賞花時〕、〔么篇〕二曲	
1－1：祭墳受責	柳胡上－〔賺煞〕下	主場
	〔仙呂點絳唇〕至〔賺煞〕計十二曲	

2－1：柳胡棄友	孫大同柳胡上－柳胡下	過場
	賓白組場	
2－2：雪夜背兄	正末上－背孫大回家	短場
	〔正宮端正好〕至〔滾繡毬〕第三支計七曲	
2－3：含冤長跪	叫門旦同梅香上－〔煞尾〕下	主場
	〔正宮貨郎兒〕至〔煞尾〕計十三曲	
2－4：柳胡巧語	柳胡上－旦下	過場
	賓白組場	
3－1：楊氏買狗	旦上－老旦王婆下	過場
	賓白組場	
3－2：見狗驚心	孫大同柳胡上－欲請柳胡移屍	過場
	賓白組場	
3－3：喬人面目	做行科－旦同孫大下	過場
	賓白組場	
3－4：孫二移屍	正末上－〔煞尾〕同下	主場
	〔南呂一枝花〕至〔煞尾〕計九曲	
4－1：反目告官	正末上－正末孫大柳胡下	過場
	〔中呂粉蝶兒〕、〔醉春風〕二曲	
4－2：明斷殺狗	外扮孤領祇從上－〔尾煞〕	主場
	〔中呂紅繡鞋〕至〔尾煞〕計八曲	

a08 相國寺公孫合汗衫

1－1：疏財濟困	正末扮張義同眾上－張孝友同邦老下	主場
	〔仙呂點絳唇〕至〔賺煞尾〕計七曲	
2－1：陳虎調唆	張孝友同興兒上－張孝友陳虎同興兒下	過場
	賓白組場	
2－2：拆衫相別	興兒上－〔絡絲娘〕	主場
	〔越調鬥鵪鶉〕至〔絡絲娘〕計七曲	
2－3：祝融之厄	見火起－〔收尾〕同下	短場
	〔越調絡絲么篇〕至〔收尾〕計四曲	
3－1：囑兒尋親	邦老上－旦兒下	過場
	賓白組場	

3－2：公孫合衫	外扮長老上－小末下	主場
	〔中呂粉蝶兒〕至〔煞尾〕計十三曲	
4－1：揭露身世	邦老同旦兒上－旦兒下	過場
	賓白組場	
4－2：巧逢恩公	趙興孫上－正末卜兒同趙下	過場
	〔雙調新水令〕至〔碧玉簫〕計四曲	
4－3：一門團圓	張孝友扮僧人上－〔殿前喜〕	主場
	〔雙調沽美酒〕至〔殿前喜〕計五曲	
4－4：府尹下斷	外扮府尹領祗從人上－府尹詞云	收場
	賓白組場	

a09 錢大尹智寵謝天香

楔－1：傳令參官	柳耆卿謝天香上－〔仙呂賞花時么篇〕下	引場
	〔仙呂賞花時〕、〔么篇〕二曲	
1－1：謁見錢尹	外扮錢大尹引張千上－〔金盞兒〕	過場
	〔仙呂點絳唇〕至〔金盞兒〕計五曲	
1－2：請託觸怒	柳上－錢大尹下	主場
	〔仙呂醉中天〕至〔醉扶歸〕計三曲	
1－3：臨別寄詞	送行－〔賺煞〕下	過場
	〔仙呂賺煞〕一曲	
2－1：錢尹納妾	錢大尹上－錢下	主場
	〔南呂一枝花〕至〔煞尾〕計七曲	
3－1：閨中遣悶	正旦上－〔呆骨朵〕	短場
	〔正宮端正好〕至〔呆骨朵〕計九曲	
3－2：錢尹許諾	錢大尹暗上－〔煞尾〕下	主場
	〔正宮倘秀才〕第四支至〔煞尾〕計五曲	
4－1：下令請耆卿	錢大尹引張千上－錢同張千下	過場
	賓白組場	
4－2：張千攔馬	柳領祗候上－柳同張千下	過場
	賓白組場	
4－3：解明眞意	張千同柳上－〔隨尾〕	主場
	〔中呂粉蝶兒〕至〔隨尾〕計十曲	

a10　爭報恩三虎下山

楔－1：宋江傳令	沖末扮宋江引僂儸上－宋同眾下 賓白組場	引場
楔－2：通判安家	扮趙通判同眾上－正旦下 賓白組場	引場
楔－3：救關勝	搽旦淨共飲－搽旦淨同下 〔仙呂賞花時〕一曲	主場
1－1：救徐寧	徐寧上－徐寧下 〔仙呂點絳唇〕至〔賺煞尾〕計十曲	主場
1－2：偷情	搽旦同丁都管上－同下 賓白組場	過場
2－1：花榮認義	正旦同徠兒上－花榮正旦結義 〔中呂粉蝶兒〕至〔紅繡鞋〕計四曲	過場
2－2：誣陷姦情	丁都管同搽旦上－趙同眾下 賓白組場	過場
2－3：屈打成招	張千排衙上－孤下 〔中呂石榴花〕至〔煞尾〕計九曲	主場
3－1：誓救千嬌	店小二上－店小二下 賓白組場	過場
3－2：赴刑場	劊子拿正旦徠兒上－〔鬼三臺〕 〔越調鬥鵪鶉〕至〔鬼三臺〕計四曲	短場
3－3：劫法場	關勝徐花榮沖上－〔收尾〕同下 〔越調金蕉葉〕至〔收尾〕計五曲	主場
3－4：通判被擒	趙通判領眾上－徐寧花榮同趙眾人下 賓白組場	過場
4－1：設宴和會	關勝同正旦上－眾同下 〔雙調新水令〕至〔竹枝歌〕計七曲	主場
4－2：宋江下斷	宋江上－〔隨尾〕 〔雙調隨尾〕一曲	收場

a11　張天師斷風花雪月

1－1：訪叔	沖末扮陳太守領張千上－陳太守同陳世英下	引場

	賓白組場	
1－2：桂仙下凡	陳世英上－陳下	主場
	〔仙呂點絳唇〕至〔賺煞尾〕計十一曲	
2－1：太守憂心	陳太守引張千上－同下	過場
	賓白組場	
2－2：嬤嬤問疾	陳世英抱病上－〔黃鍾尾〕下	主場
	〔南呂一枝花〕至〔黃鍾尾〕計九曲	
楔－1：太醫診病	陳世英同張千上－〔仙呂賞花時〕下	過場
	〔仙呂賞花時〕一曲	
3－1：天師勾問	陳太守領張千上－陳太守下	主場
	〔正宮端正好〕至〔煞尾〕計十二曲	
4－1：長眉下斷	長眉仙領仙童上－長眉仙詞云	主場
	〔雙調新水令〕至〔喜江南〕計八曲	

a12 趙盼兒風月救風塵

1－1：周舍有意求親	沖末周舍上－周舍下（按：應有下場動作）	引場
	賓白組場	
1－2：卜兒允親	卜兒同外旦上－卜兒同外旦沖末下	過場
	賓白組場	
1－3：秀才求助	外扮安秀實上－安下	過場
	〔仙呂點絳唇〕至〔寄生草〕計七曲	
1－4：盼兒勸說	正旦做行科見外旦科－周舍同外旦下	主場
	〔仙呂村裡迓鼓〕至〔賺煞〕計七曲	
2－1：引章受虐	周舍同外旦上－外旦下	過場
	賓白組場	
2－2：得信憂急	卜兒哭上－卜兒下	過場
	賓白組場	
2－3：盼兒定計	正旦上－〔浪裡來煞〕下	主場
	〔商調集賢賓〕至〔浪裡來煞〕計十曲	
3－1：巧施風月計	周舍同店小二上－〔黃鍾尾〕同下	主場
	〔正宮端正好〕至〔黃鍾尾〕計十一曲	
4－1：周舍立休書	外旦上－外旦下	過場

		賓白組場	
4－2：追趕盼兒	周合做到店科－周舍同小二下		過場
		賓白組場	
4－3：強拉見官	旦同外旦上－周扯二旦同下		主場
	〔雙調新水令〕至〔落梅風〕計四曲		
4－4：州官斷案	外扮孤引張千上－〔收尾〕		主場
	〔雙調雁兒落〕至〔收尾〕計五曲		

a13 東堂老勸破家子弟

楔－1：趙國器託孤	沖末趙國器扶病引眾上－趙同眾下		引場
	〔仙呂賞花時〕一曲		
1－1：柳胡調唆	丑扮賣茶上－揚州奴同柳胡下		過場
	賓白組場		
1－2：變賣房產	正末同卜兒小末尼上－揚州奴下		主場
	〔仙呂點絳唇〕至〔賺煞〕計十一曲		
2－1：翠哥哭告	正末同卜兒小末尼上－正末同眾下		過場
	〔正宮端正好〕至〔滾繡毬〕第二支計四曲		
2－2：怒打揚州奴	揚州奴同柳胡上－揚州奴同柳胡下		主場
	〔正宮倘秀才〕第二支至〔煞尾〕計七曲		
3－1：瓦窯受困	揚州奴同旦兒上－同下		過場
	賓白組場		
3－2：柳胡負義	賣茶上－揚州奴同賣茶下		過場
	賓白組場		
3－3：議往李府	旦兒上－揚州奴同旦兒下		過場
	賓白組場		
3－4：投託見逐	卜兒上－正末趕揚州奴出門		主場
	〔中呂粉蝶兒〕至〔蔓青菜〕計五曲		
3－5：痛悟前非	卜兒予揚州奴錢鈔－揚州奴同旦兒下		主場
	〔中呂紅繡鞋〕至〔尾煞〕計三曲		
3－6：相請赴宴	小末上－揚州奴同旦兒下		過場
	賓白組場		
4－1：歸還家業	正末同卜兒小末尼上－正末斷云		主場

〔雙調新水令〕至〔殿前歡〕計七曲

a14 同樂院燕青博魚

楔－1：受責失明	沖末宋江同外吳學究上－宋江同眾下	引場
	〔仙呂端正好〕、〔么篇〕二曲	
1－1：燕二離家	沖末扮燕大搽旦扮王臘梅外扮燕二上－燕大下	引場
	賓白組場	
1－2：定約	搽旦等待楊衙內－楊衙內同搽旦下	過場
	賓白組場	
1－3：燕青落魄	丑扮店小二上－〔雁過南樓〕	短場
	〔大石調六國朝〕至〔雁過南樓〕計四曲	
1－4：重見光明	楊衙內領隨從上－燕二下	主場
	〔大石調六國朝〕第二支至〔尾聲〕計五曲	
2－1：同樂院博魚	淨扮店小二上－正末挑擔兒走科	主場
	〔仙呂點絳唇〕至〔醉中天〕計六曲	
2－2：痛打楊衙內	楊衙內沖上－楊下	主場
	〔仙呂醉扶歸〕至〔金盞兒〕計三曲	
2－3：結義	燕大問燕青身分－燕大同搽旦下	過場
	〔仙呂賺煞尾〕一曲	
3－1：私會	搽旦上－楊衙內同搽旦下	過場
	賓白組場	
3－2：拿姦被擒	正末上－楊衙內同搽旦下	主場
	〔中呂粉蝶兒〕至〔煞尾〕計八曲	
4－1：下山救兄	燕二上－燕二下	過場
	賓白組場	
4－2：追捕	楊衙內上－楊下	過場
	賓白組場	
4－3：奔逃	正末同燕大上－正末同燕大下	過場
	〔雙調新水令〕至〔攪箏琶〕計三曲	
4－4：擒奸	燕二上－宋江詞云	主場
	〔雙調喬木查〕至〔離亭宴歇指煞〕計四曲	

a15 臨江驛瀟湘秋夜雨

楔－1：渡江遇難	末張天覺正旦翠鸞領興兒上－翠鸞心焦 賓白組場	引場
楔－2：漁翁收留	外扮孛老上－〔仙呂端正好〕同下 〔仙呂端正好〕一曲	過場
1－1：告示尋女	張天覺領興兒上－同下 賓白組場	過場
1－2：翠鸞定親	孛老上－崔甸士同孛老下 〔仙呂點絳唇〕至〔賺煞〕計七曲	主場
2－1：富貴易妻	淨扮試官上－崔甸士同搽旦下 賓白組場	過場
2－2：尋夫被罪	正旦上－崔甸士同搽旦下 〔南呂一枝花〕至〔黃鍾煞〕計七曲	主場
3－1：老父念女	張天覺領興兒上－同下 賓白組場	過場
3－2：瀟湘夜雨	正旦同解子上－〔隨尾〕同下 〔黃鍾醉花陰〕至〔隨尾〕計九曲	主場
4－1：父女重逢	淨扮驛丞上－正旦同眾下 〔正宮端正好〕至〔笑和尚〕計四曲	主場
4－2：捉拿崔通	崔甸士上－正旦同眾下 〔中呂快活三〕一曲	過場
4－3：寬恕團圓	張天覺上－張天覺下斷 〔中呂鮑老兒〕至〔正宮尾煞〕計四曲	主場

a16 李亞仙花酒曲江池

楔－1：元和赴舉	外扮鄭府尹引末鄭元和張千上－府尹下 〔仙呂賞花時〕一曲	引場
1－1：遊賞曲江池	淨同外旦上－〔天下樂〕 〔仙呂點絳唇〕至〔天下樂〕計四曲	短場
1－2：初見鍾情	末同張千上－外同淨旦下 〔仙呂那吒令〕至〔賺煞〕計七曲	主場
2－1：張千報信	鄭府尹上－鄭同張千下	過場

	賓白組場		
2－2：元和落魄	正旦引梅香上－正旦同卜兒虛下	過場	
	〔南呂一枝花〕至〔牧羊關〕計四曲		
2－3：怒打不肖子	鄭府尹引張千上－鄭下	過場	
	賓白組場		
2－4：亞仙問傷	淨上－末下	主場	
	〔南呂罵玉郎〕至〔黃鍾煞〕計四曲		
3－1：決裂	正旦引梅香上－卜兒下	主場	
	〔中呂粉蝶兒〕至〔尾煞〕計九曲		
4 1：拒不認父	劉府尹引張千上－府尹同張千下	過場	
	賓白組場。		
4－2：團圓慶喜	末同正旦引祗從梅香上－鄭府尹詞云	主場	
	〔雙調新水令〕至〔鴛鴦煞〕計九曲		

a17 楚昭公疏者下船

1－1：吳王興兵	沖末吳王領卒子上－吳王下	引場	
	賓白組場		
1－2：投遞戰書	正末楚昭公同外芊旋上－楚使命下	過場	
	〔仙呂點絳唇〕至〔天下樂〕計四曲		
1－3：商議對策	芊旋問書－申包胥同芊旋下	主場	
	〔仙呂那吒令〕至〔賺煞〕計七曲		
2－1：費無忌自誇	淨扮費無忌上－費下	過場	
	賓白組場。		
2－2：楚軍潰敗	正末同芊旋領費無忌上－〔收尾〕同下	主場	
	〔越調鬥鵪鶉〕至〔收尾〕計九曲		
3－1：疏者下船	龍神領鬼力上－稍公下	主場	
	〔中呂粉蝶兒〕至〔滿庭芳〕計十曲		
3－2：兄弟相別	上岸－芊旋下（按：應有下場動作）	短場	
	〔般涉耍孩兒〕至〔中呂煞尾〕計三曲		
3－3：龍神覆命	龍神引鬼力上－龍神領鬼力下	過場	
	賓白組場		
4－1：秦昭公借兵	外扮秦昭公領卒子上－由包胥同姬輦下	過場	

	賓白組場	
4－2：團圓	正末領卒子上－〔折桂令〕 〔雙調新水令〕至〔折桂令〕計六曲	主場
4－3：百里奚求親	秦百里奚上－〔收尾〕 〔雙調沽美酒〕至〔收尾〕計六曲	主場

a18 龐居士誤放來生債

楔－1：龐居士探病	沖末李孝先上－李孝先下 〔仙呂賞花時〕一曲	引場
1－1：論錢財之道	正末引眾上－增福神下 〔仙呂點絳唇〕至〔六么序么篇〕計九曲	主場
1－2：贈銀磨博士	正末燒香－〔賺煞〕同行錢下 〔仙呂醉扶歸〕、〔賺煞〕二曲	過場
1－3：磨博士夜夢	磨博士回家－磨博士下 賓白組場	過場
2－1：歸還銀錢	正末引眾上－磨博士下 〔中呂粉蝶兒〕至〔迎仙客〕計四曲	過場
2－2：前世果報	正末燒香－〔滿庭芳〕 〔中呂醉高歌〕、〔滿庭芳〕二曲	過場
2－3：決捨家私	正末做叫科－〔煞尾〕同下 〔中呂石榴花〕至〔煞尾〕計七曲	主場
3－1：盡沈家財	外扮龍神領水卒上－〔收尾〕同下 〔越調鬥鶴鶉〕至〔收尾〕計十三曲	主場
4－1：點化丹霞	外扮丹霞禪師上－禪師下 賓白組場	過場
4－2：靈兆拾錢	靈兆上－靈兆下 賓白組場	過場
4－3：證果朝元	正末引卜兒鳳毛上－〔折桂令〕 〔雙調新水令〕至〔折桂令〕計七曲	主場

a19 薛仁貴榮歸故里

楔－1：仁貴投軍	正末扮孛老同卜兒旦兒上－旦兒下 〔仙呂端正好〕一曲	引場

1－1：高麗王遣將	淨扮高麗王領卒子上－高麗王下 賓白組場		引場
1－2：比射定功	外扮徐茂公領卒子上－〔賺煞尾〕下 〔仙呂點絳唇〕至〔賺煞尾〕計九曲		主場
1－3：加官賜酒	徐茂公上－徐茂公下 賓白組場		過場
1－4：仁貴入夢	薛仁貴打夢科－薛下 賓白組場		過場
2－1：夢回故里	卜兒上－張士貴下 〔商調集賢賓〕至〔浪裡來煞〕計八曲		主場
2－2：奉旨還鄉	薛仁貴醒科－徐茂公下 賓白組場		過場
3－1：道逢故交	丑扮禾旦上－薛仁貴下 〔中呂粉蝶兒〕至〔煞尾〕計十二曲		主場
4－1：奉旨傳令	杜如晦上－杜下 賓白組場		過場
4－2：榮歸團圓	正末扮李老同卜兒旦兒上－〔折桂令〕 〔雙調新水令〕至〔折桂令〕計四曲		主場
4－3：加官賜賞	徐茂公引卒子上－徐茂公詞云 〔雙調喜江南〕至〔太平令〕計三曲		收場

a20 裴少俊牆頭馬上

1－1：奉旨買花	沖末裴尚書引老旦扮夫人上－下 賓白組場		引場
1－2：憶昔親事	外李總管上－下 賓白組場		引場
1－3：少俊出遊	正末扮裴舍人引張千上－下 賓白組場		過場
1－4：傷春嗟嘆	正旦扮李千金領梅香上－〔寄生草么篇〕 〔仙呂點絳唇〕至〔寄生草么篇〕計八曲		短場
1－5：傳簡定情	裴舍上引張千上－裴舍同張千下 〔仙呂金盞兒〕至〔賺煞〕計四曲		主場

2－1：夫人叮囑	夫人同老旦嬤嬤上－下 賓白組場	過場
2－2：裴舍赴約	裴舍上－下 賓白組場	過場
2－3：良宵佳期	正旦同梅香上－〔隔尾〕 〔南呂一枝花〕至〔隔尾〕計七曲	主場
2－4：覷破私情	嬤嬤上－嬤嬤下 〔南呂紅芍藥〕至〔黃鍾尾〕計六曲	主場
3－1：命子上墳	裴尚書上－裴下 賓白組場	過場
3－2：叮囑院公	裴舍引院公上－下 賓白組場	過場
3－3：生拆鸞凰	正旦引端端重陽上－裴舍下 〔雙調新水令〕至〔鴛鴦煞〕計十八曲	主場
4－1：陪罪團圓	正旦引梅香上－尚書詩云 〔中呂粉蝶兒〕至〔煞尾〕計十三曲	主場

a21　唐明皇秋夜梧桐雨

楔－1：安祿山獲罪	沖末張守珪引卒子上－張下 賓白組場	引場
楔－2：輸忠晉爵	正末扮唐玄宗引眾上－安祿山下 〔仙呂端正好〕、〔么篇〕二曲	過場
1－1：釵盒盟誓	旦扮貴妃引宮娥上－〔賺煞尾〕下 〔仙呂八聲甘州〕至〔賺煞尾〕計十四曲	主場
2－1：漁陽起兵	安祿山引眾將上－安同眾下 賓白組場	過場
2－2：霓裳之舞	正末引眾上－旦飲酒科 〔中呂粉蝶兒〕至〔紅芍藥〕計九曲	主場
2－3：驚變	淨李林甫上－〔啄木兒尾〕同下 〔中呂剔銀燈〕至〔啄木兒尾〕計五曲	主場
3－1：太子留守	外扮陳玄禮上－太子辭駕 〔雙調新水令〕至〔沈醉東風〕計三曲	過場

3－2：魂斷馬嵬	眾軍不行科－〔鴛鴦煞〕	主場
	〔雙調慶東原〕至〔鴛鴦煞〕計十七曲	
4－1：梧桐夜雨	高力士上－〔黃鍾煞〕	主場
	〔正宮端正好〕至〔黃鍾煞〕計二十三曲	

a22 散家財天賜老生兒

楔－1：引孫離家	正末劉從善同眾上－沖末引孫下	引場
	賓白組場	
楔－2：分另家私	正末分家－卜兒同眾下	過場
	〔仙呂賞花時〕一曲	
1－1：謀奪家產	張郎同旦兒上－卜兒同眾下	過場
	賓白組場	
1－2：驚聞惡耗	正末領丑興兒上－〔賺煞尾〕同眾下	主場
	〔仙呂點絳唇〕至〔賺煞尾〕計十曲	
2－1：散財濟貧	張郎上－引孫下	主場
	〔正宮端正好〕至〔煞尾〕計十曲	
3－1：張郎上墳	張郎同旦兒上－張郎同旦兒社長下	過場
	賓白組場	
3－2：祭祖悲感	引孫上－引孫下	過場
	賓白組場	
3－3：李氏悔悟	正末同卜兒上－引孫同眾下	主場
	〔越調鬥鵪鶉〕至〔收尾〕計九曲	
4－1：一門團圓	正末同卜兒引孫上－正末詞云	主場
	〔雙調新水令〕至〔得勝令〕計七曲	

a23 硃砂擔滴水浮漚記

楔－1：離家避難	沖末孛老正末王文用旦兒上－孛老同旦下	引場
	〔仙呂端正好〕一曲	
1－1：旅店驚夢	丑扮店小二上－〔青哥兒〕正末下	主場
	〔仙呂點絳唇〕至〔青哥兒〕計五曲	
1－2：道逢賊徒	淨扮店小二上－店小二下	主場
	〔仙呂醉扶歸〕至〔賺煞尾〕計四曲	
2－1：窮追不捨	丑扮店小二上－邦老下	主場

	〔南呂一枝花〕至〔牧羊關〕計六曲	
2－2：圖財致命	正末扮太尉領鬼力上－太尉下	主場
	〔南呂黃鍾尾〕一曲	
3－1：一門受難	孛老同旦兒上－邦老同旦兒下	過場
	賓白組場	
3－2：求告地曹	淨扮地曹引鬼力上－孛老下	過場
	賓白組場	
3－3：太尉對案	正末扮太尉引判官小鬼上－〔煞尾么篇〕	主場
	淨下	
	〔正宮端正好〕至〔煞尾〕計九曲	
4－1：冤魂索命	邦老同旦兒上－太尉詞云	主場
	〔雙調新水令〕至〔收尾〕計九曲	

a24 便宜行事虎頭牌

1－1：訪姪	旦扮茶茶引六兒上－旦兒同眾下	引場
	賓白組場	
1－2：六兒報信	正末扮千戶引屬官上－正末同眾下	過場
	〔仙呂點絳唇〕至〔天下樂〕計四曲	
1－3：授官報恩	老千戶同老旦上－老千戶同老旦下	主場
	〔仙呂醉中天〕至〔賺煞〕計五曲	
2－1：兄弟餞行	老千戶同老旦上－老千戶下	主場
	〔雙調五供養〕至〔離亭宴煞〕計十八曲	
3－1：貪杯失守	老千戶同老旦上－老千戶同眾下	過場
	賓白組場	
3－2：傳令	外扮經歷上－外下	過場
	賓白組場	
3－3：勾拿老千戶	老千戶領左右上－老旦下	過場
	賓白組場	
3－4：問罪杖責	正末引經歷祇候上－〔鴛鴦煞〕眾隨下	主場
	〔雙調新水令〕至〔鴛鴦煞〕計十一曲	
4－1：擔酒暖痛	老千戶同老旦上－正末下斷	主場
	〔正宮端正好〕至〔煞尾〕計九曲	

a25 包龍圖智賺合同文字

楔－1：分房減口	沖末劉天祥同眾上－劉天祥同社長下	引場
	〔仙呂賞花時〕一曲	
1－1：欲往探病	外扮張秉彝同旦兒郭氏上－同下	過場
	賓白組場	
1－2：臨終托孤	店小二上－張秉彝下	主場
	〔仙呂點絳唇〕至〔賺煞尾〕計十曲	
2－1：吐露身世	張秉彝同旦兒上－張秉彝下	主場
	〔正宮端正好〕至〔滾繡毬〕第二支計六曲	
2－2：安住返鄉	〔倘秀才〕第三支－〔煞尾〕下	短場
	〔正宮倘秀才〕第三支至〔煞尾〕計三曲	
3－1：拒不認親	搽旦上－社長欲引安住告官	主場
	〔中呂粉蝶兒〕至〔滿庭芳〕計十曲	
3－2：痛陳冤情	外扮包待制領張千上－〔收尾〕同下	過場
	〔中呂十二月〕至〔收尾〕計三曲	
4－1：包拯斷案	張千排衙上－〔水仙子〕	主場
	〔雙調新水令〕至〔水仙子〕計八曲	

a26 凍蘇秦衣錦還鄉

楔－1：赴舉	沖末扮孛老同眾上－孛老同眾下	引場
	〔仙呂賞花時〕一曲	
1－1：長者濟困	外扮王長者領家童上－王長者下	主場
	〔仙呂點絳唇〕至〔賺煞尾〕計九曲	
2－1：返家受譏	孛老同眾上－〔煞尾〕下	主場
	〔正宮端正好〕至〔煞尾〕計九曲	
2－2：老父懊悔	孛老著眾人尋蘇秦－眾下	過場
	賓白組場	
3－1：張儀激將	外扮張儀領陳用張千上－張儀陳用下	主場
	〔南呂一枝花〕至〔黃鍾尾〕計八曲	
4－1：喜聞榮顯	孛老同眾上－眾下	過場
	賓白組場	
4－2：謝恩團圓	正末領張千上－張儀詩云	主場

〔雙調新水令〕至〔鴛鴦煞〕計九曲

a27 翠紅鄉兒女兩團圓

楔－1：兄弟分家	搽旦同二淨上－〔仙呂賞花時〕同二旦下 〔仙呂賞花時〕一曲	引場
1－1：李氏調唆	搽旦同福童安童上－搽旦同二淨下 賓白組場	過場
1－2：逐出春梅	正末同搽旦春梅上－〔賺煞尾〕下 〔仙呂點絳唇〕至〔賺煞尾〕計八曲	主場
2－1：俞循禮盼子	外扮俞循禮同旦兒王氏上－旦兒下 賓白組場	過場
2－2：春梅產子	李春梅上－王獸醫下 賓白組場	過場
2－3：以子易女	旦兒上－王獸醫下 賓白組場	過場
2－4：俞王反目	俞循禮同旦兒徠兒上－俞同旦兒徠兒下 賓白組場	過場
2－5：揭露實情	正末抱病二旦扶上－〔黃鍾尾〕同下 〔南呂一枝花〕至〔黃鍾尾〕計十曲	主場
3－1：聞知身世	徠兒上－〔梧葉兒〕 〔商調集賢賓〕至〔梧葉兒〕計三曲	過場
3－2：張氏奪子	二旦同王獸醫上－二旦同徠下 〔仙呂後庭花〕至〔仙呂柳葉兒〕計三曲	主場
3－3：驚聞眞相	正末拖住王獸醫－〔浪裡來煞〕同下 〔仙呂油葫蘆〕至〔商調浪裡來煞〕計 二曲	主場
4－1：寄詩傳意	俞循禮同旦兒上－王獸醫下 賓白組場	過場
4－2：見詩哀感	正末同二旦徠兒上－眾同下 〔雙調新水令〕一曲	過場
4－3：兒女團圓	俞循禮同旦兒上－〔尾聲〕 〔雙調沽美酒〕至〔尾聲〕計六曲	主場

a28 李素蘭風月玉壺春

  1－1：囑女賞春 老旦扮卜兒上－老旦下   引場
          賓白組場

  1－2：李斌遊春 正末扮李斌引琴童上－〔寄生草〕 短場
          〔仙呂點絳唇〕至〔寄生草〕計七曲

  1－3：相遇定盟 旦扮李素蘭引梅香上－旦同梅香下 主場
          〔仙呂六么序〕至〔賺煞〕計五曲

  楔－1：故友提攜 沖末陶伯常引祗候上－陶下   過場
          〔仙呂端正好〕一曲

  2－1：豪客求配 卜兒上－卜兒下   過場
          賓白組場

  2－2：詩酒歡情 旦引梅香上－旦念詞   主場
          〔南呂一枝花〕至〔隔尾〕第二支計七曲

  2－3：虔婆斥逐 卜兒沖上－〔黃鍾尾〕下   主場
          〔南呂罵玉郎〕至〔黃鍾尾〕計六曲

  2－4：剪髮明志 旦剪髮－卜兒同淨下   過場
          賓白組場

  3－1：傾訴真情 貼旦扮陳玉英上－〔鮑老兒〕 主場
          〔中呂粉蝶兒〕至〔鮑老兒〕計九曲

  3－2：怒責豪客 卜兒引甚舍上－卜兒欲見官 主場
          〔中呂十二月〕至〔般涉二煞〕計八曲

  3－3：幸逢故友 陶伯常引張千上－〔煞尾〕下 過場
          〔中呂煞尾〕一曲

  4－1：陶綱下斷 陶伯常引祗候上－陶伯常詞云 主場
          〔雙調新水令〕至〔太平令〕計八曲

a29 呂洞賓度鐵拐李岳

  1－1：洞賓挑釁 旦扮李氏上－吊起呂洞賓   主場
          〔仙呂點絳唇〕至〔金盞兒〕計五曲

  1－2：誤犯韓魏公 外扮韓魏公上－〔賺煞尾〕下 主場
          〔仙呂醉扶歸〕至〔賺煞尾〕計五曲

  2－1：遣吏問疾 皂隸人眾排衙科－孫福下   過場

	賓白組場		
2－2：岳壽病亡	正末抱病旦同張千扶上－旦同孫福下		主場
	〔正宮端正好〕至〔煞尾〕計十六曲		
楔－1：洞賓解救	外扮閻王上引眾上－閻王同眾下		主場
	〔仙呂賞花時〕、〔么篇〕二曲		
3－1：借屍還魂	淨扮孛老引旦徠上－孛老同旦徠下		過場
	〔雙調新水令〕至〔太平令〕計三曲		
3－2：省悟前非	正末自省－〔鴛鴦煞〕下		主場
	〔雙調雁兒落〕至〔鴛鴦煞〕計十曲		
4－1：岳壽返家	岳旦領徠上－孫福張千做悲科		主場
	〔中呂粉蝶兒〕至〔迎仙客〕計七曲		
4－2：認親爭執	孛老同旦兒上－眾同下		過場
	賓白組場		
4－3：岳壽悟道	正末同眾上－韓魏公同眾下		主場
	〔中呂普天樂〕至〔上小樓么篇〕計五曲		
4－4：超凡昇仙	正末上－〔煞尾〕		收場
	〔般涉耍孩兒〕至〔中呂煞尾〕計三曲		

a30 小尉遲將鬥將認父歸朝

1－1：起兵攻唐	沖末劉季眞領番卒上－劉下		引場
	賓白組場		
1－2：揭露身世	外扮劉無敵上領番卒上－劉無敵下		主場
	〔仙呂點絳唇〕至〔賺煞尾〕計十二曲		
2－1：尉遲恭掛帥	外扮徐茂公引祗候上－徐茂公同房玄齡下		主場
	〔中呂粉蝶兒〕至〔隨尾〕計九曲		
3－1：兩軍交戰	劉無敵領番卒上－正末追科		主場
	〔越調鬥鵪鶉〕至〔調笑令〕計五曲		
3－2：陣前認父	劉無敵上－劉下		主場
	〔越調麻郎兒〕至〔收尾〕計四曲		
4－1：擒拿劉季眞	劉季眞領番卒上－小尉遲下		過場
	賓白組場		
4－2：獻功歸朝	徐茂公領卒子上－徐茂公詞云		主場

〔雙調新水令〕至〔得勝令〕計六曲

a31 陶學士醉寫風光好

1－1：偵伺陶穀	沖末扮宋齊丘引祗從上－宋下 賓白組場	引場
1－2：傳喚秦弱蘭	外扮韓熙載引樂探上－韓同秦下 〔仙呂點絳唇〕至〔天下樂〕計四曲	過場
1－3：美人計敗	正末扮陶穀引驛吏上－〔賺煞〕眾隨下 〔仙呂後庭花〕至〔賺煞〕計六曲	主場
1－4：抄寫壁上題字	韓熙載見壁上字－陶穀同驛吏下 賓白組場	過場
2－1：解謎定計	宋齊丘引張千上－宋同韓熙載下 賓白組場	過場
2－2：改妝誘引	正旦改扮素衣引梅香上－陶穀下 〔南呂一枝花〕至〔煞尾〕計十一曲	主場
3－1：三度定計	宋齊丘引張千上－宋同韓熙載下 賓白組場	過場
3－2：嬋娟誤人	陶穀上－陶穀下 〔正宮端正好〕至〔黃鍾煞〕計十一曲	主場
4－1：團圓	外扮錢王引近侍卒子上－錢王詞云 〔中呂粉蝶兒〕至〔煞尾〕計十四曲	主場

a32 魯大夫秋胡戲妻

1－1：喜筵	老旦扮卜兒同正末扮秋胡上－眾人共飲 〔仙呂點絳唇〕至〔天下樂〕計四曲	主場
1－2：勾軍	外扮勾軍人上－卜兒同淨搽旦下 〔仙呂村裡迓鼓〕至〔賺煞〕計八曲	主場
2－1：索債逼親	淨扮李大戶上－李大戶下 賓白組場	過場
2－2：用計定親	卜兒上－卜兒憂心 賓白組場	過場
2－3：守節不屈	正旦上－李大戶同淨搽旦下 〔正宮端正好〕至〔煞尾〕計九曲	主場

3－1：衣錦榮歸	秋胡上－秋胡下		過場
	賓白組場		
3－2：感念孝媳	卜兒上－卜兒下		過場
	賓白組場		
3－3：桑園戲妻	正旦上－秋胡下		主場
	〔中呂粉蝶兒〕至〔尾煞〕計十一曲		
4－1：認夫團聚	卜兒上－秋胡詞云		主場
	〔雙調新水令〕至〔鴛鴦煞〕計十曲		

a33 神奴兒大鬧開封府

1－1：唆使分家	沖末李德義同搽旦王臘梅上－同下		引場
	賓白組場		
1－2：手足情絕	正末李德仁同大旦陳氏上－李德義同搽旦下		主場
	〔仙呂點絳唇〕至〔賺煞尾〕計十曲		
楔－1：長街遇叔	大旦領倈上－李德義抱倈下		過場
	〔仙呂賞花時〕一曲		
2－1：謀害親姪	搽旦上－搽旦同李德義下		過場
	賓白組場		
2－2：神奴兒託夢	正末上－〔黃鍾尾〕同下		主場
	〔南呂一枝花〕至〔黃鍾尾〕計九曲		
3－1：登門質問	李德義同搽旦上－眾同下		過場
	〔中呂粉蝶兒〕至〔迎仙客〕計四曲		
3－2：貪吏誣判	淨扮孤領張千上－孤下		主場
	〔中呂石榴花〕至〔煞尾〕計八曲		
4－1：行賄	外郎同張千上－外郎同張千下		過場
	賓白組場		
4－2：神奴兒攔馬	正末扮包待制領張千上－魂子旋下		過場
	〔雙調新水令〕一曲		
4－3：包拯申冤	張千排衙上－包拯詞云		主場
	〔雙調慶東原〕至〔收江南〕計八曲		

a34 半夜雷轟薦福碑

1－1：奉旨訪賢	沖末扮范仲淹同外扮宋公序上－范下		引場

	賓白組場		
1－2：探望西席	淨張浩上－淨下	引場	
	賓白組場		
1－3：故友薦舉	正末扮張鎬引學生上－范下	主場	
	〔仙呂點絳唇〕至〔賺煞〕計十四曲		
楔－1：妨殺員外	旦上－〔仙呂賞花時么篇〕下	過場	
	〔仙呂賞花時〕、〔么篇〕二曲		
2－1：傳令加官	范仲淹同使官上－使官下	過場	
	賓白組場		
2－2：冒名接命	淨上－淨下	過場	
	賓白組場		
2－3：聞知惡耗	正末上－正末同行者下	過場	
	〔正宮端正好〕至〔醉太平〕計六曲		
2－4：題詩罵龍神	龍神上－正末下	主場	
	〔正宮倘秀才〕第二支至〔滾繡毬〕第三支計二曲		
2－5：道逢張浩	淨上－正末下	過場	
	〔正宮呆骨朵〕一曲		
2－6：義赦張鎬	淨上－曳剌下	主場	
	〔正宮倘秀才〕第三支至〔煞尾〕計三曲		
2－7：擒拿張浩	淨上－宋公序同眾下	過場	
	賓白組場		
3－1：前往饒州	范仲淹上－范下	過場	
	賓白組場		
3－2：長老濟困	外扮長老上－長老下	過場	
	〔中呂粉蝶兒〕至〔普天樂〕計五曲		
3－3：雷轟薦福碑	內做雷響科－〔滿庭芳〕	主場	
	〔中呂紅繡鞋〕至〔滿庭芳〕計四曲		
3－4：萬念俱灰	長老上－張鎬欲自盡	過場	
	〔中呂快活三〕、〔鮑老兒〕二曲		
3－5：勸解入京	范仲淹沖上－長老下	主場	

	〔中呂十二月〕至〔煞尾〕計六曲	
4－1：加官榮顯	范仲淹上－〔鴛鴦煞〕下	主場
	〔雙調新水令〕至〔鴛鴦煞〕計十一曲	

a35 謝金吾詐拆清風府

楔－1：傳旨拆樓	沖末扮殿頭官領校尉上－同下	引場
	賓白組場	
楔－2：私改聖旨	淨王樞密領祗候上－〔仙呂賞花時〕同下	過場
	〔仙呂賞花時〕一曲	
1－1：詐拆清風樓	謝金吾領夫役上－〔賺煞〕下	主場
	〔仙呂點絳唇〕至〔賺煞〕計十一曲	
2－1：院公傳信	沖末扮楊六郎領卒子上－院公下	過場
	賓白組場	
2－2：私下三關	六郎欲私下三關－岳勝孟良下	過場
	賓白組場	
2－3：道逢焦贊	焦贊上－同下	過場
	賓白組場	
2－4：六郎探母	正旦同七娘子上－〔尾聲〕下	主場
	〔南呂一枝花〕至〔尾聲〕計九曲	
2－5：六郎被擒	六郎下科－六郎同巡軍下	過場
	賓白組場	
3－1：焦贊逞兇	謝金吾同梅香上－巡軍同焦贊下	過場
	賓白組場	
3－2：遣卒寄信	淨韓延壽領番卒上－韓下	過場
	（按：應有下場動作）	
	賓白組場	
3－3：小番被擒	番卒上－孟良下	過場
	賓白組場	
3－4：劫法場	王樞密上－王下	主場
	〔越調鬥鵪鶉〕至〔收尾〕計十四曲	
4－1：鬧宮廷	殿頭官領校尉上－皇姑欲自盡	主場
	〔雙調新水令〕至〔水仙子〕計五曲	

4－2：奸臣事敗　　　　孟良拿卒上－〔清江引〕　　　　　　　　　　主場

〔雙調側磚兒〕至〔清江引〕計三曲

a36　呂洞賓三醉岳陽樓

1－1：醉臥岳陽樓　　　　淨酒保上－酒保下　　　　　　　　　　　　主場

〔仙呂點絳唇〕至〔金盞兒〕計十曲

1－2：一度柳樹精　　　　外扮柳樹精上－〔賺煞〕同下　　　　　　　主場

〔仙呂醉中天〕至〔賺煞〕計四曲

2－1：二度郭馬兒　　　　柳改扮郭馬兒引旦兒上－郭同旦兒下　　　　主場

〔南呂一枝花〕至〔黃鍾尾〕計十三曲

楔－1：命郭殺妻　　　　郭馬上－郭下　　　　　　　　　　　　　　過場

〔仙呂賞花時〕一曲

3－1：郭馬兒尋兇　　　　郭馬兒上－郭同社長下　　　　　　　　　　過場

賓白組場

3－2：勾拿洞賓　　　　　正末上－郭馬同社長下　　　　　　　　　　主場

〔正宮端正好〕至〔煞尾〕計十曲

4－1：省悟　　　　　　　正末上－〔收尾〕　　　　　　　　　　　　主場

〔雙調新水令〕至〔收尾〕計八曲

a37　包待制三勘蝴蝶夢

楔－1：閒敘　　　　　　　外孛老同眾下－〔仙呂賞花時么篇〕同下　　引場

〔仙呂賞花時〕、〔么篇〕二曲

1－1：葛彪行兇　　　　　孛老上－葛彪下　　　　　　　　　　　　　過場

賓白組場

1－2：復仇被擒　　　　　副末扮地方上－〔賺煞〕同下　　　　　　　主場

〔仙呂點絳唇〕至〔賺煞〕十三曲

2－1：包拯審案　　　　　張千領祗候排衙科－包待制同張千下　　　　主場

〔南呂一枝花〕至〔黃鍾尾〕計十二曲

3－1：王婆探監　　　　　張千同李萬上－〔尾煞〕王大王二隨下　　　主場

〔正宮端正好〕至〔尾煞〕計十二曲

3－2：王三罵官　　　　　王三問大哥二哥何在－〔滾繡毬〕張千　　　過場

隨下

賓白組場

4－1：李代桃僵	王三背趙頑驢屍上－〔殿前歡〕 〔雙調新水令〕至〔殿前歡〕計九曲	主場
4－2：加官賜賞	包待制衝上－〔鴛鴦煞〕 〔雙調水仙子〕、〔鴛鴦煞〕二曲	收場

a38 說鱄諸伍員吹簫

1－1：奸臣惡計	沖末扮費無忌引卒子上－費無忌下 賓白組場	引場
1－2：芊建報信	外扮芊建抱芊勝上－芊下 賓白組場	過場
1－3：懲奸出奔	正末扮伍員引卒子上－〔賺煞〕同下 〔仙呂點絳唇〕至〔賺煞〕計十曲	主場
2－1：傳令捉拿伍員	費無忌引卒子上－養由基下 賓白組場	過場
2－2：義釋伍員	正末上－養由基下 賓白組場	過場
2－3：浣紗女相救	正末抱芊勝上－〔罵玉郎〕 〔南呂一枝花〕至〔罵玉郎〕計四曲	主場
2－4：漁翁相救	來至江邊－〔煞尾〕下 〔南呂哭皇天〕至〔煞尾〕計三曲	主場
3－1：伍員落魄	淨扮老人丑扮里正同上－做搶科 〔中呂粉蝶兒〕、〔醉春風〕二曲	過場
3－2：說鱄諸	外扮鱄諸醉沖上－〔尾聲〕同下 〔中呂石榴花〕至〔尾聲〕計八曲	主場
楔－1：費無忌領兵	外扮楚昭公引卒子上－楚昭公下 賓白組場	過場
楔－2：伍員破楚	費無忌引卒子上－正末同眾下 〔仙呂賞花時〕一曲	過場
4－1：村廝出使	外扮鄭子產引卒子上－子產同村廝下 賓白組場	過場
4－2：伍員報恩	外扮吳王闔廬引卒子上－〔隨尾〕 〔雙調新水令〕至〔隨尾〕計十一曲	主場

a39 河南府張鼎勘頭巾

1－1：結怨	丑扮王小二上－王小二下		主場
	〔仙呂點絳唇〕至〔賺煞〕計七曲		
楔－1：姦婦惡計	旦上－旦淨下		過場
	賓白組場		
楔－2：謀害劉員外	正末上－淨下		過場
	〔仙呂賞花時〕、〔么篇〕二曲		
楔－3：誣陷王小二	街坊上－王小二下		過場
	賓白組場		
2－1：屈打成招	淨扮孤領張千祗候上－孤同令史下		過場
	賓白組場		
2－2：拷問贓物	張千上－張千下		過場
	賓白組場		
2－3：洩漏機關	丑慌走上淨跟上做撞科－丑下		過場
	賓白組場		
2－4：道士栽贓	淨慌上－張千下		過場
	賓白組場		
2－5：張鼎陳情	外扮府尹引祗候上－〔黃鍾煞〕同下		主場
	〔南呂一枝花〕至〔黃鍾煞〕計七曲		
3－1：明斷兇案	張千押王小二上－〔浪裡來煞〕眾下		主場
	〔商調集賢賓〕至〔浪裡來煞〕計十二曲		
4－1：張鼎覆命	府尹領祗候上－府尹詞云		主場
	〔雙調新水令〕至〔收江南〕計八曲		

a40 黑旋風雙獻功

1－1：尋護臂	沖末扮孫孔目同搽旦郭念兒上－搽旦下		引場
	賓白組場		
1－2：李逵領命	外扮宋江吳學究領僂儸上－吳同宋下		主場
	〔正宮端正好〕至〔煞尾〕計十一曲		
楔－1：定計	搽旦上－淨白衙內下		過場
	賓白組場		
楔－2：啓程	孫孔目同正末上－孫孔目同眾下		過場

〔越調金蕉葉〕一曲

楔－3：私奔	丑扮店小二上－白衙內同搽旦下	過場
	〔越調金蕉葉么篇〕一曲	
楔－4：聞訊	店小二心憂－孫孔目同店小二下	過場
	賓白組場	
2－1：追趕	正末上－店小二下	主場
	〔仙呂點絳唇〕至〔賺煞尾〕計九曲	
3－1：入獄	白衙內領張千上－白下	過場
	賓白組場	
3－2：劫牢	丑扮牢子上－牢子下	主場
	〔雙調新水令〕至〔鴛鴦煞〕計十五曲	
4－1：殺姦	白衙內同搽旦上－〔正宮小梁州么篇〕下	主場
	〔中呂粉蝶兒〕至〔正宮小梁州么篇〕計六曲	
4－2：覆命	宋江引吳學究孫孔目同卒子上－宋江詞云	主場
	〔中呂滿庭芳〕至〔隨尾〕計四曲	

a41 迷青瑣倩女離魂

楔－1：訪親初遇	旦扮夫人引從人上－正末同夫人下	主場
	〔仙呂賞花時〕、〔么篇〕二曲	
1－1：倩女傷情	正旦引梅香上－正旦同梅香下	短場
	〔仙呂點絳唇〕至〔寄生草〕計七曲	
1－2：送別	正末同夫人上－夫人下	主場
	〔仙呂村裡迓鼓〕至〔賺煞〕計八曲	
2－1：憂疾	夫人慌上－夫人下	過場
	賓白組場	
2－2：離魂相聚	正末下－〔收尾〕同下	主場
	〔越調鬥鵪鶉〕至〔收尾〕計十六曲	
3－1：寄家書	正末引祗從上－正末同張千下	過場
	賓白組場	
3－2：夫人探病	老夫人上－夫人下	過場
	賓白組場	
3－3：病重哀感	正旦抱病梅香扶上－〔堯民歌〕	主場

〔中呂粉蝶兒〕至〔堯民歌〕計十一曲

3－4：得信　　　淨上－淨下　　　　　　　　　　　　　主場
　　　　　　　　〔般涉哨篇〕至〔中呂尾煞〕計六曲

4－1：榮歸　　　正末上－〔古水仙子〕　　　　　　　　短場
　　　　　　　　〔黃鍾醉花陰〕至〔古水仙子〕計六曲

4－2：合魂　　　來至家中－〔尾聲〕魂旦附正旦體科下　主場
　　　　　　　　〔黃鍾古寨兒令〕至〔尾聲〕計五曲

4－3：團圓　　　梅香做叫科－夫人詩云　　　　　　　　收場
　　　　　　　　〔雙調側磚兒〕至〔水仙子〕計三曲

a42　西華山陳搏高臥

1－1：尋卜買卦　　沖末扮趙大引淨扮鄭恩上－同下　　　引場
　　　　　　　　賓白組場

1－2：陳搏識眞主　正末道扮陳搏上－〔賺煞〕並下　　　主場
　　　　　　　　〔仙呂點絳唇〕至〔賺煞〕計十二曲

2－1：奉旨請賢　　外扮使臣引卒子上－使臣下　　　　　過場
　　　　　　　　賓白組場

2－2：華山招賢　　外正末上－〔黃鍾煞〕同下　　　　　主場
　　　　　　　　〔南呂一枝花〕至〔黃鍾煞〕計十三曲

3－1：傳旨進見　　趙改扮駕引使臣上－侍臣領旨科下　　過場
　　　　　　　　賓白組場

3－2：見駕辭官　　正末上－〔煞尾〕下　　　　　　　　主場
　　　　　　　　〔正宮端正好〕至〔煞尾〕計十四曲

4－1：奉旨設宴　　鄭恩扮汝南王引色旦上－同下　　　　過場
　　　　　　　　賓白組場

4－2：安度風月關　正末上－〔離亭宴帶歇指煞〕　　　　主場
　　　　　　　　〔雙調新水令〕至〔離亭宴帶揭指煞〕計十三曲

a43　龐涓夜走馬陵道

楔－1：試徒　　　沖末扮鬼谷子領道童上－鬼谷子下　　引場
　　　　　　　　賓白組場

楔－2：送別　　　孫臏送行－龐涓下　　　　　　　　　過場
　　　　　　　　〔仙呂賞花時〕、〔么篇〕二曲

1－1：孫龐鬥陣	外扮魏公子領丑鄭安平上－鄭下 〔仙呂點絳唇〕至〔賺煞尾〕計八曲	主場
楔－1：設壇見機	鬼谷子領道童上－鬼谷子下 賓白組場	過場
楔－2：龐涓惡計	龐涓同鄭安平上－龐下 賓白組場	過場
楔－3：鄭安平傳命	鄭安平上－鄭下 賓白組場	過場
楔－4：誤射宮門	正末領卒子上－〔仙呂賞花時〕下 〔仙呂賞花時〕一曲	過場
2－1：誣陷獲罪	魏公子領卒子上－龐涓下 〔正宮端正好〕至〔煞尾〕計十一曲	主場
3－1：定計	龐涓上－龐涓同卒子下 賓白組場	過場
3－2：卜商訪賢	外扮卜商引衹從上－卜下 賓白組場	過場
3－3：喬裝風魔	正末上－正末睡科 〔雙調新水令〕至〔得勝令〕計六曲	主場
3－4：救賢出奔	卜商上－〔離亭宴帶鴛鴦煞〕下 〔雙調掛玉鉤〕至〔離亭宴帶鴛鴦煞〕計三曲	主場
4－1：遣將攻龐	齊公子領卒子上－公子同眾下 賓白組場	過場
4－2：詐敗誘敵	田忌下－龐下 賓白組場	過場
4－3：斬龐涓	正末同齊公子各將上－齊公子詞云 〔中呂粉蝶兒〕至〔煞尾〕計十一曲	主場

a44 救孝子賢母不認屍

1－1：奉旨勾軍	沖末扮王翛然領張千上－王同張千下 賓白組場	引場
1－2：一門賢孝	正旦扮李氏領眾上－王翛然同楊興祖下 〔仙呂點絳唇〕至〔賺煞尾〕計九曲	主場

楔－1：王婆訪女	卜兒王婆婆上－卜兒下	過場
	賓白組場	
楔－2：奉命送嫂	正旦領旦兒上－楊謝祖下	過場
	〔仙呂賞花時〕、〔么篇〕二曲	
楔－3：道逢惡徒	淨扮賽盧醫領啞梅香上－淨同旦下	過場
	賓白組場	
2－1：尋女見屍	正旦上－王婆欲見官	過場
	〔正宮端正好〕至〔滾繡毬〕第二支計四曲	
2－2：賢母不認屍	淨扮孤同丑令史張千李萬沖上－孤同令史下	丰場
	〔正宮倘秀才〕第二支至〔煞尾〕計七曲	
3－1：屈打定罪	孤同令史李萬上－孤同令史下	主場
	〔中呂粉蝶兒〕至〔尾煞〕計十四曲	
4－1：擒拿惡賊	淨賽盧醫領旦兒上－楊興祖同旦淨下	過場
	賓白組場	
4－2：王翛然斷案	王翛然領張千李萬上－王翛然詞云	主場
	〔雙調新水令〕至〔收江南〕計七曲	

a45 邯鄲道醒悟黃粱夢

1－1：傳旨度脫呂岩	沖末扮東華帝君上－沖末下	引場
	賓白組場	
1－2：鍾離傳道	正旦扮王婆上－〔賺煞〕下	主場
	〔仙呂點絳唇〕至〔賺煞〕計十四曲	
1－3：呂岩入夢	洞賓夢上－王婆下	過場
	賓白組場	
楔－1：餞行	正末改扮高太尉同旦兒兩徠上－洞賓下	過場
	〔仙呂賞花時〕、〔么篇〕二曲	
2－1：撞破姦情	旦兒上－洞賓欲殺旦	過場
	賓白組場	
2－2：院公勸阻	正末改扮院公上－〔醋葫蘆么篇〕第六支	主場
	〔商調集賢賓〕至〔醋葫蘆么篇〕第六支計十曲	
2－3：勾拿呂岩	末扮使命上－〔隨調煞〕下	主場
	〔商調醋葫蘆么篇〕第七支至〔隨調煞〕計七曲	

3－1：樵夫指迷　　洞賓帶枷引二徠隨解子上－洞賓同徠下　　主場
　　　　　　　　〔大石調六國朝〕至〔玉翼蟬煞〕計十三曲

4－1：賊人逞兇　　旦扮卜兒上－殺倒洞賓科　　主場
　　　　　　　　〔正宮端正好〕至〔笑和尚〕計七曲

4－2：呂岩悟道　　正末卜兒改扮上－東華仙詩云　　主場
　　　　　　　　〔正宮叨叨令〕至〔煞尾〕計四曲

a46 杜牧之詩酒揚州夢

楔－1：餞行　　沖末張太守上－〔仙呂賞花時么篇〕同下　　引場
　　　　　　〔仙呂賞花時〕一曲

1－1：牛府重逢　　外扮牛僧儒引左右親隨上－牛下　　主場
　　　　　　　　〔仙呂點絳唇〕至〔賺煞尾〕計十一曲

2－1：驚夢　　張千上－〔煞尾〕同下　　主場
　　　　　　〔正宮端正好〕至〔煞尾〕計十曲

3－1：白謙為媒　　外扮白文禮引雜當上－白下　　主場
　　　　　　　　〔南呂一枝花〕至〔黃鍾尾〕計九曲

4－1：太守赴宴　　牛太守上－牛下　　過場
　　　　　　　　賓白組場

4－2：玉成良緣　　白文禮引隨從上－牛太守允親　　主場
　　　　　　　　〔雙調新水令〕至〔水仙子〕計三曲

4－3：府尹傳旨　　張府尹上－〔鴛鴦煞〕　　收場
　　　　　　　　〔雙調雁兒落〕至〔鴛鴦煞〕計五曲

a47 醉思鄉王粲登樓

楔－1：王粲應舉　　老旦扮卜兒上－卜兒下　　引場
　　　　　　　　〔仙呂賞花時〕一曲

1－1：質當寶劍　　丑扮店小二上－正末同小二下　　過場
　　　　　　　　〔仙呂點絳唇〕至〔天下樂〕計四曲

1－2：蔡邕激將　　外扮蔡邕引祇從上－蔡邕同曹學士下　　主場
　　　　　　　　〔仙呂那吒令〕至〔賺煞〕計七曲

2－1：投託荊王　　外扮荊王引卒子上－〔倘秀才〕　　主場
　　　　　　　　〔正宮端正好〕至〔倘秀才〕計六曲

2－2：蒯蔡進讒　　二淨扮蒯越蔡瑁上－〔煞尾〕下　　主場

	〔正宮滾繡毬〕第三支至〔煞尾〕計二曲	
3－1：登樓感嘆	副末扮許達引從人上－正末睡科	主場
	〔中呂粉蝶兒〕至〔堯民歌〕計十二曲	
3－2：使命傳宣	外扮使命上－許達下	過場
	〔中呂煞尾〕一曲	
4－1：同赴長亭	蔡相引祇從人上－蔡同曹下 賓白組場	過場
4－2：表明眞相	正末引卒子上－〔離亭宴煞〕	主場
	〔雙調新水令〕至〔離亭宴煞〕計九曲	

a48 昊天塔孟良盜骨

1－1：令公託夢	沖末扮楊景領卒子上－楊景下	主場
	〔仙呂點絳唇〕至〔賺煞尾〕計八曲	
2－1：離三關	外扮岳勝上－楊景同岳勝下	主場
	〔中呂粉蝶兒〕至〔煞尾〕計十一曲	
3－1：盜骨	丑扮和尚上－楊景下	主場
	〔正宮端正好〕至〔煞尾〕計六曲	
4－1：兄弟相認	外扮長老上－〔得勝令〕	主場
	〔雙調新水令〕至〔得勝令〕計七曲	
4－2：懲兇	淨扮韓延壽上－祭奠	主場
	〔雙調川撥棹〕至〔喜江南〕計四曲	
4－3：加官賜賞	外扮寇萊公沖上－眾謝恩科 賓白組場	收場

a49 包待制智斬魯齋郎

楔－1：張龍獻計	沖末扮魯齋郎引張龍上－同下 賓白組場	引場
楔－2：強奪人妻	外扮李四同旦二徠上－李四下 賓白組場	過場
楔－3：認義	貼旦引二徠上－李四下	過場
	〔仙呂端正好〕、〔么篇〕二曲	
1－1：欲往踏青	魯齋郎上－魯下 賓白組場	過場

1－2：權豪索親	正末引貼旦上－〔賺煞〕下	主場
	〔仙呂點絳唇〕至〔賺煞〕計八曲	
2－1：張珪送妻	魯齋郎引張龍上－〔黃鍾尾〕下	主場
	〔南呂一枝花〕至〔黃鍾尾〕計八曲	
3－1：投奔張珪	李四上－李下	過場
	賓白組場	
3－2：張珪捨家	徠兒上－李四同旦下	主場
	〔中呂粉蝶兒〕至〔尾煞〕計十四曲	
4－1：智斬魯齋郎	外扮包待制引從人上－包下	過場
	賓白組場	
4－2：重逢雲臺觀	淨扮觀主上－〔收江南〕	主場
	〔雙調新水令〕至〔收江南〕計十曲	
4－3：團圓	包待制衝上－〔收尾〕	收場
	〔雙調收尾〕一曲	

a50 朱太守風雪漁樵記

1－1：閒敘	沖末王安道上－王安道下	主場
	〔仙呂點絳唇〕至〔寄生草〕計九曲	
1－2：知遇	外扮孤領祗從上－孤下	主場
	〔仙呂後庭花〕至〔賺煞〕計三曲	
2－1：定計激將	外扮劉二公同旦兒扮劉家女上－二公下	過場
	賓白組場	
2－2：索討休書	旦兒為難－旦兒下	主場
	〔正宮端正好〕至〔隨煞尾〕計十一曲	
楔－1：二公託付	王安道上－王安道送科	過場
	賓白組場	
楔－2：助友應舉	正末上－王安道同楊孝先下	過場
	〔仙呂賞花時〕一曲	
3－1：張憨古報訊	劉二公上－劉二公且同旦兒下	主場
	〔中呂粉蝶兒〕至〔煞尾〕計十曲	
4－1：相認團圓	王安道上－〔太平令〕	主場
	〔雙調新水令〕至〔太平令〕計十二曲	

4－2：傳旨賜賞	孤領祗從上－劉二公詞云 〔雙調鴛鴦煞尾〕一曲	收場

a51 江州司馬青衫淚

1－1：尋芳	沖末白樂天同外賈浪仙孟浩然上－眾下 賓白組場	引場
1－2：定情	老旦扮卜兒上－〔賺煞〕同下 〔仙呂點絳唇〕至〔賺煞〕計十曲	主場
楔－1：貶謫	外扮唐憲宗引內官上－憲宗內官下 賓白組場	過場
楔－2：送別	白樂天上－白樂天同正旦下 〔仙呂端正好〕一曲	過場
2－1：卜兒定計	卜兒上－丑下 賓白組場	過場
2－2：興奴拒客	卜兒喚正旦上－〔滾繡毬〕第三支 〔正宮端正好〕至〔滾繡毬〕第三支計七曲	主場
2－3：得書心死	丑扮寄書人上－〔尾煞〕同下 〔正宮叨叨令〕至〔尾煞〕計九曲	主場
3－1：訪友	白樂天引左右上－白同元微之下 賓白組場	過場
3－2：愁懷	淨上－旦做彈琵琶科 〔雙調新水令〕至〔攪箏琶〕計四曲	短場
3－3：重聚	白樂天同元微之上－〔鴛鴦煞〕同下 〔雙調雁兒落〕至〔鴛鴦煞〕計十五曲	主場
3－4：霉運	淨做酒醒慌上科－淨同地方下 賓白組場	過場
4－1：傳旨	元微之上－元下 賓白組場	過場
4－2：御斷	唐憲宗引內官上－〔隨煞〕 〔中呂粉蝶兒〕至〔隨煞〕計十七曲	主場

a52 四丞相高會麗春堂

1－1：御園射柳	沖末扮押宴官引祗從上－押宴官下	主場

		〔仙呂點絳唇〕至〔賺煞〕計十曲	
2－1：香山鬧宴	押宴官引祗從上－押宴官下		主場
		〔中呂粉蝶兒〕至〔尾聲〕計十一曲	
3－1：探友	外扮孤上－外下		過場
		賓白組場	
3－2：奉旨召還	左相上－左相下		過場
		賓白組場	
3－3：閒居	正末上－眾共飲		主場
		〔越調鬥鵪鶉〕至〔絡絲娘〕計十二曲	
3－4：使命宣召	使命上－孤同旦下		過場
		〔越調拙魯速〕至〔收尾〕計三曲	
4－1：丞相還朝	老旦扮夫人上－左相詩云		主場
		〔雙調五供養〕至〔太平令〕計十七曲	

a53 孟德耀舉案齊眉

1－1：選婿	外孟府尹同老旦夫人領家僮上－府尹同夫人下		主場
		〔仙呂點絳唇〕至〔賺煞〕計十二曲	
2－1：改裝匹配	梁鴻上－〔鬥鵪鶉〕		主場
		〔正宮端正好〕至〔中呂鬥鵪鶉〕計六曲	
2－2：逐出家門	孟暗上－〔煞尾〕同下		主場
		〔中呂上小樓〕至〔正宮煞尾〕計六曲	
2－3：定計	孟府尹喚嬤嬤上－孟下		過場
		賓白組場	
3－1：梁鴻應舉	梁鴻同正旦上－梁鴻下		主場
		〔越調鬥鵪鶉〕至〔收尾〕計十一曲	
4－1：前往賀喜	孟上－孟下		過場
		賓白組場	
4－2：相認團圓	梁鴻引祗從上－相認		主場
		〔雙調新水令〕至〔折桂令〕計九曲	
4－3：加官賜賞	使命上－〔鴛鴦煞〕		收場
		〔雙調鴛鴦煞〕一曲	

a54 包龍圖智勘後庭花

1－1：引見	沖末扮趙廉訪引祗從上－王慶同旦卜兒下	引場
	賓白組場	
1－2：惡謀	旦扮夫人上－王慶下	過場
	賓白組場	
1－3：奸計	搽旦扮張氏上－搽旦下	過場
	賓白組場	
1－4：傳令	正末扮李順上－王慶下	過場
	〔仙呂點絳唇〕至〔天下樂〕計四曲	
1－5：釋放	〔醉中天〕－〔賺煞〕下	主場
	〔仙呂醉中天〕至〔賺煞〕計六曲	
1－6：失散	旦卜走被巡卒沖散科－旦下	過場
	賓白組場	
2－1：謀殺親夫	搽旦上－王慶同搽旦下	主場
	〔南呂一枝花〕至〔黃鍾尾〕計九曲	
3－1：圖色致命	淨扮店小二上－小二扶旦下	過場
	賓白組場	
3－2：秀才蒙冤	卜兒上－卜兒同劉天義下	過場
	賓白組場	
3－3：奉命斷案	趙廉訪引祗從上－〔鴛鴦煞〕下	主場
	〔雙調新水令〕至〔鴛鴦煞〕計十二曲	
3－4：摘取碧桃花	張千同劉天義行科－劉天義下	過場
	賓白組場	
4－1：包拯斷案	正末上－正末同眾下	主場
	〔中呂粉蝶兒〕至〔正宮滾繡毬〕計十三曲	
4－2：覆命	趙廉訪引祗從上－〔煞尾〕	收場
	〔正宮伴讀書〕至〔中呂煞尾〕計四曲	

a55 死生交范張雞黍

楔－1：臨別約期	正末范巨卿同眾上－〔仙呂賞花時〕同下	引場
	〔仙呂賞花時〕一曲	
1－1：赴約	丑扮賣酒上－正末同王仲略下	短場

	〔仙呂點絳唇〕至〔六么序么篇〕計十曲	
1－2：歡聚	老旦扮卜兒同張元伯上－〔賺煞〕同下	主場
	〔仙呂金盞兒〕至〔賺煞〕計四曲	
2－1：病亡	卜兒同旦兒徠兒扶張元伯上－卜兒同旦徠下	過場
	賓白組場	
2－2：訪賢	外扮五倫引袛從上－外下	過場
	賓白組場	
2－3：勸進	正末引家僮上－五倫下	過場
	〔南呂一枝花〕至〔隔尾〕第二支計五曲	
2－4：託夢	張元伯上－正末悲科	主場
	〔南呂罵玉郎〕至〔烏夜啼〕計五曲	
2－5：登程	第五倫上－第五倫下	過場
	〔南呂三煞〕至〔黃鍾尾〕計三曲	
3－1：奔喪	卜兒同旦兒徠兒眾街坊上－〔隨調煞〕同下	主場
	〔商調集賢賓〕至〔隨調煞〕計十八曲	
4－1：奉旨宣召	第五倫領袛從上－第五倫下	過場
	賓白組場	
4－2：賜賞入朝	正末上－〔煞尾〕	主場
	〔中呂粉蝶兒〕至〔煞尾〕計十三曲	

a56 玉簫女兩世姻緣

1－1：虔婆生怨	老旦扮卜兒上－卜兒下	引場
	賓白組場	
1－2：歡情	末扮韋皋引正旦扮玉簫梅香同上－〔得勝樂〕	主場
	〔仙呂點絳唇〕至〔雙調得勝樂〕計九曲	
1－3：別離	卜兒上－〔賺煞〕下	主場
	〔仙呂醉中天〕至〔賺煞〕計四曲	
2－1：寫真	正旦扮病梅香扶上－卜兒下	主場
	〔商調集賢賓〕至〔高過隨調煞〕計十二曲	
3－1：送畫	末引卒子上－末同卜兒下	過場
	賓白組場	

3－2：驚遇	外扮張延賞上－張下	主場
	〔越調鬥鵪鶉〕至〔收尾〕計十四曲	
4－1：賣畫	卜兒上－張延賞同卜兒下	過場
	賓白組場	
4－2：御斷	外扮唐中宗引末一眾上－張延賞詩云	主場
	〔雙調新水令〕至〔絡絲娘煞尾〕計十三曲	

a57 宜秋山趙禮讓肥

1－1：避亂宜秋山	沖末趙孝正末趙禮老旦卜兒上－同下	主場
	〔仙呂點絳唇〕至〔賺煞尾〕計十一曲	
2－1：倚閭而望	卜兒上－卜兒下	過場
	賓白組場	
2－2：道遇強梁	正末上－馬武下	主場
	〔正宮端正好〕至〔呆骨朵〕計九曲	
2－3：母子訣別	卜兒上－〔隨煞尾〕	主場
	〔正宮倘秀才〕第三支至〔隨煞尾〕計五曲	
2－4：趕往搭救	趙孝上－卜兒下	過場
	賓白組場	
3－1：捨身相感	馬武引僂儸上－馬武下	主場
	〔越調鬥鵪鶉〕至〔收尾〕計九曲	
4－1：舉賢賜賞	外扮鄧禹引眾將官祗從上－鄧禹下斷	主場
	〔雙調新水令〕至〔太平令〕計八曲	

a58 鄭孔目風雪酷寒亭

楔－1：施恩	沖末扮李府尹引張千上－孔目下	引場
	〔仙呂賞花時〕、〔么篇〕二曲	
1－1：結怨	孔目同搽旦上－高成下	過場
	（按：應有下場動作）	
	賓白組場	
1－2：計賺還家	正末扮趙用引徠兒上－搽旦下	過場
	〔仙呂點絳唇〕至〔醉中天〕計五曲	
1－3：蕭氏身亡	旦兒扮蕭氏上－徠兒哭下	主場
	〔仙呂後庭花〕至〔賺煞尾〕計三曲	

2－1：繼母狠惡　　搽旦同徠兒上－搽旦徠兒下　　　　主場
　　　　　　　〔越調鬥鵪鶉〕至〔收尾〕計十曲

3－1：驚聞家變　　丑扮店小二上－孔目下　　　　　　主場
　　　　　　　〔南呂一枝花〕至〔黃鍾尾〕計十一曲

3－2：怒殺姦人　　搽旦同高成上－孔目下　　　　　　過場
　　　　　　　賓白組場

4－1：定罪流放　　李尹引張千上－李尹下　　　　　　過場
　　　　　　　賓白組場

4－2：趕赴酷寒亭　正末扮宋彬引僂儸上－正末同徠下　過場
　　　　　　　〔雙調新水令〕至〔喬牌兒〕計四曲

4－3：宋彬劫囚　　高成押孔目上科－宋彬詞云　　　　主場
　　　　　　　〔雙調川撥棹〕至〔鴛鴦煞〕計五曲

a59　桃花女破法嫁周公

楔－1：前往問卦　　老旦扮卜兒上－卜兒下　　　　　　引場
　　　　　　　賓白組場

楔－2：驚聞噩兆　　沖末扮周公引外彭大上－周公同彭祖下　過場
　　　　　　　賓白組場

楔－3：桃花女授法　正旦扮桃花女上－卜兒下　　　　　過場
　　　　　　　〔仙呂端正好〕一曲

楔－4：死裡逃生　　小末扮石留住上－石留住同卜兒下　過場
　　　　　　　賓白組場

楔－5：石婆索銀　　彭大上－周公同彭大下　　　　　　過場
　　　　　　　賓白組場

1－1：彭大算卦　　周公同彭大上－彭大下　　　　　　過場
　　　　　　　賓白組場

1－2：授計解厄　　外扮任二公上－任二公同彭大下　　主場
　　　　　　　〔仙呂點絳唇〕至〔賺煞〕計八曲

2－1：星官增壽　　彭大上－彭大下　　　　　　　　　過場
　　　　　　　賓白組場

2－2：周公求配　　周公上－周公下　　　　　　　　　過場
　　　　　　　賓白組場

2－3：桃花允親	任二公上－任二公同眾下	主場
	〔正宮端正好〕至〔煞尾〕計九曲	
3－1：周公惡計	周公上－周公下	過場
	賓白組場	
3－2：迎親鬥法	彭大媒婆引人眾上－〔尾煞〕下	主場
	〔中呂粉蝶兒〕至〔尾煞〕計十二曲	
3－3：再施毒計	周公做嘆科－周公同彭大下	過場
	賓白組場	
4－1：桃花解厄	彭大上－正旦做伏几死科	過場
	〔雙調新水令〕、〔沈醉東風〕二曲	
4－2：周公服輸	彭大上－〔鴛鴦煞〕	主場
	〔雙調雁兒落〕至〔鴛鴦煞尾〕七曲	

a60 陳季卿誤上竹葉舟

楔－1：感嘆不遇	沖末扮陳季卿上－陳下	引場
	賓白組場	
楔－2：訪友	外扮傑郎惠安領丑行童上－惠安下	過場
	〔仙呂賞花時〕一曲	
1－1：洞賓說道	陳季卿上－惠安同行童下	主場
	〔仙呂點絳唇〕至〔賺煞〕計十曲	
1－2：季卿入夢	陳季卿打夢做醒科－陳下	過場
	賓白組場	
2－1：群仙勸化	正末引外扮眾仙上－陳季卿下	主場
	〔雙調新水令〕至〔鴛鴦煞尾〕計十四曲	
3－1：訪兒消息	外扮孛老引老旦卜兒旦兒徕兒上－孛老同眾下	過場
	賓白組場	
3－2：漁翁引渡	正末改扮漁翁上－〔採茶歌〕同陳季卿暫下	主場
	〔南呂一枝花〕至〔採茶歌〕計七曲	
3－3：季卿返家	孛老同眾上－孛老同眾下	主場
	〔南呂牧羊關〕至〔烏夜啼〕計三曲	
3－4：渡江遇難	正末同陳季卿上－陳季卿做墜水科	主場
	〔南呂三煞〕至〔黃鍾尾〕計三曲	

3－5：驚醒悟道	做驚醒科－行童下	過場
	賓白組場	
4－1：齊唱道情	列御寇引張子房葛仙翁上－同下	過場
	〔仙呂村裡迓鼓〕至〔勝葫蘆〕計四曲	
4－2：求列仙門	正末上－〔煞尾〕	主場
	〔正宮端正好〕至〔煞尾〕計十曲	

a61 布袋和尚忍字記

楔－1：傳令	沖末扮阿難上－沖末下	引場
	賓白組場	
楔－2：結義	正末領眾上－〔仙呂賞花時么篇〕同下	引場
	〔仙呂賞花時〕、〔么篇〕二曲	
1－1：布袋化齋	劉均佑領雜當上－到解典庫閑坐	主場
	〔仙呂點絳唇〕至〔金盞兒〕計十曲	
1－2：誤殺劉九兒	淨扮劉九兒上－正末欲逃命	過場
	〔仙呂河西後庭花〕、〔憶王孫〕二曲	
1－3：保命拜師	布袋衝上－劉均佑下	過場
	〔仙呂金盞兒〕、〔賺煞〕二曲	
2－1：徠報姦情	正末上－〔牧羊關〕並下	主場
	〔南呂一枝花〕至〔牧羊關〕計六曲	
2－2：拿姦	劉均佑同旦兒上－旦兒下	過場
	〔南呂哭皇天〕、〔烏夜啼〕二曲	
2－3：捨宅出家	布袋在帳幔裡打嚏科－布袋下	主場
	〔南呂紅芍藥〕至〔黃鍾尾〕計四曲	
3－1：棄法還俗	外扮首座上－首座下	主場
	〔雙調新水令〕至〔鴛鴦煞〕計九曲	
4－1：劉榮祖上墳	淨扮孝老領徠兒上－淨領徠下	過場
	賓白組場	
4－2：感時悟道	正末上－〔煞尾〕下	主場
	〔中呂粉蝶兒〕至〔煞尾〕計九曲	

a62 謝金蓮詩酒紅梨花

| 1－1：求見不遇 | 沖末扮劉太守引張千上－張千下 | 引場 |

	賓白組場	
1－2：冒名相會	趙汝州自飲－趙汝州下	主場
	〔仙呂點絳唇〕至〔賺煞〕計十一曲	
2－1：贈花定情	趙汝州上－〔四塊玉〕	主場
	〔南呂一枝花〕至〔四塊玉〕計七曲	
2－2：嬤嬤撞破	淨扮嬤嬤上－趙汝州下	主場
	〔南呂罵玉郎〕至〔尾煞〕計五曲	
3－1：太守傳命	太守上－太守同張千下	過場
	賓白組場	
3－2：二婆說鬼	正旦扮賣花三婆上－〔煞尾〕下	主場
	〔中呂粉蝶兒〕至〔煞尾〕計十四曲	
3－3：辭別應舉	張千上－趙汝州同張千下	過場
	賓白組場	
4－1：眞相大白	太守引張千上－〔水仙子〕	主場
	〔雙調新水令〕至〔水仙子〕計十曲	

a63 鐵拐李度金童玉女

1－1：鐵拐奉旨	老旦扮王母引外扮鐵拐李上－王母同鐵拐下	引場
	賓白組場	
1－2：一度金安壽	正末扮金安壽同旦兒童氏家僮梅香上－鐵拐下	主場
	〔仙呂八聲甘州〕至〔賺煞尾〕計十一曲	
2－1：二度金安壽	正末同旦家僮梅香上－〔黃鍾尾〕下	主場
	〔南呂一枝花〕至〔黃鍾尾〕計十一曲	
3－1：鐵拐赴金府	鐵拐上－鐵拐下	過場
	賓白組場	
3－2：家宴	正末同旦梅香上－〔得勝令〕	短場
	〔商調集賢賓〕至〔雙調得勝令〕計五曲	
3－3：三度悟道	鐵拐上－〔啄木兒尾〕下	主場
	〔商調賢聖吉〕至〔啄木兒尾〕計十三曲	
4－1：超凡昇仙	王母引眾仙上－〔鴛鴦煞〕	主場
	〔雙調新水令〕至〔鴛鴦煞〕計二十五曲	

a64 包待制智賺灰闌記

楔－1：家變	老旦卜兒上－卜兒欲許親 賓白組場	引場
楔－2：許親	副末扮馬員外上－卜兒下。 〔仙呂賞花時〕一曲。	過場
1－1：奸計	搽旦上－搽旦下 賓白組場	過場
1－2：生怨	正旦上－正旦下 〔仙呂點絳唇〕至〔天下樂〕計四曲	過場
1－3：誣陷殺夫	馬員外領徠兒上－〔賺煞〕下 〔仙呂那吒令〕至〔賺煞〕計六曲	主場
1－4：密謀行賄	搽旦欲行賄－搽旦下 賓白組場	過場
2－1：貪官屈判	淨扮孤引祗從上－孤下 〔商調集賢賓〕至〔浪裡來煞〕計十二曲	主場
3－1：遞解遇兄	丑扮店小二上－〔古神仗兒〕 〔黃鍾醉花陰〕至〔古神仗兒〕計八曲	主場
3－2：怒打惡卒	趙令史同搽旦上－酒保下 〔黃鍾節節高〕至〔尾聲〕計三曲	過場
4－1：智勘灰闌	沖末扮包待制引丑張千祗候上－〔水仙子〕 〔雙調新水令〕至〔水仙子〕計十曲	主場

a65 崔府君斷冤家債主

楔－1：前往訪友	沖末扮崔子玉－崔下 賓白組場	引場
楔－2：鬧賊	正末扮張善友同老旦扮卜兒上－天明 賓白組場	引場
楔－3：和尚寄銀	外扮和尚上－正末下 賓白組場	過場
楔－4：李氏賴銀	卜兒起貪念－正末上 賓白組場	過場
楔－5：送行	崔子玉上－崔下	過場

	〔仙呂憶王孫〕一曲		
1－1：分家	正末同眾上－〔賺煞〕同下	主場	
	〔仙呂點絳唇〕至〔賺煞〕計八曲		
2－1：前往探病	崔子玉引祗候上－崔下	過場	
	賓白組場		
2－2：調唆索銀	淨扮柳隆卿丑扮胡子轉上－福僧同淨丑下	過場	
	賓白組場		
2－3：祝禱	正末引雜當上－正末同雜當下	過場	
	〔商調集賢賓〕至〔梧葉兒〕計三曲		
2－4：妻兒雙亡	大旦扶乞僧同卜兒上－崔子玉下	主場	
	〔商調醋葫蘆〕至〔浪裡來煞〕計六曲		
3－1：迭遭家變	正旦扶福僧上－正末下	主場	
	〔中呂粉蝶兒〕至〔迎仙客〕計四曲		
3－2：告陰司	崔子玉引張千祗候上－崔子玉下	主場	
	〔正宮白鶴了〕至〔中呂煞尾〕計七曲		
4－1：赴衙門	正末上－正末下	過場	
	賓白組場		
4－2：張善友入夢	崔子玉引祗從上－鬼力勾正末下	過場	
	賓白組場		
4－3：因果前業	閻神引鬼力上－崔子玉上	主場	
	〔雙調新水令〕至〔水仙子〕計五曲		
4－4：省悟	正末做覺科－崔子玉下斷	收場	
	〔雙調雁兒落〕、〔得勝令〕二曲		

a66 㑳梅香騙翰林風月

楔－1：啟程問親	末扮白敏中上－白下	引場	
	賓白組場		
楔－2：初遇	老旦扮裴夫人引院公上－夫人下	主場	
	〔仙呂賞花時〕、〔么篇〕二曲		
1－1：心疑	白敏中上－白下	過場	
	賓白組場		
1－2：勸遊	旦兒上－正旦同旦兒下	過場	

〔仙呂點絳唇〕至〔天下樂〕計四曲

1－3：聽琴　　　白敏中上－白下　　　　　　　　　　　　主場

〔仙呂那吒令〕至〔賺煞〕計七曲

2－1：遣婢問疾　夫人同正旦上－同下　　　　　　　　　　過場

賓白組場

2－2：樊素探病　白敏中抱病上－白下　　　　　　　　　　主場

〔大石調念奴嬌〕至〔歸塞北〕計四曲

2－3：傳簡　　　旦兒上－旦同正旦下　　　　　　　　　　主場

〔大石調雁過南樓〕至〔歸塞北〕計四曲

2－4：約期　　　白敏中上－白下　　　　　　　　　　　　主場

〔大石調怨別離〕至〔隨煞尾〕計五曲

3－1：私會　　　白敏中上－白起身科　　　　　　　　　　主場

〔越調鬥鵪鶉〕至〔聖藥王〕計八曲

3－2：責問　　　夫人撞上－夫人下　　　　　　　　　　　主場

〔越調麻郎兒〕至〔絡絲娘〕計三曲

3－3：寬慰　　　正旦背聽科－白敏中下　　　　　　　　　過場

〔越調雪裡梅〕至〔收尾〕計三曲

4－1：奉旨賜婚　外扮李尚書引祗從上－外同眾下　　　　　過場

賓白組場

4－2：成親　　　白敏中引祗候上－〔太平令〕　　　　　　主場

〔雙調新水令〕至〔太平令〕計十一曲

4－3：賜賞　　　李尚書上－李尚書詞云　　　　　　　　　收場

賓白組場

a67 尉遲恭單鞭奪槊

楔－1：前往招降　沖末扮徐茂公引卒子上－徐下　　　　　引場

賓白組場

楔－2：約期降唐　淨扮尉遲敬德引卒子上－尉遲下　　　　過場

〔仙呂端正好〕一曲

1－1：尉遲歸降　尉遲引卒子上－徐茂公下　　　　　　　　主場

〔仙呂點絳唇〕至〔賺煞〕計十曲

2－1：元吉誣陷　淨扮元吉同丑扮段志賢卒子上－元吉同段下　過場

	賓白組場	
2－2：領兵襲唐	外扮單雄信上－單下	過場
	賓白組場	
2－3：茂公報訊	正末上－正末同徐茂公下	過場
	〔正宮端正好〕、〔滾繡毬〕二曲	
2－4：救尉遲	元吉同段志賢上－〔小梁州么篇〕	主場
	〔正宮倘秀才〕〔小梁州么篇〕計四曲	
2－5：遣將迎敵	卒子慌上報科－元吉下	過場
	〔中呂上小樓〕至〔正宮隨煞尾〕計三曲	
3－1：追趕唐兵	單雄信引卒子上－單下	過場
	賓白組場	
3－2：段志賢敗陣	段志賢上－單雄信下	過場
	賓白組場	
3－3：單鞭奪槊	正末慌上－〔收尾〕同下	主場
	〔越調鬥鵪鶉〕至〔收尾〕計八曲	
4－1：探子報捷	徐茂公上－徐茂詩云	主場
	〔黃鍾醉花陰〕至〔煞尾〕計七曲	

a68 呂洞賓三度城南柳

楔－1：一度桃柳	正末呂洞賓上－〔仙呂賞花時么篇〕下	引場
	〔仙呂賞花時〕、〔么篇〕二曲	
1－1：桃柳潛藏	旦扮桃花精淨扮柳樹精同上－同下	過場
	賓白組場	
1－2：買醉岳陽樓	正末上－酒保下	短場
	〔仙呂點絳唇〕至〔醉中天〕計七曲	
1－3：二度桃柳	桃柳精上－〔賺煞〕下	主場
	〔仙呂後庭花〕至〔賺煞〕計三曲	
1－4：酒保砍妖	桃柳怪罪老楊－酒保下	過場
	賓白組場	
2－1：度脫小桃	正末上－淨下	主場
	〔正宮端正好〕至〔啄木兒尾〕計十三曲	
3－1：漁翁引渡	正末改扮漁翁上－〔煞尾〕下	主場

		〔南呂一枝花〕至〔煞尾〕計十三曲	
3－2：老柳殺妻	淨上岸－公人趕上拿住科		過場
	賓白組場		
3－3：誣陷洞賓	左右報復云－押淨下		過場
	賓白組場		
4－1：老柳認罪	正末上－做殺淨閉目科		過場
	〔雙調新水令〕至〔得勝令〕計五曲		
4－2：老柳悟道	正末孤公人各改扮眾仙上－〔隨尾〕		主場
	〔雙調水仙子〕至〔隨尾〕計五曲		

a69 須賈大夫誶范叔

楔－1：出使	淨扮魏齊領卒子上－魏齊下		引場
	〔仙呂端正好〕、〔么篇〕二曲		
1－1：起疑	外扮驪衍領張千上－須賈下		主場
	〔仙呂點絳唇〕至〔賺煞〕計十一曲		
2－1：赴宴	魏齊領卒子上－魏下		過場
	賓白組場		
2－2：遭難	須賈引祗從上－祗從下		主場
	〔南呂一枝花〕至〔菩薩梁州〕計八曲		
2－3：逃生	正末做醒科－院公下		主場
	〔南呂隔尾〕第三支至〔黃鍾尾〕計三曲		
3－1：重逢	須賈引祗從院公上－須賈下		主場
	〔正宮端正好〕至〔煞尾〕計十三曲		
4－1：復仇	驪衍同眾大夫領張千上－須賈欲自刎		主場
	〔雙調新水令〕至〔收江南〕計九曲		
4－2：寬恕	院公沖上－正末詞云		主場
	〔雙調清江引〕至〔收尾〕計四曲		

a70 李雲英風送梧桐葉

楔－1：投軍	沖末任繼圖同正旦上－〔仙呂賞花時〕下		引場
	〔仙呂賞花時〕一曲		
1－1：傳令	外扮牛尚書同張千上－牛下		過場
	賓白組場		

1－2：赴廟	正旦引梅香上－〔鵲踏枝〕虛下	短場
	〔仙呂點絳唇〕至〔鵲踏枝〕計六曲	
1－3：和詞	任繼圖上－〔賺煞〕同下	主場
	〔仙呂寄生草〕至〔賺煞〕計六曲	
2－1：兼程	外花仲清－花下	過場
	賓白組場	
2－2：待友	任繼圖上－任下	過場
	賓白組場	
2－3：風送梧桐葉	正旦同小旦引梅香上－〔煞尾〕同下	主場
	〔正宮端正好〕至〔煞尾〕計十二曲	
3－1：拾葉	任繼圖上－任下	過場
	賓白組場	
3－2：商議招親	牛尙書上－牛尙書同夫人下	過場
	〔中呂粉蝶兒〕至〔普天樂〕計五曲	
3－3：綵樓巧遇	正旦引小旦上樓科－〔煞尾〕同下	主場
	〔中呂上小樓〕至〔煞尾〕計十一曲	
4－1：夫妻團聚	牛尙書同夫人上－任繼圖詩云	主場
	〔雙調新水令〕至〔鴛鴦煞〕計九曲	

a71 花間四友東坡夢

1－1：走訪佛印	外扮蘇東坡上－蘇下	引場
	賓白組場	
1－2：酒色相誘	丑扮行者上－東坡同旦下	主場
	〔仙呂點絳唇〕至〔賺煞〕計十曲	
2－1：二度誘引	正末上－〔黃鍾尾〕下	主場
	〔南呂一枝花〕至〔黃鍾尾〕計十一曲	
2－2：東坡美夢	四友推東坡－東坡同四友下	過場
	賓白組場	
3－1：松神擒四友	正末扮松神上－〔煞尾〕下	主場
	〔止宮端正好〕至〔煞尾〕計十曲	
3－2：夢醒	行者上－東坡下	過場
	賓白組場	

4－1：問禪悟道	正末引徒眾上－〔鴛鴦煞尾〕 〔雙調新水令〕至〔鴛鴦煞尾〕計九曲	主場

a72 杜蕊娘智賞金線池

楔－1：初遇鍾情	外扮石府尹引張千上－府尹下 〔仙呂端正好〕、〔么篇〕二曲	引場
1－1：蕊娘貞心	搽旦扮卜兒上－卜兒下 〔仙呂點絳唇〕至〔賺煞〕計九曲	主場
2－1：走訪蕊娘	韓輔臣上－韓下 賓白組場	過場
2－2：負氣決絕	正旦引梅香上－韓輔臣下 〔南呂一枝花〕至〔尾煞〕計九曲	主場
3－1：問計	石府尹上－石下 賓白組場	過場
3－2：設宴	外旦三人上－韓輔臣下 〔中呂粉蝶兒〕至〔尾煞〕計十三曲	主場
4－1：和會	石府尹引張千上－石府尹詞云 〔雙調新水令〕至〔收江南〕計八曲	主場

a73 王月英元夜留鞋記

楔－1：示情	老旦卜兒同正旦王月英領梅香上－郭華下 〔仙呂賞花時〕一曲	引場
1－1：寄簡	正旦同梅香上－梅香下 〔仙呂點絳唇〕至〔賺煞尾〕計十一曲	主場
2－1：赴約留鞋	郭華上－〔煞尾〕同梅香下 〔正宮端正好〕至〔煞尾〕計八曲	主場
2－2：自盡	郭華醒－做嘸汗巾噎倒科 賓白組場	過場
2－3：誤會	淨扮和尚上－琴童拖和尚下 賓白組場	過場
2－4：神靈救護	外扮伽藍同淨鬼力上－同鬼力下 賓白組場	過場
3－1：琴童告官	淨扮張千引祗從排衙上－包待制下	過場

		賓白組場	
3－2：張千賣鞋		張千上－張千同卜兒下	過場
		賓白組場	
3－3：勾拿月英		正旦同梅香上－同張千下	過場
		〔中呂粉蝶兒〕至〔迎仙客〕計三曲	
3－4：包拯審案		包待制上－包待制下	主場
		〔中呂紅繡鞋〕至〔煞尾〕計八曲	
4－1：郭華還魂		雜當做抬郭華上科－同下	主場
		〔雙調新水令〕至〔太平令〕計五曲	
4－2：明斷結親		包待制上－〔收江南〕	主場
		〔雙調川撥棹〕至〔收江南〕計四曲	

a74 漢高皇濯足氣英布

1－1：隨何奉命		沖末扮隨何上－漢王同眾下	引場
		賓白組場	
1－2：勸降英布		止末扮英布引卒子上－命隨何躲藏	主場
		〔仙呂點絳唇〕至〔玉花秋〕計八曲	
1－3：斬使逼降		淨扮楚使上－隨何下	主場
		〔仙呂後庭花〕至〔賺煞〕計四曲	
2－1：漢王氣英布		正末引卒子上－隨何下	主場
		〔南呂一枝花〕至〔煞尾〕計十曲	
3－1：定計		漢王引眾上－共下	過場
		賓白組場	
3－2：收服英布		正末引卒子上－張良同眾下	主場
		〔正宮端正好〕至〔啄木兒尾〕計十三曲	
4－1：探子報捷		漢王引眾上－探子下	主場
		〔黃鍾醉花陰〕至〔尾聲〕計七曲	
4－2：凱旋封賞		眾人等待英布－〔水仙子〕	收場
		〔雙調側磚兒〕至〔水仙子〕三曲	

a75 兩軍師隔江鬥智

1－1：周瑜定計		沖末扮周瑜領卒子上－周瑜同甘寧凌統下	引場
		賓白組場	

1－2：孫權許親	外扮孫權上－孫權同魯肅下 〔仙呂點絳唇〕至〔賺煞〕計九曲	主場
2－1：周瑜二計	周瑜同甘寧凌統上－周瑜下 賓白組場	過場
2－2：孫劉成親	外扮諸葛亮上－劉玄德下 〔中呂粉蝶兒〕至〔煞尾〕計十曲	主場
2－3：孔明佈兵	孔明調遣諸將－孔明同張飛下 賓白組場	過場
3－1：周瑜三計	周瑜領卒子上－周瑜同甘凌下 賓白組場	過場
3－2：諸葛施謀	諸葛亮領卒子上－諸葛下 賓白組場	過場
3－3：玄德脫困	夫人同孫權領卒子上－孫權下 〔商調集賢賓〕至〔浪裡來煞〕計八曲	主場
楔－1：周瑜中計	劉玄德引祗從上－張飛下 〔仙呂賞花時〕一曲	主場
4－1：排宴慶功	諸葛亮領卒子上－〔收尾〕 〔雙調新水令〕至〔收尾〕計八曲	主場

a76 馬丹陽度脫劉行首

1－1：一度鬼仙	正末扮王重陽上－東岳神同旦下 〔仙呂點絳唇〕至〔賺煞〕計十曲	主場
2－1：樂探喚官身	搽旦扮卜兒上－卜兒下 賓白組場	過場
2－2：二度劉行首	劉行首上－〔煞尾〕下 〔正宮端正好〕至〔煞尾〕計十三曲	主場
3－1：三度劉行首	淨扮林員外上－〔上小樓〕 〔中呂粉蝶兒〕至〔上小樓〕計六曲	主場
3－2：鬧吵見官	林員外慌上－卜兒下 〔中呂上小樓么篇〕至〔煞尾〕計八曲	主場
4－1：清修	正末引旦上－正末言魔障將至 〔雙調新水令〕至〔水仙子〕計六曲	短場

| 4－2：成道 | 林員外卜兒同祇候上－東華帝君詞云 | 主場 |
| | 〔雙調錦上花〕至〔收江南〕計八曲 | |

a77 月明和尚度柳翠

楔－1：傳旨度化	老旦扮觀音領小末扮善才上－老旦小末下	引場
	賓白組場	
楔－2：員外奉財	搽旦卜兒同旦兒柳翠上－牛員外同旦兒下	引場
	賓白組場	
楔－3：召喚明月	長老領淨行者上－長老同行者下	過場
	〔仙呂賞花時〕、〔么篇〕二曲	
1－1：一度柳翠	卜兒同柳翠上－長老同行者下	主場
	〔仙呂點絳唇〕至〔賺煞尾〕計十曲	
2－1：二度柳翠	旦兒上－〔黃鍾尾〕下	主場
	〔南呂一枝花〕至〔黃鍾尾〕計十二曲	
3－1：借物指迷	卜兒上－柳翠出家	主場
	〔中呂粉蝶兒〕至〔鮑老兒〕計八曲	
3－2：明月引渡	正末喚柳翠上船－〔煞尾〕同下	短場
	〔中呂十二月〕至〔煞尾〕計六曲	
4－1：悟道超凡	長老領行者上－長老下	主場
	〔雙調新水令〕至〔得勝令〕計六曲	
4－2：重歸仙界	觀音領善才上－觀音同眾下	收場
	〔雙調鴛鴦煞〕一曲	

a78 劉晨阮肇誤入桃源

1－1：星官下凡	沖末扮太白星官引青衣童子上－沖末童子下	引場
	賓白組場	
1－2：入山採藥	正末扮劉晨外扮阮肇上－〔寄生草〕	短場
	〔仙呂點絳唇〕至〔寄生草〕計七曲	
1－3：太白指迷	太白扮老人上－太白下	主場
	〔仙呂寄生草么篇〕至〔賺煞〕計六曲	
2－1：桃源仙契	二旦扮仙子引侍女上－〔隨煞尾〕同下	主場
	〔正宮端正好〕至〔隨煞尾〕計十五曲	

楔—1：長亭送別	小旦上—二旦同小旦並下	過場
	〔仙呂賞花時〕一曲	
3—1：重歸故里	淨扮劉德引沙三王留等上—淨下	主場
	〔中呂粉蝶兒〕至〔尾煞〕計十九曲	
4—1：桃源路迷	太白引青衣童子上—二末投崖	主場
	〔雙調新水令〕至〔得勝令〕計六曲	
4—2：太白指引	太白現象—太白詞云	主場
	〔雙調沽美酒〕至〔折桂令〕計五曲	

a79 張孔目智勘魔合羅

楔—1：離家避災	沖末李彥實引淨李文道上—李彥實同淨下	引場
	〔仙呂賞花時〕、〔么篇〕二曲	
1—1：戲嫂	旦上—旦下	過場
	賓白組場	
1—2：避雨染病	正末上—正末歇息	短場
	〔仙呂點絳唇〕至〔一半兒〕計七曲	
1—3：託付家書	外扮高山上—高山下	主場
	〔仙呂金盞兒〕至〔賺煞〕計三曲	
2—1：惡謀	李文道上—李下	過場
	賓白組場	
2—2：得信	旦同徠兒上—旦下	過場
	賓白組場	
2—3：毒害	正末抱病上—旦下	主場
	〔黃鍾醉花陰〕至〔尾〕計十二曲	
2—4：誣陷逼婚	旦隨慌上—淨拖旦下	過場
	賓白組場	
2—5：貪官屈判	淨扮孤引張千上—孤同令史下	過場
	賓白組場	
3—1：張鼎陳情	外扮府尹引張千上—〔浪裡來煞〕下	主場
	〔商調集賢賓〕至〔浪裡來煞〕計十二曲	
4—1：張鼎斷案	正末上—〔煞尾〕	主場
	〔中呂粉蝶兒〕至〔煞尾〕計二十六曲	

a80 玎玎璫璫盆兒鬼

楔－1：離家避災	沖末扮孛老楊從善上－孛老下	引場
	〔仙呂賞花時〕一曲	
1－1：旅店噩夢	丑扮店小二上－店小二下	主場
	〔仙呂點絳唇〕至〔金盞兒〕計十曲	
1－2：瓦窯遇難	淨扮盆罐趙同搽旦撇枝秀上－淨同搽旦下	主場
	〔仙呂賺煞〕一曲	
2－1：窯神警戒	淨同搽旦上－淨同搽旦下	主場
	〔中呂粉蝶兒〕至〔尾煞〕計十曲	
3－1：張懰古索盆	正末扮張懰古上－淨同搽旦下	過場
	〔越調鬥鵪鶉〕至〔小桃紅〕計三曲	
3－2：鬼魂訴冤	正末返家－〔收尾〕同魂子下	主場
	〔越調天淨沙〕至〔收尾〕計十四曲	
4－1：包拯斷案	外扮包待制引丑張千祗從上－〔四邊靜〕	主場
	〔正宮端正好〕至〔四邊靜〕計十曲	

a81 荊楚臣重對玉梳記

1－1：虔婆留豪客	搽旦扮卜兒上－卜兒同淨下	引場
	賓白組場	
1－2：貞心	正旦扮顧玉香上－淨同卜兒下	主場
	〔仙呂點絳唇〕至〔賺煞尾〕計十三曲	
楔－1：相別	正旦同荊楚臣上－荊楚臣下	過場
	〔仙呂賞花時〕、〔么篇〕二曲	
2－1：虔婆許諾	卜兒同淨上－同下	過場
	賓白組場	
2－2：堅拒	正旦引梅香上－卜兒同淨下	主場
	〔正宮端正好〕至〔黃鍾煞〕計十四曲	
3－1：榮顯	荊楚臣上－荊下	過場
	賓白組場	
3－2：追趕玉香	淨上－淨下	過場
	賓白組場	
3－3：逼親	正旦同梅香上－正旦呼救	過場

	〔中呂粉蝶兒〕至〔上小樓么篇〕計八曲		
3－4：遇救	荊楚臣引祗候上－荊下	主場	
	〔中呂滿庭芳〕至〔煞尾〕計十曲		
4－1：重對玉梳	荊楚臣上－〔離亭宴煞〕	主場	
	〔雙調新水令〕至〔離亭宴煞〕計十曲		

a82 逞風流王煥百花亭

1－1：囑女出遊	老旦扮卜兒引旦賀憐憐梅香盼兒上－同下 賓白組場	引場
1－2：巧遇定情	正末扮王煥引家僮六兒上－〔賺煞〕同下	主場
	〔仙呂點絳唇〕至〔賺煞〕計十曲	
楔－1：逢阻	正末同旦上－〔仙呂端正好〕同下	過場
	〔仙呂端正好〕一曲	
2－1：賣女	卜兒上－卜兒下	過場
	賓白組場	
2－2：囑託小二	旦上－旦下	過場
	賓白組場	
2－3：風月之爭	正末上－二淨鬧打下	過場
	〔中呂粉蝶兒〕至〔滿庭芳〕計五曲	
2－4：小二傳信	王小二上－〔隨煞尾〕同下	主場
	〔中呂上小樓〕至〔隨煞尾〕計九曲	
3－1：重逢	淨扮高常彬上－〔浪裡來煞〕同下	主場
	〔商調集賢賓〕至〔浪裡來煞〕計十六曲	
4－1：官斷	外扮經略官引卒子上－〔鴛鴦尾煞〕	主場
	〔雙調新水令〕至〔鴛鴦尾煞〕九曲	

a83 秦脩然竹塢聽琴

楔－1：捨宅出家	正旦鄭彩鸞外都管上－〔仙呂賞花時〕下	引場
	〔仙呂賞花時〕一曲	
1－1：訪叔	外扮梁州尹引張千上－同下	引場
	賓白組場	
1－2：清修	正旦同小姑上－小姑下	短場
	〔仙呂點絳唇〕至〔勝葫蘆么篇〕計七曲	

1－3：相遇	正旦撫琴－〔賺煞〕下	主場
	〔仙呂後庭花〕至〔賺煞〕計三曲	
2－1：梁尹授計	梁尹上－梁尹下	過場
	賓白組場	
2－2：驚鬼辭別	正末上－梁尹下	過場
	賓白組場	
2－3：訪道姑	小姑扶正旦上－梁尹下	主場
	〔中呂粉蝶兒〕至〔尾聲〕計十一曲	
3－1：榮歸	梁尹上－梁尹同秦下	過場
	賓白組場	
3－2：重逢	正旦引小姑上－梁尹下	主場
	〔正宮端正好〕至〔尾煞〕計七曲	
4－1：團圓	小姑上－〔離亭宴煞〕	主場
	〔雙調新水令〕至〔離亭宴煞〕計九曲	

a84 金水橋陳琳抱粧盒

楔－1：傳旨	沖末扮殿頭官領校尉上－正末下	引場
	〔仙呂端正好〕、〔么篇〕二曲	
1－1：赴御園	正旦扮李美人上－李下	過場
	賓白組場	
1－2：美人拾丸	末扮駕引眾上－〔賺煞〕下	主場
	〔仙呂點絳唇〕至〔賺煞〕計九曲	
2－1：惡謀	旦扮劉皇后上－劉下	過場
	賓白組場	
2－2：託付陳琳	承御抱太子上－做望科	主場
	〔南呂一枝花〕至〔牧羊關〕計六曲	
2－3：脫困出宮	劉皇后引宮女衝上－〔黃鍾尾〕下	主場
	〔南呂賀新郎〕至〔黃鍾尾〕計九曲	
楔－1：投託楚王	外扮楚王引官校上－楚王官校下	過場
	〔仙呂賞花時〕一曲	
3－1：太子見駕	駕同劉皇后引眾上－楚王並太子下	過場
	賓白組場	

3－2：承御自盡	劉皇后引宮女上－〔鴛鴦尾煞〕下		主場
	〔雙調新水令〕至〔鴛鴦尾煞〕計十一曲		
4－1：揭露真相	太子扮仁宗引眾上－〔尾煞〕		主場
	〔中呂粉蝶兒〕至〔尾煞〕計十二曲		

a85 趙氏孤兒大報仇

楔－1：奸臣惡計	淨扮屠岸賈領卒子上－淨下		引場
	賓白組場		
楔－2：傳旨滅門	沖末扮趙朔同旦公主上－使命下		過場
	〔仙呂賞花時〕、〔么篇〕二曲		
1－1：傳令搜孤	屠岸賈上－屠下		過場
	賓白組場		
1－2：託孤	旦抱徠兒上－程嬰下		過場
	賓白組場		
1－3：韓厥全義	正末扮韓厥領卒子上－程嬰下		主場
	〔仙呂點絳唇〕至〔賺煞尾〕計十一曲		
2－1：下令誅嬰	屠岸賈領卒子上－屠下		過場
	賓白組場		
2－2：定計救孤	正末扮公孫杵臼領家童上－程嬰下		主場
	〔南呂一枝花〕至〔煞尾〕計九曲		
3－1：程嬰出首	屠岸賈領卒子上－屠同眾下		過場
	賓白組場		
3－2：搜孤誅殺	正末公孫杵臼上－屠同眾下		主場
	〔雙調新水令〕至〔鴛鴦煞〕計十曲		
4－1：意欲篡位	屠岸賈領卒子上－屠下		過場
	賓白組場		
4－2：揭露身世	程嬰上－程嬰下		主場
	〔中呂粉蝶兒〕至〔煞尾〕計十三曲		
5－1：魏絳奉旨	外扮魏絳領張千上－魏下		過場
	賓白組場		
5－2：擒賊	正末上－正末同屠程下		主場
	〔正宮端正好〕至〔笑和尚〕計四曲		

5－3：報恩仇　　　　魏絳同張千上－〔黃鍾尾〕　　　　　　　主場
　　　　　　　　　　〔正宮脫布衫〕至〔黃鍾尾〕計四曲

a86 感天動地竇娥冤
　　楔－1：典賣幼女　　卜兒蔡婆上－卜兒同正旦下　　　　　　　引場
　　　　　　　　　　　〔仙呂賞花時〕一曲

　　1－1：勒殺蔡婆　　淨扮賽盧醫上－做勒卜兒科　　　　　　　過場
　　　　　　　　　　　賓白組場

　　1－2：張驢兒逼親　孛老同副淨張驢兒衝上－同下　　　　　　過場
　　　　　　　　　　　賓白組場

　　1－3：烈女守節　　正旦上－卜兒同孛老副淨下　　　　　　　主場
　　　　　　　　　　　〔仙呂點絳唇〕至〔賺煞〕計九曲

　　2－1：索討毒藥　　賽盧醫上－賽下　　　　　　　　　　　　過場
　　　　　　　　　　　賓白組場

　　2－2：誣陷　　　　卜兒上－張驢兒拖正旦卜兒下　　　　　　主場
　　　　　　　　　　　〔南呂一枝花〕至〔隔尾〕第二支計六曲

　　2－3：屈判　　　　淨扮孤引祗候上－孤同張驢兒卜兒下　　　主場
　　　　　　　　　　　〔南呂牧羊關〕至〔黃鍾尾〕計五曲

　　3－1：赴法場　　　外扮監斬官上－〔叨叨令〕　　　　　　　過場
　　　　　　　　　　　〔正宮端正好〕至〔叨叨令〕計四曲

　　3－2：訣別　　　　卜兒上哭科－〔鮑老兒〕　　　　　　　　過場
　　　　　　　　　　　〔中呂快活三〕、〔鮑老兒〕二曲

　　3－3：臨終三願　　劊子做喝科－眾應科抬屍下　　　　　　　主場
　　　　　　　　　　　〔般涉耍孩兒〕至〔正宮煞尾〕計四曲

　　4－1：鬼魂訴冤　　竇天章引丑張千祗從上－魂旦下　　　　　主場
　　　　　　　　　　　〔雙調新水令〕至〔得勝令〕計五曲

　　4－2：洗雪沈冤　　排衙－竇天章詞云　　　　　　　　　　　主場
　　　　　　　　　　　〔雙調川撥棹〕至〔鴛鴦煞尾〕計五曲

a87 梁山泊李逵負荊
　　1－1：宋江傳令　　沖末扮宋江同眾上－宋同眾下　　　　　　引場
　　　　　　　　　　　賓白組場

　　1－2：冒名奪女　　老王林上－王林哭科　　　　　　　　　　引場

		賓白組場	
1－3：	李逵誤解	正末扮李逵上－王林下	主場
		〔仙呂點絳唇〕至〔賺煞〕計八曲	
2－1：	大鬧聚義堂	宋江同吳學究魯智深領卒子上－宋江同眾下	主場
		〔正宮端正好〕至〔黃鍾尾〕計八曲	
3－1：	王林對證	王林做哭上－〔浪裡來煞〕下	主場
		〔商調集賢賓〕至〔浪裡來煞〕計八曲	
3－2：	二賊復還	王林念女－王林下	過場
		賓白組場	
4－1：	李逵謝罪	宋江同眾上－〔步步嬌〕	主場
		〔雙調新水令〕至〔步步嬌〕計五曲	
4－2：	王林解圍	王林衝上叫科－宋江同眾下	過場
		賓白組場	
4－3：	擒賊	宋剛魯智恩上－王林同旦兒下	過場
		〔雙調喬牌兒〕、〔殿前歡〕二曲	
4－4：	宋江下斷	宋江同吳學究領卒子上－宋江詩云	收場
		〔雙調離亭宴煞〕一曲	

a88 蕭淑蘭情寄菩薩蠻

1－1：	訪友	沖末扮張世英上－張下	引場
		賓白組場	
1－2：	前往上墳	外扮蕭公讓引老旦崔氏上－同下	引場
		賓白組場	
1－3：	示情被拒	正旦扮蕭淑蘭引梅香上－〔賺煞〕下	主場
		〔仙呂八聲甘州〕至〔賺煞〕計十一曲	
2－1：	嬤嬤說親	張世英上－〔收尾〕下	主場
		〔越調耍三臺〕至〔收尾〕計十一曲	
2－2：	留詩	張世英題詩壁上－張下	過場
		賓白組場	
2－3：	見詩	蕭公讓上－蕭下	過場
		賓白組場	
3－1：	扶病寄詞	正旦抱病梅香扶上－〔鴛鴦煞〕下	主場

〔雙調五供養〕至〔鴛鴦煞〕計九曲

4－1：招親	蕭公讓同老旦上－同下	過場
	賓白組場	
4－2：回轉	張世英上－張下	過場
	賓白組場	
4－3：完婚	正旦同梅香上－〔尾聲〕	主場
	〔黃鍾醉花陰〕至〔尾聲〕計九曲	

a89 錦雲堂美女連環計

1－1：赴楊府	淨扮董卓領外扮李儒李肅卒子上－董同眾下	引場
	賓白組場	
1－2：密議	外扮楊彪引祗從上－楊彪下	主場
	〔仙呂點絳唇〕至〔賺煞〕計十曲	
2－1：太白垂兆	董卓李儒李肅卒子上－董卓同眾下	過場
	賓白組場	
2－2：蔡邕獻計	正末上－蔡邕下	過場
	賓白組場	
2－3：巧定連環計	正末嗟嘆－正末下	主場
	〔南呂一枝花〕至〔絮蝦蟆〕計八曲	
2－4：請呂布	沖末扮呂布領卒子上－呂布下	過場
	賓白組場	
2－5：重逢	正末引季旅祗候上－〔黃鍾尾〕同季旅祗候下	主場
	〔南呂牧羊關〕至〔黃鍾尾〕計五曲	
3－1：請董卓	董卓領祗候上－董下	過場
	賓白組場	
3－2：王允獻女	正末領祗候上－正末同眾下	主場
	〔正宮端正好〕至〔叨叨令〕計六曲	
3－3：送親	董卓領眾上－董同眾下	過場
	賓白組場	
3－4：挑撥	呂布上－呂布虛下	主場
	〔中呂快活三〕至〔煞尾〕計五曲	

3－5：反目	董卓領旦兒使女上－旦兒扶董卓下 賓白組場	過場
4－1：李肅奉命	李肅上－李下 賓白組場	過場
4－2：李肅反正	正末上－正末同李肅呂布下 〔雙調新水令〕至〔胡十八〕計四曲	過場
4－3：定計擒董卓	楊彪領卒子上－正末同楊彪下 賓白組場	過場
4－4：李儒死諫	蔡邕做行科－李儒自盡 賓白組場	過場
4－5：擒賊封賞	做行科－〔水仙子〕眾下 〔雙調雁兒落〕至〔水仙子〕計四曲	主場

a90 羅李郎大鬧相國寺

楔－1：赴羅府	沖末扮蘇文順同外扮孟倉士上－同下 賓白組場	引場
楔－2：質當兒女	正末扮羅李郎丑扮侯興上－蘇孟下 〔仙呂端正好〕、〔么篇〕二曲	過場
1－1：怒責不肖兒	正末引侯興旦兒徠兒上－〔賺煞〕下 〔仙呂點絳唇〕至〔賺煞〕計十一曲	主場
1－2：侯興洩密	淨尋思科－淨下 賓白組場	過場
楔－1：命僕尋子	侯興做報科－侯興下 〔仙呂賞花時〕一曲	過場
楔－2：侯興歹計	淨上－侯興下 賓白組場	過場
2－1：湯哥遭難	外扮銀匠上－銀匠同淨下 賓白組場	過場
2－2：惡僕欺主	正末引旦兒徠兒上－〔尾煞〕下 〔南呂一枝花〕至〔尾煞〕計十曲	主場
3－1：命僕買兒	蘇文順引張千上－同下 賓白組場	過場

3－2：父子重逢	丑扮甲頭上－〔浪裡來煞〕眾下	主場
	〔商調集賢賓〕至〔浪裡來煞〕計十二曲	
4－1：認父歸宗	蘇文順引張千徠兒上－〔收尾〕	主場
	〔雙調新水令〕至〔收尾〕計十六曲	

a91 看錢奴買冤家債主

楔－1：周榮應舉	正末周榮同眾上－〔仙呂賞花時么篇〕下	引場
	〔仙呂賞花時〕、〔么篇〕二曲	
1－1：賈仁借福	外扮靈派侯領鬼力上－賈仁下	主場
	〔仙呂點絳唇〕至〔賺煞〕計十曲	
2－1：奉命買兒	外扮陳德甫上－陳下	過場
	賓白組場	
2－2：周榮落魄	淨扮店小二上－店小二下	過場
	〔正宮端正好〕至〔倘秀才〕第二支計五曲	
2－3：典賣親兒	賈仁同卜兒上－賈仁同陳德甫下	主場
	〔正宮滾繡毬〕第三支至〔隨煞〕計六曲	
3－1：索銀還願	小末扮賈長壽領興兒上－下	過場
	賓白組場	
3－2：賈仁慳吝	小末同興兒扶賈仁上－小末同興兒下	過場
	賓白組場	
3－3：相見不識	淨扮廟祝上－小末同興兒下	主場
	〔商調集賢賓〕至〔高過浪來裡煞〕計八曲	
4－1：張氏急病	店小二上－店小二下	過場
	〔越調鬥鵪鶉〕、〔紫花兒序〕二曲	
4－2：索藥相認	陳德甫上－同下	主場
	〔越調小桃紅〕至〔收尾〕計八曲	
4－3：說明因果	靈派侯上－同下	收場
	賓白組場	

a92 都孔目風雨還牢末

楔－1：遣使招安	沖末扮宋江領卒子上－下	引場
	賓白組場	
楔－2：施恩結怨	丑扮孤引張千上－〔仙呂賞花時〕同下	過場

	〔仙呂賞花時〕一曲		
1－1：李逵贈金環	正末同眾上－正末同眾下	過場	
	賓白組場		
1－2：密計	搽旦上－淨同搽旦下	過場	
	賓白組場		
1－3：誣告	孤引趙令史劉唐史進上－孤同令史下	過場	
	賓白組場		
1－4：勾拿孔目	正末同旦抱病上－旦下	主場	
	〔仙呂點絳唇〕至〔寄生草〕計七曲		
1－5：屈打成招	孤引趙令史上－孤同眾下	主場	
	〔仙呂醉中天〕至〔賺煞〕計四曲		
2－1：獄中受辱	劉唐上－史進歇息	過場	
	〔商調集賢賓〕、〔逍遙樂〕二曲		
2－2：幼子探監	二倈上－〔浪裡來煞〕史進押末下	主場	
	〔商調醋葫蘆〕至〔浪裡來煞〕計七曲		
2－3：惡謀	搽旦行賄－劉唐下	過場	
	賓白組場		
3－1：絕處逢生	劉唐上－〔落梅風〕	主場	
	〔雙調新水令〕至〔落梅風〕計五曲		
3－2：再入牢籠	搽旦上－〔鴛鴦煞〕劉唐拖正末下	主場	
	〔雙調沽美酒〕至〔鴛鴦煞〕計七曲		
4－1：李逵下山	李逵上－李下	過場	
	賓白組場		
4－2：小五招安	史進上－阮小五同史進劉唐下	過場	
	賓白組場		
4－3：劫牢拿奸	扶末阮隨上－〔二煞〕下（按：應有下場動作）	主場	
	〔中呂粉蝶兒〕至〔般涉二煞〕計九曲		
4－4：宋江下斷	宋江一行沖上－宋江詩云	收場	
	〔中呂煞尾〕一曲		

a93 洞庭湖柳毅傳書

楔－1：龍女落難	涇河老龍領卒上－〔仙呂端正好么篇〕下	引場

〔仙呂端正好〕、〔么篇〕二曲

1－1：柳毅應舉	沖末扮柳毅老旦扮卜兒上－卜兒下	引場
	賓白組場	
1－2：代傳書信	正旦上－柳毅下	主場
	〔仙呂點絳唇〕至〔賺煞〕計九曲	
2－1：擊樹求見	柳毅上－夜叉同柳毅下	過場
	賓白組場	
2－2：聞信驚悲	外扮洞庭君同老旦扮夫人上－夜叉同柳毅暫下	過場
	賓白組場	
2－3：錢塘起兵	外扮錢塘君上－洞庭君同夫人夜叉下	過場
	賓白組場	
2－4：擒殺小龍	小龍領水卒上－錢塘下	過場
	賓白組場	
2－5：電母回報	涇河老龍上－老龍下	主場
	〔越調鬥鵪鶉〕至〔收尾〕計十一曲	
3－1：柳毅拒親	洞庭君領水卒上－同下	主場
	〔商調集賢賓〕至〔浪裡來煞〕計八曲	
4－1：終成姻緣	卜兒上－洞庭君詞云	主場
	〔雙調新水令〕至〔鴛鴦尾煞〕計八曲	

a94 風雨像生貨郎旦

1－1：逼娶	外旦扮張玉娥上－外旦下	引場
	賓白組場	
1－2：家變	正旦扮劉氏領徠兒上－李彥和下	主場
	〔仙呂點絳唇〕至〔賺煞〕計十一曲	
1－3：密謀	等待淨－外旦下	過場
	賓白組場	
2－1：遇難	李彥和同外旦慌上－〔水仙子〕	主場
	〔雙調新水令〕至〔水仙子〕計九曲	
2－2：典賣春郎	沖末扮孤上－丑卜	過場
	〔雙調鴛鴦尾煞〕一曲	
3－1：吐露身世	孤抱病同春郎上－春郎下	過場

	賓白組場	
3－2：主僕重逢	李彥和上－〔隨尾〕同下	主場
	〔正宮端正好〕至〔隨尾〕計八曲	
4－1：團圓	淨扮館驛子上－李彥和詞云	主場
	〔南呂一枝花〕至〔煞尾〕計十二曲	

a95 望江亭中秋切鱠

1－1：代姪求配	旦兒扮白姑姑上－姑姑下	主場
	〔仙呂點絳唇〕至〔賺煞尾〕計十曲	
2－1：衙內尋仇	淨扮楊衙內引張千上－淨下	過場
	賓白組場	
2－2：院公報信	白士中上－白士中發愁	過場
	賓白組場	
2－3：記兒定計	正旦上－白士中下	主場
	〔中呂粉蝶兒〕至〔煞尾〕計七曲	
3－1：衙內醜態	衙內領張千李稍上－趕開民船	過場
	賓白組場	
3－2：智奪金牌	正旦上－〔收尾〕下	主場
	〔越調鬥鵪鶉〕至〔收尾〕計九曲	
3－3：衙內驚覺	衙內醒來－眾下	過場
	賓白組場	
4－1：恍然大悟	白士中領祗候－〔得勝令〕	主場
	〔雙調新水令〕至〔得勝令〕計四曲	
4－2：御史下斷	外扮李秉忠沖上－〔清江引〕	收場
	〔雙調錦上花〕至〔清江引〕計三曲	

a96 馬丹陽三度任風子

1－1：奉命下凡	沖末扮馬丹陽上－馬下	引場
	賓白組場	
1－2：屠戶訴苦	正末扮任屠同旦李氏上－眾下	主場
	〔仙呂點絳唇〕至〔賺煞尾〕計九曲	
2－1：任屠悟道	馬丹陽上－丹陽下	主場
	〔正宮端正好〕至〔煞尾〕計十曲	

3－1：張氏尋夫	旦上－旦同小叔下	過場
	賓白組場	
3－2：休妻殺子	丹陽上－丹陽下	主場
	〔中呂粉蝶兒〕至〔煞尾〕計十五曲	
4－1：功成行滿	正末上－〔尾〕	主場
	〔雙調新水令〕至〔尾〕計十曲	

a97 薩真人夜斷碧桃花

楔－1：設筵	沖末張珪同老旦夫人張千上－張珪夫人下	引場
	賓白組場	
楔－2：邀宴	外扮徐端同貼旦夫人引李萬上－同下	過場
	賓白組場	
楔－3：相會	正旦扮碧桃領梅香上－〔仙呂賞花時〕	過場
	〔仙呂賞花時〕一曲	
楔－4：責女	徐端同夫人上－夫人勸慰	過場
	〔仙呂賞花時么篇〕一曲	
楔－5：自盡	梅香做慌上科－同下	過場
	賓白組場	
1－1：追憶	張道南同興兒上－張道南彈琴	短場
	賓白組場	
1－2：魂會	正旦上－張道南下	主場
	〔仙呂點絳唇〕至〔賺煞尾〕計十二曲	
2－1：遣僕探病	徐端同夫人李萬上－同下	過場
	賓白組場	
2－2：嬭嬭問疾	張道南做病興兒扶上－張同興兒下	主場
	〔中呂粉蝶兒〕至〔煞尾〕計十曲	
3－1：真人勾問	張珪引張千上－真人下	主場
	〔正宮端正好〕至〔隨煞尾〕計九曲	
4－1：再合姻緣	徐端同夫人扶正旦上－真人詞云	主場
	〔雙調新水令〕至〔收江南〕計九曲	

a98 沙門島張生煮海

| 1－1：說因果 | 外扮東華仙上－外下 | 引場 |

	賓白組場		
1－2：投宿古寺	正末扮長老同行者上－行者下		引場
	賓白組場		
1－3：遇龍女	張生撫琴－家童下		主場
	〔仙呂點絳唇〕至〔賺煞〕計十三曲		
2－1：仙姑傳寶	張生上－張生下		主場
	〔南呂一枝花〕至〔黃鍾煞尾〕計七曲		
3－1：行者訴苦	行者上－行者下		過場
	賓白組場		
3－2：張生煮海	張生引家僮上－家僮下		主場
	〔正宮端正好〕至〔尾聲〕計九曲		
4－1：團圓慶喜	外扮龍王引水卒上－〔得勝令〕		主場
	〔雙調新水令〕至〔得勝令〕計六曲		
4－2：同歸仙位	東華仙上－〔收尾〕		收場
	〔雙調沽美酒〕至〔收尾〕計三曲		

a99 包待制智賺生金閣

楔－1：離家避災	沖末扮孛老同卜兒旦兒正末郭成上－同下	引場
	〔仙呂賞花時〕一曲	
1－1：權豪出遊	淨扮龐衙內領隨從上－淨下	引場
	賓白組場	
1－2：獻寶招禍	丑扮店小二上－店小二下	主場
	〔仙呂點絳唇〕至〔金盞兒〕第二支計七曲	
1－3：強奪人妻	衙內同隨從上－衙內同隨從下	主場
	〔仙呂後庭花〕至〔賺煞〕計三曲	
2－1：命僕勸說	衙內領隨從上－〔小桃紅〕同下	過場
	〔越調鬥鵪鶉〕至〔小桃紅〕計三曲	
2－2：衙內逞凶	旦兒上－衙內同隨從下	主場
	〔越調憑欄人〕至〔收尾〕計七曲	
3－1：冤魂鬧燈會	社火鼓樂擺開科－衙內下	過場
	賓白組場	
3－2：老人說鬼	正末扮包拯領張千上－〔牧羊關〕第二支	過場

		〔南呂一枝花〕至〔牧羊關〕第二支計五曲	
3－3：	遣吏勾魂	行科－婁青暫下	主場
		〔南呂哭皇天〕至〔黃鍾尾〕計三曲	
3－4：	勾拿冤魂	婁青上－魂子應科同下	過場
		賓白組場	
4－1：	聲冤	正末領祗候張千上－旦同徠兒下	主場
		〔雙調新水令〕至〔得勝令〕計五曲	
4－2：	智賺生金閣	正末布置－正末詞云	主場
		〔雙調沽美酒〕、〔太平令〕二曲	

a00 馮玉蘭夜月泣江舟

1－1：	叮囑家童	沖末扮馮太守引淨張千丑家童上－太守下	引場
		賓白組場	
1－2：	噩夢	家童收拾－〔賺煞〕下	主場
		〔仙呂點絳唇〕至〔賺煞〕計九曲	
2－1：	乘船赴任	馮太守引張千上－眾人歇息	過場
		〔正宮端正好〕至〔滾繡毬〕第二支計四曲	
2－2：	滅門之禍	淨扮屠世雄引卒子上－〔煞尾〕下	主場
		〔正宮倘秀才〕第二支至〔煞尾〕計五曲	
3－1：	冤魂現形	外扮金御史引祗候稍公上－眾魂子下	過場
		賓白組場	
3－2：	玉蘭訴冤	正旦上－〔浪裡來煞〕同下	主場
		〔商調集賢賓〕至〔浪裡來煞〕計九曲	
4－1：	御史斷案	淨扮清江浦驛官上－金御史詞云	主場
		〔雙調新水令〕至〔水仙子〕計八曲	

以上為《元曲選》所收之劇。

b01 關張雙赴西蜀夢

（本劇僅存元刊本，全無賓白，無法分場）

b02 閨怨佳人拜月亭

（本劇僅存元刊本，賓白不全，無法明確分場）

b03 山神廟裴度還帶

1－1：探親受辱	沖末王員外同旦兒淨家童上－旦兒下 〔仙呂點絳唇〕至〔尾聲〕計十曲	主場
2－1：囑託長老	長老引淨行者上－長老等待正末 賓白組場	過場
2－2：長老寬慰	正末上－擺齋 〔南呂一枝花〕至〔採茶歌〕計七曲	短場
2－3：道人相命	外扮趙野鶴上－行者下 〔南呂賀新郎〕至〔尾聲〕計五曲	主場
2－4：母女落難	韓夫人同韓瓊英上－瓊英下 賓白組場	過場
2－5：公子贈帶	外扮李公子上－旦下 賓白組場	過場
3－1：瓊英遺帶	山神上－旦下 賓白組場	過場
3－2：裴度拾帶	正末上－等待失主 〔正宮端正好〕至〔倘秀才〕第二支計六曲	過場
3－3：裴度還帶	韓瓊英同夫人上－旦同夫人下 〔正宮脫布衫〕至〔尾聲〕計九曲	主場
楔－1：裴度應舉	長老引淨行者上－長老同趙野鶴下 〔仙呂賞花時〕一曲	過場
4－1：意欲招親	太守上－太守下 賓白組場	過場
4－2：團圓慶喜	張千上－安排筵席 〔雙調新水令〕至〔得勝令〕計八曲	主場
4－3：加官賜賞	李邦彥上－傳旨 賓白組場	收場

b04 鄧夫人苦痛哭存孝

1－1：定計調唆	沖末淨李存信同康君立上－同下 賓白組場	引場
1－2：李克用毀諾	李克用同劉夫人領番卒上－李存信同康君立下	主場

	〔仙呂點絳唇〕至〔尾聲〕計十一曲	
2－1：詐傳將命	李存孝領番卒上－李存孝下 賓白組場	過場
2－2：奸人進讒	李克用同夫人上－李克用同眾下 賓白組場	過場
2－3：存孝審案	李存孝同正旦卒上－李老同小末尼下 〔南呂一枝花〕至〔牧羊關〕計三曲	過場
2－4：探知眞相	劉夫人上－劉夫人同存孝下 〔南呂一紅芍藥〕至〔尾聲〕計六曲	主場
2－5：私令處死	李克用同李存信康君立上－李存信同康君立下 賓白組場	過場
2－6：前往問罪	周德威上－周下 賓白組場	過場
3－1：莽古歹回報	劉夫人上－劉夫人下 〔中呂粉蝶兒〕至〔尾聲〕計十曲	主場
4－1：驚聞噩耗	李克用同眾上－同下 賓白組場	過場
4－2：殺賊祭靈	正旦鄧夫人上－李克用下斷 〔雙調新水令〕至〔太平令〕計九曲	主場

b05 關大王獨赴單刀會

1－1：議取荊州	沖末魯肅上－魯下 〔仙呂點絳唇〕至〔尾聲〕計十曲	主場
2－1：司馬拒宴	正末扮司馬徽領道童上－〔尾聲〕末下 〔正宮端正好〕至〔尾聲〕計九曲	主場
2－2：道童誇口	道童自誇－魯下 賓白組場	過場
3－1：黃文下帖	正末扮關公領眾上－黃文下 〔中呂粉蝶兒〕至〔堯民歌〕計四曲	過場
3－2：欲往赴會	正末欲赴會－關平下 〔中呂石榴花〕至〔尾聲〕計八曲	主場

| 4－1：刀會 | 魯肅上－〔離亭宴帶歇拍煞〕
〔雙調新水令〕至〔離亭宴帶歇拍煞〕計九曲 | 主場 |

b06 錢大尹智勘緋衣夢

1－1：遣僕	沖末扮王員外同嬤嬤上－同下 賓白組場	引場
1－2：悔親	窮李老－李老同小末下 賓白組場	過場
1－3：相遇定約	小末上－〔賺煞〕同下 〔仙呂點絳唇〕至〔賺煞〕計七曲	主場
2－1：邦老結怨	王員外上－員外下 賓白組場	過場
2－2：殺人劫財	邦老上－邦老下 賓白組場	過場
2－3：慶安驚逃	小末上－小末下 賓白組場	過場
2－4：員外誤解	正旦上－員外同嬤嬤下 〔南呂一枝花〕至〔尾聲〕計七曲	主場
2－5：強拉見官	窮李老上－同下 賓白組場	過場
3－1：大尹勘夢	孤引從人上－孤同眾下 賓白組場	主場
3－2：智拿兇徒	茶博士上－寶鑑同張千下 〔越調鬥鵪鶉〕至〔尾聲〕計六曲	主場
4－1：明斷和會	孤引一行人上－孤判云 〔雙調新水令〕至〔得勝令〕計四曲	主場

b07 詐妮子調風月

（本劇僅存元刊本，賓白不全，無法明確分場）

b08 狀元堂陳母教子

| 楔－1：奉旨訪賢 | 沖末外扮寇萊公引祗從上－寇下
賓白組場 | 引場 |

楔－2：陳良資應舉　　　正旦引眾上－大末下　　　　　　　　　　　　引場
　　　　　　　　　　　　〔仙呂賞花時〕、〔么篇〕二曲

1－1：陳良資榮歸　　　正旦引眾上－〔醉扶歸〕　　　　　　　　　　主場
　　　　　　　　　　　　〔仙呂點絳唇〕至〔醉扶歸〕計五曲

1－2：陳良叟榮歸　　　等待消息－〔尾聲〕下　　　　　　　　　　　主場
　　　　　　　　　　　　〔仙呂金盞兒〕至〔尾聲〕計四曲

1－3：陳良佐自誇　　　大末提問－同下　　　　　　　　　　　　　　過場
　　　　　　　　　　　　賓白組場

2－1：陳母招婿　　　　正旦同眾上－王拱辰下　　　　　　　　　　　主場
　　　　　　　　　　　　〔南呂一枝花〕至〔菩薩梁州〕計四曲

2－2：陳良佐返家　　　等待消息－〔尾聲〕下　　　　　　　　　　　主場
　　　　　　　　　　　　〔南呂牧羊關〕至〔尾聲〕計四曲

2－3：陳良佐受譏　　　大末譏諷－三末同祗候下　　　　　　　　　　過場
　　　　　　　　　　　　賓白組場

3－1：受激應舉　　　　正旦同眾上－〔醉高歌〕　　　　　　　　　　主場
　　　　　　　　　　　　〔中呂粉蝶兒〕至〔醉高歌〕計四曲

3－2：陳良佐榮歸　　　報登科記的上－〔啄木兒煞尾〕同眾下　　　　主場
　　　　　　　　　　　　〔中呂普天樂〕至〔啄木兒煞尾〕二曲

4－1：加官賜賞　　　　外扮寇萊公領從人上－寇萊公傳旨賜賞　　　　主場
　　　　　　　　　　　　〔雙調新水令〕至〔太平令〕計四曲

b09 劉夫人慶賞五侯宴

楔－1：奉旨起兵　　　　沖末扮李嗣源領番卒上－李下　　　　　　　引場
　　　　　　　　　　　　賓白組場

楔－2：出門索債　　　　趙太公上－趙下　　　　　　　　　　　　　引場
　　　　　　　　　　　　賓白組場

楔－3：典身為僕　　　　正旦抱徠兒上－〔仙呂端正好〕同下　　　　　過場
　　　　　　　　　　　　〔仙呂端正好〕一曲

1－1：強逼棄子　　　　趙太公上－〔尾聲〕下　　　　　　　　　　　主場
　　　　　　　　　　　　〔仙呂點絳唇〕至〔尾聲〕計六曲

2－1：打圍獵射　　　　外扮李嗣源領番卒子上－追白兔下　　　　　　過場
　　　　　　　　　　　　賓白組場

2－2：李氏棄兒	正旦抱徠上－〔隔尾〕	主場
	〔南呂一枝花〕至〔隔尾〕計三曲	
2－3：收養幼子	李嗣源領番卒子上－李下	主場
	〔南呂賀新郎〕、〔尾聲〕二曲	
3－1：葛從周起兵	外扮葛從周領卒子上－葛下	過場
	賓白組場	
3－2：遣將迎敵	李嗣源領番卒子上－李下	過場
	賓白組場	
3－3：兩軍交戰	王彥章領卒子上－李從珂下	過場
	賓白組場	
3－4：李氏受苦	趙太公上－李氏欲自盡	過場
	〔正宮端正好〕至〔倘秀才〕第一支計三曲	
3－5：相救起疑	外扮李從珂領番卒子上－李從珂下	主場
	〔正宮倘秀才〕第二支至〔啄木兒尾聲〕計三曲	
4－1：探問身世	李嗣源領香卒子上－李嗣源同四將下	過場
	賓白組場	
4－2：揭露真相	李嗣源同四將上－李嗣源同眾下	主場
	〔商調集賢賓〕至〔尾聲〕計七曲	
5－1：屈受責打	淨扮趙脖揪上－弔起正旦	過場
	〔雙調新水令〕一曲	
5－2：救母團圓	李從珂領眾卒子沖上－李嗣源下斷	主場
	〔雙調川撥棹〕至〔太平令〕計七曲	

b10 好酒趙元遇上皇

1－1：定計	外扮孛老同卜兒搽旦上－同下	引場
	賓白組場	
1－2：尋鬧	外扮店家上－做扯正末同下	主場
	〔仙呂點絳唇〕至〔金盞兒〕計九曲	
1－3：官斷休妻	淨扮臧府尹引張千上－孛老同卜兒搽旦下	主場
	〔仙呂遊四門〕至〔賺煞〕計五曲	
2－1：遇上皇	酒保上－酒保下	主場
	〔南呂一枝花〕至〔尾聲〕計九曲	

3－1：赦罪加官	趙光普引祗從上－趙光普下	主場
	〔中呂粉蝶兒〕至〔尾聲〕計十曲	
4－1：聞訊	外扮孛老淨扮府尹搽旦同上－同下	過場
	賓白組場	
4－2：御斷	駕同趙光普石守信上－駕下斷	主場
	〔雙調新水令〕至〔得勝令〕計九曲	

b11 劉玄德獨赴襄陽會

1－1：議借荊州	沖末劉備同趙雲上－劉備同眾下	引場
	賓白組場	
1－2：定計擒劉備	劉琮上－同下	過場
	賓白組場	
1－3：襄陽會	劉表領卒子上－劉備下	主場
	〔仙呂點絳唇〕至〔尾聲〕計十曲	
2－1：蒯蔡傳令	蒯越蔡瑁上－同下	過場
	賓白組場	
2－2：義釋劉備	正末扮王孫上－劉備下	主場
	〔越調鬥鵪鶉〕至〔聖藥王〕計八曲	
2－3：違令獲罪	蒯越蔡瑁上－〔尾聲〕同下	過場
	〔越調尾聲〕一曲	
楔－1：司馬徽指迷	司馬徽上－劉備下	過場
	賓白組場	
楔－2：遇鳳雛	龐德公引道童上－龐下	過場
	賓白組場	
楔－3：請徐庶	卜兒同正末道童上－卜兒下	過場
	〔仙呂賞花時〕一曲	
3－1：曹操遣將	曹操引卒子上－曹章下	過場
	賓白組場	
3－2：赴帥府	劉備同眾上－同下	過場
	賓白組場	
3－3：許褚下戰書	正末同眾上－許褚下	過場
	〔中呂粉蝶兒〕至〔紅繡鞋〕計三曲	

3－4：定計迎敵	正末調兵－〔尾聲〕下	主場
	〔中呂上小樓〕至〔尾聲〕計六曲	
楔－1：曹軍敗逃	曹仁曹章領卒子上－張飛同眾下	過場
	賓白組場	
楔－2：曹章被擒	鞏固簡雍同上－〔仙呂賞花時〕眾將下	過場
	〔仙呂賞花時〕一曲	
4－1：慶功封賞	劉備領卒子上－劉備下斷	主場
	〔雙調新水令〕至〔太平令〕計五曲	

b12 保成公徑赴澠池會

楔－1：定計索璧	沖末扮秦昭公領卒子上－白起下	引場
	賓白組場	
楔－2：使臣傳命	外扮趙成公領卒子上－使命下	過場
	賓白組場	
楔－3：召臣議事	喚廉頗－趙成公同廉頗下	過場
	〔仙呂端正好〕一曲	
1－1：完璧	秦昭公領卒子上－白起下	主場
	〔仙呂點絳唇〕至〔尾聲〕計八曲	
1－2：計設澠池會	秦昭公領卒子上－同白起下	過場
	賓白組場	
2－1：封賞	趙成公領卒子上－〔紅繡鞋〕	主場
	〔中呂粉蝶兒〕至〔紅繡鞋〕計四曲	
2－2：力保赴會	外扮秦國使命上－廉頗下	主場
	〔中呂普天樂〕至〔尾聲〕計六曲	
3－1：澠池保主	秦昭公領卒子上－秦昭公同眾下	主場
	〔正宮端正好〕至〔尾聲〕計十曲	
楔－1：封相結怨	趙成公領卒子上－趙成公下	過場
	〔仙呂賞花時〕一曲	
楔－2：遣將攻趙	秦昭公領卒子上－秦昭公下	過場
	賓白組場	
楔－3：欲探相如	廉頗領卒子上－同呂成下	過場
	賓白組場	

4－1：負荊請罪	虞候扶正末上－〔水仙子〕同下	主場
	〔雙調新水令〕至〔水仙子〕計六曲	
4－2：大敗秦兵	淨康皮力范當災上－同下	過場
	〔雙調雁兒落〕、〔得勝令〕二曲	
4－3：獻功封賞	趙成公領卒子上－同下	主場
	〔雙調沽美酒〕至〔折桂令〕計三曲	

b13 宋上皇御斷金鳳釵

楔－1：趙鶚應舉	正末同旦徠兒上－店小二同旦徠下	引場
	〔仙呂賞花時〕、〔么篇〕二曲	
1－1：前往賀喜	店小二同旦上－旦下	過場
	賓白組場	
1－2：革除功名	殿頭官上－正末回店中	過場
	〔仙呂點絳唇〕至〔寄生草〕計七曲	
1－3：困窘	店小二上－旦同店小二下	主場
	〔仙呂金盞兒〕第一支至〔賺煞〕計五曲	
2－1：賣詩	正末上－外下	過場
	〔中呂粉蝶兒〕至〔迎仙客〕計四曲	
2－2：義救	孤扮張天覺上－孤下	過場
	〔中呂石榴花〕至〔普天樂〕計三曲	
2－3：催逼	旦引徠兒同店小二上－旦同小二徠下	主場
	〔中呂滿庭芳〕至〔煞尾〕計七曲	
3－1：遣僕	楊衙內領祇候上－楊下	過場
	賓白組場	
3－2：報恩	孤扮張天覺上－張千下	過場
	賓白組場	
3－3：謀財致命	六兒上－邦老下	過場
	賓白組場	
3－4：尋兒	楊衙內領祇候上－楊下	過場
	賓白組場	
3－5：贈金釵	店小二旦徠同正末上－小二點燈下	主場
	〔南呂一枝花〕至〔採茶歌〕計七曲	

3－6：換金釵	邦老上－邦老下	過場
	〔南呂鬥蝦蟆〕一曲	
3－7：蒙冤	楊衙內率人眾上－店小二同旦下	主場
	〔南呂牧羊關〕至〔煞尾〕計五曲	
4－1：拿賊	淨扮銀匠上－店小二同銀匠邦老下	過場
	賓白組場	
4－2：行刑	楊衙內上－劊子執刀下手科	主場
	〔雙調新水令〕至〔得勝令〕計五曲	
4－3：申冤	孤扮張天覺上－孤下斷	主場
	〔雙調川撥棹〕至〔水仙子〕計六曲	

b14 董秀英花月東牆記

楔－1：前往問親	沖末扮馬生上－同下	引場
	〔仙呂賞花時〕、〔么篇〕二曲	
1－1：囑女散心	老夫人引梅香上－下（按：應有下場動作）	過場
	賓白組場	
1－2：遊園相遇	正旦上－生下	過場
	〔仙呂點絳唇〕至〔天下樂〕計四曲	
1－3：相思	旦上－旦同梅香下	主場
	〔仙呂那吒令〕至〔賺煞〕計八曲	
2－1：聽琴	生上－生下	主場
	〔正宮端正好〕至〔倘秀才〕第二支計五曲	
2－2：索花	旦上－旦同梅香下	主場
	〔正宮呆骨朵〕至〔小梁州么篇〕計四曲	
2－3：傳簡	生上－生下	主場
	〔中呂上小樓〕、〔么篇〕二曲	
2－4：回簡	旦上－〔尾煞〕下	主場
	〔中呂滿庭芳〕至〔正宮尾煞〕計六曲	
3－1：請託	生上－生同梅香下	主場
	〔中呂粉蝶兒〕至〔上小樓么篇〕計七曲	
3－2：心許	旦上－旦同梅香下	主場
	〔中呂快活三〕、〔賀聖朝〕二曲	

3－3：約期	生上－〔滿庭芳〕下	過場
	〔中呂滿庭芳〕一曲	
3－4：赴約	旦梅上－下	過場
	賓白組場	
3－5：佳期	生上－〔尾煞〕	主場
	〔般涉耍孩兒〕至〔中呂尾煞〕計六曲	
3－6：逼離	老夫人上－同下	過場
	賓白組場	
4－1：送行	旦生上－〔紫花兒序〕下	過場
	（按：應有下場動作）	
	〔越調鬥鵪鶉〕、〔紫花兒序〕二曲	
4－2：染病	〔小桃紅〕－〔尾聲〕下	主場
	〔越調小桃紅〕至〔尾聲〕計十二曲	
5－1：團圓	生上－〔折桂令〕	主場
	〔雙調新水令〕至〔折桂令〕計六曲	
5－2：加官	使臣上－〔鴛鴦煞〕	收場
	〔雙調沽美酒〕至〔鴛鴦煞〕計七曲	

b15 張子房圯橋進履

（此劇第一折闕文，茲依現存劇本以喬仙賓白做爲首場）

1－1：喬仙打虎	喬仙韻白－虎拖喬仙下	過場
	賓白組場	
1－2：太白指迷	外扮太白金星上－〔尾聲〕下	主場
	〔仙呂醉扶歸〕至〔尾聲〕計四曲	
2－1：黃石候徒	外扮黃石公上－外下	過場
	賓白組場	
2－2：長者寬待	外扮李長者領行錢上－長者下	過場
	〔南呂一枝花〕至〔隔尾〕計三曲	
2－3：張良問卦	正末又上－正末做看科	過場
	〔南呂牧羊關〕一曲	
2－4：圯橋進履	外扮黃石公上－正末下	主場
	〔南呂四塊玉〕至〔牧羊關〕第二支計二曲	

2－5：赴約受責	黃石公再上－正末下	過場
	賓白組場	
2－6：傳授兵法	正末再上－〔尾聲〕下	主場
	〔南呂哭皇天〕至〔尾聲〕計四曲	
楔－1：長者餞行	李長者領行錢上－長者下	過場
	〔仙呂賞花時〕一曲	
3－1：定計遣將	外扮蕭何同淨樊噲領卒子上－韓信下	主場
	〔正宮端正好〕至〔滾繡毬〕第二支計四曲	
3－2：張良受縛	申陽領卒子上－陸賈同張良下	過場
	〔正宮倘秀才〕第二支、〔呆骨朵〕二曲	
3－3：張耳誘敵	外扮張耳上－申陽領卒子下	過場
	賓白組場	
3－4：智捉敵將	陸賈領卒子拿正末上－眾將領卒子下	主場
	〔正宮貨郎兒〕至〔尾聲〕計四曲	
3－5：鍾離眛起兵	淨鍾離眛領卒子上－鍾離眛同季布下	過場
	賓白組場	
3－6：張耳領兵	張耳上－張下	過場
	賓白組場	
3－7：鍾離眛敗戰	鍾離眛同季布領卒子上－張耳同眾下	過場
	賓白組場	
4－1：赴帥府	蕭何領卒子上－領卒子下	過場
	賓白組場	
4－2：排筵慶功	韓信領卒子上－〔水仙子〕	主場
	〔雙調新水令〕至〔水仙子〕計三曲	
4－3：傳旨賜賞	蕭何上－蕭何下斷	收場
	賓白組場	

b16 破苻堅蔣神靈應

1－1：商議攻晉	沖末扮苻堅領卒子上－苻堅下	主場
	〔仙呂點絳唇〕至〔尾聲〕計七曲	
2－1：舉賢敵秦	外扮桓沖領卒子上－桓沖下	過場
	賓白組場	

2－2：謝玄掛帥	謝安領卒子上－〔尾聲〕下	主場
	〔南呂一枝花〕至〔尾聲〕計八曲	
2－3：謝安論棋	謝安論棋之道－謝安下	過場
	賓白組場	
楔－1：神廟祝禱	蔣神領鬼力上－蔣神下	過場
	〔仙呂端正好〕一曲	
3－1：秦兵敗走	淨慕容垂梁成領卒子同上－劉牢之下	過場
	賓白組場	
3－2：蔣神助陣	苻堅領卒子上－〔尾聲〕同眾下	主場
	〔越調鬥鵪鶉〕至〔尾聲〕計六曲	
3－3：苻堅追悔	苻堅慌上－下	過場
	賓白組場	
4－1：凱旋賜賞	桓沖領卒子上－桓沖斷出云	主場
	〔雙調新水令〕至〔折桂令〕計四曲	

b17 張君瑞鬧道場（西廂記第一本）

楔－1：囑女散心	外扮老夫人上－〔仙呂賞花時么篇〕並下	引場
	〔仙呂賞花時〕、〔么篇〕二曲	
1－1：張生赴蒲關	正末引俫人上－童下	引場
	〔仙呂點絳唇〕至〔天下樂〕計四曲	
1－2：遊殿相逢	法聰上－〔賺煞〕下	主場
	〔仙呂村裡迓鼓〕至〔賺煞〕計九曲	
2－1：囑婢問法事	夫人上－夫人下	過場
	賓白組場	
2－2：巧遇紅娘	淨扮潔上－〔尾〕下	主場
	〔中呂粉蝶兒〕至〔尾〕計二十曲	
3－1：紅娘回話	正旦上－正旦同紅娘下	過場
	賓白組場	
3－2：吟詩相和	末上－〔麻郎兒么篇〕	主場
	〔越調鬥鵪鶉〕至〔麻郎兒么篇〕計九曲	
3－3：空自悵惘	〔越調絡絲娘〕－〔尾〕下	短場
	〔越調絡絲娘〕至〔尾〕計六曲	

4－1：齋壇鬧會　　　潔引聰上－〔絡絲娘煞尾〕　　　　　　主場
　　　　　　　　　　〔雙調新水令〕至〔鴛鴦煞〕計十一曲

b18 崔鶯鶯夜聽琴（西廂記第二本）

1－1：飛虎搶親　　　孫飛虎上－下（按：應有下場動作）　　過場
　　　　　　　　　　賓白組場

1－2：法本報訊　　　法本慌上－下　　　　　　　　　　　　過場
　　　　　　　　　　賓白組場

1－3：夫人心慌　　　夫人上－下　　　　　　　　　　　　　過場
　　　　　　　　　　賓白組場

1－4：鶯鶯悶倦　　　旦引紅上－〔寄生草〕　　　　　　　　短場
　　　　　　　　　　〔仙呂八聲甘州〕至〔寄生草〕計七曲

1－5：飛虎圍寺　　　飛虎領兵上－卒子內高叫云　　　　　　過場
　　　　　　　　　　賓白組場

1－6：招親退兵　　　夫人潔同上－〔賺煞〕下　　　　　　　主場
　　　　　　　　　　〔仙呂六么序〕至〔賺煞〕計六曲

楔－1：惠明傳書　　　夫人問計－末同眾下　　　　　　　　　主場
　　　　　　　　　　〔正宮端正好〕至〔收尾〕計十一曲

楔－2：杜確起兵　　　杜確引卒上－赴普救寺　　　　　　　　過場
　　　　　　　　　　賓白組場

楔－3：解圍　　　　　引卒子上－末下　　　　　　　　　　　過場
　　　　　　　　　　賓白組場

2－1：囑婢邀宴　　　夫人上－夫人下　　　　　　　　　　　過場
　　　　　　　　　　賓白組場

2－2：紅娘請宴　　　末上－末下　　　　　　　　　　　　　主場
　　　　　　　　　　〔中呂粉蝶兒〕至〔收尾〕計十六曲

3－1：夫人停婚　　　夫人排桌子上－夫人下　　　　　　　　主場
　　　　　　　　　　（按：應有下場動作）
　　　　　　　　　　〔雙調五供養〕至〔離亭宴帶歇拍煞〕計十六曲

3－2：紅娘相助　　　紅扶末科－下　　　　　　　　　　　　過場
　　　　　　　　　　賓白組場

4－1：鶯鶯聽琴　　　末上－〔絡絲娘尾〕　　　　　　　　　主場

〔越調鬥鵪鶉〕至〔尾〕計十四曲

b19 張君瑞害相思（西廂記第三本）

　　楔－1：遣紅探病　　旦上－旦下　　　　　　　　　　　　過場
　　　　　　　　　　　　〔仙呂賞花時〕一曲

　　1－1：書簡傳情　　末上－末下　　　　　　　　　　　　主場
　　　　　　　　　　　　〔仙呂點絳唇〕至〔煞尾〕計十三曲

　　2－1：妝臺窺簡　　旦上－紅下　　　　　　　　　　　　主場
　　　　　　　　　　　　〔中呂粉蝶兒〕至〔正宮小梁州么篇〕計九曲

　　2－2：解詩心喜　　末上－紅下　　　　　　　　　　　　主場
　　　　　　　　　　　　〔中呂石榴花〕至〔煞尾〕計十曲

　　2－3：赴約　　　　末盼落日－末下　　　　　　　　　　過場
　　　　　　　　　　　　賓白組場

　　3－1：乘夜踰牆　　紅上－末下　　　　　　　　　　　　主場
　　　　　　　　　　　　〔雙調新水令〕至〔離亭宴帶歇拍煞〕計十三曲

　　4－1：遣紅問藥　　夫人上－夫人下　　　　　　　　　　過場
　　　　　　　　　　　　賓白組場

　　4－2：紅娘感嘆　　紅上－紅下　　　　　　　　　　　　過場
　　　　　　　　　　　　賓白組場

　　4－3：鶯鶯傳簡　　旦上－旦下　　　　　　　　　　　　過場
　　　　　　　　　　　　賓白組場

　　4－4：太醫診病　　末上－潔下　　　　　　　　　　　　過場
　　　　　　　　　　　　賓白組場

　　4－5：紅娘送藥方　紅上－〔絡絲娘尾〕　　　　　　　　主場
　　　　　　　　　　　　〔越調鬥鵪鶉〕至〔煞尾〕計十二曲

b20 草橋店夢鶯鶯（西廂記第四本）

　　楔－1：鶯鶯赴約　　旦上－〔仙呂端正好〕下　　　　　　過場
　　　　　　　　　　　　〔仙呂端正好〕一曲

　　1－1：望穿秋水　　末上－〔寄生草〕　　　　　　　　　短場
　　　　　　　　　　　　〔仙呂點絳唇〕至〔寄生草〕計七曲

　　1－2：月下佳期　　紅上－〔煞尾〕下　　　　　　　　　主場
　　　　　　　　　　　　〔仙呂村裡迓鼓〕至〔煞尾〕計十曲

2－1：堂前巧辯　　　夫人引徠上－〔收尾〕並下　　　　　　　　主場
　　　　　　　　　　〔越調鬥鵪鶉〕至〔收尾〕計十四曲

3－1：長亭送別　　　夫人同長老上－末下　　　　　　　　　　　主場
　　　　　　　　　　〔正宮端正好〕至〔收尾〕計十九曲

4－1：草橋驚夢　　　末引僕上－〔絡絲娘煞尾〕　　　　　　　　主場
　　　　　　　　　　〔雙調新水令〕至〔鴛鴦煞〕計十五曲

b21　張君瑞慶團圓（西廂記第五本）

楔－1：遣僕寄書　　　末引僕人上－僕下　　　　　　　　　　　過場
　　　　　　　　　　〔仙呂賞花時〕一曲

1－1：泥金報捷　　　旦引紅娘上－僕下　　　　　　　　　　　主場
　　　　　　　　　　〔商調集賢賓〕至〔浪裡來煞〕計十二曲

2－1：尺素傳意　　　末上－〔尾〕下　　　　　　　　　　　　主場
　　　　　　　　　　〔中呂粉蝶兒〕至〔尾〕計十九曲

3－1：紅譏鄭恆　　　淨扮鄭恆上－淨下　　　　　　　　　　　主場
　　　　　　　　　　〔越調鬥鵪鶉〕至〔收尾〕計十二曲

3－2：鄭恆誣陷　　　夫人上－淨同夫人下　　　　　　　　　　過場
　　　　　　　　　　賓白組場

3－3：長老接官　　　潔上－潔下　　　　　　　　　　　　　　過場
　　　　　　　　　　賓白組場

3－4：杜確賀喜　　　杜將軍上－杜下　　　　　　　　　　　　過場
　　　　　　　　　　賓白組場

4－1：團圓完親　　　夫人上－〔隨尾〕下　　　　　　　　　　主場
　　　　　　　　　　〔雙調新水令〕至〔隨尾〕計二十曲

b22　呂蒙正風雪破窯記

1－1：遣僕傳命　　　沖末扮劉員外領家童上－下　　　　　　　引場
　　　　　　　　　　賓白組場

1－2：赴劉府賀喜　　外扮寇準同呂蒙正上－同下　　　　　　　過場
　　　　　　　　　　賓白組場

1－3：綵樓招親　　　正旦領梅香上－旦同梅香下　　　　　　　主場
　　　　　　　　　　〔仙呂點絳唇〕至〔金字經〕計六曲

1－4：拒命決裂　　　劉員外領雜當上－〔尾聲〕同下　　　　　主場

	〔仙呂醉中天〕至〔尾聲〕計二曲		
1－5：怒責員外	寇準責備劉員外－劉員外下	過場
	賓白組場	
2－1：囑託長老	長老領行者上－長老吩咐	過場
	賓白組場	
2－2：趕齋受辱	呂蒙正上－長老下	過場
	賓白組場	
2－3：斷絕恩義	正旦上－正旦哭科	主場
	〔正宮端正好〕至〔倘秀才〕第二支計四曲	
2－4：蒙正赴舉	呂蒙正上－寇準同呂蒙正下	主場
	〔正宮端正好〕第三支至〔尾聲〕計二曲	
3－1：遣媒探妻	呂蒙正引張千上－呂下	過場
	賓白組場	
3－2：榮歸團圓	正旦上－〔尾聲〕同呂蒙正下	主場
	〔中呂粉蝶兒〕至〔尾聲〕計七曲	
4－1：奉旨降香	寇準領張千上－下	過場
	賓白組場	
4－2：誤會冰釋	呂蒙正同正旦上－寇準下斷	主場
	〔雙調新水令〕至〔水仙子〕計六曲	

b23 尉遲恭三奪槊

（本劇僅存元刊本，僅於第一折開端保存少數賓白，無法分場）

b24 諸宮調風月紫雲庭

（本劇僅存元刊本，賓白不全，無法明確分場）

b25 蘇子瞻風雪貶黃州

1－1：施謀進讒	王安石上－下（按：應有下場動作）	引場
	賓白組場	
1－2：奏本彈劾	駕上引一行人－駕下	過場
	賓白組場	
1－3：張相搭救	張丞相上－張下	過場
	賓白組場	

1－4：謫貶黃州	駕上－〔賺煞〕下	主場
	〔仙呂點絳唇〕至〔賺煞〕計十曲	
2－1：僚友相迎	馬正卿引童上－〔煞尾〕下	主場
	〔正宮端正好〕至〔煞尾〕計十四曲	
3－1：掛懷	馬正卿上－馬下	過場
	賓白組場	
3－2：傳命	王安石上－王下	過場
	賓白組場	
3－3：求謁受欺	淨扮楊太守上－〔尾聲〕下	主場
	〔越調鬥鵪鶉〕至〔尾聲〕計十三曲	
楔－1：降旨召還	駕上－駕下	過場
	賓白組場	
楔－2：僚友送行	末上－〔仙呂賞花時〕眾並下	過場
	〔仙呂賞花時〕一曲	
4－1：歸朝辭官	駕上－〔得勝令〕	主場
	〔雙調新水令〕至〔得勝令〕計十二曲	

b26 李太白貶夜郎

（本劇僅存元刊本，賓白不全，無法明確分場）

b27 老莊周一枕夢蝴蝶

1－1：奉旨下凡	沖末扮蓬壺仙長上－沖末下	引場
	賓白組場	
1－2：酒店買醉	生扮莊子上－生做睡科	過場
	賓白組場	
1－3：太白仙術	末扮太白金星上－四仙女推莊生下澗科	主場
	〔仙呂點絳唇〕至〔賺煞〕計十二曲	
楔－1：仙長點化	生上－生下	過場
	〔仙呂賞花時〕至〔正宮滾繡毬〕三曲	
2－1：四女侍宴	生上－生下	主場
	〔南呂一枝花〕至〔煞尾〕計十曲	
2－2：太白奉旨	末扮太白金星上－下	過場
	賓白組場	

2－3：仙侶佐歡	生上－同下 賓白組場	過場
3－1：太白傳令	末扮太白金星上－下 賓白組場	過場
3－2：捉拿四仙	末扮三曹官上－生下 〔正宮端正好〕至〔煞尾〕計十曲	主場
4－1：莊生悟道	末上－斷云 〔雙調新水令〕至〔收江南〕計八曲	主場

b28 晉文公火燒介子推

（本劇僅存元刊本，賓白不全，無法明確分場）

b29 地藏王證東窗事犯

（本劇僅存元刊本，賓白不全，無法明確分場）

b30 降桑椹蔡順奉母

1－1：傳旨訪賢	沖末扮殿頭官領張千上－沖末下 賓白組場	引場
1－2：設宴賞雪	外扮蔡員外同卜兒領家童上－〔尾聲〕同下 〔仙呂點絳唇〕至〔尾聲〕計十曲	主場
2－1：太醫診病	卜兒抱病同眾上－蔡員外下 〔商調集賢賓〕、〔逍遙樂〕二曲	過場
2－2：神靈夢示	安排祭物－〔尾聲〕同旦兒下 〔商調梧葉兒〕至〔尾聲〕計五曲	主場
3－1：奉旨傳令	桑樹神上－下 賓白組場	過場
3－2：眾神行法	風伯領鬼力上－眾神同下 賓白組場	過場
3－3：延岑巡山	延岑領僂儸上－領僂儸下 賓白組場	過場
3－4：採摘桑椹	正末同興兒卜－正末同興兒歇息 〔中呂粉蝶兒〕至〔上小樓〕計五曲	主場
3－5：強徒相認	延岑領僂儸沖上－延岑同僂儸下	主場

〔中呂上小樓么篇〕至〔尾聲〕計三曲

4－1：桑椹奉母	卜兒同蔡員外領家童上－正末言延岑薦舉事	主場
	〔正宮端正好〕至〔小梁州么篇〕計七曲	
4－2：使命宣召	外扮使命上－〔尾聲〕同眾下	過場
	〔正宮尾聲〕一曲	
5－1：封官賜賞	殿頭官領張千上－殿頭官下斷	主場
	〔雙調新水令〕至〔太平令〕計六曲	

b31 嚴子陵垂釣七里

（本劇僅存元刊本，賓白不全，無法明確分場）

b32 輔成王周公攝政

（本劇僅存元刊本，賓白不全，無法明確分場）

b33 虎牢關三戰呂布

1－1：會師擒呂布	沖末袁紹領卒子上－袁紹同眾下	引場
	賓白組場	
1－2：呂布遣將	外扮呂布同八健將上－同八健將卒子下	過場
	賓白組場	
1－3：諸侯潰敗	袁紹同眾上－呂布同八健將領卒子下	主場
	賓白組場	
1－4：奉命運糧	淨扮孫堅領卒子上－孫堅同卒子下	過場
	賓白組場	
1－5：勸說劉關張	劉末領卒子上－曹操領卒子下	主場
	〔仙呂點絳唇〕至〔尾聲〕計九曲	
2－1：挑戰孫堅	呂布領卒子上－呂下	過場
	賓白組場	
2－2：帥府受辱	淨扮孫堅領卒子上－欲斬張飛	主場
	〔雙調新水令〕至〔夜行船〕計五曲	
2－3：曹操保救	曹操上－曹操下	主場
	〔雙調尾聲〕一曲	
楔－1：孫堅敗陣	淨孫堅領卒子上－呂布下	過場
	賓白組場	

楔－2：用計脫逃　　　孫堅上－孫下　　　　　　　　　　　　過場
　　　　　　　　　　　賓白組場

楔－3：傳令獻功　　　呂布上－楊奉赴帥府　　　　　　　　　過場
　　　　　　　　　　　賓白組場

楔－4：張飛劫袍　　　正末領卒子沖上－楊奉下　　　　　　　過場
　　　　　　　　　　　〔仙呂賞花時〕一曲

3－1：遣將擒張飛　　呂布領卒子上－呂布下　　　　　　　　過場
　　　　　　　　　　　賓白組場

3－2：張飛戲孫堅　　曹操同劉末關末上－曹操同孫堅下　　　主場
　　　　　　　　　　　〔中呂粉蝶兒〕至〔尾聲〕計十一曲

楔－1：大敗呂布　　　呂布領八健將上－劉末同關末下　　　　主場
　　　　　　　　　　　〔仙呂賞花時〕一曲

4－1：慶功封賞　　　沖末袁紹領卒子上－袁紹下斷　　　　　主場
　　　　　　　　　　　〔正宮端正好〕至〔小梁州么篇〕計六曲

b34 鍾離春智勇定齊

1－1：晏嬰圓夢　　　沖末扮齊公子領祗候上－晏嬰下　　　　引場
　　　　　　　　　　　賓白組場

1－2：無鹽述志　　　外扮孛老兒領卜兒淨茶旦上－孛老同眾下　主場
　　　　　　　　　　　〔仙呂點絳唇〕至〔尾聲〕計六曲

2－1：打圍射兔　　　田能同眾上－田能同眾下　　　　　　　過場
　　　　　　　　　　　賓白組場

2－2：桑園定親　　　茶旦上－公子同晏嬰下　　　　　　　　主場
　　　　　　　　　　　〔中呂粉蝶兒〕至〔尾聲〕計七曲

楔－1：姬輦進環　　　外扮秦姬輦領從人上－秦姬輦下　　　　過場
　　　　　　　　　　　賓白組場

楔－2：孫操試琴　　　外扮孫操領從人上－孫操下　　　　　　過場
　　　　　　　　　　　賓白組場

楔－3：解環彈琴　　　齊公子同眾上－〔仙呂賞花時〕下　　　主場
　　　　　　　　　　　〔仙呂賞花時〕一曲

楔－4：遣將禦敵　　　齊公子佈兵－晏嬰下　　　　　　　　　過場
　　　　　　　　　　　賓白組場

楔－5：姬輦起兵	秦姬輦領從人上－秦姬輦下 賓白組場	過場
楔－6：孫操起兵	孫操領卒子上－孫操下 賓白組場	過場
楔－7：吳起領兵	外扮吳起領卒子上－吳起下 賓白組場	過場
3－1：大敗聯軍	正旦同眾上－〔尾聲〕同下 〔越調鬥鵪鶉〕至〔尾聲〕計七曲	主場
4－1：赴齊進貢	外扮秦國公子領祇候上－同下 賓白組場	過場
4－2：慶功封賞	齊公子同眾上－〔折桂令〕下 〔雙調新水令〕至〔折桂令〕計四曲	主場
4－3：眾公子道賀	秦公子領卒子上－齊公子下斷 賓白組場	收場

b35 立成湯伊尹耕莘

楔－1：文曲下凡	沖末扮東華仙領仙童上－東華仙同仙童下 〔仙呂賞花時〕一曲	引場
1－1：遺棄幼子	外扮旦兒抱徠上－外下 賓白組場	引場
1－2：田叟見嬰	外扮王留同伴哥上－同下 賓白組場	過場
1－3：收養孤兒	正末扮伊員外同李老人上－王留同伴哥下 〔仙呂點絳唇〕至〔尾聲〕計八曲	主場
2－1：遣使借兵	淨扮陶去南領喬卒上－陶去南下 賓白組場	過場
2－2：方伯求賢	外扮方伯天乙領卒子上－方伯下 賓白組場	過場
2－3：徵聘伊尹	正末扮伊尹同隱士余章上－余章下 〔中呂粉蝶兒〕至〔尾聲〕計九曲	主場
3－1：陶去南起兵	淨陶去南領喬卒子上－陶去南下 賓白組場	過場

3－2：伊尹論兵	方伯同仲虺領卒子上－〔尾聲〕下 〔正宮端正好〕至〔尾聲〕計九曲	主場
3－3：方伯遣將	喚費昌上－汝方同仲虺下 賓白組場	過場
楔－1：兩軍交戰	淨躲入巢領卒上－〔仙呂賞花時〕同下 〔仙呂賞花時〕一曲	主場
4－1：慶功封賞	外扮殿頭官同仲虺汝方領卒子上－殿頭官 下斷 〔雙調新水令〕至〔得勝令〕計四曲	主場

b36 程咬金斧劈老君堂

楔－1：李世民掛帥	沖末扮劉文靜引卒子上－劉文靜下 〔仙呂賞花時〕一曲	引場
1－1：李密點兵	外扮李密引卒子上－李密同徐茂公下 賓白組場	過場
1－2：預卜凶兆	正末同眾將上－天罡下 （按：應有下場動作） 〔仙呂點絳唇〕至〔天下樂〕計四曲	過場
1－3：觀城見擒	正末領左右赴北邙山－〔尾聲〕同秦叔寶下 〔仙呂那吒令〕至〔尾聲〕計七曲	主場
2－1：天罡報急	外扮劉文靜引卒子上－袁天罡下 賓白組場	過場
2－2：劉文靜被囚	李密引卒子上－李密下 賓白組場	過場
2－3：改詔救秦王	外扮徐茂公上－同下 〔中呂粉蝶兒〕至〔尾聲〕計七曲	主場
楔－1：蕭銑起兵	外蕭銑同蕭虎蕭彪領卒上－蕭銑同眾下 賓白組場	過場
楔－2：蕭銑兵敗	劉文靜上－〔仙呂賞花時么篇〕同下 〔仙呂賞花時〕、〔么篇〕二曲	主場
楔－3：高熊陣亡	淨扮高熊上－馬三寶下 賓白組場	過場

3－1：探子報捷	外扮李靖上－李靖下	主場
	〔黃鍾醉花陰〕至〔尾聲〕計七曲	
4－1：排筵犒賞	沖末扮殿頭官引卒子上－〔收江南〕	主場
	〔雙調新水令〕至〔收江南〕計七曲	
4－2：使命賜賞	外扮使命沖上－使命下斷	收場
	賓白組場	

b37 蕭何月夜追韓信

（本劇僅存元刊本，賓白不全，無法明確分場）

b38 雁門關存孝打虎

楔－1：遣使傳命	殿頭官上－殿頭官下	引場
	〔仙呂賞花時〕一曲	
1－1：宣召平亂	沖末李克用上－李克用下	主場
	〔仙呂點絳唇〕至〔賺煞〕計十二曲	
2－1：周德威圓夢	李克用上－李克用同周德威下	過場
	賓白組場	
2－2：打虎顯威	正末上－李克用下	主場
	〔南呂一枝花〕至〔尾聲〕計九曲	
3－1：黃巢點兵	黃巢上－黃巢下	過場
	賓白組場	
3－2：存孝克敵	正末上－〔尾聲〕下	主場
	〔越調鬥鵪鶉〕至〔尾聲〕計十曲	
4－1：探子報捷	李克用上－〔尾〕	主場
	〔黃鍾醉花陰〕至〔尾〕計八曲	

b39 晉陶母剪髮待賓

1－1：奉旨訪賢	沖末孤上－沖末下	引場
	賓白組場	
1－2：陶侃籌錢	生扮陶侃上－生下	過場
	賓白組場	
1－3：典當信字	韓夫人上－夫人下	過場
	賓白組場	

1－4：陶母責子	正旦扮陶母上－陶侃下	主場
	〔仙呂點絳唇〕至〔賺煞〕計十曲	
2－1：韓夫人求配	韓夫人同小哥上－韓夫人下	主場
	〔正宮端正好〕至〔尾聲〕計九曲	
3－1：陶侃赴舉	陶侃上－陶侃下	主場
	〔中呂粉蝶兒〕至〔尾聲〕計十曲	
4－1：奉旨賜賞	范學士上－范下	過場
	賓白組場	
4－2：韓夫人送親	韓夫人上－韓下	過場
	賓白組場	
4－3：加官完婚	正旦引陶侃上－末下斷	主場
	〔雙調新水令〕至〔尾聲〕計十一曲	

b40 承明殿霍光鬼諫

（本劇僅存元刊本，賓白不全，無法明確分場）

b41 忠義士豫讓吞炭

1－1：智伯請宴	智伯引絺疵上－絺疵下	引場
	賓白組場	
1－2：豫讓諫主	趙襄子上－智伯同韓魏公子下	主場
	〔仙呂點絳唇〕至〔賺煞〕計十曲	
2－1：起兵攻趙	智伯上－智伯下	過場
	賓白組場	
2－2：赴晉陽	趙襄子上－趙襄子下	過場
	賓白組場	
2－3：定計破城	智伯引韓魏二子上－智伯同韓魏二子下	過場
	賓白組場	
2－4：遣使勸降	趙襄子引正末張孟談上－並下	過場
	賓白組場	
2－5：策反設謀	韓魏上－下末同韓魏下	主場
	〔正宮端正好〕至〔滾繡毬〕第三支計八曲	
2－6：智伯兵敗	內鼓譟吶喊科智伯慌上－慌下	過場
	賓白組場	

2－7：智伯授首	趙引張孟談上－並下	主場
	〔正宮倘秀才〕第四支至〔尾聲〕計三曲	
3－1：尋訪豫讓	外扮絺疵上－絺疵下	過場
	賓白組場	
3－2：趙襄訪賢	趙上－趙下	過場
	賓白組場	
3－3：豫讓謀刺	正末扮豫讓上－趙下	主場
	〔越調鬥鵪鶉〕至〔尾聲〕計十四曲	
4－1：絺疵尋友	絺疵上－絺疵下	過場
	賓白組場	
4－2：絺疵勸說	正末豫讓上－〔上小樓么篇〕	主場
	〔中呂粉蝶兒〕至〔上小樓么篇〕計七曲	
4－3：全義自盡	趙上－趙下斷	主場
	〔中呂十二月〕至〔尾聲〕計六曲	

b42 功臣宴敬德不伏老

1－1：敬德鬧宴	房玄齡上－徐茂公下（按：應有下場動作）	主場
	〔仙呂點絳唇〕至〔尾聲〕計十曲	
2－1：長亭餞別	徐茂公上－徐茂公下（按：應有下場動作）	主場
	〔中呂粉蝶兒〕至〔尾聲〕計六曲	
3－1：高麗王起兵	高國王上－高國王同丑下（按：應有下場動作）	過場
	賓白組場	
3－2：傳令探病	房玄齡上－並下	過場
	賓白組場	
3－3：智探尉遲恭	旦同尉遲上－徐茂公下	主場
	〔越調鬥鵪鶉〕至〔尾聲〕計十三曲	
4－1：尉遲破敵	鐵肋金牙上－擒敵下（按：應有下場動作）	主場
	〔雙調新水令〕至〔得勝令〕計三曲	
4－2：凱旋賜賞	徐茂上－〔尾聲〕（按：應有上場動作）	主場
	〔雙調甜水令〕至〔尾聲〕計四曲	

b43 宋太祖龍虎風雲會

楔－1：奉旨招賢	石守信引眾上－〔仙呂賞花時〕下	引場

		〔仙呂賞花時〕一曲	
1－1：眾友相別	正末趙匡胤引眾上－齊下 賓白組場		過場
1－2：趙匡胤算卦	苗光裔上－〔醉中天〕 〔仙呂點絳唇〕至〔醉中天〕計五曲		主場
1－3：趙匡胤受聘	潘美引二卒上－〔賺煞〕同下 〔仙呂那吒令〕至〔賺煞〕計六曲		主場
2－1：整裝出征	苗光裔同楚昭輔上－下 賓白組場		過場
2－2．降旨封帥	太后引眾上－並下 賓白組場		過場
2－3：統兵北伐	正末同眾上－正末睡科 〔南呂一枝花〕至〔隔尾〕計五曲		短場
2－4：黃袍加身	鄭恩同李處耘上－〔尾〕眾並下 〔南呂哭皇天〕至〔尾〕計六曲		主場
2－5：吳越王備戰	吳越王引相國上－共下 賓白組場		過場
2－6：南唐主備戰	南唐李主引丞相上－下 賓白組場		過場
2－7：蜀主備戰	蜀主引相國上－下 賓白組場		過場
2－8：南漢主備戰	南漢主引相國上－下 賓白組場		過場
3－1：雪夜訪趙普	趙普引張千上－〔收尾〕眾並下 〔正宮端正好〕至〔收尾〕計十六曲		主場
4－1：錢王歸降	錢王上－錢王同石守信下 賓白組場		過場
4－2：李王歸降	李王上－共下 賓白組場		過場
4－3：劉王歸降	劉王上－同下 賓白組場		過場

4－4：蜀王歸降	蜀王上－同下 賓白組場	過場
4－5：奏捷獻俘	趙普引鄭恩苗光裔上－〔尾〕 〔雙調新水令〕至〔尾〕計十五曲	主場

b44 西游記第一本

1－1：尊者托化	觀世音上－觀世音下（按：應有下場動作） 賓白組場	引場
1－2：陳光蕊放魚	陳光蕊引夫人上－〔仙呂賞花時〕下 〔仙呂賞花時〕一曲	引場
1－3：王安催船	水手劉洪上－王安同劉下 賓白組場	過場
1－4：劉洪害命	陳光蕊同夫人上－〔尾聲〕 〔仙呂點絳唇〕至〔尾聲〕計十三曲	主場
2－1：龍王搭救	龍王上－下 賓白組場	過場
2－2：劉洪歹念	劉洪上－下 賓白組場	過場
2－3：龍王守護	龍王上－下 賓白組場	過場
2－4：殷氏捨子	夫人抱孩兒上－〔尾聲〕 〔中呂粉蝶兒〕至〔尾聲〕計十二曲	主場
3－1：龍王護送	龍王上－下 賓白組場	過場
3－2：漁翁拾兒	漁人上－下 賓白組場	過場
3－3：丹霞收留	丹霞禪師上－丹霞下 賓白組場	過場
3－4：劉洪閒洽	劉洪上－下 賓白組場	過場
3－5：揭露身世	丹霞禪師上－丹霞下 賓白組場	過場

3－6：唐僧尋母	夫人上－〔浪裡來煞〕 〔商調集賢賓〕至〔浪裡來煞〕計十一曲	主場
4－1：丹霞告官	虞世南上－並下 賓白組場	過場
4－2：領兵擒賊	劉洪引夫人上－〔雁兒落〕虛下 〔雙調新水令〕至〔雁兒落〕計三曲	過場
4－3：祭禱復生	虞世南同丹霞上－〔收江南〕 〔雙調得勝令〕至〔收江南〕計五曲	主場

b45 西游記第二本

5－1：詔餞西行	虞世南上－唐僧下 〔仙呂點絳唇〕至〔尾聲〕計九曲	主場
6－1：村姑演說	老張上－〔隨煞〕 〔雙調豆葉黃〕至〔隨煞〕計十曲	過場
7－1：保救龍君	神將引龍君上－觀音下 賓白組場	過場
7－2：觀音傳旨	觀音上－下 賓白組場	過場
7－3：木叉售馬	唐僧引驛夫上－〔尾〕 〔南呂一枝花〕至〔尾〕計七曲	主場
8－1：華光署保	觀音引揭帝上－〔尾〕 〔正宮端正好〕至〔尾〕計八曲	過場

b46 西游記第三本

9－1：行者偷桃	孫行者上－下 賓白組場	過場
9－2：點兵捉猴	李天王上－下 賓白組場	過場
9－3：那吒領兵	那吒領卒子上－下 賓白組場	過場
9－4：公主獲救	金鼎國王女上－天王下 〔仙呂八聲甘州〕至〔尾〕計十二曲	主場
9－5：神佛降孫	孫行者上－觀音下	過場

	賓白組場	
10－1：收徒演咒	山神上－唐僧下	主場
	〔南呂一枝花〕至〔尾〕計十三曲	
11－1：恆沙河收妖	和尚上－行者下	過場
	賓白組場	
11－2：山妖攝女	銀額將軍上－下	過場
	賓白組場	
11－3：劉太公訴冤	劉太公上－並下	主場
	〔大石調六國朝〕至〔擂鼓體〕計六曲	
11－4：行者收妖	銀額將軍同劉女上－行者同劉女下	過場
	賓白組場	
11－5：父女團圓	唐僧劉太公上－唐僧同眾下	主場
	〔大石調歸塞北〕至〔觀音煞〕計三曲	
12－1：紅孩兒逞威	唐僧一行人上－行者同眾下	過場
	賓白組場	
12－2：觀音赴西天	觀音上－下	過場
	賓白組場	
12－3：諸佛相救	佛引文殊普賢上－行者下	過場
	賓白組場	
12－4：鬼母皈依	如來計誘鬼母－〔尾〕	主場
	〔越調鬥鵪鶉〕至〔尾〕計十一曲	

b47 西游記第四本

13－1：八戒歹念	豬八戒上－下	過場
	賓白組場	
13－2：裴女寄簡	裴女引梅香上－〔仙呂賞花時么篇〕下	過場
	〔仙呂賞花時〕、〔么篇〕二曲	
13－3：冒名赴約	梅香上－〔賺煞尾〕下	主場
	〔仙呂點絳唇〕至〔賺煞尾〕計十曲	
13－4：師徒趲路	唐僧一行人上－下	過場
	賓白組場	
14－1：裴女感嘆	裴女上－〔喬捉蛇〕	短場

〔中呂粉蝶兒〕至〔喬捉蛇〕計五曲

14－2：海棠傳信	行者上－〔尾聲〕	主場
	〔中呂十二月〕至〔尾聲〕計五曲	
15－1：行者報訊	裴太公上－眾下	過場
	賓白組場	
15－2：導女還裴	裴女上－行者同裴女下	主場
	〔正宮端正好〕至〔笑和尚〕計六曲	
15－3：一門團圓	唐僧裴朱一行人上－裴老同眾下	主場
	〔正宮倘秀才〕至〔尾聲〕三曲	
15－4：八戒赴裴家	豬上－下	過場
	賓白組場	
15－5：施計捉妖	裴老上－行者下	過場
	賓白組場	
16－1：二郎神收豬	灌口二郎同行者上－〔尾〕	主場
	〔越調鬥鵪鶉〕至〔尾〕計十一曲	

b48 西游記第五本

17－1：行經女人國	唐僧引眾上－下	過場
	賓白組場	
17－2：女王逼配	女人國王上－諸女做捉番孫豬沙發科下	主場
	〔仙呂點絳唇〕至〔寄生草么篇〕計八曲	
17－3：韋馱相救	女王扯唐僧上－同下	主場
	〔仙呂六么序〕至〔尾〕計四曲	
18－1：遣徒問路	唐僧一行人上－下	過場
	賓白組場	
18－2：仙人指引	採藥仙人上－唐僧下	主場
	〔南呂玉交枝〕四支至〔醉鄉春〕、〔雙調小將軍〕至〔隨尾〕四曲共九曲	
18－3：探問山神	行者來至鐵嵯峰－行者下	過場
	賓白組場	
19－1：鐵扇兒威	鐵扇公主上－〔尾〕	主場
	〔正宮端正好〕至〔尾〕計十二曲	

19－2：行者求援　　　行者上－下　　　　　　　　　　　　　　　過場
　　　　　　　　　　　賓白組場

20－1：觀音傳旨　　　觀音上－下　　　　　　　　　　　　　　　過場
　　　　　　　　　　　賓白組場

20－2：水部滅火　　　電母引眾上－〔尾〕　　　　　　　　　　　主場
　　　　　　　　　　　〔黃鍾醉花陰〕至〔尾〕計七曲

b49　西游記第六本

21－1：行者先行　　　唐僧一行人上－唐僧下　　　　　　　　　　過場
　　　　　　　　　　　賓白組場

21－2：貧婆心印　　　貧婆上－〔煞尾〕　　　　　　　　　　　　主場
　　　　　　　　　　　〔仙呂點絳唇〕至〔煞尾〕計十一曲

22－1：山神相候　　　靈鷲山神上－下　　　　　　　　　　　　　過場
　　　　　　　　　　　賓白組場

22－2：唐僧參佛　　　給孤長者上－給孤同唐僧下　　　　　　　　主場
　　　　　　　　　　　〔商調集賢賓〕至〔醋葫蘆么篇〕第三支計七曲

22－3：取經功成　　　迴來大權上－唐僧下　　　　　　　　　　　主場
　　　　　　　　　　　〔商調醋葫蘆么篇〕第四支至〔浪來裡煞〕四曲

23－1：送歸東土　　　成基上－〔尾〕　　　　　　　　　　　　　主場
　　　　　　　　　　　成基唱〔越調鬥鵪鶉〕至〔尾〕計十曲

24－1：三藏朝元　　　佛同四金剛上－〔太平令〕　　　　　　　　主場
　　　　　　　　　　　〔雙調新水令〕至〔太平令〕計七曲

b50　呂洞賓桃柳昇仙夢

1－1：奉旨下凡　　　沖末扮南極星引眾上－南極仙同眾下　　　　引場
　　　　　　　　　　　賓白組場

1－2：醉倒岳陽樓　　　酒保上－酒保下　　　　　　　　　　　　　過場
　　　　　　　　　　　賓白組場

1－3：一度桃柳　　　正末上－呂下　　　　　　　　　　　　　　主場
　　　　　　　　　　　南北仙呂合套計十曲

2－1：街坊赴約　　　陳員外李大戶同街坊上－同下　　　　　　　過場
　　　　　　　　　　　賓白組場

2－2：慶賞重陽　　　正末同旦引興兒上－陳員外同眾下　　　　　短場

	南北中呂合套計五曲	
2-3：二度桃柳	呂上－呂下	主場
	南北中呂合套計二曲	
2-4：傳旨加官	使命上－〔北尾聲〕同下	過場
	南北中呂合套計三曲	
3-1：赴任遇賊	鍾離扮邦老領僂儸上－邦做殺科	主場
	南北越調合套計十曲	
3-2：驚醒悟道	末醒科－呂下	過場
	末唱〔北尾聲〕一曲	
4-1：洞賓施境	呂上－呂下	過場
	賓白組場	
4-2：功成行滿	正末正旦上－呂下斷	主場
	南北雙調合套計九曲	

b51 鯁直張千替殺妻

（本劇僅存元刊本，賓白不全，無法明確分場）

b52 小張屠焚兒救母

（本劇僅存元刊本，賓白不全，無法明確分場）

b53 諸葛亮博望燒屯

1-1：走訪孔明	沖末扮劉末同關張上－張飛下	引場
	賓白組場	
1-2：論三分天下	正末扮諸葛亮領道童上－〔尾聲〕同眾下	主場
	〔仙呂點絳唇〕至〔尾聲〕計八曲	
2-1：曹操點兵	曹操同許褚領卒子上－曹操下	過場
	賓白組場	
2-2：張遼下戰書	劉末領眾將上－張遼下	過場
	〔南呂一枝花〕、〔梁州〕二曲	
2-3：諸葛遣將	諸葛調度－〔尾聲〕同下	主場
	〔南呂四塊玉〕至〔尾聲〕計七曲	
3-1：趙雲詐敗	夏侯惇領卒子上－夏侯下	過場
	賓白組場	

3－2：二麋放火	趙雲上－夏侯下 賓白組場	過場
3－3：劉封施砲	劉封領卒子上－劉封下 賓白組場	過場
3－4：水淹曹兵	關末領卒沖上－夏侯下 賓白組場	過場
3－5：張飛中計	張飛領卒子上－張飛下 賓白組場	過場
3－6：回師覆命	劉末正末領卒子上－〔鴛鴦煞尾〕同下 〔雙調新水令〕至〔鴛鴦煞尾〕計五曲	主場
4－1：遣使勸降	曹操領卒子上－曹操下 賓白組場	過場
4－2：計伏管通	正末同眾上－劉末斷出 〔中呂粉蝶兒〕至〔堯民歌〕計七曲	主場

b54 關雲長千里獨行

楔－1：起兵擒劉	沖末曹操同張文遠上－下 賓白組場	引場
楔－2：議敵曹兵	劉末同關末上－劉末下 〔正宮端正好〕一曲	過場
楔－3：張虎密報	曹末上－曹末下 賓白組場	過場
楔－4：劉備中伏	劉末同張飛領卒子上－曹下 賓白組場	過場
楔－5：定計脫逃	劉末慌上－下 賓白組場	過場
楔－6：取盔獻功	張遼上－張下（按：應有下場動作） 賓白組場	過場
楔－7：定計取徐州	曹末上－曹同張下（按：應有上場動作） 賓白組場	過場
1－1：關羽歸降	關末上－曹末下 〔仙呂點絳唇〕至〔尾聲〕計六曲	主場

2－1：兄弟重逢　　　張飛上－劉末同飛同下　　　　　　　　　過場
　　　　　　　　　　賓白組場

2－2：奪取古城　　　淨上－劉末同飛同下　　　　　　　　　　過場
　　　　　　　　　　賓白組場

2－3：關羽聞訊　　　曹操同張遼上－張遼下　　　　　　　　　過場
　　　　　　　　　　賓白組場

2－4：謀出許都　　　甘糜二夫人上－關末下　　　　　　　　　主場
　　　　　　　　　　〔南呂一枝花〕至〔尾聲〕計八曲

3－1：定計攔關羽　　曹末上－曹末同眾下　　　　　　　　　　過場
　　　　　　　　　　賓白組場

3－2：智破曹計　　　關末引正小旦上－曹末同張遼下　　　　　主場
　　　　　　　　　　〔中呂粉蝶兒〕至〔尾聲〕計八曲

4－1：蔡陽赴古城　　蔡陽上－蔡下　　　　　　　　　　　　　過場
　　　　　　　　　　賓白組場

4－2：古城重會　　　劉末同張飛上－劉末下斷　　　　　　　　主場
　　　　　　　　　　〔雙調新水令〕至〔掛玉鉤〕計六曲

b55 蘇子瞻醉寫赤壁賦

1－1：僚友共宴　　　沖末王安石上－〔寄生草么篇〕　　　　　主場
　　　　　　　　　　〔仙呂點絳唇〕至〔寄生草么篇〕計八曲

1－2：題詞結怨　　　王安石喚女樂－王下　　　　　　　　　　主場
　　　　　　　　　　〔仙呂村裡迓鼓〕至〔尾聲〕計八曲

2－1：傳旨貶官　　　外扮殿頭官上－外下（按：應有下場動作）過場
　　　　　　　　　　賓白組場

2－2：長亭送行　　　外扮邵堯夫同秦賀上－賀下　　　　　　　主場
　　　　　　　　　　〔南呂一枝花〕至〔尾聲〕計十曲

楔－1：求謁受辱　　　外引張千上－外同張千下　　　　　　　　過場
　　　　　　　　　　〔仙呂賞花時〕、〔么篇〕二曲

3－1：邀約遊赤壁　　黃魯直同佛印上－同下　　　　　　　　　過場
　　　　　　　　　　賓白組場

3－2：醉寫赤壁賦　　外扮梢公上－黃魯直同佛印下　　　　　　主場
　　　　　　　　　　〔越調鬥鵪鶉〕至〔尾聲〕計九曲

4－1：遣使召還	殿頭官上－下	過場
	賓白組場	
4－2：宣召還朝	正末上－刺史下	主場
	〔雙調新水令〕至〔掛玉鉤〕計五曲	
4－3：歸朝謝恩	殿頭官上－〔水仙子〕	收場
	〔雙調水仙子〕一曲	

b56 鄭月蓮秋夜雲窗夢

1－1：虔婆收豪客	沖末卜兒上－卜兒下	引場
	賓白組場	
1－2：月蓮堅心	末扮張均卿上－卜兒同淨下	主場
	〔仙呂點絳唇〕至〔賺煞〕計十六曲	
2－1：張均卿赴舉	末上－末下	過場
	賓白組場	
2－2：堅拒豪客	卜兒上－淨同卜兒下	主場
	〔正宮端正好〕至〔煞尾〕計十三曲	
2－3：典賣月蓮	外旦上－外旦同卜兒下	過場
	賓白組場	
3－1：中秋傷懷	正旦抱病上－〔尾煞〕下	主場
	〔中呂粉蝶兒〕至〔尾煞〕計十九曲	
3－2：共謀強娶	淨上－淨同卜兒下	過場
	賓白組場	
4－1：請托叔父	孤上－孤同淨下	過場
	賓白組場	
4－2：赴李府完親	末上－末下	過場
	賓白組場	
4－3：重逢完聚	孤同夫人上－孤下斷（原劇本其下闕文）	主場
	〔雙調新水令〕至〔折桂令〕計十曲	

b57 劉千病打獨角牛

1－1：命子耕地	沖末亭老兒上－沖末下	引場
	賓白組場	
1－2：劉千打擂	淨扮折拆驢領眾上－〔尾聲〕同下	主場

〔仙呂點絳唇〕至〔尾聲〕計九曲

2－1：獨角牛尋釁	旦兒上－孛老同眾下 賓白組場	過場
2－2：誓報冤仇	旦兒同折拆驢扶正末上－折拆驢下 〔越調鬥鵪鶉〕至〔尾聲〕計六曲	主場
3－1：病打獨角牛	外扮香官領張千上－香官下 〔正宮端正好〕至〔尾聲〕計九曲	主場
4－1：出山彪報喜	孛老兒上－孛老兒下斷 〔雙調新水令〕至〔喜江南〕計六曲	主場

b58 施仁義劉弘嫁婢

楔－1：臨終修書	沖末扮李遜同旦兒春郎上－春郎同旦兒下 賓白組場	引場
楔－2：太白指迷	太白星上－〔仙呂賞花時么篇〕下 〔仙呂賞花時〕、〔么篇〕二曲	引場
1－1：怒責姪兒	卜兒同淨王秀才上－王秀才混賴不去 〔仙呂點絳唇〕至〔寄生草〕計七曲	短場
1－2：春郎投託	李春郎同旦兒上－〔尾聲〕正末同眾下 〔仙呂醉中天〕至〔尾聲〕計二曲	主場
2－1：蘭孫賣身	外扮蘭孫上－蘭孫同媒婆下 賓白組場	過場
2－2：收留蘭孫	正末同卜兒淨王秀才上－蘭孫下 〔中呂粉蝶兒〕至〔上小樓么篇〕計七曲	主場
2－3：許配春郎	喚春郎－春郎同旦兒蘭孫下 〔中呂快活三〕至〔尾聲〕計七曲	主場
3－1：二神相遇	李遜扮增福神上－同裴使君下 賓白組場	過場
3－2：托夢賜福	正末同卜兒徠兒上－〔尾聲〕同眾下 〔越調鬥鵪鶉〕至〔尾聲〕計六曲	主場
4－1：春郎赴劉府	李春郎領祇從上－李下 賓白組場	過場
4－2：賜賞慶喜	正末同卜兒上－排宴	主場

		〔雙調新水令〕至〔太平令〕計四曲	
4－3：神靈賜壽	李遜同裴使君上－李裴下斷		收場
		〔雙調折桂令〕一曲	

b59 劉玄德醉走黃鶴樓

1－1：領兵追曹操	沖末諸葛亮領卒子上－沖末下		引場
	賓白組場		
1－2：周瑜定計	外扮周瑜領卒子上－周瑜下		引場
	賓白組場		
1－3：魯肅下書	劉備領卒子上－魯肅下		過場
	賓白組場		
1－4：聚將商議	喚劉封－劉封下		主場
	〔仙呂點絳唇〕至〔尾聲〕計七曲		
2－1：孔明授計	諸葛亮領卒子上－諸葛下		過場
	賓白組場		
2－2：莊家之樂	淨扮姑兒上－關平下		過場
	〔正宮端正好〕至〔尾聲〕計六曲		
3－1：關平送暖衣	周瑜領卒子上－關平下		過場
	賓白組場		
3－2：姜維傳計	周劉共飲－〔尾聲〕下		主場
	〔雙調新水令〕至〔尾聲〕計五曲		
3－3：劉備脫逃	周瑜奉酒－周瑜同俊俏眼下）		過場
	賓白組場		
4－1：慶喜	劉封上－孔明下斷		主場
	〔南呂一枝花〕至〔絮蝦蟆〕計五曲		

b60 狄青復奪衣襖車

1－1：狄青奉命	沖末范仲淹領張千上－范下		引場
	賓白組場		
1－2：狄青買衣甲	正末扮王環上－狄青下		主場
	〔仙呂點絳唇〕至〔尾聲〕計八曲		
2－1：遣使斬狄青	范仲淹領張千上－范下		過場
	賓白組場		

2－2：義赦狄青	淨店小二上－店小二下	過場
	〔南呂一枝花〕至〔牧羊關〕計三曲	
2－3：箭射咨雄	咨雄領回回卒子上－狄青同正末下	主場
	〔南呂哭皇天〕至〔烏夜啼〕計二曲	
2－4：刀劈史牙恰	車頭上－狄青下	主場
	〔南呂牧羊關〕至〔尾聲〕計二曲	
楔－1：黃軫害命	淨黃軫上－〔仙呂賞花時么篇〕下	過場
	〔仙呂賞花時〕、〔么篇〕二曲	
3－1：探子報信	李滾上－李滾下	主場
	〔商調集賢賓〕至〔尾聲〕計十曲	
4－1：受誣問斬	范仲淹領張千上－推出問斬	過場
	賓白組場	
4－2：劉慶見證	正末上－范仲淹下斷	主場
	〔中呂粉蝶兒〕至〔尾聲〕計七曲	

b61 摩利支飛刀對箭

1－1：絳州招軍	沖末徐茂公領卒子上－沖末下	引場
	賓白組場	
1－2：薛仁貴投軍	李老兒同卜兒旦兒上－李老同眾下	主場
	〔仙呂點絳唇〕至〔尾聲〕計十曲	
2－1：張士貴殺賢	淨扮張士貴領卒子上－欲斬薛仁貴	主場
	〔正宮端正好〕至〔四邊靜〕計五曲	
2－2：徐茂公救護	徐茂公上－徐下	主場
	〔正宮齊天樂〕至〔尾聲〕計三曲	
楔－1：摩利支點兵	摩利支引卒子上－下	過場
	賓白組場	
楔－2：飛刀對箭	淨張士貴上－〔仙呂賞花時么篇〕下	主場
	〔仙呂賞花時〕、〔么篇〕二曲	
3－1：探子報信	高麗將上－高麗將下	主場
	〔越調鬥鵪鶉〕至〔尾聲〕計八曲	
4－1：團圓封賞	徐茂公領卒子上－徐茂公下斷	主場
	〔雙調新水令〕至〔掛玉鉤〕計五曲	

b62 瘸李岳詩酒翫江亭

1－1：傳旨李岳下凡	沖末扮東華仙領眾上－東華仙同眾下 賓白組場	引場
1－2：卜兒吩咐	卜兒上－下 賓白組場	引場
1－3：一度牛員外	淨牛員外領家童上－先生下 〔仙呂點絳唇〕至〔尾聲〕計六曲	主場
2－1：二度牛員外	店小二上－店小二下 賓白組場	過場
2－2：牛員外悟道	先生上－先生下 賓白組場	過場
2－3：強拉還家	正旦同梅香上－先生同牛員外下 〔南呂一枝花〕至〔尾聲〕計八曲	主場
3－1：令尋牛員外	卜兒上－卜兒下 賓白組場	過場
3－2：江梅勸說	牛員外同雜當上－〔尾聲〕同下 〔中呂粉蝶兒〕至〔尾聲〕計九曲	主場
4－1：牛員外設境	牛員外同正旦上－正旦下 〔雙調新水令〕一曲	過場
4－2：度脫趙江梅	牛員外同先生沖上－先生下斷 〔雙調川撥棹〕至〔喜江南〕計四曲	主場

b63 海門張仲村樂堂

1－1：王同知壽宴	沖末扮同知同眾上－同知同眾下 〔仙呂點絳唇〕至〔尾聲〕計十三曲	主場
2－1：私會	搽旦上－搽旦同王六斤下 賓白組場	過場
2－2：曳剌拿姦	正末扮曳剌上－搽旦同王六斤下 〔南呂一枝花〕至〔尾聲〕計八曲	主場
楔－1：斥逐曳剌	同知同眾上－同知同眾下 〔雙調新水令〕一曲	過場
楔－2：誣陷殺夫	搽旦上－同知同眾下	過場

		賓白組場	
楔－3：同知告官	防禦領張千上－防禦下		過場
		賓白組場	
3－1：張本審囚	牢子上－同知下		主場
	〔商調集賢賓〕至〔尾聲〕計八曲		
3－2：同知求救	防禦上－防禦同知下		過場
		賓白組場	
4－1：府尹升堂	張千排衙上－府尹下（按：應有下場動作）		過場
		賓白組場	
4－2：請託岳丈	正末扮張仲上－眾虛下		主場
	〔雙調新水令〕至〔喜江南〕計五曲		
4－3：府尹斷案	府尹張千上－府尹下斷		收場
		賓白組場	

b64 十探子大鬧延安府

1－1：叮囑上墳	沖末李老兒同卜兒旦兒上－李老下		引場
		賓白組場	
1－2：葛彪行凶	卜兒同旦兒上－葛彪同張千下		過場
		賓白組場	
1－3：街坊報訊	李老兒上－同街坊下		過場
		賓白組場	
1－4：權豪相護	淨龐衙內領張千上－龐衙內下		過場
		賓白組場	
1－5：李老訴冤	李老兒上－〔尾聲〕同李老兒下		主場
	〔仙呂點絳唇〕至〔尾聲〕計七曲		
2－1：奉旨傳命	范仲淹領張千上－范下		過場
		賓白組場	
2－2：相府申訴	經歷領張千上－〔尾聲〕下		主場
	〔正宮端正好〕至〔尾聲〕計八曲		
2－3：眾官斥衙內	呂夷簡責備衙內－廚子下		過場
		賓白組場	
3－1：傳命李圭斷案	范仲淹領張千上－范下		過場

（按：應有下場動作）
賓白組場

3－2：計誘葛彪	淨葛彪領張千上－同下	過場
	賓白組場	
3－3：派遣十探子	葛監軍領卒子上－下	過場
	賓白組場	
3－4：李圭斷案	正末領張千上－〔啄木兒尾聲〕下	主場
	〔中呂粉蝶兒〕至〔啄木兒尾聲〕計十一曲	
4－1：范仲淹赴延安	范仲淹領張千上－范下	過場
	賓白組場	
4－2：葛監軍赴延安	葛監軍領卒子上－葛下	過場
	賓白組場	
4－3：明斷賞罰	正末領張千上－范仲淹下斷	主場
	〔雙調新水令〕至〔太平令〕計四曲	

b65 魯智深喜賞黃花峪

1－1：宋江下令	沖末扮宋江同眾上－宋同眾下	引場
	賓白組場	
1－2：權豪欺民	店小二上－劉慶甫呼救	引場
	賓白組場	
1－3：楊雄救護	正末扮楊雄上－店小二下	主場
	〔仙呂點絳唇〕至〔尾聲〕計八曲	
1－4：搶奪李幼奴	劉慶甫同旦慌上－劉下	過場
	賓白組場	
2－1：李逵領命	宋江同眾上－眾下	主場
	〔南呂一枝花〕至〔尾聲〕計七曲	
3－1：救李氏	淨扮蔡衙內同旦上－〔尾聲〕同旦下	主場
	〔正宮端正好〕至〔尾聲〕計九曲	
4－1：避走家廟	淨扮小和尚上－和尚收拾	過場
	賓白組場	
4－2：怒打蔡衙內	正末扮魯智深上－宋江下斷	主場
	〔黃鍾醉花陰〕至〔尾聲〕計七曲	

b66 龍濟山野猿聽經

1－1：賞玩山景	沖末扮長老引小僧上－禪師同行者下		主場
	〔仙呂點絳唇〕至〔尾聲〕計十一曲		
2－1：打掃法堂	行者上－行者下		過場
	賓白組場		
2－2：猿猴鬧禪堂	正末扮猿猴上－禪師下		主場
	〔南呂一枝花〕至〔牧羊關〕計五曲		
2－3：山神喝斥	山神喝斥－山神下		主場
	〔南呂罵玉郎〕至〔尾聲〕計四曲		
3－1：袁遜問道	禪師領行者上－禪師同行者下		主場
	〔中呂粉蝶兒〕至〔尾聲〕計九曲		
楔－1：行者相請	正末上－〔仙呂賞花時〕下		過場
	〔仙呂賞花時〕一曲		
4－1：悟道坐化	外扮守座同眾上－禪師下		主場
	〔雙調新水令〕至〔沈醉東風〕計三曲		
4－2：返本歸真	聖僧羅漢上－〔殿前歡〕下		主場
	〔雙調沽美酒〕至〔殿前歡〕計四曲		

b67 二郎神醉射鎖魔鏡

1－1：過訪那吒	沖末扮二郎引眾上－沖末下		引場
	賓白組場		
1－2：誤射鎖魔鏡	正末扮那吒引眾上－二郎下		主場
	〔仙呂點絳唇〕至〔尾聲〕計七曲		
1－3：二魔脫逃	外扮牛魔淨扮百眼上－同下		過場
	賓白組場		
1－4：追趕不及	韓元帥上－韓下		過場
	賓白組場		
1－5：韓元帥覆命	外扮驅邪院主上－院主同韓元帥下		過場
	賓白組場		
2－1：天神傳命	二郎上－二郎下		主場
	〔南呂一枝花〕至〔尾聲〕計八曲		
2－2：牛魔點兵	牛魔王上－牛下		過場

		賓白組場	
2－3：百眼點兵	百眼鬼上－百眼下		過場
		賓白組場	
3－1：眾神降魔	末扮那吒同二郎上－〔尾聲〕同下		主場
	〔越調鬥鵪鶉〕至〔尾聲〕計十曲		
4－1：探子報捷	驅邪院主上－院主下		主場
	〔黃鍾醉花陰〕至〔尾聲〕計七曲		
5－1：眾神覆命	驅邪院主領鬼力上－院主下斷		主場
	〔雙調新水令〕至〔得勝令〕計四曲		

b68 漢鍾離度脫藍采和

1－1：鍾離下凡	沖末扮鍾離上－沖末下	引場
	賓白組場	
1－2：一度藍采和	旦同眾上－鍾離下	主場
	〔仙呂點絳唇〕至〔賺煞〕計八曲	
2－1：二度藍采和	二淨上－鍾離下	主場
	〔南呂一枝花〕至〔鬥蝦蟆〕計四曲	
2－2：祇候傳命	祇候上－淨同眾下	過場
	賓白組場	
2－3：藍采和悟道	孤扮官人上－鍾下	主場
	〔南呂哭皇天〕至〔尾聲〕計三曲	
3－1：尋找藍采和	旦上－同下	過場
	賓白組場	
3－2：堅拒還家	正末上－旦同眾下	主場
	〔正宮端正好〕至〔尾聲〕計七曲	
4－1：人事已非	旦兒同二淨上－鍾下斷	主場
	〔雙調新水令〕至〔收江南〕計八曲	

b69 趙匡義智娶符金錠

楔－1：結伴出遊	沖末趙匡義領卒子上－趙同鄭恩下	引場
	賓白組場	
楔－2：權豪賞春	淨韓松上－同下	引場
	賓白組場	

楔－3：囑女閉門　　扮符彥卿同夫人上－符彥同夫人下　　　　引場
　　　　　　　　　〔仙呂賞花時〕一曲

　1－1：遊園相遇　　趙匡義鄭恩同上－趙同鄭下　　　　　　　　主場
　　　　　　　　　〔仙呂點絳唇〕至〔賺煞尾〕計十曲

　2－1：請媒求親　　淨韓松同眾上－韓同眾下　　　　　　　　　過場
　　　　　　　　　賓白組場

　2－2：眾將探病　　趙弘胤同夫人領家童上－張光遠同眾下　　　過場
　　　　　　　　　賓白組場

　2－3：囑女問疾　　正旦扮趙滿堂上－趙弘胤同夫人家童下　　　過場
　　　　　　　　　〔南呂一枝花〕至〔隔尾〕計三曲

　2－4：吐露心事　　鄭恩扶趙匡義上－趙同鄭下　　　　　　　　主場
　　　　　　　　　〔南呂牧羊關〕至〔煞〕計五曲

　3－1：繡毬定親　　符彥卿領千上－符同夫人下　　　　　　　　主場
　　　　　　　　　〔中呂粉蝶兒〕至〔煞尾〕計八曲

　楔－1：趙府備宴　　趙弘胤領張千上－趙下　　　　　　　　　　過場
　　　　　　　　　賓白組場

　楔－2：施計打韓松　淨韓松同眾上－鄭恩同眾下　　　　　　　　過場
　　　　　　　　　〔仙呂賞花時〕一曲

　4－1：完婚慶喜　　趙弘胤同夫人領卒子上－王朴下斷　　　　　主場
　　　　　　　　　〔雙調新水令〕至〔太平令〕計八曲

b70 張公藝九世同居

　1－1：諸子述志　　正末領眾上－〔賺煞尾〕同下　　　　　　　主場
　　　　　　　　　〔仙呂點絳唇〕至〔賺煞尾〕計十一曲

　2－1：投托張府　　外扮王伯清上－外下　　　　　　　　　　　過場
　　　　　　　　　賓白組場

　2－2：張老三願　　正末領行錢上－〔煞尾〕眾下　　　　　　　主場
　　　　　　　　　〔南呂一枝花〕至〔煞尾〕計十一曲

　2－3：王伯清點狀元　淨扮貢官領張千上－淨唱〔雙調清江引〕同下　過場
　　　　　　　　　賓白組場

　3－1：論齊家之道　正末同大末行錢上－使命下　　　　　　　　主場
　　　　　　　　　〔正宮端正好〕至〔隨煞尾〕計九曲

4－1：赴張府賜賞	王伯清上－王下	過場
	賓白組場	
4－2：一門旌表	正末領行錢上－王伯清下斷	主場
	〔雙調新水令〕至〔鴛鴦煞〕計八曲	

b71 閬閱舞射柳捶丸

1－1：耶律攻宋	沖末耶律萬戶領小番上－沖末下	引場
	賓白組場	
1－2：傳命舉將	韓魏公上－韓下	過場
	賓白組場	
1－3：唐介舉賢	范仲淹領祗從上－范同眾下	主場
	〔仙呂點絳唇〕至〔尾聲〕計八曲	
2－1：宣召破敵	李信領卒子上－陳堯佐下	主場
	〔南呂一枝花〕至〔尾聲〕計六曲	
楔－1：延壽馬掛帥	范仲淹同眾上－范同眾下	過場
	〔仙呂賞花時〕一曲	
3－1：耶律遣將	耶律萬戶領小香上－萬戶下	過場
	賓白組場	
3－2：兩軍交戰	葛監軍上－〔尾聲〕同李信下	主場
	〔越調鬥鵪鶉〕至〔尾聲〕計六曲	
4－1：射柳捶丸	外扮范仲淹領祗從人上－眾共飲	主場
	〔雙調新水令〕至〔喜江南〕計八曲	
4－2：加官賜賞	外韓魏公上－〔折桂令〕同下	收場
	〔雙調折桂令〕一曲	

以上為《元曲選外編》所收之劇。

c01 十樣錦諸葛論功

1－1：奉旨編位	沖末扮李昉領張千上－李昉下	主場
	〔仙呂點絳唇〕至〔尾聲〕計七曲	
2－1：遣使傳令	外扮增福神上領鬼力上－外下	過場
	賓白組場	
2－2：使者傳令	姜太公領二鬼力上－〔尾聲〕下	主場
	〔南呂一枝花〕至〔尾聲〕計八曲	

2－3：諸神入廟	范蠡上－眾同下	過場
	賓白組場	
2－4：不速之客	淨扮夏侯惇上－二淨下	過場
	賓白組場	
3－1：論功定位	正末上－〔尾聲〕下	主場
	〔雙調新水令〕至〔尾聲〕計十一曲	
4－1：張齊賢說夢	李昉領張千上－李昉賜賞	主場
	〔正宮端正好〕至〔小梁州么篇〕計六曲	
4－2：神靈賜福	增福神上－增福神下斷	收場
	〔止宮呆骨朵〕一曲	

此劇見於《全元雜劇初編》。

c02 守貞節孟母三移

1－1：奉旨興學	沖末齊檀子領祇從上－檀子同祇從下	引場
	賓白組場	
1－2：社長巡田	淨扮社長上－社長下	引場
	賓白組場	
1－3：童子爭鬧	淨扮四牧童同孟少哥上－社長下	過場
	賓白組場	
1－4：孟母責子	正旦扮卜兒領淨侍女上－社長下	主場
	〔仙呂點絳唇〕至〔尾聲〕計九曲	
2－1：屠戶借銀	淨扮大屠二屠上－淨同孟少哥下	過場
	賓白組場	
2－2：孟母斥兒	正旦領淨侍女上－〔尾聲〕同下	主場
	〔正宮端正好〕至〔尾聲〕計九曲	
楔－1：子思教學	子思領學生六人家童上－眾學生下	過場
	賓白組場	
楔－2：送子入學	正旦領孟少哥上－子思同孟少哥下	過場
	〔仙呂賞花時〕、〔么篇〕二曲	
3－1：斷機教子	正旦領淨侍女上－孟軻下	主場
	〔中呂粉蝶兒〕至〔尾聲〕計七曲	
4－1：魯公子問賢	外扮魯公子領卒子上－魯公子同樂正子下	過場

	賓白組場		
4－2：使臣相請	孟軻領家童上－孟軻同家童下	過場	
	賓白組場		
4－3：齊公子納賢	齊公子領卒子上－孟軻下	過場	
	賓白組場		
4－4：臧倉請罪	臧倉上－臧下	過場	
	賓白組場		
4－5：孟母旌表	正旦領淨侍女上－齊公子下斷	主場	
	〔雙調新水令〕至〔折桂令〕計六曲		

此劇見於《全元雜劇三編》。

d01 十八國臨潼鬥寶

1－1：計設鬥寶會	沖末扮秦穆公領卒子上－秦穆公領卒子下	引場
	賓白組場	
1－2：伍奢舉賢	楚平公領卒子上－楚平公下	主場
	〔仙呂點絳唇〕至〔尾聲〕計十曲	
楔－1：下令奪寶	展雄領小僂儸上－展雄同僂儸下	過場
	賓白組場	
楔－2：姬光遭搶	吳公子姬光領卒子上－姬光心急	過場
	賓白組場	
楔－3：伍員請命	正末同楚平公領卒子上－楚平公姬光下	過場
	賓白組場	
楔－4：復奪夜明簾	淨來皮豹領卒子上－淨下	過場
	〔仙呂賞花時〕一曲	
2－1：展雄索寶	展雄領僂儸上－眾公子獻寶	過場
	賓白組場	
2－2：收伏展雄	正末同楚平公姬領卒子上－展雄下	主場
	〔越調鬥鵪鶉〕至〔尾聲〕計七曲	
3－1：臨潼鬥寶	秦穆公同眾上－秦穆公同眾下	主場
	〔中呂粉蝶兒〕至〔尾聲〕計十二曲	
4－1：慶功封賞	十七國公子領卒子上－楚平公下斷	主場
	〔雙調新水令〕至〔折桂令〕計四曲	

d02 田穰苴伐晉興齊

1−1：晉平公伐齊	外扮晉平公引卒上－外下		引場
	賓白組場		
1−2：晏嬰舉賢	外扮晏嬰引卒子上－晏下		過場
	賓白組場		
1−3：御者相請	正末扮田穰苴上－正末同御者下		過場
	〔仙呂點絳唇〕至〔醉扶歸〕計五曲		
1−4：進見晏嬰	晏嬰同卒子上－晏嬰同御者下		主場
	〔仙呂金盞兒〕至〔尾聲〕計四曲		
2−1：田穰苴掛帥	外扮齊景公引卒子上－莊賈下		主場
	〔正宮端正好〕至〔尾聲〕計九曲		
3−1：晉平公遣將	晉平公上－平公下		過場
	賓白組場		
3−2：蘇子皮點兵	淨扮蘇子皮引喬卒子上－淨下		過場
	賓白組場		
3−3：晏嬰傳命	晏嬰上－晏下		過場
	賓白組場		
3−4：斬莊賈	正末同軍正慶舍卒子上－莊賈下		主場
	〔雙調新水令〕至〔攪箏琶〕計四曲		
3−5：正軍法	外扮使命上－軍正下		主場
	〔雙調川撥棹〕至〔尾聲〕計五曲		
楔−1：大敗晉軍	淨蘇子皮上－〔仙呂賞花時么篇〕同下		主場
	〔仙呂賞花時〕、〔么篇〕二曲		
4−1：凱旋賜賞	齊景公引卒子上－景公下斷		主場
	〔中呂粉蝶兒〕至〔堯民歌〕計六曲		

d03 後七國樂毅圖齊

1−1：田單定計	沖末齊公子引卒子上－淨下		主場
	〔仙呂點絳唇〕至〔尾聲〕計十曲		
2−1：使臣問計	外扮孫臏引道童上　孫下		過場
	賓白組場		
2−2：孫臏用間	外扮燕公子上－燕公子下		過場

	賓白組場		
2－3：召還樂毅	外扮樂毅引卒子上－二淨下	過場	
	賓白組場		
2－4：巧設火牛陣	齊公子同眾上－王孫賈下	主場	
	〔商調集賢賓〕至〔浪來裡煞〕計十二曲		
3－1：詐降行賄	騎劫騎能引卒子上－二淨下	過場	
	賓白組場		
3－2：田單起兵	正末引卒子上－眾閃下	主場	
	〔中呂粉蝶兒〕至〔上小樓〕計五曲		
3－3：大破燕軍	二淨騎劫騎能引卒子上－〔尾聲〕同眾下	主場	
	〔中呂十二月〕至〔尾聲〕計五曲		
4－1：慶功封賞	齊公子引從人上－齊公子下斷	主場	
	〔雙調新水令〕至〔太平令〕計七曲		

d04 吳起敵秦掛帥印

楔－1：秦昭公伐魏	外扮秦昭公領卒子上－昭公下	引場
	賓白組場	
楔－2：吳起投魯	外扮卜兒領家童上－卜兒下	引場
	〔仙呂賞花時〕一曲	
1－1：李克舉賢	魏文侯領卒子上－李克同眾下	過場
	賓白組場	
1－2：李克相請	正末領家童上－李克同眾下	主場
	〔仙呂點絳唇〕至〔尾聲〕計九曲	
2－1：秦昭公遣將	秦昭公領卒子上－昭公下	過場
	賓白組場	
2－2：吳起掛帥	魏文侯領卒子公孫鐔上－文侯同眾下	主場
	〔正宮端正好〕至〔尾聲〕計九曲	
3－1：公孫鐔敗陣	公孫鐔領卒子上－姬鑾下	過場
	賓白組場	
3－2：秦將敗走	皇甫連同眾上－皇甫同眾下	過場
	賓白組場	
3－3：吳起克秦	正末領卒子上－〔尾聲〕同下	主場

	〔越調鬥鵪鶉〕至〔尾聲〕計八曲	
4−1：慶功封賞	魏文侯領卒子上－文侯下斷	主場
	〔雙調新水令〕至〔太平令〕計九曲	

d05 運機謀隨何騙英布

1−1：奉命說英布	沖末扮蕭何領卒子上－周勃同眾下	主場
	〔仙呂點絳唇〕至〔尾聲〕計九曲	
楔−1：費客探訊	外扮費客上－費下	過場
	賓白組場	
楔−2：驚見隨何	正末上－〔仙呂賞花時〕下	過場
	〔仙呂賞花時〕一曲	
2−1：費客報信	英布上－費客下	過場
	賓白組場	
2−2：遣卒打探	喚軍政司－英布下	過場
	賓白組場	
2−3：費客拒見	費客領卒子上－〔牧羊關〕	土場
	〔南呂一枝花〕至〔牧羊關〕計五曲	
2−4：設計誣陷	小軍上－〔尾聲〕正末同小軍下	主場
	〔南呂罵玉郎〕至〔尾聲〕計四曲	
3−1：英布歸降	英布領卒子上－英布下	主場
	〔中呂粉蝶兒〕至〔尾聲〕計十曲	
4−1：歸漢覆命	蕭何同眾上－蕭何下斷	主場
	〔雙調新水令〕至〔太平令〕計四曲	

d06 韓元帥暗度陳倉

1−1：監控棧道	沖末扮項羽領卒子上－丁公同雍齒下	引場
	賓白組場	
1−2：打探軍情	沛公領卒子上－蕭何下	引場
	賓白組場	
1−3：韓信斬殷蓋	曹參領卒子上－曹參同眾下	主場
	〔仙呂點絳唇〕至〔尾聲〕計八曲	
楔−1：樊噲求救	沛公領卒子上－沛公下	過場
	賓白組場	

楔-2：明修棧道	曹參領卒子上－曹參同眾下 〔仙呂賞花時〕一曲	過場
2-1：授計度陳倉	蕭何領卒子上－蕭何下 賓白組場	過場
2-2：點兵敵漢	桓楚虞英領卒子上－丁公雍齒下 賓白組場	過場
2-3：楚兵敗逃	正末同眾上－樊噲下 〔越調鬥鵪鶉〕至〔尾聲〕計八曲	主場
2-4：擒丁公雍齒	灌嬰同眾上－灌嬰同眾下 賓白組場	過場
3-1：探子報捷	張良上－張良下 〔黃鍾醉花陰〕至〔尾聲〕計七曲	主場
4-1：慶功封賞	蕭何領卒子上－蕭何斷出 〔雙調新水令〕至〔太平令〕計七曲	主場

d07 司馬相如題橋記

1-1：走訪相如	沖末孤扮縣令引從上－沖末下 賓白組場	引場
1-2：王吉請宴	正末扮司馬相如引從人上－正末同王吉下 〔仙呂點絳唇〕至〔油葫蘆〕計三曲	過場
1-3：挑動琴心	外扮卓王孫程鄭引淨扮蒼頭上－〔賺煞〕下 〔仙呂天下樂〕至〔賺煞〕計七曲	主場
2-1：意欲求配	卓王孫領淨上－卓下 賓白組場	過場
2-2：請媒求親	正末引琴童上－陰陽先生做與末簪花科 〔中呂粉蝶兒〕至〔鬥鵪鶉〕計四曲	過場
2-3：完婚	客扶旦上－〔尾聲〕同下 〔中呂滿庭芳〕至〔尾聲〕計十曲	主場
3-1：訪相如	王縣令引皂卒上－下 賓白組場	過場
3-2：當壚市中	正末引琴童上－收拾店面 〔雙調新水令〕至〔沈醉東風〕計三曲	主場

3－3：卓父贈金　　　檐前鵲噪－旦梅同下　　　　　　　　　　過場
　　　　　　　　　　〔雙調撥不斷〕一曲

3－4：王吉勸進　　　王令尹引皀隸上－王下　　　　　　　　　　過場
　　　　　　　　　　〔雙調慶東原〕一曲

3－5：送別昇仙橋　　請旦上－〔尾聲〕下　　　　　　　　　　　主場
　　　　　　　　　　〔雙調雁兒落〕至〔尾聲〕計九曲

4－1：獻賦封賞　　　孤扮內侍引卒子上－監同小內侍下　　　　　主場
　　　　　　　　　　〔越調鬥鵪鶉〕至〔金蕉葉〕計五曲

4－2：衣錦榮歸　　　副使上－鋪兵引末虛下　　　　　　　　　　主場
　　　　　　　　　　〔越調調笑令〕至〔聖藥王〕計五曲

4－3：宣諭父老　　　淨丞引副使上－〔尾聲〕　　　　　　　　　收場
　　　　　　　　　　〔越調青山口〕、〔尾聲〕二曲

d08 馬援撾打聚獸牌

1－1：蘇虎報軍情　　沖末扮蘇獻領卒子上－沖末同蘇虎下　　　引場
　　　　　　　　　　賓白組場

1－2：起兵伐劉秀　　王尋領卒子上－王尋下　　　　　　　　　　過場
　　　　　　　　　　賓白組場

1－3：議請嚴子陵　　劉文叔領卒子上－劉文叔同眾下　　　　　　主場
　　　　　　　　　　〔仙呂點絳唇〕至〔尾聲〕計九曲

2－1：劉軍兵敗　　　巨無霸領卒子上－巨無霸下　　　　　　　　過場
　　　　　　　　　　賓白組場

2－2：嚴子陵下山　　嚴子陵領淨道童上－同下　　　　　　　　　過場
　　　　　　　　　　賓白組場

2－3：嚴子陵佈兵　　劉文叔同眾上－鄧禹下　　　　　　　　　　主場
　　　　　　　　　　〔正宮端正好〕至〔啄木兒煞〕計十一曲

3－1：大敗巨無霸　　巨無霸領眾上－〔尾聲〕同下　　　　　　　主場
　　　　　　　　　　〔越調鬥鵪鶉〕至〔尾聲〕計八曲

4－1：慶功封賞　　　劉文叔領卒子上－劉文叔下斷　　　　　　　主場
　　　　　　　　　　〔雙調新水令〕至〔太平令〕計八曲

d09 雲臺門聚二十八將

1－1：嚴尤遣將　　　沖末外扮嚴尤領卒子上－嚴尤下　　　　　　引場

	賓白組場	
1－2：劉欽迎敵	正末扮劉欽同眾上－劉末下 〔仙呂點絳唇〕至〔尾聲〕計十曲	主場
2－1：頓兒敗陣	淨一捻酥上－一捻酥下 賓白組場	過場
2－2：劉軍兵敗	蘇獻蘇成領卒子上－蘇獻蘇成下 賓白組場	過場
2－3：陰太公求配	陰太公領沙三上－陰太公下 賓白組場	過場
2－4：土地指迷	外扮山神領鬼力上－劉末下 〔中呂粉蝶兒〕至〔尾聲〕計六曲	主場
3－1：聚守昆陽	鄧禹領卒子上－鄧下 賓白組場	過場
3－2：大敗巨無霸	正末扮嚴光領卒子上－〔尾聲〕同眾下 〔越調鬥鵪鶉〕至〔尾聲〕計七曲	主場
4－1：大封功臣	外扮殿頭官領祗候上－殿頭官下斷 〔雙調新水令〕至〔太平令〕四曲	主場

d10 鄧禹定計捉彭寵

1－1：吳漢獻糧	沖末扮劉末上－劉末同眾下 〔仙呂點絳唇〕至〔尾聲〕計七曲	主場
2－1：馮眞進讒	外扮彭寵領卒子上－彭寵同眾下 〔中呂粉蝶兒〕至〔尾聲〕計八曲	主場
2－2：馮眞敗亡	馮異上－馮異同眾下 賓白組場	過場
3－1：怒斬王梁	彭寵同眾上－欲斬王梁 〔正宮端正好〕至〔倘秀才〕計三曲	過場
3－2：太夫人保救	何太夫人上－〔尾聲〕正末同王梁太夫 人下 〔正宮脫布衫〕至〔尾聲〕計四曲	主場
3－3：遣將攻劉秀	彭寵遣將－彭寵同眾下 賓白組場	過場

3－4：點兵擒彭寵	劉末同鄧禹領卒子上－劉末同鄧禹下	過場
	賓白組場	
3－5：捉彭寵	彭寵同眾上－劉末同眾下	過場
	賓白組場	
4－1：慶功封賞	劉末同眾上－劉末下斷	主場
	〔雙調新水令〕至〔喜江南〕計五曲	

d11 曹操夜走陳倉路

1－1：遣將觀漢營	沖末曹操領卒子上－曹操下	引場
	賓白組場	
1－2：點兵破曹	劉備引卒子上－諸葛同眾下	主場
	〔仙呂點絳唇〕至〔尾聲〕計八曲	
2－1：擒張魯	淨張魯領卒子上－拿張魯下	主場
	〔中呂粉蝶兒〕至〔堯民歌〕計四曲	
2－2：定計釋張魯	劉備引卒子上－劉備下	主場
	〔中呂普天樂〕至〔尾聲〕計四曲	
3－1：楊修論軍情	曹操領眾上－曹操同眾下	主場
	〔正宮端正好〕至〔尾聲〕計九曲	
4－1：諸葛授計	劉備領眾上－劉備同諸葛下	過場
	賓白組場	
4－2：曹操斬楊修	曹操同眾上－曹操同眾下	主場
	〔南呂一枝花〕至〔尾聲〕計九曲	
楔－1：趙雲誘敵	趙雲領卒子上－曹操睡科	過場
	賓白組場	
楔－2：二糜劫營	糜芳糜竺上－二糜下	過場
	賓白組場	
楔－3：黃忠擋道	曹操奔逃－黃忠下	過場
	賓白組場	
楔－4：夜走陳倉	正末扮馬超上－〔仙呂賞花時么篇〕下	主場
	〔仙呂賞花時〕、〔么篇〕二曲	
5－1：凱旋獻功	諸葛亮引卒子上－諸葛下斷	主場
	〔雙調新水令〕至〔太平令〕計四曲	

d12 陽平關五馬破曹

楔－1：定計取西川	沖末外扮曹操領卒子上－曹操同張遼下 賓白組場	引場
楔－2：諸葛授計	外扮諸葛領卒子上－諸葛下 〔仙呂賞花時〕一曲	過場
1－1：韓溫出兵	淨夏侯惇領卒子上－夏侯下 賓白組場	過場
1－2：攻佔定軍山	糜竺糜芳領卒子上－夏侯下 〔仙呂點絳唇〕至〔寄生草〕計七曲	主場
1－3：議取平陽關	諸葛領卒子上－諸葛同眾下 〔仙呂尾聲〕一曲	過場
1－4：傅亮迎戰	淨扮楊豹領卒子上－楊豹下 賓白組場	過場
1－5：傅亮敗陣	張飛領卒子上－張飛下 賓白組場	過場
2－1：智賺陽平關	淨楊豹領卒子上－等待諸葛 賓白組場	過場
2－2：馬超請命	諸葛領眾上－諸葛同眾下 〔正宮端正好〕至〔小梁州么篇〕計七曲	主場
2－3：張魯起兵	淨張魯領卒子上－淨下 賓白組場	過場
2－4：定計釋張魯	正末領卒子上－諸葛同眾下 〔中呂快活三〕至〔正宮尾聲〕計三曲	主場
3－1：曹操斬楊修	曹操領眾上－曹操同眾下 〔中呂粉蝶兒〕至〔尾聲〕計九曲	主場
3－2：趙雲埋伏	趙雲領卒子上－趙雲下 賓白組場	過場
3－3：張飛攔道	張飛領卒子上－張飛下 賓白組場	過場
楔－1：陳倉脫困	正末扮馬超同眾上－馬良同眾下 〔仙呂賞花時〕、〔么篇〕二曲	主場

4－1：凱旋獻功	諸葛領卒子上－卒子拿曹虎下	主場
	〔雙調新水令〕至〔太平令〕計三曲	
4－2：加官賜賞	外扮使命上－使命下斷	收場
	〔雙調殿前歡〕一曲	

d13 走鳳雛龐掠四郡

1－1：龐統說周瑜	沖末扮周瑜領眾上－正末下	主場
	〔仙呂點絳唇〕至〔六么序么篇〕計七曲	
1－2：孔明致祭	孔明同關末領卒子上－〔尾聲〕同眾下	過場
	〔仙呂尾聲〕一曲	
楔－1：魯肅輕賢	魯肅領卒子上－魯肅下	過場
	〔仙呂賞花時〕一曲	
2－1：簡雍失察	簡雍領卒子上－簡雍下	主場
	〔中呂粉蝶兒〕至〔尾聲〕計八曲	
3－1：遣將請鳳雛	淨扮金全上－金全下	過場
	賓白組場	
3－2：傳命斬龐統	簡雍上－簡下	過場
	賓白組場	
3－3：鳳雛讓印	淨主簿領張千上－主簿欣喜	主場
	〔越調鬥鵪鶉〕至〔鬼三臺〕計五曲	
3－4：主簿替死	張飛上－道童佩服	主場
	〔越調調笑令〕至〔聖藥王〕計三曲	
3－5：黃忠相請	黃忠上－〔尾聲〕同下	過場
	〔越調耍三臺〕、〔尾聲〕二曲	
3－6：遣將收四郡	簡雍上－孔明同簡雍下	過場
	賓白組場	
3－7：劉封敗陣	黃忠上－黃忠下	過場
	賓白組場	
3－8：首將報信	孔明上－孔明下	過場
	賓白組場	
4－1：鳳雛歸漢	正末領黃忠上－孔明下	主場
	〔雙調新水令〕至〔得勝令〕計五曲	

| 4－2：鳳雛掛印 | 正末上－簡雍傳旨 | 主場 |
| | 〔雙調沽美酒〕、〔太平令〕二曲 | |

d14 周公瑾得志取小喬

1－1：擇日娶親	沖末扮孫權領卒子上－沖末下	引場
	賓白組場	
1－2：喬公家宴	外扮喬公領淨家童上－喬公同家童下	過場
	賓白組場	
1－3：代友求配	正末扮周瑜上－魯肅下	主場
	〔仙呂點絳唇〕至〔尾聲〕計九曲	
2－1：魯肅問親	喬公領家童上－喬公下	過場
	賓白組場	
2－2：魯肅報喜	正末上－淨興兒下	主場
	〔中呂粉蝶兒〕至〔尾聲〕計八曲	
3－1：遣將送禮	孫權領卒子上－魯肅同眾下	過場
	賓白組場	
3－2：四將賀喜	正末領卒子上－魯肅同眾下	主場
	〔越調鬥鵪鶉〕至〔尾聲〕計七曲	
4－1：赴周府	外扮諸葛瑾領卒子上－外下	過場
	賓白組場	
4－2：喬公赴宴	喬公領淨家童上－同下	過場
	賓白組場	
4－3：慶喜筵會	正末同小喬領卒子上－〔喬牌兒〕	主場
	〔雙調新水令〕至〔喬牌兒〕計四曲	
4－4：加官賜賞	諸葛瑾上－諸葛瑾下斷	收場
	〔雙調滴滴金〕一曲	

d15 張翼德單戰呂布

1－1：賭印戰呂布	沖末外扮冀王領卒子上－冀王下	主場
	〔仙呂點絳唇〕至〔尾聲〕計七曲	
2－1：呂布遣將	外扮呂布領卒子上－呂布下	過場
	賓白組場	
2－2：相約探張飛	關末領卒子上－關末同劉末下	過場

	賓白組場	
2－3：張飛備戰	正末領卒子上－關劉下	主場
	〔中呂粉蝶兒〕至〔尾聲〕計九曲	
3－1：單戰呂布	外扮呂布領卒子上－〔尾聲〕下	主場
	〔越調鬥鵪鶉〕至〔尾聲〕計七曲	
4－1：前往虎牢關	外扮王允引從人上－王下	過場
	賓白組場	
4－2：張飛掛印	冀王領卒子上－〔太平令〕	主場
	〔雙調新水令〕至〔太平令〕計六曲	
4－3：加官賜賞	王允上－王允下斷	收場
	賓白組場	

d16 莽張飛大鬧石榴園

1－1：設謀排宴	沖末扮曹操領卒子上－曹操下	引場
	賓白組場	
1－2：吩咐廚師	夏侯惇喚廚子－夏侯惇下	過場
	賓白組場	
1－3：許褚下帖	劉領卒子上－許褚下	過場
	賓白組場	
1－4：勸阻赴會	劉末喚簡雍－劉末下	主場
	〔仙呂點絳唇〕至〔尾聲〕計八曲	
2－1：領兵接應	關末領卒子上－關末同眾下	主場
	〔南呂一枝花〕至〔尾聲〕計四曲	
3－1：受困石榴園	曹操同眾上－曹操下	主場
	〔中呂粉蝶兒〕至〔尾聲〕計七曲	
4－1：大鬧石榴園	曹操同眾上－曹操下斷	主場
	〔越調鬥鵪鶉〕至〔尾聲〕計六曲	

d17 關雲長單刀劈四寇

1－1：赴相府慶功	沖末扮王允領祗候上－王下	引場
	賓白組場	
1－2：四寇復仇	外扮樊稠張濟領小僂儸上－同下	引場
	賓白組場	

1－3：慶功宴飲	外扮董承領卒子上－〔天下樂〕 〔仙呂點絳唇〕至〔天下樂〕計四曲	短場
1－4：眾將迎敵	外卒子慌上－王允同眾下 〔仙呂金盞兒〕至〔尾聲〕計三曲	主場
2－1：定計誘敵	樊稠張濟領傳儸上－樊張下 賓白組場	過場
2－2：李肅陣亡	李肅領卒子上－卒子下 賓白組場	過場
2－3：呂布敗陣	張遼同眾上－侯成同眾下 〔正宮端正好〕至〔尾聲〕計八曲	主場
楔－1：呂布退兵	高順同眾上－楊奉同眾下 〔仙呂賞花時〕一曲	過場
3－1：點兵擒王允	樊稠張濟上－四寇下 賓白組場	過場
3－2：王允自盡	董承領卒子上－董承同眾下 賓白組場	過場
3－3：餞行	外扮劉末領卒子上－劉末下 〔中呂粉蝶兒〕至〔尾聲〕計六曲	主場
楔－1：四寇謀反	樊稠張濟上－四寇下 賓白組場	過場
楔－2：曹操遣將	董承領卒子上－紮營等候 賓白組場	過場
楔－3：關羽迎敵	外卒子上－曹操同眾下 〔仙呂賞花時〕一曲	過場
4－1：曹將敗退	張濟同樊稠上－四寇同下 賓白組場	過場
4－2：關羽劈四寇	正末領卒子上－〔尾聲〕同眾下 〔越調鬥鵪鶉〕至〔尾聲〕計七曲	主場
5－1：慶功封賞	董承領卒子上－董承下斷 〔雙調新水令〕至〔折桂令〕計七曲	主場

d18 壽亭侯怒斬關平

1－1：排筵餞行	沖末扮簡雍卒子上－〔天下樂〕	引場
	〔仙呂點絳唇〕至〔天下樂〕計四曲	
1－2：遣將迎戰	做起風科－簡雍下	主場
	〔黃鍾節節高〕至〔尾聲〕計六曲	
2－1：五小將克敵	淨張虎同張彪上－張苞同眾下	過場
	賓白組場	
2－2：關平闖禍	孛老兒扮王榮領卜兒徠兒上－孛老同卜兒下	過場
	賓白組場	
2－3：告官拒理	淨扮官人領令史張千上－孛老來至大樹下	過場
	賓白組場	
2－4：孛老訴冤	正末扮關西同曳剌上－孛老下	主場
	〔南呂一枝花〕至〔尾聲〕計六曲	
3－1：張苞尋苦主	張苞同眾上－同眾下	過場
	賓白組場	
3－2：關羽審子	正末扮雲長領卒子上－〔尾聲〕眾同下	主場
	〔中呂粉蝶兒〕至〔尾聲〕計七曲	
4－1：議救關平	黃忠同眾上－眾同下	過場
	賓白組場	
4－2：遣卒送飯	王夫人上－曳剌下	過場
	賓白組場	
4－3：姜維赴法場	姜維上－姜下	過場
	賓白組場	
4－4：眾將求情	正末領眾上－關平悲科	主場
	〔雙調新水令〕至〔掛玉鉤〕計三曲	
4－5：張飛鬧法場	張飛沖上－饒恕關平	主場
	〔雙調川撥棹〕至〔喜江南〕計四曲	
4－6：姜維傳旨	姜維沖上－姜維下斷	收場
	賓白組場	

d19 劉關張桃園三結義

1－1：關羽述志	沖末外扮關末上－關下	引場

	賓白組場		
1－2：關羽斬州官	淨扮外官領張千上－外官同令史下	過場	
	賓白組場		
1－3：張飛定計	正末扮張飛淨屠戶同上－正末下	過場	
	〔仙呂點絳唇〕至〔天下樂〕計四曲		
1－4：關羽取刀	關末上－關末下	過場	
	賓白組場		
1－5：走訪關羽	正末上－〔尾聲〕同下	主場	
	〔仙呂醉扶歸〕至〔尾聲〕計三曲		
2－1：關張結義	關末上－〔尾聲〕同下	主場	
	〔越調鬥鵪鶉〕至〔尾聲〕計八曲		
3－1：劉備述志	外扮劉末上－劉下	過場	
	賓白組場		
3－2：義結關張	淨扮店小二上－〔尾聲〕同下	主場	
	〔中呂粉蝶兒〕至〔尾聲〕計十曲		
4－1：赴桃園招賢	外扮皇甫嵩領卒子上－皇甫下	過場	
	賓白組場		
4－2：桃園結義	屠戶上－〔收江南〕劉末云	主場	
	〔雙調新水令〕至〔收江南〕計六曲		
4－3：皇甫宣召	皇甫嵩領卒子上－皇甫下斷	收場	
	〔雙調殿前歡〕一曲		

d20 張翼德三出小沛

（原劇本第一折侯成程廉上場之前闕文，茲依現存部分劃分排場）

1－1：遣將買馬	（上闕）－呂布同眾下	引場	
	賓白組場		
1－2：出兵勦賊	劉末領卒子上－劉末同眾下	主場	
	〔仙呂點絳唇〕至〔尾聲〕計六曲		
楔－1：張飛奪銀	淨王斌吳慶上－〔仙呂賞花時〕同眾下	過場	
	〔仙呂賞花時〕一曲		
2－1：吳慶報信	呂布同眾上－呂布同眾下	過場	
	賓白組場		

2－2：張飛受責　劉末同眾上－劉同眾下　　　　　　　過場
　　　　　　　〔中呂粉蝶兒〕至〔迎仙客〕計三曲

2－3：張飛衝陣　呂布領卒子上－〔尾聲〕下　　　　　　主場
　　　　　　　〔中呂紅繡鞋〕至〔尾聲〕計四曲

楔－1：借兵破敵　曹操領卒子上－〔仙呂賞花時〕同下　　過場
　　　　　　　〔仙呂賞花時〕一曲

3－1：二度衝陣　劉末同眾上－劉末同眾下　　　　　　　主場
　　　　　　　〔越調鬥鵪鶉〕至〔尾聲〕計六曲

4－1：排筵慶功　曹操領卒子上－曹操下斷　　　　　　　主場
　　　　　　　〔雙調新水令〕至〔太平令〕計六曲

d21 張翼德大破杏林莊

1－1：聚將討賊　沖末外扮殿頭官領祗候上－殿頭官下　　主場
　　　　　　　〔仙呂點絳唇〕至〔尾聲〕計八曲

2－1：大破杏林莊　外扮張角領小僂儸上－〔尾聲〕眾同下　主場
　　　　　　　〔中呂粉蝶兒〕至〔尾聲〕計八曲

3－1：復奪兗州城　張角領眾上－〔尾聲〕同下　　　　　主場
　　　　　　　〔越調鬥鵪鶉〕至〔尾聲〕計七曲

4－1：凱旋封賞　殿頭官領祗候上－殿頭官下斷　　　　　主場
　　　　　　　〔雙調新水令〕至〔得勝令〕計六曲

d22 陶淵明東籬賞菊

1－1：檀道濟招賢　沖末扮檀道濟領張千上－沖末下　　　引場
　　　　　　　賓白組場

1－2：田園之樂　正末扮陶淵明上－囑沙三伴哥堆好糧食　短場
　　　　　　　〔仙呂點絳唇〕至〔天下樂〕計四曲

1－3：淵明教子　淨家童引徠五人上－二徠謝科　　　　　過場
　　　　　　　〔仙呂那吒令〕至〔寄生草〕計三曲

1－4：宣召赴任　使命上－卜兒同眾下　　　　　　　　　主場
　　　　　　　〔仙呂六么令〕至〔尾聲〕計二曲

1－5：沙三掉文　沙三自誇－沙三同伴哥下　　　　　　　過場
　　　　　　　賓白組場

2－1：辭官歸田　淨扮外郎上－縣丞同外郎下　　　　　　主場

〔南呂一枝花〕至〔尾聲〕計九曲

3－1：赴龐府	外扮王弘上－王下 賓白組場	過場
3－2：定計會陶	外扮龐通之引琴童上－龐通之下 賓白組場	過場
3－3：重陽雅會	正末引家童上－王弘同眾下 〔正宮端正好〕至〔尾聲〕計十四曲	主場
4－1：赴潯陽	檀道濟上－檀道濟下 賓白組場	過場
4－2：東籬賞菊	正末引淨家童上－〔七弟兄〕 〔雙調新水令〕至〔七弟兄〕計七曲	主場
4－3：傳旨賜賞	檀道濟上－檀道濟下斷 〔雙調梅花酒〕至〔喜江南〕二曲	收場

d23 長安城四馬投唐

楔－1：巧設借糧計	沖末王世充領卒子上－王世充同單雄信下 賓白組場	引場
楔－2：應允借糧	李密領卒子上－李密下 賓白組場	過場
楔－3：遣使挑戰	王世充領卒子上－王世充下 賓白組場	過場
楔－4：使命下戰書	李密領卒子上－使命下 賓白組場	過場
楔－5：李密點兵	喚眾將－賈閏甫下 〔仙呂賞花時〕一曲	過場
楔－6：程咬金兵敗	淨程咬金上－單雄信下 賓白組場	過場
1－1：李密敗逃	李密同眾上－單雄信下 〔仙呂點絳唇〕至〔鵲踏枝〕四曲	主場
1－2：眾議投唐	柳周臣上－李密下 〔仙呂金盞兒〕至〔尾聲〕計二曲	主場
2－1：李靖傳旨	李靖上－李下	過場

	賓白組場	
2−2：使命傳令	李密同眾上－李密同眾下	過場
	賓白組場	
2−3：受辱反唐	館驛子上－李密下	主場
	〔正宮端正好〕至〔尾聲〕計八曲	
楔−1：起兵擒李密	李靖領卒子上－李靖下	過場
	賓白組場	
楔−2：斬將出關	淨扮盛彥古領卒子上－領兵出關	過場
	賓白組場	
楔 3：殷開山敗陣	殷開山領卒子上－李密同眾下	過場
	〔仙呂賞花時〕一曲	
3−1：接應李密	柳周臣賈閏甫上－同下	過場
	賓白組場	
3−2：追擊李密	唐元帥同眾上－眾下	過場
	賓白組場	
3−3：李密衝陣	李密慌上－唐元帥同眾下	過場
	〔商調集賢賓〕、〔醋葫蘆〕二曲	
3−4：辱罵山神	山神領鬼力上－山神下	過場
	〔商調醋葫蘆么篇〕第一支一曲	
3−5：黎山老母收劍	黎山老母上－〔醋葫蘆么篇〕第二支	過場
	〔商調醋葫蘆么篇〕第二支一曲	
3−6：忠臣殉主	唐元帥領眾上－唐元帥同眾下	主場
	〔商調醋葫蘆么篇〕第三支、〔尾聲〕二曲	
4−1：徐程降唐	徐茂公領卒子上－同下	過場
	賓白組場	
4−2：排筵犒賞	唐元帥同眾將上－唐元帥下斷	主場
	〔雙調新水令〕至〔得勝令〕計五曲	

d24 立功勳慶賞端陽

1−1：論功爭強	沖末扮房玄齡領卒子上－建成元古下	主場
	〔仙呂點絳唇〕至〔尾聲〕計八曲	
2−1：李道宗調唆	夫人領家童上－李道宗下	主場

		〔中呂粉蝶兒〕至〔尾聲〕計九曲	
3－1：赴柴府	馬三保領卒子上－馬三保同段志賢下		過場
		賓白組場	
3－2：探望柴紹	正末領家童上－家童下		主場
		〔越調鬥鵪鶉〕至〔尾聲〕計七曲	
4－1：射柳捶丸	房玄齡領卒子上－房玄齡下斷		主場
		〔雙調新水令〕至〔收江南〕計八曲	

d25 賢達婦龍門隱秀

楔－1：蓋蘇文挑釁	沖末蓋蘇文領卒子上－下		引場
		賓白組場	
楔－2：柳迎春贈衣	薛仁貴上－薛仁貴下		引場
		〔仙呂賞花時〕、〔么篇〕二曲	
1－1：梅香欲報信	淨梅香上－淨下		過場
		賓白組場	
1－2：逐出家門	柳孛老兒同眾上－孛老同眾下		主場
		〔仙呂點絳唇〕至〔尾聲〕計十曲	
2－1：絳州招軍	房玄齡領卒子上－房玄齡同徐茂公下		過場
		賓白組場	
2－2：仁貴投軍	薛孛老兒同卜兒正旦上－薛孛老下		主場
		〔中呂粉蝶兒〕至〔尾聲〕計十一曲	
3－1：仁貴任先鋒	房玄齡領卒子上－張士貴下		過場
		賓白組場	
3－2：薛老困窮	薛孛老兒同卜兒上－同下		過場
		賓白組場	
3－3：借糧受辱	柳孛老兒同卜兒上－大末下		主場
		〔商調集賢賓〕至〔尾聲〕計十曲	
4－1：張士貴出戰	淨張士貴領喬卒子上－下		過場
		賓白組場	
4－2：飛刀對箭	蓋蘇文領卒子上－薛仁貴下		過場
		賓白組場	
4－3：前往龍門鎮	房玄齡領卒子上－房下		過場

賓白組場

4－4：整裝還鄉　　　薛仁貴領旦兒上－同下（按：應有下場動作）　過場
　　　　　　　　　　賓白組場

4－5：團圓慶喜　　　薛孛老同卜兒上－壯王二擔酒賀喜　　　　主場
　　　　　　　　　　〔雙調新水令〕至〔沈醉東風〕計三曲

4－6：旌表門庭　　　房玄齡領卒子上－房玄齡下斷　　　　　　收場
　　　　　　　　　　〔雙調雁兒落〕、〔得勝令〕二曲

d26 招涼亭賈島破風詩

1－1：奉旨訪賢　　　沖末韓愈領祗從上－韓下　　　　　　　　引場
　　　　　　　　　　賓白組場

1－2：巧遇陳皓古　　正末賈島上－陳皓古下　　　　　　　　　主場
　　　　　　　　　　〔仙呂點絳唇〕至〔尾聲〕計九曲

2－1：賈島述志　　　外扮秀雲長老領淨行者上－正末盹睡　　　過場
　　　　　　　　　　〔南呂一枝花〕、〔梁州〕二曲

2－2：得罪韓愈　　　韓愈上－長老同行者下　　　　　　　　　主場
　　　　　　　　　　〔南呂隔尾〕至〔尾聲〕計五曲

3－1：傳旨尋賈島　　韓愈領祗從上－韓下　　　　　　　　　　過場
　　　　　　　　　　賓白組場

3－2：比詩爭勝　　　外扮慶雲長老上－行者下　　　　　　　　主場
　　　　　　　　　　〔正宮端正好〕至〔尾聲〕計十一曲

4－1：加官賜賞　　　韓愈領祗從上－韓愈下斷　　　　　　　　主場
　　　　　　　　　　〔雙調新水令〕至〔得勝令〕計四曲

d27 眾僚友喜賞浣花溪

1－1：賜假遊春　　　沖末扮殿頭官引祗候上－殿頭官下　　　　主場
　　　　　　　　　　〔仙呂點絳唇〕至〔賺煞〕計八曲

2－1：杜甫邀約　　　外扮王璡引家童上－王璡下　　　　　　　主場
　　　　　　　　　　〔正宮端正好〕至〔尾聲〕計八曲

3－1：莊夫灑掃　　　外扮院公上－院公下　　　　　　　　　　主場
　　　　　　　　　　〔越調鬥鵪鶉〕至〔尾聲〕計八曲

4－1：喜賞浣花溪　　賀之章同眾上－使命下斷　　　　　　　　主場
　　　　　　　　　　〔雙調新水令〕至〔太平令〕計八曲

d28 魏徵改詔風雲會

1－1：預卜凶兆	沖末扮唐元帥領卒子上－唐元帥下 〔仙呂點絳唇〕至〔尾聲〕計十曲	主場
楔－1：李密點兵	外扮李密領卒子上－李密下 〔仙呂賞花時〕一曲	過場
2－1：觀城被擒	唐元帥同元吉領卒子上－程咬金同眾下 〔越調鬥鵪鶉〕至〔尾聲〕計九曲	主場
楔－1：元吉報信	正末扮李靖領卒子上－劉文靜下 〔正宮端正好〕一曲	過場
3－1：劉文靜被囚	李密領卒子上－李密下 賓白組場	過場
3－2：孟海公挑戰	外扮孟海公上－孟下 賓白組場	過場
3－3：李密出兵	李密領卒子上－李下 賓白組場	過場
3－4：孟海公兵敗	孟海公領卒子上－李密下 賓白組場	過場
3－5：領兵潛逃	孟海公慌上－孟下 賓白組場	過場
3－6：修書赦囚	李密領卒子上－李密下 賓白組場	過場
3－7：魏徵改詔	徐茂公引卒子上－〔尾聲〕同下 〔南呂一枝花〕至〔尾聲〕計十曲	主場
3－8：殷開山接應	唐元帥同劉文靜出城－同下 賓白組場	過場
4－1：排筵慶喜	淨元吉同段志玄領卒子上－眾人飲酒 〔雙調新水令〕至〔喜江南〕計七曲	主場
4－2：加官賜賞	外扮房玄齡上－房玄齡下斷 〔雙調沽美酒〕、〔太平令〕二曲	收場

d29 徐茂功智降秦叔寶

1－1：排筵慶喜	沖末外扮殿頭官領卒子上－〔天下樂〕	引場

	〔仙呂點絳唇〕至〔天下樂〕計四曲	
1－2：元吉報信	淨扮元吉上－元吉下	主場
	〔仙呂金盞兒〕至〔尾聲〕計三曲	
2－1：劉燦起兵	外扮楚王領卒子上－外下	過場
	賓白組場	
2－2：遣將敵唐兵	外扮王世充領卒子上－陸德明同程知節下	主場
	〔正宮端正好〕至〔尾聲〕計七曲	
楔－1：兩軍交戰	外扮馬三寶同眾上－〔仙呂賞花時〕下	主場
	〔仙呂賞花時〕一曲	
3－1：定計勸降	唐元帥同徐茂公領卒子上－唐元帥同眾下	過場
	賓白組場	
3－2：秦叔寶歸降	陸德明領卒子上－陸德明同程知節下	主場
	〔中呂粉蝶兒〕至〔尾聲〕計七曲	
楔－1：王世充退兵	唐元帥同徐茂公上－唐元帥同眾下	過場
	〔仙呂賞花時〕一曲	
4－1：設宴慶功	殿頭官領卒子上－殿頭官下斷	主場
	〔雙調新水令〕至〔太平令〕計六曲	

d30 尉遲恭鞭打單雄信

1－1：遣將敵唐	沖末王世充領卒子上－王世充同眾下	引場
	賓白組場	
1－2：議取洛陽城	唐元帥領卒子上－秦叔寶同眾下	主場
	〔仙呂點絳唇〕至〔尾聲〕計八曲	
2－1：割袍斷義	唐元帥同徐茂公上－徐下	過場
	賓白組場	
2－2：茂公求援	正末領卒子上－徐茂公下	主場
	〔中呂粉蝶兒〕至〔尾聲〕計八曲	
3－1：鞭打單雄信	正末上－〔尾聲〕下	主場
	〔越調鬥鵪鶉〕至〔尾聲〕計七曲	
4－1：回營覆命	秦叔寶同眾上－唐元帥下斷	主場
	〔雙調新水令〕至〔殿前歡〕計五曲	

d31 十八學士登瀛洲

    1－1：興工造瀛洲   沖末房玄齡領祗候上－房玄齡下   主場
                    〔仙呂點絳唇〕至〔尾聲〕計八曲

    2－1：瀛洲大會   房玄齡領祗候上－淨下   主場
                    〔中呂粉蝶兒〕至〔尾聲〕計十曲

    3－1：奏稟天帝   鈞天大帝領黃巾力士上－大帝下   主場
                    〔越調鬥鵪鶉〕至〔尾聲〕計八曲

    4－1：眾仙赴瀛洲   東華仙引眾仙上－眾下   過場
                    賓白組場

    4－2：眾仙降臨   房玄齡同眾上－房玄齡下斷   主場
                    〔雙調新水令〕至〔太平令〕計六曲

d32 唐李靖陰山破虜

    1－1：番王意欲侵唐   沖末扮平章頡利可汗領淨小番上－淨下   引場
                    賓白組場

    1－2：遣將請李靖   外扮李世勣同薛萬徹引卒子上－薛下   過場
                    賓白組場

    1－3：帥府報軍情   外扮房玄齡引卒子上－房玄齡下   過場
                    賓白組場

    1－4：李靖遣將   正末扮李靖同副將張公謹卒子上－張公謹下 主場
                    〔仙呂點絳唇〕至〔尾聲〕計九曲

    1－5：唐將敗陣   淨扮番將疊羅支上－疊羅支下   過場
                    賓白組場

    1－6：番王接應   平章頡利可汗上－下   過場
                    賓白組場

    2－1：擒番王   正末同張公謹上－〔尾聲〕同下   主場
                    〔越調鬥鵪鶉〕至〔尾聲〕計七曲

    2－2：使命脫逃   外扮使命上－下   過場
                    賓白組場

    3－1：探子報捷   房齡上－房下   主場
                    〔黃鍾醉花陰〕至〔尾聲〕計七曲

    4－1：慶功封賞   外扮杜如晦領張千上－魏徵下斷   主場

〔雙調新水令〕至〔尾聲〕計八曲

d33 李嗣源復奪紫泥宣

1－1：遣使召將	沖末外扮殿頭官領卒子上－喬都幹同白首事下	引場
	賓白組場	
1－2：請命接使臣	李克用領小番上－康君立同李存信下	主場
	〔仙呂點絳唇〕至〔尾聲〕計八曲	
2－1：商議歸降	薛鐵山領小番上－同下	過場
	賓白組場	
2－2：劫奪唐使臣	陳景思同眾上－薛鐵山同眾下	過場
	賓白組場	
2－3：李嗣源護從	正末領番卒子上－〔尾聲〕同下	主場
	〔正宮端正好〕至〔尾聲〕計八曲	
楔－1：遣將討賊	李克用領小番上－李克用同眾下	過場
	〔仙呂賞花時〕一曲	
3－1：復奪紫泥宣	薛鐵山賀回虎引小番上－〔尾聲〕同下	主場
	〔越調鬥鵪鶉〕至〔尾聲〕計七曲	
4－1：獻功開詔	隨陸續上－李克用下斷	主場
	〔雙調新水令〕至〔喜江南〕計八曲	

d34 壓關樓疊掛午時牌

1－1：黃巢出兵	沖末扮黃巢領卒子上－同下	引場
	賓白組場	
1－2：比武奪印	李克用領番卒子上－存孝掛先鋒印	主場
	〔仙呂點絳唇〕至〔金盞兒〕計六曲	
1－3：劉允請宴	外扮手將劉允上－李克用同眾下	過場
	〔仙呂尾聲〕一曲	
2－1：孟截海出兵	淨扮孟截海領喬子上－孟下	過場
	賓白組場	
2－2：爭勝賭賽	工重榮領卒子上－李克用同眾下	主場
	〔南呂一枝花〕至〔尾聲〕計五曲	
楔－1：擒拿彭白虎	彭白虎領卒子上－〔仙呂賞花時〕下	過場

〔仙呂賞花時〕一曲

| 3－1：疊掛午時牌 | 李克用同眾上－眾下 | 主場 |

〔越調鬥鵪鶉〕、〔紫花兒序〕二曲

| 3－2：擒拿孟截海 | 淨孟截海領卒子上－〔尾聲〕同下 | 主場 |

〔越調調笑令〕至〔尾聲〕計四曲

| 4－1：李克用許親 | 李克用同眾上－等待存孝 | 過場 |

賓白組場

| 4－2：獻功得玉帶 | 正末同眾上－贏得玉帶 | 主場 |

〔雙調新水令〕至〔太平令〕計三曲

| 4－3：加官賜賞 | 外扮使命上－使命下斷 | 收場 |

〔雙調七弟兄〕至〔喜江南〕計三曲

d35 八大王開詔救忠臣

| 1－1：番將定計 | 沖末韓延壽領番卒子上－韓延壽下 | 引場 |

賓白組場

| 1－2：傳旨征北番 | 外扮殿頭官上－外下 | 過場 |

賓白組場

| 1－3：遣使傳令 | 八大王領卒子上－八大王下 | 過場 |

賓白組場

| 1－4：潘太師惡計 | 潘太師同眾上－潘太師同眾下 | 主場 |

〔仙呂點絳唇〕至〔尾聲〕計八曲

| 2－1：中伏受困 | 淨土金宿領番卒子上－〔尾聲〕同下 | 主場 |

〔中呂粉蝶兒〕至〔尾聲〕計八曲

| 楔－1：七郎求援 | 楊令公同正末七郎上－令公同正末下 | 過場 |

賓白組場

| 楔－2：箭射楊七郎 | 潘太師同眾上－潘太師同眾下 | 過場 |

賓白組場

| 楔－3：七郎托夢 | 正末上－做悲科 | 過場 |

賓白組場

| 楔－4：令公陣亡 | 令公正末準備衝陣－〔仙呂賞花時〕下 | 過場 |

〔仙呂賞花時〕一曲

| 3－1：計拿潘太師 | 潘太師同眾上－黨太尉同卒子拿三人下 | 過場 |

賓白組場

3－2：智審潘太師	長老上－〔浪來裡煞〕同下	主場
	〔商調集賢賓〕至〔浪來裡煞〕計六曲	
4－1：定計殺奸臣	八大王領卒子上－八大王下	主場
	〔雙調新水令〕至〔折桂令〕計四曲	
4－2：楊景復仇	外扮林迪領祇候上－楊達下	過場
	〔雙調落梅風〕、〔攪箏琶〕二曲	
4－3：開詔救忠	殿頭官引祇候上－八大王下斷	主場
	〔雙調沽美酒〕、〔太平令〕二曲	

d36 楊六郎調兵破天陣

楔－1：苗士安圓夢	沖末扮寇萊公上－〔仙呂賞花時〕下	引場
	〔仙呂賞花時〕一曲	
楔－2：傳命訪楊景	喚呼延必顯上－寇萊公下	過場
	賓白組場	
1－1：定計擺天陣	韓延壽領番卒子上－韓同眾下	過場
	賓白組場	
1－2：胡祥隱諱	胡祥領祇候上－胡祥下	過場
	賓白組場	
1－3：楊景奉召	呼延必顯上－〔尾聲〕同下	主場
	〔仙呂點絳唇〕至〔尾聲〕計七曲	
2－1：眾將赴三關	岳勝領眾上－岳勝同眾下	過場
	（按：應有下場動作）	
	賓白組場	
2－2：楊景遣將	寇萊公領卒子上－寇萊公下	主場
	〔中呂粉蝶兒〕至〔尾聲〕計八曲	
3－1：破天陣	韓延壽同眾上－〔尾聲〕眾同下	主場
	〔雙調新水令〕至〔尾聲〕計六曲	
4－1：慶功封賞	寇萊公領卒子上－寇萊公下斷	主場
	〔正宮端正好〕至〔小梁州么篇〕計六曲	

d37 關雲長大破蚩尤

1－1：傳旨訪賢	沖末范仲淹領張千上－范下	引場

	賓白組場	
1－2：稟告災異	外扮呂夷簡領張千上－呂下	主場
	〔仙呂點絳唇〕至〔尾聲〕計七曲	
楔－1：使命傳宣	正末扮張天師領淨道童上－道童下	過場
	〔仙呂賞花時〕一曲	
2－1：蚩尤作亂	蚩尤神領鬼力上－蚩尤下	過場
	賓白組場	
2－2：天師授計	呂夷簡領張千上－呂下	主場
	〔南呂一枝花〕至〔尾聲〕計五曲	
2－3：道童戲耍	使命問道童手段－使命下	過場
	賓白組場	
3－1：訪關羽	長老領淨行者上－長老下	主場
	〔正宮端正好〕至〔尾聲〕計九曲	
楔－1：蚩尤出兵	蚩尤神領鬼力上－蚩尤下	過場
	賓白組場	
楔－2：大破蚩尤	正末領眾上－〔仙呂賞花時么篇〕同下	主場
	〔仙呂賞花時〕、〔么篇〕二曲	
4－1：赴解州	范仲淹領張千上－同下	過場
	賓白組場	
4－2：興立關廟	外扮老人同莊客淨社長上－老人同眾下	過場
	賓白組場	
4－3：關羽托夢	正末領鬼力上－〔太平令〕	主場
	〔雙調新水令〕至〔太平令〕計四曲	
4－4：院主下斷	驅邪院主上－院主下斷	收場
	賓白組場	

d38 焦光贊活拿蕭天佑

1－1：定計攻宋	沖末扮韓延壽領卒子上－韓下	引場
	賓白組場	
1－2：議征北番	外扮八大王領卒子上－八大王同眾下	主場
	〔仙呂點絳唇〕至〔尾聲〕計八曲	
2－1：點將出兵	外扮楊景領卒子上－楊景下	主場

		〔正宮端正好〕至〔尾聲〕計八曲	
	3－1：韓延壽起兵	韓延壽領卒子上－韓下 賓白組場	過場
	3－2：擒拿蕭天佑	正末同眾上－〔尾聲〕同下 〔越調鬥鵪鶉〕至〔尾聲〕計七曲	主場
	4－1：凱旋	外扮岳勝領卒子上－〔收江南〕 〔雙調新水令〕至〔收江南〕計六曲	主場
	4－2：封官賜賞	寇萊公上－寇萊公下斷 賓白組場	收場

d39 宋大將岳飛精忠

	1－1：兀朮起兵	沖末扮金兀朮領番卒子上－兀朮下 賓白組場	引場
	1－2：怒斥秦檜	外扮李綱領卒子上－秦檜下 〔仙呂點絳唇〕至〔尾聲〕計十曲	主場
	2－1：點將迎敵	正末同眾上－張憲下 〔南呂一枝花〕至〔尾聲〕計七曲	主場
	楔－1：番將敗陣	淨粘罕鐵罕上－〔仙呂賞花時〕同下 〔仙呂賞花時〕一曲	過場
	3－1：敗將報信	兀朮領番卒子上－同下 賓白組場	過場
	3－2：大敗金兀朮	兀朮同眾上－韓世忠同眾下 〔越調鬥鵪鶉〕至〔尾聲〕計八曲	主場
	4－1：凱旋封賞	李綱領卒子上－李綱下斷 〔雙調新水令〕至〔甜水令〕計七曲	主場

d40 張于湖誤宿女真觀

	楔－1：囑僕灑掃	正旦引小旦上－下 賓白組場	引場
	楔－2：妙常賞月	旦同眾姑姑上－〔仙呂賞花時么篇〕同下 〔仙呂賞花時〕、〔么篇〕二曲	過場
	1－1：寄詞傳意	孤官扮上－寄生草么篇 〔仙呂點絳唇〕至〔寄生草么篇〕計八曲	主場

1－2：妙常論月　　　玩月－〔賺煞〕下　　　　　　　　　　短場
　　　　　　　　　　〔仙呂後庭花〕至〔賺煞〕計三曲

2－1：思凡　　　　　旦引道清上－〔倘秀才〕同下　　　　　短場
　　　　　　　　　　〔正宮端正好〕至〔倘秀才〕計五曲

2－2：探姑　　　　　卜扮觀主上－並下　　　　　　　　　　過場
　　　　　　　　　　賓白組場

2－3：琴挑　　　　　旦復上－旦俱下　　　　　　　　　　　主場
　　　　　　　　　　〔正宮呆骨朵〕、〔叨叨令〕二曲

2－4：佳期　　　　　外上－〔煞尾〕外旦俱下　　　　　　　主場
　　　　　　　　　　〔正宮脫布衫〕至〔煞尾〕計七曲

3－1：愁孕　　　　　外同旦上－旦同道清下　　　　　　　　主場
　　　　　　　　　　〔商調集賢賓〕至〔醋葫蘆么篇〕計四曲

3－2：傳簡　　　　　道清上－外下（按：應有下場動作）　　過場
　　　　　　　　　　賓白組場

3－3：識破　　　　　卜上－〔浪裡來煞〕同下　　　　　　　主場
　　　　　　　　　　〔商調梧葉兒〕至〔浪裡來煞〕計十四曲

4－1：赴官衙　　　　卜領旦外一行上－〔雁兒落〕下　　　　過場
　　　　　　　　　　〔雙調新水令〕至〔雁兒落〕計四曲

4－2：官斷　　　　　孤上－孤下斷　　　　　　　　　　　　主場
　　　　　　　　　　〔雙調水仙子〕至〔離亭宴帶歇指煞〕計九曲

d41 女學士明講春秋

1－1：遣卒勾軍　　　外扮葛懷敏上－外下　　　　　　　　　引場
　　　　　　　　　　賓白組場

1－2：臨別留書　　　鄭末同正旦上－淨下　　　　　　　　　主場
　　　　　　　　　　〔仙呂點絳唇〕至〔賺煞〕計十曲

2－1：投托范府　　　外扮范學士引夫人上－范下　　　　　　過場
　　　　　　　　　　〔正宮端正好〕至〔呆骨朵〕計三曲

2－2：孟氏論藝　　　夫人攀談－夫人下　　　　　　　　　　主場
　　　　　　　　　　〔正宮滾繡毬〕至〔尾聲〕計六曲

3－1：講論春秋　　　正旦領細旦淨旦上－夫人下　　　　　　主場
　　　　　　　　　　〔中呂粉蝶兒〕至〔尾聲〕計九曲

4－1：遣將迎敵　　　葛懷敏上－葛下　　　　　　　　　　　過場
　　　　　　　　　　賓白組場

4－2：番將出兵　　　淨扮河西上－淨下　　　　　　　　　　過場
　　　　　　　　　　賓白組場

4－3：鄭忭點兵　　　鄭末上－鄭末下　　　　　　　　　　　過場
　　　　　　　　　　賓白組場

4－4：鄭忭建功　　　淨河西上－鄭末下　　　　　　　　　　過場
　　　　　　　　　　賓白組場

4－5：赴范府　　　　外扮韓稚圭上－韓下　　　　　　　　　過場
　　　　　　　　　　賓白組場

4－6：夫妻團圓　　　范末上－〔得勝令〕　　　　　　　　　主場
　　　　　　　　　　〔雙調新水令〕至〔得勝令〕計四曲

4－7：加官賜賞　　　韓末上－〔太平令〕　　　　　　　　　收場
　　　　　　　　　　〔雙調沽美酒〔、〔太平令〕二曲

d42 趙匡胤打董達

1－1：鄭恩趕路　　　沖末外扮鄭恩上－鄭下　　　　　　　　引場
　　　　　　　　　　賓白組場

1－2：結義　　　　　正末扮趙匡胤上－〔尾聲〕同下　　　　主場
　　　　　　　　　　〔仙呂點絳唇〕至〔尾聲〕計八曲

2－1：董達攔橋　　　外扮董達同二淨上－二淨下　　　　　　引場
　　　　　　　　　　賓白組場

2－2：推車過橋　　　正末同柴榮鄭恩上－同下　　　　　　　短場
　　　　　　　　　　〔越調鬥鵪鶉〕至〔金蕉葉〕計三曲

2－3：怒打惡賊　　　賣酒的上－賣酒的下　　　　　　　　　主場
　　　　　　　　　　〔越調小桃紅〕至〔尾聲〕計五曲

3－1：小賊報信　　　董達上－董達同二淨下　　　　　　　　過場
　　　　　　　　　　賓白組場

3－2：柴榮受欺　　　店小二上－董達同二淨下　　　　　　　主場
　　　　　　　　　　〔中呂粉蝶兒〕、〔醉春風〕二曲

3－3：追趕董達　　　正末上－柴榮下　　　　　　　　　　　過場
　　　　　　　　　　〔中呂紅繡鞋〕一曲

3－4：打董達	董達同二淨上－〔尾聲〕同下	主場
	〔中呂普天樂〕至〔尾聲〕計六曲	
4－1：董太公尋仇	淨扮董太公上－董太公同二淨下	過場
	賓白組場	
4－2：投宿趙家莊	外扮趙老人上－眾做睡科	過場
	〔正宮端正好〕至〔倘秀〕計三曲	
4－3：打死董太公	董太公同二淨上－〔尾聲〕同下	主場
	〔正宮叨叨令〕至〔尾聲〕計四曲	
5－1：排筵賜賞	外扮郭彥威引卒子上－郭彥威下斷	主場
	〔雙調新水令〕至〔收江南〕計六曲	

d43 穆陵關上打韓通

1－1：韓通誇口	沖末扮韓通領二淨上－同下	引場
	賓白組場	
1－2：訪友	外扮李節度上－高辛下	主場
	〔仙呂點絳唇〕至〔尾聲〕計七曲	
2－1：赴趙家酒店	淨扮石洪上－同下	過場
	賓白組場	
2－2：怒打賊徒	外扮趙思同卜兒店小二上－趙思同店小二下	主場
	〔正宮端正好〕至〔尾聲〕計七曲	
楔－1：洪吉寺索藥	外扮長老領行者上－長老同行者下	過場
	〔仙呂賞花時〕一曲	
3－1：韓通奪馬	趙思同卜兒店小二上－眾人憂心	過場
	賓白組場	
3－2：打韓通	正末同鄭恩上－趙景中下	主場
	〔越調鬥鵪鶉〕至〔尾聲〕計八曲	
4－1：赴登州	柴榮領卒子上－同下	過場
	賓白組場	
4－2：慶喜封賞	李節度領卒子上－柴榮下斷	主場
	〔雙調新水令〕至〔殿前歡〕計七曲	

d44 女姑姑說法陞堂

| 楔－1：赴衙門 | 沖末官人引張千上－沖末下 | 引場 |

		賓白組場	
楔－2：知遇	外扮張端甫上－同眾下		過場
		賓白組場	
楔－3：鍾情	夫人同淨梅香上－官人同夫人下		主場
	〔仙呂端正好〕、〔么篇〕二曲		
1－1：傳簡	外扮張端甫上－同下		過場
		賓白組場	
1－2：夜奔	正旦上－〔尾聲〕同下		主場
	〔仙呂點絳唇〕至〔尾聲〕計八曲		
2－1：遣僕追女	官人同夫人引張千上－王懷下		過場
		賓白組場	
2－2：改裝	外扮孛老兒上－張端甫同孛老兒下		過場
	〔越調鬥鵪鶉〕至〔鬼三臺〕計四曲		
2－3：誤解	禾旦上－吊起正旦		主場
	〔越調金蕉葉〕至〔絡絲娘〕計四曲		
2－4：解圍	王懷上－王懷下		主場
	〔越調尾聲〕一曲		
楔－1：留寺	女姑姑上－張端甫下		主場
	〔仙呂賞花時〕一曲		
3－1：念女	官人引張千上－官人下		過場
		賓白組場	
3－2：拒認	正旦領淨行童上－官人下		主場
	〔雙調新水令〕至〔尾聲〕計八曲		
3－3：巧會	夫人上－同眾下		過場
		賓白組場	
4－1：團圓	外扮者闍黎引淨沙彌四人上－官人下斷		主場
	〔中呂粉蝶兒〕至〔堯民歌〕計五曲		

d45 清廉官長勘金環

楔－1：惡婦調唆	沖末扮李仲義同淨外旦上－同下		引場
		賓白組場	
楔－2：逐出孫榮	李仲仁同正旦孫榮徠兒上－李仲義外旦下		過場

		〔仙呂賞花時〕、〔么篇〕二曲	
1－1：唆使分家	李仲義同淨外旦上－同下		過場
	賓白組場		
1－2：兄弟分家	李仲仁同正旦上－李仲義同外旦下		主場
	〔仙呂點絳唇〕至〔尾聲〕計七曲		
2－1：挑撥	李仲義同淨外旦上－同下		過場
	賓白組場		
2－2：貪財吞環	李仲仁上－王婆婆下		過場
	賓白組場		
2－3：蒙冤	外扮倈兒上－〔尾聲〕同下		主場
	〔南呂一枝花〕至〔尾聲〕計七曲		
3－1：貪官屈判	淨扮官人領張千上－令史同沈成下		主場
	〔中呂粉蝶兒〕至〔尾聲〕計九曲		
3－2：王婆見贓	淨扮銀匠上－銀匠下		過場
	賓白組場		
4－1：孫榮勘金環	孫榮領張千上－孫榮下斷		主場
	〔雙調新水令〕至〔豆葉黃〕計七曲		

d46 若耶溪漁樵閒話

1－1：樵夫赴約	沖末樵夫上－沖末下		引場
	賓白組場		
1－2：農夫赴約	外扮農夫上－外下		過場
	賓白組場		
1－3：牧子赴約	淨扮牧子上－淨下		過場
	賓白組場		
1－4：一度閒話	正末扮漁人上－〔賺煞〕同下		主場
	〔仙呂賞花時〕至〔尾聲〕計十八曲		
2－1：二度閒話	正末上－〔尾聲〕眾下		主場
	〔中呂粉蝶兒〕至〔尾聲〕計二十曲		
3－1：三度閒話	正末上－〔隨煞〕下		主場
	〔正宮端正好〕至〔隨煞〕計十六曲		
4－1：使臣覆命	外末扮使命上－外下		過場

		賓白組場	
4－2：	四度閒話	正末上－〔鴛鴦煞尾〕	主場
		〔雙調新水令〕至〔鴛鴦煞尾〕計十四曲	

d47 徐伯株貧富興衰

楔－1：	徐林困窮	正末扮徐伯株上－〔仙呂賞花時么篇〕下	引場
		〔仙呂賞花時〕、〔么篇〕二曲	
1－1：	商議借貸	卜上－卜下	過場
		賓白組場	
1－2：	赴徐府	末行科－〔賺煞〕下	主場
		〔仙呂點絳唇〕至〔賺煞〕計十一曲	
2－1：	借銀受辱	李老扮徐員外同眾上－〔尾聲〕下	主場
		〔正宮端正好〕至〔尾聲〕計九曲	
3－1：	火帝降災	李老同貼淨上－〔尾聲〕同下	主場
		〔中呂粉蝶兒〕至〔尾聲〕計十四曲	
4－1：	衣錦榮歸	正末上－〔駐馬聽〕下	過場
		〔雙調新水令〕、〔駐馬聽〕二曲	
4－2：	釋嫌報恩	卜兒上－正末斷云	主場
		〔雙調雁兒落〕至〔太平令〕計八曲	

d48 薛苞認母

1－1：	繼母調唆	沖末扮李老兒同卜兒上－同下	引場
		賓白組場	
1－2：	趕離家門	正末上－〔尾聲〕下	主場
		〔仙呂點絳唇〕至〔尾聲〕計八曲	
2－1：	薛父病亡	李老兒同卜兒上－李老兒下	過場
		〔越調鬥鵪鶉〕、〔紫花兒序〕二曲	
2－2：	兄弟分家	卜兒哭科－〔尾聲〕下	主場
		〔越調調笑令〕至〔尾聲〕計五曲	
3－1：	欲往投托薛苞	卜兒上－薛二薛三同下	過場
		賓白組場	
3－2：	薛苞認親	旦上－〔上小樓么篇〕	主場
		〔中呂粉蝶兒〕至〔上小樓么篇〕計七曲	

3－3：孝感楊眞　　　楊眞上－〔尾聲〕同下　　　　　　　　過場
　　　　　　　　　　〔中呂十二月〕至〔尾聲〕計三曲

4－1：加官賜賞　　　使命上－使命下斷　　　　　　　　　主場
　　　　　　　　　　〔雙調新水令〕至〔太平令〕計五曲

d49 王文秀渭塘奇遇

1－1：命子催租　　　沖末王守信同旦兒僕上－王守信同旦兒僕下　引場
　　　　　　　　　　賓白組場

1－2：玉香論偶　　　盧順齋同卜兒領家童上－盧同眾下　　　主場
　　　　　　　　　　〔仙呂點絳唇〕至〔賺煞〕計十曲

2－1：初遇鍾情　　　正旦引梅香上－小末下　　　　　　　　主場
　　　　　　　　　　〔南呂一枝花〕至〔尾聲〕計七曲

3－1：奇夢　　　　　正旦領梅香上－〔尾聲〕下　　　　　　主場
　　　　　　　　　　〔正宮端正好〕至〔尾聲〕計十曲

3－2：盧府相請　　　小末上－小末同酒保下　　　　　　　　過場
　　　　　　　　　　賓白組場

3－3：招親　　　　　盧順齋上－盧下　　　　　　　　　　　過場
　　　　　　　　　　賓白組場

4－1：送親　　　　　王守信上－王下　　　　　　　　　　　過場
　　　　　　　　　　賓白組場

4－2：完婚　　　　　盧順齋同卜兒僕人上－盧下斷　　　　　主場
　　　　　　　　　　〔雙調新水令〕至〔收江南〕計八曲

d50 秦月娥誤失金環

楔－1：夫人感嘆　　　卜扮老夫人上－〔仙呂賞花時么篇〕下　引場
　　　　　　　　　　〔仙呂賞花時〕、〔么篇〕二曲

1－1：楊儒赴舉　　　正末扮細酸上－正末下　　　　　　　　過場
　　　　　　　　　　賓白組場

1－2：探伯　　　　　老夫人上－正末同家童下　　　　　　　過場
　　　　　　　　　　賓白組場

1－3：遊園相逢　　　正旦引梅香上－〔寄生草么篇〕　　　　主場
　　　　　　　　　　〔仙呂點絳唇〕至〔寄生草么篇〕計八曲

1－4：拾環　　　　　正末走近湖山下－〔賺煞〕下　　　　　短場

	〔仙呂後庭花〕至〔賺煞〕計三曲	
2－1：遣婢尋環	正旦同梅香上－〔紅繡鞋〕並下	主場
	〔中呂粉蝶兒〕至〔紅繡鞋〕計八曲	
2－2：藉環傳語	正末上－正末下	過場
	賓白組場	
2－3：簡帖傳情	正旦上－〔煞尾〕下	主場
	〔中呂快活三〕至〔煞尾〕十曲	
3－1：定約	正末上－正末下	過場
	賓白組場	
3－2：回覆	正旦上－正旦同梅香下	過場
	賓白組場	
3－3：佳期	正末上－正末出金環科	主場
	〔南呂一枝花〕至〔採茶歌〕計六曲	
3－4：怒斥	老夫人急走上－老夫人同旦下	主場
	〔南呂尾聲〕一曲	
4－1：整裝	正末上－正末下	過場
	賓白組場	
4－2：思憶	正旦上－〔得勝令〕下	短場
	〔雙調新水令〕至〔得勝令〕計四曲	
4－3：榮歸	正末上－老夫人下	主場
	〔雙調醉太平〕至〔折桂令〕計四曲	
4－4：團圓	旦末入房科－〔太平令〕	主場
	〔雙調雁兒落〕至〔太平令〕計四曲	

d51 釋迦佛雙林坐化

1－1：赴雙林	沖末魔王波旨上－沖末下	引場
	賓白組場	
1－2：請佛涅槃	佛引八部天蓬天猷上－魔王下	過場
	賓白組場	
1－3：釋迦坐化	喚阿難迦舍－〔賺煞〕下	主場
	〔仙呂點絳唇〕至〔賺煞〕計十曲	
1－4：毗婆說法	淨說法－淨同眾下	過場

	賓白組場		
2－1：韋馱報信	沖末扮多聞天王領鬼力上－多聞同眾下 〔正宮端正好〕至〔尾聲〕計八曲	主場	
3－1：毗婆起兵	淨扮毗婆達多領鬼力上－同下 賓白組場	過場	
3－2：華光降敵	正末扮華光領眾上－〔尾聲〕同下 〔越調鬥鵪鶉〕至〔尾聲〕計七曲	主場	
楔－1：佛母聞訊	正旦扮佛母領眾上－〔仙呂賞花時〕下 〔仙呂賞花時〕一曲	過場	
4－1：引佛昇天	沖末扮阿難領眾上－魔王下斷 〔雙調新水令〕至〔太平令〕計四曲	主場	

d52 觀音菩薩魚籃記

楔－1：觀音下凡	沖末扮釋迦領阿難迦葉上－佛同眾下 〔仙呂賞花時〕、〔么篇〕二曲	引場
楔－2：赴官衙	張無盡領張千上－下 賓白組場	引場
1－1：張無盡求配	正旦扮觀音上－張無盡下 〔仙呂點絳唇〕至〔醉扶歸〕計五曲	主場
1－2：觀音放魚	張千隨正旦放魚－同下 〔仙呂金盞兒〕一曲	過場
1－3：勸化	張無盡上－寒山拾得下 〔仙呂後庭花〕至〔尾聲〕計三曲	主場
2－1：傳命	張無盡領張千上－同下 賓白組場	過場
2－2：奉旨助觀音	土地領鬼力上－下 賓白組場	過場
2－3：觀音顯術	正旦上－〔尾聲〕同下 〔南呂一枝花〕至〔尾聲〕計八曲	主場
3－1：赴花園	布袋和尚引寒山拾得上－下 賓白組場	過場
3－2：張無盡悟道	正旦上－張無盡同布袋下	主場

<table>
<tr><td></td><td></td><td>〔中呂粉蝶兒〕至〔尾聲〕計八曲</td><td></td></tr>
<tr><td>4－1：引度昇天</td><td>正旦同眾上－布袋下斷</td><td></td><td>主場</td></tr>
<tr><td></td><td></td><td>〔雙調新水令〕至〔大平令〕計五曲</td><td></td></tr>
</table>

d53 呂翁三化邯鄲店

1－1：一度盧生	沖外盧生上－外下		主場
	〔仙呂點絳唇〕至〔尾聲〕計十曲		
2－1：洞賓設幻	淨扮道童上－等候盧生		過場
	〔正宮端正好〕至〔倘秀才〕第二支計五曲		
2－2：二度盧生	外上－淨下		主場
	〔正宮滾繡毬〕第三支至〔尾聲〕計七曲		
2－3：盧生入夢	盧生夢中起坐科－下		過場
	賓白組場		
3－1：獲罪	外扮官人上－解子一行捉外下		過場
	賓白組場		
3－2：漁翁指引	正末扮漁翁上－眾推外下		主場
	〔南呂一枝花〕至〔尾聲〕計十一曲		
4－1：悟道昇仙	正末引道童上－鍾離下斷		主場
	〔雙調新水令〕至〔水仙子〕計十曲		

d54 呂純陽點化度黃龍

楔－1：奉旨下凡	沖末扮東華仙領金童玉女上－東華同眾下		引場
	〔仙呂端正好〕一曲		
1－1：一度黃龍	淨扮行者上－行者下		主場
	〔仙呂點絳唇〕至〔尾聲〕計八曲		
2－1：二度黃龍	首座領淨行者上－行者下		主場
	〔中呂粉蝶兒〕至〔尾聲〕計九曲		
3－1：命徒灑掃	外扮觀主上－道童下		過場
	賓白組場		
3－2：黃龍悟道	淨行者上－行者同道童下		主場
	〔越調鬥鵪鶉〕至〔尾聲〕計八曲		
4－1：尋洞賓	黃龍禪師領淨行者上－同行者下		過場
	賓白組場		

| 4－2：引度昇仙 | 東華仙領金童玉女上－東華仙下斷
〔雙調新水令〕至〔太平令〕計六曲 | 主場 |

d55 太乙仙夜斷桃符記

楔－1：囑兒上墳	沖末扮孤同夫人舍人六兒上－孤同夫人下 賓白組場	引場
楔－2：巧遇東娘	正旦扮門東娘上－舍人同六兒下 〔仙呂賞花時〕、〔么篇〕二曲	過場
楔－3：請媒求親	孤同夫人張千上－孤同眾下 賓白組場	過場
1－1：赴閻府	媒婆上－媒婆下 賓白組場	過場
1－2：媒婆回話	孤上－孤下 賓白組場	過場
1－3：東娘造訪	六兒扶舍人上－舍人同六兒下 〔仙呂點絳唇〕至〔賺煞〕計七曲	主場
2－1：六兒報信	孤上－孤同六兒下 賓白組場	過場
2－2：齊人之福	小旦扮西門娘上－舍人同六兒下 〔正宮端正好〕至〔尾聲〕計十一曲	主場
3－1：太乙仙求見	孤引六兒上－孤同六兒下 賓白組場	過場
3－2：二女夜訪	舍人同六兒上－〔鬼三臺〕 〔越調鬥鵪鶉〕至〔鬼三臺〕計六曲	主場
3－3：力士驅妖	六兒叫孤上－六兒同舍人下 〔越調尾聲〕一曲	過場
4－1：太乙仙收妖	孤同先生道童上－〔尾聲〕下（下闋） 〔雙調新水令〕至〔尾聲〕計六曲	主場

d56 時真人四聖鎖白猿

| 楔－1：赴沈府 | 沖末扮時真人領道童上－下
賓白組場 | 引場 |
| 楔－2：沈璧算卦 | 正末扮沈璧領旦兒徠兒淨興上－真人下 | 過場 |

	〔仙呂賞花時〕、〔么篇〕二曲	
楔－3：煙霞惡謀	外扮煙霞大聖上－外下	過場
	賓白組場	
楔－4：變身入主	旦兒領徠兒淨興兒上－旦兒同眾下	過場
	賓白組場	
1－1：煙霞威逼	煙霞大聖同旦兒領淨興兒上－煙霞下	主場
	〔仙呂點絳唇〕至〔寄生草〕計七曲	
1－2：沈璧憂心	興兒旦兒救正末科－旦兒旦同興下	短場
	〔仙呂後庭花〕至〔尾聲〕計三曲	
2－1：興兒請法官	淨扮法官上－興兒同法官下	過場
	賓白組場	
2－2：大聖逞威	正末抱病旦兒徠兒扶上－大聖同眾下	主場
	〔南呂一枝花〕至〔尾聲〕計十曲	
3－1：赴西湖救難	時眞人上－下	過場
	賓白組場	
3－2：指引算卦	正末上－正末下	過場
	〔中呂粉蝶兒〕至〔滿庭芳〕計三曲	
3－3：沈璧問卜	時眞人扮先生上－眞人下	主場
	〔中呂快活三〕至〔上小樓么篇〕計四曲	
3－4：沈璧入夢	〔正宮白鶴子〕－正末同神子下	過場
	〔正宮白鶴子〕一曲	
3－5：沈璧訴冤	時眞人領左神右神上－將帥打推下	主場
	〔正宮白鶴子么篇〕至〔鬥鵪鶉〕計四曲	
3－6：眞人授符	正末醒科－眞人下	主場
	〔般涉耍孩兒〕至〔中呂尾聲〕計四曲	
4－1：眞人收妖	煙霞大聖同旦兒領淨興兒上－眞人下斷	主場
	〔雙調新水令〕至〔水仙子〕計八曲	

d57 二郎神鎖齊天大聖

1－1：天尊鍊丹	沖末外扮元始天尊領仙童上－沖末	引場
	賓白組場	
1－2：定計偷丹	齊天大聖上－下	過場

		賓白組場	
1－3：	奉命擒猴	乾天大仙領鬼力－乾天大仙同眾下 〔仙呂點絳唇〕至〔尾聲〕計八曲	主場
2－1：	遣卒邀宴	齊天大聖引猿精石精上－猿精同石精下 賓白組場	過場
2－2：	二郎點兵	正末領眾上－天丁下 〔中呂粉蝶兒〕至〔尾聲〕計十曲	主場
3－1：	小妖邀宴	外扮通天大聖上－同下 賓白組場	過場
3－2：	點兵迎敵	淨老獼猴上－老獼猴下 賓白組場	過場
3－3：	巨靈神起兵	外扮巨靈神上－下 賓白組場	過場
3－4：	眾神拿猴	齊天大聖同眾上－〔尾聲〕同下 〔越調鬥鵪鶉〕至〔尾聲〕計七曲	主場
4－1：	二郎覆命	驅邪院主領鬼力上－驅邪院主下斷 〔雙調新水令〕至〔收江南〕計七曲	主場

d58 梁山五虎大劫牢

1－1：	李應下山	沖末宋江同眾上－宋江同眾下 〔仙呂點絳唇〕至〔尾聲〕計八曲	主場
2－1：	韓伯龍認義	外韓伯龍同旦兒領徠兒淨興上－韓伯龍同眾下 〔中呂粉蝶兒〕至〔尾聲〕計八曲	主場
3－1：	下山接應	宋江同吳學究領僂儸上－宋江同眾下 賓白組場	過場
3－2：	定計誘韓	正末扮李應上－〔尾聲〕同下 〔正宮端正好〕至〔尾聲〕計七曲	主場
4－1：	清明踏青	韓伯龍同正末淨興兒上－正末下 〔越調鬥鵪鶉〕至〔調笑令〕計四曲	過場
4－2：	尋釁	魯智深同武松上－興兒下 賓白組場	過場

4－3：李應放火	旦兒同徠兒上－〔尾聲〕下	主場
	〔越調禿廝兒〕至〔尾聲〕計三曲	
5－1：釋放韓伯龍	宋江同吳學究領僂儸上－宋江同眾下	過場
	賓白組場	
5－2：勾拿韓伯龍	韓伯龍上－官軍勾韓下	過場
	賓白組場	
5－3：遣將劫牢	宋江同眾上－宋江下	過場
	賓白組場	
5－4：劫牢救韓	張千上－同下	主場
	〔雙調新水令〕至〔得勝令〕計三曲	
5－5：梁山慶功	宋江同吳學究領僂儸上－宋江下斷	主場
	〔雙調川撥棹〕至〔收江南〕計四曲	

d59 梁山七虎鬧銅臺

楔－1：張順下山	沖末扮末江領僂儸上－宋江同眾下	引場
	〔仙呂賞花時〕一曲	
1－1：怒斥贓官	淨扮監倉官領弓兵上－監倉官同弓兵下	過場
	〔仙呂點絳唇〕至〔天下樂〕計四曲	
1－2：誤撞姦情	正末再上－旦兒同淨下	主場
	〔仙呂鵲踏枝〕至〔寄生草么篇〕計三曲	
1－3：回山報信	宋江同雷橫領僂儸上－宋江同眾下	主場
	〔仙呂金盞兒〕、〔尾聲〕二曲	
2－1：計誘盧俊義	外扮盧俊義上－盧俊同眾下	主場
	〔中呂粉蝶兒〕至〔滿庭芳〕計四曲	
2－2：吳用點將	宋江同眾上－宋江同吳用下	主場
	〔中呂上小樓〕至〔正宮小梁州〕計四曲	
2－3：擒拿盧俊義	李逵領僂儸上－〔堯民歌〕同下	主場
	〔正宮小梁州么篇〕至〔中呂堯民歌〕計三曲	
2－4：釋放盧俊義	宋江領僂儸上－〔尾聲〕同眾下	主場
	〔般涉耍孩兒〕至〔中呂尾聲〕計三曲	
3－1：燕青聞惡計	淨旦兒同燕青上－燕青下	過場
	賓白組場	

3－2：強拉見官	盧俊義上－淨同旦兒盧俊義下 賓白組場	過場
3－3：貪官屈判	淨王太守領弓兵上－王太守下。 賓白組場	過場
3－4：遣將劫牢	宋江領僂儸上－宋江同眾下 〔正宮端正好〕至〔尾聲〕計七曲	主場
4－1：鋪兵報信	淨王太守領弓兵上－同下 賓白組場	過場
4－2：劫牢拿奸	徐寧領僂儸上－〔尾聲〕同眾下 〔南呂一枝花〕至〔尾聲〕計七曲	主場
5－1：梁山慶功	宋江領僂儸上－宋江下斷 〔雙調新水令〕至〔水仙子〕計四曲	主場

d60 王矮虎大鬧東平府

1－1：王矮虎下山	沖末扮宋江同吳學究領小僂儸上－宋江同 眾下 〔仙呂點絳唇〕至〔尾聲〕計八曲	主場
2－1：赴擂臺	外扮社頭上－下 賓白組場	過場
2－2：決意打擂	外扮店主引淨店小二上－店主同小二下 〔中呂粉蝶兒〕至〔尾聲〕計八曲	主場
3－1：遣將接應	宋江同吳學究領小僂儸上－宋江同吳下 賓白組場	過場
3－2：王矮虎打擂	外扮社頭同眾上－社頭同眾下 〔越調鬥鵪鶉〕至〔聖藥王〕計六曲	主場
3－3：關勝接應	關勝同呼延綽領小僂儸上－同眾盧下 賓白組場	過場
3－4：官兵追捕	知府同眾上－同眾盧下 賓白組場	過場
3－5：擒拿官兵	正末同眾上－〔尾聲〕同下 〔越調尾聲〕一曲	過場
4－1：梁山慶功	宋江同吳學究領小僂儸上－宋江下斷	主場

〔雙調新水令〕至〔得勝令〕計七曲

d61 宋公明排九宮八卦陣

1－1：點兵攻宋	沖末扮兀顏統軍領番卒子上－統軍下	引場
	賓白組場	
2－1：宋江北征	宿太尉領卒子上－宋江下	主場
	〔仙呂點絳唇〕至〔尾聲〕計七曲	
2－2：兀顏備戰	兀顏受同淨李金吾戴眞慶上－兀顏受下	過場
	賓白組場	
2－2：眞人授陣	外扮羅眞人領淨道童上－宋江同吳用下	主場
	〔正宮端正好〕至〔尾聲〕計七曲	
3－1：宋江佈陣	外扮朱武領卒子上－宋江同盧俊義下	主場
	〔中呂粉蝶兒〕至〔尾聲〕計八曲	
楔－1：大破番兵	宋江同眾上－宋江同眾下	主場
	〔仙呂賞花時〕、〔么篇〕二曲	
4－1：赴宋營	宿太尉上－宿下	過場
	賓白組場	
4－2：凱旋慶功	盧俊義領卒子上－〔收江南〕	主場
	〔雙調新水令〕至〔收江南〕計七曲	
4－3：加官賜賞	宿太尉上－宿太尉下斷	收場
	賓白組場	

d62 伍子胥鞭伏柳盜跖

1－1：計設鬥寶會	沖末秦穆公同百里奚領卒子上－秦穆公同眾下	引場
	賓白組場	
1－2：伍員保駕	外扮楚公子同伍奢領卒子上－眾	主場
	〔仙呂點絳唇〕至〔尾聲〕計八曲	
2－1：姬光遭劫	外姬光領卒子上－姬光下	過場
	（按：應有下場動作）	
	賓白組場	
2－2：請命奪寶	外扮梁公子領卒子上－眾虛下	過場
	〔南呂一枝花〕至〔隔尾〕計三曲	

2－3：復奪夜明簾	淨扮安審傑領卒子上－淨來皮豹下 〔南呂牧羊關〕至〔採茶歌〕計四曲	主場
2－4：伍員覆命	梁公子同眾上－眾下 〔南呂尾聲〕一曲	過場
3－1：領卒奪寶	展雄領卒子上－展下 賓白組場	過場
3－2：展雄攔道	梁公子同眾上－眾人束手 賓白組場	過場
3－3：收伏展雄	正末同眾上－〔尾聲〕同眾下 〔越調鬥鵪鶉〕至〔尾聲〕計八曲	主場
4－1：吩咐廚官	眾公子上－斥退廚官 賓白組場	過場
4－2：慶功封賞	正末同楚公子伍奢上－殿頭官下斷 〔雙調新水令〕至〔得勝令〕計六曲	主場

以上為《全元雜劇外編》所收之劇。

資料三：特殊排場轉移模式劇例

I. 以下列出「時空轉換型排場轉移」之例，計四十一例

說明：1. 楔子中的場次以括號表示楔子的位置，位於全劇之首的楔子標明「首」
字；位於各折之間的楔子以□、□表示，如1、2即為一、二折之間
的楔子。

2. 以 A、B 標註該排場情節特色
　A－突顯人物關係的演進變化
　B－表現重複式的情節

（一）前後排場間只具有「時間轉換」之關係者十三例

a06　1－1：探姑；2－1：授課議婚	A
a62　1－2：冒名相會；2－1：贈花定情	A、B
a71　1－2：酒色相誘；2－1：二度誘引	A、B
b08　楔（首）－2：陳良資應舉；1－1：陳良資榮歸	
b08　1－1：陳良資榮歸；1－2：陳良叟榮歸	B

b08　3－1：受激應舉；3－2：陳良佐榮歸　　　　　　　　　　　A

b15　2－4：圯橋進履；2－5：赴約受責　　　　　　　　　　　A、B

b15　2－5：赴約受責；2－6：傳授兵法　　　　　　　　　　　A、B

d40　2－3：琴挑；2－4：佳期　　　　　　　　　　　　　　　A

d40　2－4：佳期；3－1：愁孕　　　　　　　　　　　　　　　A

d46　1－4：一度閒話；2－1：二度閒話　　　　　　　　　　　B

d46　2－1：二度閒話；3－1：三度閒話　　　　　　　　　　　B

d54　1－1：一度黃龍；2－1：二度黃龍　　　　　　　　　　　A、B

（二）前後場間只具有「空間轉換」之關係者七例

a30　3－1：兩軍交戰；3－2：陣前認父　　　　　　　　　　　A

a99　1－2：獻寶招禍；1－3：強奪人妻　　　　　　　　　　　A

b27　1－3：太白仙術；楔（1、2）－1：仙長點化　　　　　　A、B

b62　2－1：二度牛員外；2－2：牛員外悟道　　　　　　　　　A、B

b62　3－2：江梅勸說；4－1：牛員外設境　　　　　　　　　　A、B

d56　3－2：指引算卦；3－3：沈璧問卜

d56　3－5：沈璧訴冤；3－6：眞人授符

（三）前後場間只具有「時空轉換」之關係者二十一例

a01　2－3：索親驚變；3－1：灞橋送別　　　　　　　　　　　A

a04　3－2：酒店重逢；4－1：鋪被相認　　　　　　　　　　　A

a07　楔（首）－1：祝壽遭斥；1－1：祭墳受責　　　　　　　A、B

a23　1－1：旅店驚夢；1－2：道逢賊徒　　　　　　　　　　　A

a23　1－2：道逢賊徒；2－1：窮追不捨　　　　　　　　　　　A

a23　2－1：窮追不捨；2－2：圖財致命　　　　　　　　　　　A

a28　3－3：幸逢故友；4－1：陶綱下斷

a36　2－1：二度郭馬兒；楔（2、3）－1：命郭殺妻

a44　2－2：賢母不認屍；3－1：屈打定罪　　　　　　　　　　A、B

a52　1－1：御園射柳；2－1：香山鬧宴　　　　　　　　　　　A、B

a63　1－2：一度金安壽；2－1：二度金安壽　　　　　　　　　A、B

a67　楔（首）－2：約期降唐；1－1：尉遲歸降　　　　　　　A

a78　2－1：桃源仙契；楔（2、3）－1：長亭送別　　　　　　A

a82　1－2：巧遇定情；楔（1、2）－1：逢阻　　　　　　　　A

a89　3－2：王允獻女；3－3：送親

b09　楔（首）－3：典身爲僕；1－1：強逼棄子　　　　　　　　　　A

b63　2－2：曳剌拿姦；楔（2、3）－1：斥逐曳剌　　　　　　　　A

b68　1－2：一度藍采和；2－1：二度藍采和　　　　　　　　　　A、B

d40　3－3：識破；4－1：赴官衙

d41　2－2：孟氏論藝；3－1：講論春秋　　　　　　　　　　　　B

d49　2－1：初遇鍾情；3－1：奇夢　　　　　　　　　　　　　　A

II. 以下列出「人物更替型排場轉移」之例，計三百零一例

說明：以 A、B、C、D 標註該排場情節特色

　　　　A：情節發展具強烈的轉折性

　　　　B：由弔場性質擴大爲獨立排場

　　　　C：表現外在行動結束後的情感抒發

　　　　D：用以收束全劇的外加性情節

（一）前一場人物完全下場，前後兩場之間舞臺暫空者八例

a22　3－2：祭祖悲感；3－3：李氏悔悟

a88　2－2：留詩；2－3：見詩

b03　3－1：瓊英遺帶；3－2：裴度拾帶

b33　楔（2、3）－2：用計脫逃；楔（2、3）－3：傳令獻功

b35　1－1：遺棄幼子；1－2：田叟見嬰

b54　楔（首）－5：定計脫逃；楔（首）－6：取盔獻功

b64　1－2：葛彪行凶；1－3：街坊報訊

d40　3－2：傳簡；3－3：識破

（二）前一場部分人物下場，其餘未下場人物另組次場者三十九例

a08　2－2：拆衫相別；2－3：祝融之厄　　　　　　　　　　　　A

a14　2－2：痛打楊衙內；2－3：結義

a17　3－1：疏者下船；3－2：兄弟相別　　　　　　　　　　　　C

a21　3－1：太子留守；3－2：魂斷馬嵬　　　　　　　　　　　　A

a22　楔（首）－1：引孫離家；楔（首）－2：分另家私

a26　2－1：返家受譏；2－2：老父懊悔　　　　　　　　　　　　A

a28　2－3：虔婆斥逐；2－4：剪髮明志　　　　　　　　　　　　B

a31　1－3：美人計敗；1－4：抄寫壁上題字　　　　　　　　　　　　　B

a37　3－1：王婆探監；3－2：王三罵官　　　　　　　　　　　　　　B

a59　3－2：迎親鬥法；3－3：再施毒計　　　　　　　　　　　　　　B

a66　3－2：責問；3－3：寬慰　　　　　　　　　　　　　　　　　　A

a73　2－1：赴約留鞋；2－2：自盡　　　　　　　　　　　　　A、B

a75　2－2：孫劉成親；2－3：孔明佈兵

a88　2－1：孋孋說親；2－2：留詩　　　　　　　　　　　　　　　　B

a90　1－1：怒責不肖兒；1－2：侯興洩密　　　　　　　　　　A、B

a92　2－2：幼子探監；2－3：惡謀　　　　　　　　　　　　　A、B

a95　3－2：智奪金牌；3－3：衙內驚覺　　　　　　　　　　　　　　B

b05　2－1：司馬拒宴；2－2：道童誇口　　　　　　　　　　　　　　B

b05　3－1：黃文下帖；3－2：欲往赴會

b08　1－2：陳良叟榮歸；1－3：陳良佐自誇　　　　　　　　　　　　B

b08　2－2：陳良佐返家；2－3：陳良佐受譏　　　　　　　　　　　　B

b11　3－3：許褚下戰書；3－4：定計迎敵

b16　2－2：謝玄掛帥；2－3：謝安論棋　　　　　　　　　　　　　　B

b17　3－2：吟詩相和；3－3：空自悵惘　　　　　　　　　　　　　　C

b18　3－1：夫人停婚；3－2：紅娘相助　　　　　　　　　　　A、B

b19　2－2：解詩心喜；2－3：赴約　　　　　　　　　　　　　　　　B

b22　1－4：拒命決裂；1－5：怒責員外　　　　　　　　　　　　　　B

b34　楔（2、3）－3：解環彈琴；楔（2、3）－4：遣將禦敵　　　　B

b53　2－2：張遼下戰書；2－3：諸葛遣將

b59　3－2：姜維傳計；3－3：劉備脫逃

b64　2－2：相府申訴；2－3：眾官斥衙內　　　　　　　　　　　　　B

d10　3－2：太夫人保救；3－3：遣將攻劉秀

d22　1－4：宣召赴任；1－5：沙三掉文　　　　　　　　　　　　　　B

d37　2－2：天師授計；2－3：道童戲耍　　　　　　　　　　　　　　B

d40　1－1：寄詞傳意；1－2：妙常論月　　　　　　　　　　　　　　C

d41　2－1：投托范府；2－2：孟氏論藝

d50　1－3：遊園相逢；1－4：拾環　　　　　　　　　　　　　　　　C

d51　1－3：釋迦坐化；1－4：毗婆說法　　　　　　　　　　　　　　B

d56　1－1：煙霞威逼；1－2：沈璧憂心　　　　　　　　　C

（三）前一場人物皆未下場，新人物加入構成次場者一百三十例

a01　2－2：佳人臨鏡；2－3：索親驚變　　　　　　　　A

a01　4－1：長夜聞雁；4－2：毛延壽伏首　　　　　　　D

a02　1－3：遊賞九龍池；1－4：金錢定情　　　　　　　A

a02　2－1：闖府受困；2－2：解圍留館　　　　　　　　A

a02　3－2：卜卦祝禱；3－3：金錢事敗露　　　　　　　A

a04　4－1：鋪被相認；4－2：強拉見官　　　　　　　　A

a05　4－1：舌戰群臣；4－2：赦罪加官　　　　　　　　D

a08　4－3：一門團圓；4－4：府尹下斷　　　　　　　　D

a09　1－1：謁見錢尹；1－2：請託觸怒

a09　3－1：閨中遣悶；3－2：錢尹許諾　　　　　　　　A

a10　2－1：花榮認義；2－2：誣陷姦情　　　　　　　　A

a10　3－2：赴刑場；3－3：劫法場　　　　　　　　　　A

a14　1－3：燕青落魄；1－4：重見光明　　　　　　　　A

a14　2－1：同樂院博魚；2－2：痛打楊衙內

a16　1－1：遊賞曲江池；1－2：初見鍾情　　　　　　　A

a17　4－2：團圓；4－3：百里奚求親

a18　2－2：前世果報；2－3：決捨家私

a19　4－2：榮歸團圓；4－3：加官賜賞　　　　　　　　D

a20　1－4：傷春嗟嘆；1－5：傳簡定情　　　　　　　　A

a20　2－3：良宵佳期；2－4：覷破私情　　　　　　　　A

a21　2－2：霓裳之舞；2－3：驚變　　　　　　　　　　A

a27　3－1：聞知身世；3－2：張氏奪子　　　　　　　　A

a28　1－2：李斌遊春；1－3：相遇定盟　　　　　　　　A

a28　2－2：詩酒歡情；2－3：虔婆斥逐　　　　　　　　A

a28　3－1：傾訴眞情；3－2：怒責豪客　　　　　　　　A

a28　3－2：怒責豪客；3－3：幸逢故友　　　　　　　　A

a29　1－1：洞賓挑釁；1－2：誤犯韓魏公　　　　　　　A

a29　4－1：岳壽返家；4－2：認親爭執　　　　　　　　A

a32　1－1：喜筵；1－2：勾軍　　　　　　　　　　　　A

a34　3－4：萬念俱灰；3－5：勸解入京　　　　　　　　　　　　A

a35　4－1：鬧宮廷；4－2：奸臣事敗　　　　　　　　　　　　A

a37　4－1：李代桃僵；4－2：加官賜賞　　　　　　　　　　　　D

a38　3－1：伍員落魄；3－2：說鱄諸　　　　　　　　　　　　A

a41　3－3：病重哀感；3－4：得信　　　　　　　　　　　　A

a44　2－1：尋女見屍；2－2：賢母不認屍

a45　2－2：院公勸阻；2－3：勾拿呂岩　　　　　　　　　　　A

a46　4－2：玉成良緣；4－3：府尹傳旨　　　　　　　　　　　D

a47　2－1：投託荊王；2－2：蒯蔡進讒　　　　　　　　　　　A

a47　3－1：登樓感嘆；3－2：使命傳宣　　　　　　　　　　　A

a48　4－1：兄弟相認；4－2：懲兇

a48　4－2：懲兇；4－3：加官賜賞　　　　　　　　　　　　D

a49　4－2：重逢雲臺觀；4－3：團圓　　　　　　　　　　　D

a50　4－1：相認團圓；4－2：傳旨賜賞　　　　　　　　　　D

a51　2－2：興奴拒客；2－3：得書心死　　　　　　　　　　　A

a51　3－2：愁懷；3－3：重聚　　　　　　　　　　　　A

a52　3－3：閒居；3－4：使命宣召　　　　　　　　　　　A

a53　2－1：改裝匹配；2－2：逐出家門　　　　　　　　　　　A

a53　4－2：相認團圓；4－3：加官賜賞　　　　　　　　　　D

a56　1－2：歡情；1－3：別離　　　　　　　　　　　　A

a61　1－2：誤殺劉九兒；1－3：保命拜師　　　　　　　　　　A

a62　2－1：贈花定情；2－2：嬤嬤撞破　　　　　　　　　　　A

a63　3－2：家宴；3－3：三度悟道　　　　　　　　　　　A

a64　3－1：遞解遇兄；3－2：怒打惡卒　　　　　　　　　　　A

a66　3－1：私會；3－2：責問　　　　　　　　　　　　A

a66　4－2：成親；4－3：賜賞　　　　　　　　　　　　D

a67　2－4：救尉遲；2－5：遣將迎敵

a69　4－1：復仇；4－2：寬恕　　　　　　　　　　　　A

a73　2－2：自盡；2－3：誤會

a74　1－2：勸降英布；1－3：斬使逼降　　　　　　　　　　　A

a76　3－1：三度劉行首；3－2：鬧吵見官

a76　4－1：清修；4－2：成道　　　　　　　　　　　　A

a78　1－2：入山採藥；1－3：太白指迷　　　　　　　　A

a79　1－2：避雨染病；1－3：託付家書　　　　　　　　A

a81　3－3：逼親；3－4：遇救　　　　　　　　　　　　A

a86　1－1：勒殺蔡婆；1－2：張驢兒逼親　　　　　　　A

a86　3－1：赴法場；3－2：訣別

a87　4－1：李逵謝罪；4－2：王林解圍　　　　　　　　A

a91　4－2：索藥相認；4－3：說明因果　　　　　　　　D

a92　3－1：絕處逢生；3－2：再入牢籠　　　　　　　　A

a95　3－1：衙內醜態；3－2：智奪金牌

a95　4－1：恍然大悟；4－2：御史下斷　　　　　　　　D

a97　楔（首）－3：相會；楔（首）－4：責女　　　　　A

a98　4－1：團圓慶喜；4－2：同歸仙位　　　　　　　　D

a00　2－1：乘船赴任；2－2：滅門之禍　　　　　　　　A

b03　2－2：長老寬慰；2－3：道人相命　　　　　　　　A

b03　3－2：裴度拾帶；3－3：裴度還帶

b03　4－2：團圓慶喜；4－3：加官賜賞　　　　　　　　D

b09　2－2：李氏棄兒；2－3：收養幼子　　　　　　　　A

b09　5－1：屈受責打；5－2：救母團圓　　　　　　　　A

b12　2－1：封賞；2－2：力保赴會　　　　　　　　　　A

b13　4－2：行刑；4－3：申冤　　　　　　　　　　　　A

b14　3－5：佳期；3－6：逼離　　　　　　　　　　　　A

b15　4－2：排筵慶功；4－3：傳旨賜賞　　　　　　　　D

b20　1－1：望穿秋水；1－2：月下佳期

b27　1－2：酒店買醉；1－3：太白仙術

b30　3－4：採摘桑椹；3－5：強徒相認　　　　　　　　A

b30　4－1：桑椹奉母；4－2：使命宣召

b33　2－2：帥府受辱；2－3：曹操保赦　　　　　　　　A

b36　4－1：排筵犒賞；4－2：使命賜賞　　　　　　　　D

b41　4－2：緒疵勸說；4－3：全義自盡

b43　1－2：趙匡胤算卦；1－3：趙匡胤受聘

b47 14－1：裴女感嘆；14－2：海棠傳信　　　　　　　　　　　　A

b55 1－1：僚友共宴；1－2：題詞結怨　　　　　　　　　　　　　A

b58 1－1：怒責姪兒；1－2：春郎投託

b58 4－2：賜賞慶喜；4－3：神靈賜壽　　　　　　　　　　　　　D

b60 4－1：受誣問斬；4－2：劉慶見證　　　　　　　　　　　　　A

b61 2－1：張士貴殺賢；2－2：徐茂公救護　　　　　　　　　　　A

b65 1－2：權豪欺民；1－3：楊雄救護　　　　　　　　　　　　　A

b71 4－1：射柳捶丸；4－2：加官賜賞　　　　　　　　　　　　　D

c01 4－1：張齊賢說夢；4－2：神靈賜福　　　　　　　　　　　　D

d01 2－1：展雄索寶；2－2：收伏展雄　　　　　　　　　　　　　A

d07 2－2：請媒求親；2－3：完婚

d10 3－1：怒斬王梁；3－2：太夫人保救　　　　　　　　　　　　A

d12 4－1：凱旋獻功；4－2：加官賜賞　　　　　　　　　　　　　D

d13 1－1：龐統說周瑜；1－2：孔明致祭

d13 3－3：鳳雛讓印；3－4：主簿替死　　　　　　　　　　　　　A

d14 4－3：慶喜筵會；4－4：加官賜賞　　　　　　　　　　　　　D

d15 4－2：張飛掛印；4－3：加官賜賞　　　　　　　　　　　　　D

d17 1－3：慶功宴飲；1－4：眾將迎敵　　　　　　　　　　　　　A

d18 1－1：排筵餞行；1－2：遣將迎戰　　　　　　　　　　　　　A

d18 4－4：眾將求情；4－5：張飛鬧法場　　　　　　　　　　　　A

d18 4－5：張飛鬧法場；4－6：姜維傳旨　　　　　　　　　　　　D

d19 4－2：桃園結義；4－3：皇甫宣召　　　　　　　　　　　　　D

d22 1－2：田園之樂；1－3：淵明教子

d22 1－3：淵明教子；1－4：宣召赴任　　　　　　　　　　　　　A

d22 4－2：東籬賞菊；4－3：傳旨賜賞　　　　　　　　　　　　　D

d25 4－5：團圓慶喜；4－6：旌表門庭　　　　　　　　　　　　　D

d28 4－1：排筵慶喜；4－2：加官賜賞　　　　　　　　　　　　　D

d29 1－1：排筵慶喜；1－2：元吉報信　　　　　　　　　　　　　A

d34 4－1：李克用許親；4－2：獻功得玉帶

d34 4－2：獻功得玉帶；4－3：加官賜賞　　　　　　　　　　　　D

d37 4－3：關羽托夢；4－4：院主下斷　　　　　　　　　　　　　D

d38　4－1：凱旋；4－2：封官賜賞　　　　　　　　　　　　　D

d41　4－6：夫妻團圓；4－7：加官賜賞　　　　　　　　　　　D

d42　4－2：投宿趙家莊；4－3：打死董太公

d44　2－3：誤解；2－4：解圍　　　　　　　　　　　　　　A

d50　3－3：佳期；3－4：怒斥　　　　　　　　　　　　　　A

d55　3－2：二女夜訪；3－3：力士驅妖　　　　　　　　　　A

d61　4－2：凱旋慶功；4－3：加官賜賞　　　　　　　　　　D

d62　3－2：展雄攔道；3－3：收伏展雄　　　　　　　　　　A

（四）前一場部分人物下場，新人物加入，與未下場人物構成次場一百二
　　　十四例

a02　1－4：金錢定情；1－5：賀知章勸阻

a02　3－3：金錢事敗露；3－4：賀知章保親　　　　　　　　A

a04　3－1：守貞受虐；3－2：酒店重逢　　　　　　　　　　A

a05　3－2：喬裝風魔；3－3：識破真相　　　　　　　　　　A

a06　2－1：授課議婚；2－2：官媒說親

a07　2－1：柳胡棄友；2－2：雪夜背兄　　　　　　　　　　A

a07　2－3：含冤長跪；2－4：柳胡巧語

a10　楔（首）－2：通判安家；楔（首）－3：救關勝

a14　1－1：燕二離家；1－2：定約

a15　楔（首）－1：渡江遇難；楔（首）－2：漁翁收留　　　A

a16　2－2：元和落魄；2－3：怒打不肖子　　　　　　　　　A

a16　2－3：怒打不肖子；2－4：亞仙問傷　　　　　　　　　A

a17　1－2：投遞戰書；1－3：商議對策

a19　1－2：比射定功；1－3：加官賜酒

a23　3－2：求告地曹；3－3：太尉對案

a25　3－1：拒不認親；3－2：痛陳冤情　　　　　　　　　　A

a27　3－2：張氏奪子；3－3：驚聞真相　　　　　　　　　　A

a32　2－2：使計定親；2－3：守節不屈

a34　3－2：長老濟困；3－3：雷轟薦福碑　　　　　　　　　A

a34　3－3：雷轟薦福碑；3－4：萬念俱灰

a35　2－1：院公傳信；2－2：私下三關

a35 2－4：六郎探母；2－5：六郎被擒

a36 1－1：醉臥岳陽樓；1－2：一度柳樹精

a40 楔（1、2）－1：定計；楔（1、2）－2：啓程

a40 楔（1、2）－3：私奔；楔（1、2）－4：聞訊

a43 3－3：喬裝風魔；3－4：救賢出奔　　　　　　　　　　　A

a44 楔（1、2）－2：母命送嫂；楔（1、2）－3：道逢惡徒

a45 2－1：撞破姦情；2－2：院公勸阻　　　　　　　　　　　A

a50 2－1：定計激將；2－2：索討休書

a50 楔（2、3）－1：二公託付；楔（2、3）－2：助友應舉

a51 2－1：卜兒定計；2　2：興奴拒客

a51 3－3：重聚；3－4：霉運

a53 2－2：逐出家門；2－3：定計

a54 1－3：奸計；1－4：傳令

a57 2－3：母子訣別；2－4：趕往搭救

a58 1－1：結怨；1－2：計賺還家

a59 4－1：桃花解厄；4－2：周公服輸

a61 1－1：布袋化齋；1－2：誤殺劉九兒

a61 2－2：拿姦；2－3：捨宅出家　　　　　　　　　　　　　A

a62 1－1：求見不遇；1－2：冒名相會

a62 3－2：三婆說鬼；3－3：辭別應舉

a64 楔（首）－1：家變；楔（首）－2：許親

a64 1－2：生怨；1－3：誣陷殺夫　　　　　　　　　　　　　A

a64 1－3：誣陷殺夫；1－4：密謀行賄

a65 楔（首）－2：鬧賊；楔（首）－3：和尚寄銀

a65 楔（首）－3：和尚寄銀；楔（首）－4：李氏賴銀

a68 1－2：買醉岳陽樓；1－3：二度桃柳

a68 1－3：二度桃柳；1－4：酒保砍妖

a69 2－2：遭難；2－3：逃生　　　　　　　　　　　　　　　A

a73 2－3：誤會；2－4：神靈救護

a74 4－1：探子報捷；4－2：凱旋封賞　　　　　　　　　　　D

a83 1－2：清修；1－3：相遇　　　　　　　　　　　　　　　A

a84　2－2：託付陳琳；2－3：脫困出宮　　　　　　　　A

a87　1－2：冒名奪女；1－3：李逵誤解

a87　3－1：王林對證；3－2：二賊復還

a89　2－3：蔡邕獻計；2－4：巧定連環計　　　　　　　A

a92　2－1：獄中受辱；2－2：幼子探監

a93　2－2：聞信驚悲；2－3：錢塘起兵

a94　1－2：怒亡；1－3：密謀

a94　2－1：遇難；2－2：典賣春郎　　　　　　　　　　A

a95　2－2：院公報信；2－3：記兒定計　　　　　　　　A

a97　楔（首）－4：責女；楔（首）－5：自盡

a97　1－1：追憶；1－2：魂會　　　　　　　　　　　　A

a98　1－2：投宿古寺；1－3：遇龍女　　　　　　　　　A

a99　4－1：聲冤；4－2：智賺生金閣

a00　1－1：叮囑家童；1－2：噩夢

a00　3－1：冤魂現形；3－2：玉蘭訴冤

b03　2－1：囑託長老；2－2：長老寬慰

b06　2－2：殺人劫財；2－3：慶安驚逃

b06　2－3：慶安驚逃；2－4：員外誤解

b08　2－1：陳母招婿；2－2：陳良佐返家

b09　3－4：李氏受苦；3－5：相救起疑　　　　　　　　A

b11　2－2：義釋劉備；2－3：違令獲罪

b12　楔（首）－2：使臣傳命；楔（首）－3：召臣議事

b13　2－1：賣詩；2－2：義救　　　　　　　　　　　　A

b13　2－2：義救；2－3：催逼　　　　　　　　　　　　A

b13　3－3：謀財致命；3－4：尋兇

b13　3－5：贈金釵；3－6：換金釵

b13　3－6：換金釵；3－7：蒙冤

b15　1－1：喬仙打虎；1－2：太白指迷　　　　　　　　A

b15　2－3：張良問卦；2－4：圯橋進履

b15　3－2：張良受縛；3－3：張耳誘敵

b22　2－1：囑託長老；2－2：趕齋受辱

b22　2－3：斷絕恩義；2－4：蒙正赴舉

b33　楔（2、3）－3：傳令獻功；楔（2、3）－4：張飛劫袍　　　　　　A

b34　4－2：慶功封賞；4－3：眾公子道賀　　　　　　　　　　　　　　D

b35　3－2：伊尹論兵；3－2：方伯遣將

b46　12－3：諸佛救唐僧；12－4：鬼母皈依

b50　1－2：醉倒岳陽樓；1－3：一度桃柳

b50　2－2：慶賞重陽；2－3：二度桃柳

b50　2－3：二度桃柳；2－4：傳旨加官

b58　2－2：收留蘭孫；2－3：許配春郎

b59　1－3：魯肅下書；1－4：聚將商議

b65　4－1：避走家廟；4－2：怒打蔡衙內

b66　2－2：猿猴鬧禪堂；2－3：山神喝斥

b68　2－1：二度藍采和；2－2：祗候傳命

b69　2－2：眾將探病；2－3：囑女問疾

c01　2－2：使者傳令；2－3：諸神入廟

c02　楔（2、3）－1：子思教學；楔（2、3）－2：送子入學

d01　楔（1、2）－2：姬光遭搶；楔（1、2）－3：伍員請命　　　　　　A

d02　3－4：斬莊賈；3－5：正軍法

d05　2－1：費客報信；2－3：遣卒打探

d05　2－3：費客拒見；2－4：設計誣陷

d07　3－2：當鑪市中；3－3：卓父贈金　　　　　　　　　　　　　　　A

d07　3－3：卓父贈金；3－4：王吉勸進

d13　3－4：主簿替死；3－5：黃忠相請

d16　1－1：設謀排宴；1－2：吩咐廚師

d16　1－3：許褚下帖；1－4：勸阻赴會

d17　2－2：李肅陣亡；2－3：呂布敗陣

d17　楔（3、4）－2：曹操遣將；楔（3、4）－1：關羽迎敵

d19　1－3：張飛定計；1－4：關羽取刀

d19　1－4：關羽取刀；1－5：走訪關羽

d23　3－5：黎山老母收劍；3－6：忠臣殉主

d26　2－1：賈島述志；2－2：得罪韓愈

d33 2－2：劫奪唐使臣；2－3：李嗣源護從　　　　　　　　A

d34 1－2：比武奪印；1－3：劉允請宴　　　　　　　　　　A

d36 楔（首）－1：苗士安圓夢；楔（首）－2：傳命訪楊景

d42 3－2：柴榮受欺；3－3：追趕董達　　　　　　　　　　A

d43 3－1：韓通奪馬；3－2：打韓通　　　　　　　　　　　A

d44 2－2：改裝；2－3：誤解　　　　　　　　　　　　　　A

d45 2－2：貪財吞環；2－3：蒙冤

d48 2－1：薛父病亡；2－2：兄弟分家

d51 1－2：請佛涅槃；1－3：釋迦坐化

d58 4－1：清明踏青；4－2：尋覓　　　　　　　　　　　　A

資料四：複式結構排場劇例

以下列出元雜劇單一排場採複式結構者，計三百八十九例：

I. 聯綴場一百七十例

a02 4－2：奉旨成親

a03 楔（首）－1：奉旨糶米；3－3：微服受欺；4－1：權豪正法

a07 4－2：明斷殺狗

a10 楔（首）－3：救關勝；4－1：設宴和會

a12 4－4：州官斷案

a14 1－4：重見光明；3－2：拿姦被擒；4－4：擒奸

a15 2－1：富貴易妻；4－3：寬恕團圓

a16 3－1：決裂

a17 1－3：商議對策；4－2：團圓

a19 2－1：夢回故里

a20 2－3：良宵佳期；3－3：生拆鸞凰；4－1：陪罪團圓

a22 1－1：謀奪家產；3－3：李氏悔悟；4－1：一門團圓

a24 3－4：問罪杖責

a25 3－1：拒不認親

a26 2－1：返家受譏；3－1：張儀激將；4－2：謝恩團圓

a27 3－1：聞知身世；4－3：兒女團圓

a28　2－3：虔斥逐
a29　楔（2、3）－1：洞賓解救；4－1：岳壽返家；4－3：岳壽悟道
a30　4－2：獻功歸朝
a34　2－7：擒拿張浩；4－1：加官榮顯
a35　3－1：焦贊逞兇
a38　4－2：伍員報恩
a39　2－2：探問贓物；2－5：張鼎陳情
a41　4－2：合魂
a42　4－2：安度風月關
a43　3－4：救賢出奔
a44　4－1：擒拿惡賊
a49　4－2：重逢雲臺觀
a50　4－1：相認團圓
a52　4－1：丞相還朝
a56　2－1：寫眞
a57　3－1：捨身相感
a58　3－1：驚聞家變
a59　2－3：桃花允親
a61　2－3：捨宅出家；4－2：感時悟道
a64　2－1：貪官屈判；4－1：智勘灰闌
a65　2－4：妻兒雙亡
a67　2－1：元吉誣陷；2－4：救尉遲
a68　4－2：老柳悟道
a69　1－1：起疑
a72　3－2：設宴
a73　4－2：明斷結親
a74　3－2：收服英布
a76　1－1：一度鬼仙；3－2：鬧吵見官
a78　4－2：太白指引
a79　1－1：戲嫂；3－1：張鼎陳情
a81　1－2：貞心；2－2：堅拒；4－1：重對玉梳

a82　1－2：巧遇定情

a83　3－1：榮歸；3－2：重逢；4－1：團圓

a84　1－2：美人拾丸

a86　4－2：洗雪沈冤

a88　4－3：完婚

a89　4－2：李肅反正

a92　1－4：勾拿孔目；2－2：幼子探監；4－3：劫牢拿奸

a93　4－1：終成姻緣

a94　1－2：家變；2－1：遇難；2－2：典賣春郎

a95　1－1：代姪求配

a97　3－1：眞人勾問；4－1：再合姻緣

a99　2－2：衙內逞凶

b03　4－2：團圓慶喜

b06　1－2：悔親；2－4：員外誤解

b08　1－2：陳良叟榮歸

b12　1－1：完璧；2－1：封賞

b13　1－3：困窘；4－3：申冤

b18　1－6：招親退兵

b20　2－1：堂前巧辯

b21　4－1：團圓完親

b27　2－1：四女侍宴；4－1：莊生悟道

b34　2－2：桑園定親

b36　1－3：觀城見擒

b38　1－1：宣召平亂

b39　4－3：加官完婚

b43　1－3：趙匡胤受聘；2－4：黃袍加身；3－1：雪夜訪趙普；
　　　4－5：奏捷獻俘

b46　9－4：公主獲救；10－1：收徒演咒

b48　17－3：韋馱相救

b49　21－2：貧婆心印

b50　4－1：功成行滿

b53　1－2：論三分天下

b55　4－2：宣召還朝

b56　1－2：月蓮堅心

b57　2－1：獨角牛尋釁

b58　4－2：賜賞慶喜

b59　3－1：關平送暖衣；4－1：慶喜

b63　2－2：曳刺拿姦；楔（2、3）－2：誣陷殺夫

b64　2－2：相府申訴；4－3：明斷賞罰

b65　3－1：救李氏；4－2：怒打蔡衙內

b68　2－3：藍采和悟道

b69　2－4：吐露心事

c02　1－3：童子爭鬧；1－4：孟母責子；3－1：斷機教子；4－5：孟母旌表

d01　3－1：臨潼鬥寶

d02　2－1：田穰苴掛帥；3－4：斬莊賈

d06　1－3：韓信斬英蓋

d05　1－1：奉命說英布；3－1：英布歸降

d07　1－3：挑動琴心

d12　1－2：攻佔定軍山

d13　4－1：鳳雛歸漢；4－2：鳳雛掛印

d17　5－1：慶功封賞

d18　4－4：眾將求情

d25　1－2：逐出家門

d27　4－1：喜賞浣花溪

d30　1－1：遣將敵唐

d32　4－1：慶功封賞

d35　3－2：智審潘太師

d40　3－3：識破

d42　1－2：結義

d43　1－2：訪友

d43　2－2：怒打賊徒；4－2：慶喜封賞

d44　2－1：遣僕追女；2－3：誤解；3－3：巧會

d45　2－3：蒙冤；3－1：貪官屈判；4－1：孫榮勘金環

d49　4－2：完婚

d51　1－3：釋迦坐化

d52　3－2：張無盡悟道

d55　2－2：齊人之福

d62　1－1：計設鬥寶會；2－3：復奪夜明簾

II. 環扣場七十七例

a03　1－1：權豪欺民

a07　3－3：喬人面目

a10　2－3：屈打成招

a16　4－2：團圓慶喜

a22　2－1：散財濟貧

a24　3－3：勾拿老千戶

a30　2－1：尉遲恭掛帥

a33　楔（1、2）－1：長街遇叔

a34　2－6：義赦張鎬

a35　2－2：私下三關

a37　1－2：復仇被擒

a43　2－1：誣陷獲罪

a45　3－1：樵夫指迷

a49　3－2：張珪捨家

a53　4－2：相認團圓

a58　楔（首）－1：施恩

a65　4－3：因果前業

a67　3－3：單鞭奪槊

a71　2－1：二度誘引；4－1：問禪悟道

a75　楔（3、4）－1：周瑜中計；3－2：諸葛施謀

a76　4－2：成道

a77　楔（首）－3：召喚明月；4－1：悟道超凡

a79　2－3：毒害

a83　2－2：驚鬼辭別

a89　2－1：太白垂兆；3－5：反目；4－3：定計擒董卓

a90　1－1：怒責不肖兒

a92　楔（首）－2：施恩結怨

a94　1－1：逼娶

a96　4－1：功成行滿

a99　4－1：聲冤

b09　3－4：李氏受苦

b13　4－1：拿賊

b16　1－1：商議攻晉

b17　楔（首）－1：囑女散心

b38　3－2：存孝克敵

b53　2－1：曹操點兵

b54　楔（首）－2：議敵曹兵

b60　2－4：刀劈史牙恰

b61　楔（2、3）－2：飛刀對箭；4－1：團圓封賞

b71　3－2：兩軍交戰

c02　4－1：魯公子問賢；4－2：使臣相請

d01　2－1：展雄索寶

d07　2－2：請媒求親；4－2：衣錦榮歸

d11　4－1：諸葛授計

d09　2－4：土地指迷

d12　楔（首）－2：諸葛授計；2－1：智賺陽平關

d13　3－6：遣將收四郡

d15　3－1：單戰呂布

d17　4－1：曹將敗退

d18　2－2：關平闖禍

d22　1－4：宣召赴任

d23　2－3：受辱反唐

d25　3－1：仁貴任先鋒；4－2：飛刀對箭

d26　3－2：比詩爭勝

d28　楔（1、2）－1：李密點兵；3－7：魏徵改詔

d31　1－1：興工造瀛洲

d32　1－4：李靖遣將

d35　4－1：定計殺奸臣；4－2：楊景復仇

d42　3－3：追趕董達

d45　3－2：王婆見贓

d48　2－1：薛父病亡

d55　楔（首）－3：請媒求親

d58　3－1：下山接應

d59　3－4：遣將劫牢；4－2：劫牢拿奸

III. 夾場五十八例

a01　2－3：索親驚變；4－1：長夜聞雁

a02　3－2：卜卦祝禱

a21　4－1：梧桐夜雨

a23　1－1：旅店驚夢

a24　1－3：授官報恩

a32　4－1：認夫團圓

a33　2－2：神奴兒託夢

a41　3－3：病重哀感

a46　2－1：訪女驚夢

a48　1－1：令公託夢

a51　3－3：重聚

a53　3－1：梁鴻應舉

a57　1－1：避亂宜秋山

a61　3－1：棄法還俗

a63　1－2：一度金安壽；3－3：三度悟道；4－1：超凡昇仙

a65　1－1：分家

a75　1－2：孫權許親；3－3：玄德脫困

a76　3－1：三度劉行首

a77　2－1：二度柳翠

a80　1－1：旅店噩夢

a82　3－1：重逢

a86　4－1：鬼魂訴冤

a88　3－1：扶病寄詞

a89　1－2：密議；2－5：重逢；3－2：王允獻女

a91　1－1：賈仁借福

a99　3－3：遣吏勾魂

a00　1－2：噩夢

b13　3－5：贈金釵

b14　4－2：染病

b20　4－1：草橋驚夢

b27　1－3：太白仙術

b30　1－2：設宴賞雪；2－2：神靈夢示

b38　2－2：打虎顯威

b39　3－1：陶侃赴舉

b50　2－2：慶賞重陽

b54　4－2：古城重會

b56　3－1：中秋傷懷

b58　3－2：托夢賜福

b64　3－4：李圭斷案

b69　1－1：遊園相遇

b70　2－2：張老三願

b71　4－1：射柳捶丸

c01　3－1：論功定位

d07　2－3：完婚

d11　3－1：楊修論軍情

d12　3－1：曹操斬楊修

d35　楔（2、3）－3：七郎托夢

d49　1－2：玉香論偶；3－1：奇夢

d56　4－1：真人收妖

d59　1－2：誤撞姦情

IV. 交互場四十七例

a03　2－1：包拯受命

a06 2－1：授課議婚

a08 1－1：疏財濟困；3－2：公孫合衫；4－3：一門團圓

a09 1－2：請託觸怒

a11 1－2：桂仙下凡

a12 3－1：巧施風月計

a41 2－2：離魂相聚

a53 1－1：選婿

a59 楔（首）－4：死裡逃生

a64 1－2：生怨；3－1：遞解遇兄

a75 2－2：孫劉成親

a78 2－1：桃源仙契；3－1：重歸故里

a90 3－2：父子重逢

a92 3－2：再入牢籠

a98 1－3：遇龍女

a99 3－2：老人說鬼

a00 3－2：玉蘭訴冤

b06 3－1：大尹勘夢

b12 楔（3、4）－1：封相結怨

b14 2－2：索花；3－1：解謎

b22 3－2：榮歸團圓

b25 2－1：僚友相迎；3－3：求謁受欺

b41 2－5：策反設謀

b42 3－3：智探尉遲恭

b49 23－1：送歸東土

b55 2－2：長亭送行

b63 3－1：張本審囚

b64 1－4：權豪相護

b69 3－1：繡毬定親

d01 2－2：收伏展雄

d20 3－1：二度衝陣

d21 2－1：大破杏林莊

d25　3－3：借糧受辱

d26　2－2：得罪韓愈

d36　2－2：楊景遣將

d40　2－3：琴挑

d50　2－3：簡帖傳情

d53　4－1：悟道昇仙

d54　1－1：一度黃龍

d58　2－1：韓伯龍認義

d62　3－3：收伏展雄

V. 土附場｜五例

a11　楔（2、3）－1：太醫診病

a13　楔（首）－1：趙國器託孤

a33　4－3：包拯申冤

a39　3－1：明斷兇案

a44　4－2：王翛然斷案

a54　4－1：包拯斷案

a59　3－2：迎親鬥法

a71　1－2：酒色相誘

a80　4－1：包拯斷案

a99　4－2：智賺生金閣

a00　4－1：御史斷案

b06　3－2：智拿兇徒

b11　1－3：襄陽會

d19　1－2：關羽斬州官

d45　1－2：兄弟分家

VI. 分隔場四例

a16　2－2：元和落魄

a17　2－2：楚軍潰敗

a17　3－1：疏者下船

a18　3－1：盡沈家財

VII. 兼用兩種複式結構者十八例

（一）兼用夾場與聯綴場

a10　1－1：救徐寧

a11　3－1：天師勾問

（二）兼用夾場與環扣場

a37　2－1：包拯審案

a54　3－3：奉命斷案

（三）兼用夾場與交互場

a96　2－1：任屠悟道

（四）兼用夾場與主附場

a97　2－2：嬤嬤問疾

（五）兼用聯綴場與分隔場

b66　2－2：猿猴鬧禪堂

（六）兼用聯綴場與交互場

a12　1－4：盼兒勸說

a23　4－1：冤魂索命

b17　2－1：巧遇紅娘

b57　1－2：劉千打擂

（七）兼用聯綴場與環扣場

a36　4－1：省悟

b34　1－1：晏嬰圓夢

d52　2－3：觀音顯術

（八）兼用聯綴場與主附場

a79　4－1：張鼎斷案

a94　4－1：團圓

（九）兼用交互場與環扣場

a15　4－1：父女重逢

a99　2－2：衙內逞兇

參考資料

一、專著部分

（一）工具書

1. 《大辭典》，台北三民書局，民國 74 年 8 月初版。
2. 《紅樓夢辭典》，周汝昌主編，廣東人民出版社，1989 年 4 月一版一刷。
3. 《戲曲辭典》，王沛綸編，台灣中華書局，民國 78 年 10 月三版。
4. 《辭源》（大陸版），台灣商務印書館，民國 82 年 3 月初版二刷。

（二）劇本、散曲

1. 《元曲選》，明・臧懋循輯，台灣中華書局，民國 72 年 12 月二版。
2. 《元曲選外編》，隋樹森編，北京中華書局，1980 年 3 月三版。
3. 《全元雜劇初編》，楊家駱編，世界書局，民國 51 年初版。
4. 《全元雜劇二編》，楊家駱編，世界書局，民國 51 年初版。
5. 《全元雜劇三編》，楊家駱編，世界書局，民國 52 年初版。
6. 《全元雜劇外編》，楊家駱編，世界書局，民國 52 年初版。
7. 《孤本元明雜劇》，王季烈輯，臺灣商務印書館，民國 66 年 12 月一版。
8. 《校訂元刊雜劇三十種》，鄭騫校訂，世界書局，民國 51 年 4 月初版。
9. 《元刊雜劇三十種新校》，寧希元校點，蘭州大學出版社，1988 年 4 月一版一刷。
10. 《牡丹亭》，湯顯祖，里仁書局，民國 70 年 12 月。
11. 《長生殿》，洪昇，里仁書局，民國 70 年 12 月。
12. 《桃花扇》，孔尚任，里仁書局，民國 70 年 12 月。

13. 《戲考大全》，上海書店，1990 年 12 月一版一刷。

14. 《中國古典戲劇選注》，曾永義，國家出版社，民國 80 年 11 月。

15. 《全元散曲》，隋樹森編，臺灣中華書局，民國 60 年 4 月二版。

16. 《雍熙樂府》，明・郭勳輯，西南書局，民國 70 年 3 月初版。

（三）戲劇史

1. 《宋元戲曲考》，王國維，藝文印書館，民國 63 年 4 月三版。

2. 《中國劇場史》，周貽白，長安出版社，民國 65 年元月初版。

3. 《中國戲劇發展史》，周貽白，僶勉出版社，民國 67 年 8 月再版。

4. 《中國近世戲曲史》，青木正兒，臺灣商務印書館，民國 77 年 3 月五版。

5. 《中國戲曲通史》，張庚、郭漢城，丹青圖書有限公司，民國 78 年再版。

（四）戲劇理論

1. 《教坊記》，唐・崔令欽，見中國戲曲研究院編《中國古典戲曲論著集成》第一集，中國戲劇出版社，1982 年 11 月一版四刷。

2. 《夢粱錄》，宋・吳自牧，見《東京夢華錄・附外四種》，大立出版社，民國 69 年 10 月初版。

3. 《唱論》，元・芝菴，見中國戲曲研究院編《中國古典戲曲論著集成》第一集，中國戲劇出版社，1982 年 11 月一版四刷。

4. 《青樓集》，元・夏庭芝，見中國戲曲研究院編《中國古典戲曲論著集成》第二集，中國戲劇出版社，1982 年 11 月一版四刷。

5. 《曲論》，明・徐複祚，見中國戲曲研究院編《中國古典戲曲論著集成》第四集，中國戲劇出版社，1982 年 11 月一版四刷。

6. 《曲律》，明・王驥德，見中國戲曲研究院編《中國古典戲曲論著集成》第四集，中國戲劇出版社，1982 年 11 月一版四刷。

7. 《譚曲雜箚》，明・凌濛初，見中國戲曲研究院編《中國古典戲曲論著集成》第四集，中國戲劇出版社，1982 年 11 月一版四刷。

8. 《遠山堂曲品》，明・祁彪佳，見中國戲曲研究院編《中國古典戲曲論著集成》第六集，中國戲劇出版社，1982 年 11 月一版四刷。

9. 《遠山堂劇品》，明・祁彪佳，見中國戲曲研究院編《中國古典戲曲論著集成》第六集，中國戲劇出版社，1982 年 11 月一版四刷。

10. 《曲品》，明・呂天成，見中國戲曲研究院編《中國古典戲曲論著集成》第六集，中國戲劇出版社，1982 年 11 月一版四刷。

11. 《閒情偶寄》，清・李漁，見中國戲曲研究院編《中國古典戲曲論著集

成》第七集,中國戲劇出版社,1982 年 11 月一版四刷。

12. 《曲話》清·梁廷柟,見中國戲曲研究院編《中國古典戲曲論著集成》第八集,中國戲劇出版社,1982 年 11 月一版四刷。

13. 《詞餘叢話》,清·楊恩壽,見中國戲曲研究院編《中國古典戲曲論著集成》第九集,中國戲劇出版社,1982 年 11 月一版四刷。

14. 《螾廬曲談》,王季烈,臺灣商務印書館,民國 60 年。

15. 《曲律易知》,許之衡,臺北郁氏印獎會,民國 68 年。

16. 《比較研究:古劇結構原理》,李曉,中國戲劇出版社,1989 年 1 月一版一刷。戲劇原理》,姚一葦,書林出版有限公司,民國 81 年 2 月。

17. 《戲劇的結構》,孫惠柱,書林出版有限公司,民國 83 年 1 月。

(五) 歷代劇種專論

1. 《元代雜劇藝術》,徐扶明,上海文藝出版社,1981 年 1 月一版一刷。

2. 《明清傳奇導論》,張敬,華正書局,民國 75 年 10 月初版。

3. 《元雜劇研究》,吉川幸次郎,藝文印書館,民國 76 年 10 月四版。

(六) 戲劇論文集

1. 《說戲曲》,曾永義,聯經出版事業公司,民國 72 年 5 月三版。

2. 《說俗文學》,曾永義,聯經出版事業公司,民國 73 年 12 月二版。

3. 《中國戲曲理論研究文選》,上海文藝出版社,1985 年 6 月一版一刷。

4. 《余上沅戲劇論集》,余上沅,湖北長江文藝出版社,1986 年一版。

5. 《古典戲曲編劇六論》,祝肇年,中國戲劇出版社,1986 年一版。

6. 《詩歌與戲曲》,曾永義,聯經出版事業公司,民國 77 年 4 月初版。

7. 《顧曲塵談》,吳梅,臺灣商務印書館,民國 77 年 11 月四版。

8. 《戲曲美學論文集》,張庚、蓋叫天等著,丹青圖書有限公司。(缺出版日期)

9. 《中國古典戲劇的認識與欣賞》,曾永義,正中書局,民國 80 年 11 月初版。

10. 《參軍戲與元雜劇》,曾永義,聯經出版事業公司,民國 81 年 4 月初版。

11. 《清徽學術論文集》,張敬,華正書局,民國 82 年 8 月初版。

(七) 曲 譜

1. 《北曲新譜》,鄭騫,藝文印書館,民國 62 年 4 月初版。

2. 《北曲套式彙錄詳解》,鄭騫,藝文印書館,民國 62 年 4 月初版。

（八）學位論文

1. 《王驥德曲論研究》，李惠綿，臺灣大學文史叢刊第九十集，民國 81 年 12 月初版。

2. 《元雜劇聯套規律研究》，許子漢，臺灣大學民國 81 年碩士論文。

二、單篇論文

1. 〈可分可合，群體有機——淺論中國傳統戲曲結構的布局方法〉，馬也，《黑龍江戲劇》，1982 年 6 月。

2. 〈戲曲結構三題〉，馬焯榮，《戲曲研究》，1983 年 5 月。

3. 〈中國傳統戲曲結構特徵三題——兼談話劇與戲曲結構的區別〉，馬也，《戲曲研究》，1983 年 9 月。

4. 〈無窮物化時空過，不斷人流上下場——虛擬的時空，嚴格的程式，寫意的境界〉，阿甲，《文藝研究》，1987 年 4 月。

5. 〈論戲曲舞臺空間結構〉，孫蓓君，《文藝研究》，1988 年 2 月。